翻译专业必读书系

全国翻译硕士专业学位
教育指导委员会推荐用书

总主编 谢天振 柴明颎

Introduction to
Medio-Translatology

普通高等教育"十一五"国家级规划教材

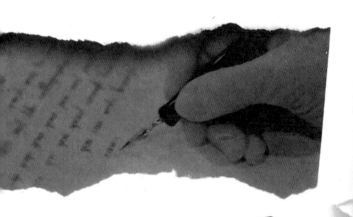

译介学导论

|第二版|

谢天振 著

图书在版编目(CIP)数据

译介学导论／谢天振著. —2版. —北京：北京大学出版社，2018.1
（翻译专业必读书系）
ISBN 978-7-301-28995-2

Ⅰ.①译… Ⅱ.①谢… Ⅲ.①文学翻译—高等学校—教材 Ⅳ.①I046

中国版本图书馆 CIP 数据核字（2017）第 304452 号

书　　　名	译介学导论（第二版）
	YIJIEXUE DAOLUN
著作责任者	谢天振　著
责 任 编 辑	郝妮娜
标 准 书 号	ISBN 978-7-301-28995-2
出 版 发 行	北京大学出版社
地　　　址	北京市海淀区成府路 205 号　100871
网　　　址	http://www.pup.cn　新浪微博：@北京大学出版社
电 子 信 箱	bdhnn2011@126.com
电　　　话	邮购部 62752015　发行部 62750672　编辑部 62759634
印 刷 者	三河市博文印刷有限公司
经 销 者	新华书店
	650 毫米×980 毫米　16 开本　18.75 印张　350 千字
	2007 年 10 月第 1 版
	2018 年 1 月第 2 版　2019 年 5 月第 2 次印刷
定　　　价	52.00 元

未经许可，不得以任何方式复制或抄袭本书之部分或全部内容。
版权所有，侵权必究
举报电话: 010-62752024　电子信箱: fd@pup.pku.edu.cn
图书如有印装质量问题，请与出版部联系，电话: 010-62756370

《翻译专业必读书系》
编委会

主编：谢天振　柴明颎

编委：（以汉语拼音为序）

程朝翔　何其莘　黄友义　蒋洪新

金　莉　李绍山　廖七一　刘和平

穆　雷　许　钧　仲伟合

总　　序

谢天振　柴明颎

　　翻译和翻译研究在我国应该说有相当悠久的历史了,有人根据《册府元龟》里的一则记载,推测中国的翻译活动距今已经有4300年左右的历史。① 还有人把三国时期支谦写的"法句经序"推作中国翻译研究第一篇,据此声称中国见诸文字的翻译研究至今已有超过1700年的历史了。② 这些事实,自然让我们感到自豪。然而与此同时我们也必须面对一个事实,那就是翻译学的学科建设在我们国家的发展一直比较缓慢。其中原因,我们以为恐怕与长期以来我们对翻译学作为一个独立学科的性质认识不足有关。尽管从20世纪50年代起,在越来越多的发达国家,甚至在一些第三世界国家的高等院校里,翻译和翻译研究已经发展成为一门学科(an academic discipline)、一门"毫无争议的独立学科",然而在我们中国内地的高等院校里,翻译更多地是作为外语教学或学习的手段,所以它的位置也就更多地放在相应的外语学科之下。而翻译研究往往只是作为某一外语学科下面的一个"方向",譬如在英语语言文学学科下有一个"翻译方向",这个"方向"的硕士生和博士生可以研究翻译,撰写关于翻译的学位论文,但他们得到的学位仍然是英语语言文学专业的学位。20世纪90年代初,曾有过

---

① 《册府元龟》里的《外臣部朝贡》有一条记载:"夏后即位七年,于夷来宾。少康即位三年,方夷来宾。"参见马祖毅:《中国翻译简史——五四以前部分》,北京:中国对外翻译出版公司,1984年,第1页。

② 参见罗新璋:《我国自成体系的翻译理论》,《翻译论集》,北京:商务印书馆,1984年,第14页。

短暂的一两年时间,在我国国家教委(现教育部)颁布的学科目录(见诸少数几所高校的研究生招生目录)中出现过"翻译理论与实践"的硕士学位点,但后来很快就消失了。再后来,翻译就作为应用语言学下面的三级学科了。这种变化的背后从一个方面反映出了当时我国学界对翻译学学科性质的认识和对它的定位。

值得庆幸的是,党的改革开放政策给我国的翻译研究和翻译学的学科建设注入了前所未有的活力。自20世纪80年代以来,我国翻译界的理论意识空前高涨,学科意识也日益觉醒,于80年代后期译学界已经明确提出了"建立翻译学"的口号,至90年代译学界的有识之士都已认识到,"翻译学之在国际上成为一门独立'学科'(discipline)已是不争的事实",我们现在应该做的,就是要"加强与国际译坛的对话,借鉴引进国外最新的翻译理论,结合中国翻译的历史与现状,加强翻译学科的理论建设和学科建设,迎头赶上世界潮流,为国际翻译学科的发展做出我们的贡献"。终于,在进入新世纪以后,上海外国语大学和广东外语外贸大学相继建立了独立的翻译学硕、博士学位点。此事不仅是从学科体制上对翻译学学科地位的确认,它更为我国内地高校的外语院系提供了一个新的学科和学术生长点。紧接着,国务院学位委员会于2007年1月正式通过设立翻译专业硕士学位(Master of Translation and Interpreting,简称MTI),同年包括北大、上外、广外在内的15所院校获准开始招收MTI硕士生,从此拉开了我国翻译专业教学的帷幕。

翻译学硕、博士点和MTI学位点的建立,对翻译学学科理论的研究、对翻译专业教学的理念探讨,以及对翻译专业教材的编写等,却是一个巨大的挑战。长期以来,我们一直把翻译和翻译研究视作外语教学和研究的一个附庸,如今我们要把它作为一门独立的学科来建设、来发展,就必须从理论上深入阐释它与传统外语学科中的翻译教学与研究的实质性区别。20世纪80年代以来,随着外语学科的大发展,各个语种、各个层次的翻译教材层出不穷,成百上千,那么我们今天编写的翻译教材又该怎样体现翻译学的学科特性呢?为此,我们邀集了国内翻译学领域内的著名专家学者组成一个编委班子,策划推出一套

"翻译专业必读书系",以期对国内刚刚起步的翻译学学科理论建设和教学教材建设尽我们的绵薄之力。

本"书系"由两个开放的系列组成。第一个系列是与MTI课程设置相配套,可作为MTI教学选用的教材系列。这套系列同时也能作为广大报考翻译专业(方向)研究生学位考生的考研参考书,或作为进入正式MTI教学训练学习的教学用书。目前正在编写的有:MTI专业笔译教材(一套四册),MTI专业口译教材(一套四册),《简明中国翻译思想史》《简明西方翻译思想史》和《西方文化概要》。第二个系列是与翻译学学科理论建设相关的译学理论专著,拟成熟一本推出一本。

无论是MTI的教材编写,还是翻译学作为独立学科的理论探讨,都是充满挑战的全新事业。我们深知自己才疏学浅,本"书系"肯定存在不少不足之处,我们殷切期望国内外专家学者以及广大师生读者不吝指正。

自　序

《译介学导论》是我十多年前的一本旧著，当年应北京大学比较文学与比较文化研究所所长严绍璗教授之邀，在拙著《译介学》和《翻译研究新视野》基础上，并结合我多年执教"译介学概论"课的讲课材料编写而成，列为严绍璗教授主编的"21世纪比较文学系列教材"之一种，同时作为"普通高等教育'十一五'国家级规划教材"之一种，于2007年出版。出版后反响似还不错，于2013年还重印了一次。

时间真快，转瞬之间，《译介学导论》出版至今已经满10年了。2016年11月底北大出版社张冰博士来南宁开会，见面时提到出版社有意跟我续签拙著的出版合同，并拟推出《译介学导论》的第二版。她嘱我尽快把第二版的定稿寄给出版社，我当即表示同意，答应尽快把修订稿寄给出版社。

第二版正式进入编辑程序后，责编郝妮娜老师告诉我，张冰博士考虑把这本《译介学导论》（第二版）从原先的"21世纪比较文学系列教材"中抽取出来，作为"翻译专业必读书系"之一种推出。我获悉后觉得这个考虑很有道理，一方面它迎合了当前国内高教界正在蓬勃发展的翻译学科的需求——目前国内高校设立翻译本科专业和翻译专业硕士（MTI）学位点都已超过了两百所，且还在不断增长；另一方面，纳入"翻译专业必读书系"也可以更好凸显《译介学导论》作为中国学者独创的翻译理论的性质。事实上，我当初写作《译介学导论》的基本出发点也就是对自己的译介学思想作一番梳理。拙著从三个大的方面论述了译介学的基本原理：首先交代译介学理论思想的历史渊源，其次揭示当前国际和国内比较文学界和翻译学界的学术背景，最后阐述译介学的理论基础，这三个方面也构成了本书的"绪论"和第一、二、三章的基本内容。

"绪论"部分我主要论述了翻译研究与比较文学的关系,特别是在著名英国比较文学家苏珊·巴斯奈特在其于1993出版的《比较文学批判导论》一书中提出,比较文学应该成为翻译学下面的一个子学科之后,更是引起了国内外比较文学界对两者关系认识上的混乱。因此,在"绪论"部分着重分析了比较文学视野中的翻译研究与传统意义上的翻译研究之间的差别,以及比较文学视野给翻译研究带来的新视角和所揭示的新研究层面。与此同时,"绪论"也谈了翻译研究在拓展比较文学的研究领域、丰富比较文学的研究内容方面的贡献。

第一章"翻译研究的文学传统和当代译学的文化转向"主要阐述了译介学诞生的历史背景,尤其是当前的国际译学背景。译介学作为一个相对独立的研究领域近年来引起越来越广泛的注意和重视,然而译介学并不是平白无故地发生、发展起来,它有它深厚的历史渊源——中外翻译研究史上绵延千年的翻译研究的"文艺学派"为它提供了非常丰富、扎实的文化积淀,而最近三四十年来国际译学界中发生的翻译研究的文化转向更是为它提供了丰富的理论资源,并直接促进了译介学在当今国内外译学界和学术界的蓬勃发展。

第二章"译学观念的现代化与国内译学界认识上的误区"把读者的目光引向国内翻译界和译学界,具体探讨了国内翻译界在译学观念认识上的滞后问题,这也是在当前中国我们研究译介学的现实意义。但是有一个问题本来在这一章里是可以谈、但我没有展开谈的,那就是与国内翻译界在译介学认识上的误区适成对照的是,无论是国内还是国外比较文学界,他们对于译介学研究中提出的一些问题,诸如误译的研究意义和价值问题、翻译文学的归属问题、当代文化理论与翻译研究的关系问题,等等,都觉得很容易理解和接受,没有任何疑问。而在我们国内的翻译界和译学界,却对翻译研究的文化转向充满疑虑、不解甚至排斥,这就引出了一个非常重要的问题,那就是:谁将来承担中国翻译研究文化转向的重任?因篇幅关系,我对这个问题只能在以后另外撰写专文予以展开和讨论了。

第三章"文学翻译中的创造性叛逆"讨论的是译介学研究中的一个核心命题,即创造性叛逆。我觉得只有承认了翻译总是一种创造性

自 序

叛逆,那才有可能谈得上译介学中的其他问题,诸如"翻译文学不等于外国文学""翻译文学是中国文学的一个组成部分""译者的主体性""译作的相对独立价值",以及"误译的价值",等等。这个命题也是最容易引发国内学术界和翻译界误解的一个问题,有人提出应该区分"好的创造性叛逆"和"破坏性的创造性叛逆",还有人甚至破口大骂"创造性叛逆"是在"教唆胡译乱译",因此我花了整整一章的篇幅对这个命题进行了比较详细的分析。

第四至第九章是从两个方面展开论述的,前三章探讨的是译介学研究的实践层面:第四章"文化意象的传递与文学翻译中的误译"谈的是翻译中文化意象的传递与误译问题,通过这两个比较具体的问题的讨论,我想让读者能够从文化层面上去发现和思考一些翻译中的具体问题;第五章"翻译文学的性质与归属"和第六章"翻译文学史与文学翻译史"分别谈了翻译文学的性质与翻译文学的国别归属问题,以及翻译文学史与文学翻译史的关系与区分问题。这是两个非常大的问题,里面有很大的研究空间可以发展,对此我在第十章里有所说明。后三章也即第七至第九章则展示了译介学研究的理论前景,我分别选取了解释学、解构主义和多元系统论这三个当代西方文化理论作为个案进行阐释。其实译介学的理论研究前景远不止这三个层面,但具体谈了这三个理论以后,读者就可以举一反三,自己去发掘新的理论研究层面了。

最后一章,也即第十章"无比广阔的研究前景——译介学研究举隅"是我专为本书设计安排的。没有这一章,我觉得我这本书仍然只是一本纯粹的研究专著,有了这一章后,本书就比较明显地兼具了教材的特色。其实,这一章的设置也是受了严绍璗教授当初为"21世纪比较文学系列教材"所写的"出版总序"的启发。严教授在他那篇"总序"里写道:"这套教材的根本宗旨,应该在于使中国人明白到底什么是'比较文学',并且使对这一学科有兴趣的中国人懂得到底应该怎样做'比较文学研究'。"我很赞成严老师的这一观点。迄今为止,国内比较文学"概论""通论"性质的教材或专著出版了不下十数种,但比较全面地对比较文学学科的各个研究层面进行深入探讨、分析,并且能"展现学科各个内在领域的内奥与各自的特征,并力图使读者在理解学科的总体学术框架的同时,在比较文学的众多研究层面中体验学术的实践要领",让读者能得其门而入,这样的教材和著作却还不多。本书第十章从曾经从我攻读译介学专业的硕士生、博士生的论文中挑选出五篇论文,以具体展示译介学研究的空间和前景。由于这些论文的作者本身都是青年学子,尽管其中有几位作者也已经是国内学界小有名气的青年学者了,但相对而言,他们与读者的距离还是比较接近,读者阅读他们的论文也更易受到启发。

自2001年起,应四川外语学院(现四川外国语大学)研究生部的邀请,我每年都抽出一个学期赴重庆为川外的比较文学专业、翻译专业和英美文学专业的硕士研究生集中开设十至十二讲译介学系列讲座,讲座结束后我要求学生撰写学期论文作为考核学生学习成绩用。令我颇感欣慰甚至惊喜的是,每次交来的学期论文中总有超过三分之一的论文为非常优秀的论文。事实上,每年这些优秀论文中也确实有三至五篇被有关学报和学术杂志录用发表。因此,我最初在构想《译介学导论》写作的计划时,曾经有过一个想法,想在每一章的后面都附上一篇川外学生的相关论文,这样一些学生读者在阅读本书时会感觉更加亲切。但考虑到篇幅有限,最终只能遗憾地放弃这个想法了。

译介学作为一个专门术语或一个专门研究领域,是随着20世纪70年代末、80年代初比较文学在中国内地的重新崛起而被国内学界注目的。经过了众多学者的共同努力,译介学不仅已经成为我国比较文学界,而且也已经成为国内外国文学研究界、翻译研究界的一个众所瞩目的新兴研究领域。2006年国家社科项目课题指南把译介学列为当年外国文学研究的八大课题之一,而国家哲学、社会科学"十一五"计划更是又一次把译介学列为国家"十一五"期间的外国文学领域的一个重要研究课题,这些举措表明译介学正在成为国内学界的一个重要研究课题和研究领域。更值得一提的是,最近十余年来,我们国家举国上下正在关注一件事,即如何让中国文学、文化切实有效地"走出去",走进世界各国,而译介学理论所揭示的文学译介、文化交际的规律无疑将为这一宏大的文化使命做出它的贡献。有鉴于此,我们今天推出《译介学导论》一书的第二版,真诚地希望我们中国学者创建的译介学理论不仅为国内的翻译研究、比较文学研究,同时也为国内的外国文学研究等人文学科和哲学社会科学学科建设,一尽自己的绵薄之力。这里不无必要强调一下的是,译介学发展到今天,它已经不仅仅属于翻译学,属于比较文学,同时也属于外国文学,甚至属于所有与跨语言、跨文化有关的学科。

目　录

绪　论　比较文学视野中的翻译研究 ……………………（1）

第一章　翻译研究的文学传统和当代译学的文化转向
　　　　——译介学诞生的历史背景 ………………………（17）

第二章　译学观念的现代化与国内译学界认识上的误区
　　　　——译介学研究的现实意义 ………………………（48）

第三章　文学翻译中的创造性叛逆
　　　　——译介学研究的理论基础 ………………………（69）

第四章　文化意象的传递与文学翻译中的误译
　　　　——译介学研究实践层面之一 ……………………（96）

第五章　翻译文学的性质与归属
　　　　——译介学研究实践层面之二 ……………………（123）

第六章　翻译文学史与文学翻译史
　　　　——译介学研究实践层面之三 ……………………（151）

第七章　解释学与翻译研究
　　　　——译介学研究理论前景之一 ……………………（167）

第八章　解构主义与翻译研究
　　　　——译介学研究理论前景之二 ……………………（182）

第九章　多元系统论与翻译研究
　　　　——译介学研究理论前景之三 ……………………（200）

第十章　无比广阔的研究前景
　　　　——译介学研究举隅 ………………………………（216）

附　录　译介学研究推荐书目 ……………………………（274）
后　记 ………………………………………………………（282）

绪论　比较文学视野中的翻译研究

自20世纪70年代末80年代初比较文学在中国大陆重新崛起以来，在相当长的一段时间里，在我国学界比较文学与翻译研究之间的关系并不是很紧密的，直至90年代中期以后，这种情况才慢慢开始有所改变。而在此之前，在一些从事比较文学研究和教学的学者和教师看来，比较文学研究的是文学，是对世界各国、各民族文学的比较研究或关系研究，而翻译研究关注的则是不同民族语言文字之间的转换，两者似乎风马牛不相及，并不相干。即使在一些比较文学著作或教材中也提到翻译，但多是把翻译作为比较文学中媒介学的一个关注对象而已，并未意识到翻译研究对于比较文学研究的重大意义。之所以会出现这样的情况，一方面是因为人们对比较文学的认识有失偏颇，他们往往把比较文学理解为单纯的文学的比较，而并不了解比较文学包含着许多研究分支领域，诸如文类学、主题学、形象学、比较诗学，等等，而翻译研究在比较文学研究中被称为译介学，占有十分重要的位置；另一方面，则是人们对当今国际学术界的翻译研究的最新进展也不是很清楚，他们不知道目前国际译学界的翻译研究已经越出了从前那种单纯的语言文字的技术性转换层面的研究，而已经进入到了文化层面上对翻译的全方位分析、审视和探究。就在20世纪的七八十年代，正当比较文学在中国大陆重新崛起之时，国际译学界出现了西方翻译史上前所未有的重大转折：翻译研究向文化研究转向——西方译学专家们借鉴、运用形形式式的当代西方文化理论，从各种不同的角度，对翻译进行了别开生面的切入，从而使得翻译研究不仅仅只是一种语言文字转换的研究，而是还具有了文学研究和文化研究的性质。特别值得一提的是，正是翻译研究的文化转向，使得翻译研究摆脱了对应用语言学的从属地位，取得了翻译学独立的学科地位：在世界几十个国家两百多所高等院校建立了独立的翻译系或学科。

其实,对比较文学与翻译研究的关系,国际翻译家联合会(FIT)倒是有很清醒的认识：早在1977年5月,国际译联在加拿大蒙特利尔召开会议期间就曾经通过了一项特别的决议,鼓励一些比较文学专业(program)把翻译的艺术和理论正式作为它们课程的一部分。国际译联本来是一个以技术翻译为基本方向的国际组织,然而像这样一个组织竟然也通过了上述这样一个决议,这首先当然是表明了它对文学翻译和比较文学的重视,但另一方面我们也不难从中窥见翻译与比较文学之间的特殊关系。事实上,在西方国家的许多大学里都设有以"比较文学与翻译"命名的系或专业,有的学校虽然单独命名为"比较文学系",但在比较文学系里必定开设翻译课(从比较文学的角度讲授翻译理论)。此外,国际比较文学协会也历来把翻译视作它的主要研究对象,它的机构中不但有一个常设的翻译委员会,而且每次会议都把翻译作为主要的议题之一加以讨论。具体而言,自1967年第5届国际比较文学学会年会(贝尔格莱德)起,国际比较文学学会的每一次年会都把翻译列入会议的主要议题之一加以讨论。在1976年的第8届年会(布达佩斯)上,会议组织者不但把翻译研究作为专题讨论的内容之一,而且还成立了一个常设的翻译委员会①。1988年第12届年会(慕尼黑)上,年会的三个大会主题发言之一就是翻译研究问题——"翻译研究中的'历史'与'体系'",而在2000年第16届年会(比勒陀利亚)上的一个专题讨论也是"译本和译者创造的新语境"。在2004年举行的第17届国际比较文学年会(中国香港)上,同样有多场翻译研究的专题讨论会,不光有研讨翻译问题的工作坊(workshop),还有翻译研究专题的圆桌会议。如果说,在20世纪五六十年代,学者们还是较多强调借助语言学理论来研究翻译的话,那么,从70年代起他们已经开

---

① 该翻译委员会由东西方各国共6名翻译专家组成,本书作者于2000年第16届年会(比勒陀利亚)、2004年第17届国际比较文学年会(中国香港)上,与日本、韩国两名学者一起,作为东方国家的代表,连续两届当选为翻译委员会委员。

始重视结合文学翻译的特点来研究翻译了①,而进入七八十年代以后,则如前所说,随着翻译研究的文化转向,已经有越来越多的学者从广阔的文化层面上去审视翻译,把翻译提升为一种跨文化的交际行为、一种受译入国文化语境中的意识形态、文学观念等因素操控的政治行为、文化行为予以分析、进行研究了。在这一发展过程中,比较文学可以说起了相当重要的推波助澜的作用。像对当前国际译学研究产生重大影响的埃文-佐哈尔、吉迪恩·图里、苏珊·巴斯奈特、安德烈·勒菲弗尔等人,他们不光是著名的翻译理论家,而且也都是当代世界著名的比较文学家。

比较文学学者之所以高度重视翻译研究,这与比较文学的学科性质有着密不可分的关系。众所周知,比较文学自诞生以来,它的一个主要研究对象就是不同民族、不同国家之间的文学交流、文学关系。而不同民族、不同国家之间的文学要发生关系——传播、接受并产生影响,其最重要的条件之一就是要打破相互之间的语言壁垒,其中翻译毫无疑问起着至关重要的作用,翻译也因此成为国际比较文学学者最为关注的一个研究对象。

其实,追根溯源的话,我们当能发现,译介学的研究并不是从现在才开始的。早在20世纪二三十年代,比较文学家们对翻译的关注就已经不再局限于单纯的翻译文本了。1931年法国比较文学家梵·第根(Paul van Tieghem)在其专著《比较文学论》的第七章"媒介"里就提出,对译本的研究可以从两个方面展开:一个是把译文与原文进行比较研究,以"确定译者有没有删去几节、几页、几章或者有没有杜撰一些什么进去",以"看出译本所给予的原文之思想和作风的面目,是逼真到什么程度,……他所给予的(故意的或非故意的)作者的印象是什么";另一个是同一作品的几个不同译本之间的比较,以"逐时代地研究趣味之变化,以及同一位作家对于各时代所发生的印象之不同"。关于译者,他认为可以研究"他们的传记,他们的文学生活,他们的社会地位,……他们的媒介者的任务"等。此外,梵·第根认为,译者的

---

① 这里指的是从理论层面上对文学翻译进行的研究。众所周知,文学翻译研究在西方古已有之,但上升到严格意义上的理论研究层面却是20世纪后半叶以后的事。

序文也很有研究价值,因为它们会告诉我们许多"关于每个译者的个人思想以及他所采用(或自以为采用)的翻译体系"等"最可宝贵的材料"。①

继梵·第根之后,1951年,另一位法国比较文学家基亚(Marius-Francois Guyard)在其所著的《比较文学》专著中以大量的例子说明,"长期以来,我们对译者的研究范围是太狭窄了",他认为在这方面有许多"心理的""历史的工作"可做。②

比较文学家还从一个新的角度去阐述翻译和翻译研究。意大利比较文学家梅雷加利(Franco Meregalli)指出:"翻译不仅是不同语种文学交流中头等重要的现象,并且也是一般人类生活和历史中头等重要的现象。虽然翻译的最终结果大概是属于语言,而后又属于终点文学(指译入语文学——引者)范畴的,可是翻译行为的本质是语际性。它是自然语言所形成的各个人类岛屿之间的桥梁,是自然语言非常特殊的研究对象,并且还应当是比较文学的优先研究对象。"③法国比较文学家布吕奈尔(P. Brunel)等三人在他们合著的《什么是比较文学》一书也提出:"对一种翻译的研究,尤其属于接受文学的历史","和其他艺术一样,文学首先'翻译'现实、生活、自然,然后是公众对它无休止地'翻译'。所以,在无数的变动作品和读者间的距离的方式中,比较文学更喜欢对翻译这一种方式进行研究。"他们还明确提出,"比较学者的任务在于指出,翻译不仅仅是表面上使读者的数量增加,而且还是发明创造的学校"。④

斯洛伐克比较文学家朱里申(Dioniz Durisin)的论述同样把翻译看作文学接受的一种非常重要的形式。他以俄罗斯文学中克雷洛夫翻译法国作家拉封丹的寓言和茹科夫斯基翻译德国诗人毕尔格的叙事诗《莱诺勒》为例,说明翻译是如何深深地影响了接受国文学的:

---

① 梵·第根:《比较文学论》,戴望舒译,北京:商务印书馆,1937年。
② 基亚:《比较文学》,颜保译,北京:北京大学出版社,1983年,第26、20页。
③ 梅雷加利:《论文学接受》,《比较文学研究译文集》,上海:上海译文出版社,1985年,第409页。
④ 布吕奈尔等:《什么是比较文学》,葛雷等译,北京:北京大学出版社,1989年,第60、216、223页。

克、茹两氏的翻译由于译者的太多的再创造,已使得译作与创作融为一体,然后又通过这种似译作非译作、似创作非创作的文学变体,影响了接受国的文学。①

罗马尼亚比较文学家迪马(Al. Dima)则对译序和译者的前言等给予了高度的重视,认为它们"包含着译者对原作的评价、对作者的介绍","连同译作一起都是促进文学联系的一个因素,也是历史比较研究的一个材料来源"。②

至于20世纪90年代初英国比较文学家和翻译研究家苏珊·巴斯奈特(Susan Bassnett)在她刚刚出版的专著《比较文学》一书的第七章也是最后一章"从比较文学到翻译学"中,更是相当深入地考察了比较文学与翻译研究之间的关系,并认为,原本作为比较文学一个分支的翻译研究,从70年代末以来已经成长为一门独立的学科了,"当人们对比较文学是否可视作一门独立的学科继续争论不休之际,翻译学却断然宣称它是一门独立的学科,而且这个研究在全球范围内所表现出来的势头和活力也证实了这一结论"。③

从以上所述我们可以发现,翻译研究一直是比较文学研究的一个重要分支,它不同于传统意义上的以语言转换为对象的翻译研究,而是一种跨文化交际视野中的文学研究或文化研究。

说起来,国内学者对比较文学与翻译研究的关系也不是一无所知。20世纪80年代初张隆溪在《钱钟书谈比较文学与"文学比较"》一文中就已经提到:"钱先生在谈到翻译问题时,认为我们不仅应当重视翻译,努力提高译文质量,而且应当注意研究翻译史和翻译理论。……就目前情况看来,我们对翻译重视还不够,高质量的译文并不很多,翻译理论的探讨也还不够深入,这种种方面的问题,也许我国比较文学的发展会有助于逐步解决。"④由此可见,钱先生也早已把深入探讨翻译理论的

---

① 朱里申:《文学比较研究理论》(俄文版),莫斯科进步出版社,1979年,第159—172页。
② 《比较文学引论》,谢天振译,上海:上海译文出版社,1991年,第141—142页。
③ Susan Bassnett, *Comparative Literature*, Blackwell Publishers, 1993, pp. 160—161.
④ 张隆溪:《钱锺书谈比较文学与"文学比较"》,《读书》1981年第10期。

希望寄托在我国比较文学研究事业的发展上。

不过,不无必要强调指出的是,比较文学学者对翻译所做的研究,或者说得更确切些,从比较文学的立场出发所进行的翻译研究,也即我们在这里所说的译介学研究,与相当一部分传统意义上的翻译研究并不完全一样,在某些方面甚至还存在着实质性的差异。

一般说来,传统意义上的翻译研究大致可以分为以下这样三类:

第一类属翻译技巧与翻译艺术范畴,旨在探讨对出发语(外语)的理解与表达,如对英语中某些特殊句型如何理解、如何译成中文的讨论,或是研究翻译的修辞艺术,诸如外译中时长句的处理,某些外语结构的汉译分析,等等;

第二类属翻译理论范畴,多结合现代语言学、交际学、符号学等各种理论,或结合民族、社会、文化等方面的差异,对翻译现象作理论性的阐发,或从理论上进行归纳和提高,总结出能指导翻译实践的理论,如等值论、等效翻译论,等等;

第三类属翻译史范畴。这一类研究除了对翻译活动和翻译事件的历时描述外,还有大量的对翻译家、文学社团、翻译流派的翻译主张、成就得失的探讨,对同一原作的不同译本的比较、钩沉、溯源,等等。

不难发现,其中相当一部分研究(尤其是第一、第二类研究),其实质更多的是一种语言层面上的研究。

而从比较文学立场出发的翻译研究,也即我们这里所说的译介学研究,其实质是一种文学研究或文化研究,因为它并不局限于某些语言现象的理解与表达,也不参与评论其翻译质量的优劣,它把翻译文本作为一个既成的历史事实进行研究,把翻译过程以及翻译过程中涉及的语言现象作为文学研究或文化研究,而不是外语教学研究的对象加以审视和考察。因此,比较文学的翻译研究,也即译介学研究就摆脱了一般意义上的价值判断和对翻译实践操作的规定、指导,从而更富美学成分。当然,与此相应的是,它也就缺乏对外语教学和具体翻译实践层面上的直接指导意义。曾经有一位语言学家这样问我,他说:"读了你的《译介学》,读者的翻译水平会不会得到提高?"这位语言学家显然并不了解译介学研究的真正意义和价值,而把译介学研究与传统意义上的规定性翻译研究混为一谈了。其实,就像我们读了这位语言学家的语言学著作我们的讲话水平不见得就会得到提高一样,译介学研究的目的也不在于指导读者具体的翻译技巧,尽管在某种意义上它也会有益于读者的翻译水平提高,但这是另一回事。从这个意义上而言,译介学与语言学其实倒不无相通之处,即它们都是一种纯理论的研究,都是一种描述性的研究,它们可以帮助读者更好地认识它们所研究的对象,揭示这些对象的性质;但它们不是应用性研究,帮助读者如何更好地进行翻译实践操作并不是它们的目的。

明乎此,我们再去看比较文学对翻译的研究就可以比较明白了:比较文学是从一个更为广阔的文化背景上去理解翻译、阐释翻译,并给翻译注入了空前丰富的内涵。譬如把文学作品创作过程的本身也视作是一种翻译,即作家对现实、对生活、对自然的"翻译"。从这个意义上而言,一部文学作品一旦问世,它就开始接受读者对它的形形式式的、无休无止的"翻译"——各种读者的不同理解、接受和阐释。也正是在这个意义上,译者对另一民族或国家的文学作品的翻译就不仅仅是两种语言之间的转换,它还是译者对反映在作品里的另一民族、另一国家的现实生活和自然的翻译(理解、接受和阐释),翻译研究也因此具有了文学研究、文化研究的性质。譬如比较文学学者对误译的研究、对庞德英译唐诗的研究,等等,就是这样性质的研究。庞德的英译唐诗充满误译,许多句子的"英文文法都不通",对一般的外语教学和翻译实践显然不足为训,但庞德的英译唐诗却引发了20世纪美国的一场新诗运动,具有明显的文学史上的意义。比较文学学者对它的研究正是揭示这方面的意义。事实上,把翻译作为文学研究的对象,也正是当代西方文学翻译研究的一个趋势,美国《今日世界文学》季刊1978年春季号就刊登了一篇谈西方文学翻译的文章《西方的文学翻译:一场争取承认的斗争》,作者赖纳·许尔特(Rainer Schulte)就呼吁:"从创作观点和学术观点两方面看来,现在是把翻译看作文学研究的一个重要部分的时候了。"①

至此，我们应该可以看得比较清楚，比较文学为我们看待翻译（尤其是文学翻译）提供了一个新的视角，同时也展现了一个新的、相当广阔的研究领域，这个领域就是译介学。

那么，什么是译介学呢？对比较文学圈外的学界来说，译介学应该还是一个比较陌生的术语，人们往往把它和一般意义上的翻译研究混同起来，像前面提到的那位语言学家一样，以为译介学也是研究什么翻译技巧或是什么翻译理论，甚至把它与训练和提高人们的翻译能力联系在一起，这显然是一个误解。因此，要为译介学下一个定义的话，首先有必要先把它与传统意义上的翻译研究区别开来。两者的区别大致可以归纳为以下三个方面：

首先，是研究角度的不同。比较文学学者研究翻译多把其研究对象（译者、译品或翻译行为）置于两个或几个不同民族、文化或社会的巨大背景下，审视和阐发这些不同民族、文化和社会是如何地进行交流。例如钟玲对寒山诗在日、美两国的翻译与流传的研究，研究者并不关心寒山诗的日译本和英译本的翻译水平、忠实程度，她感兴趣的是，在中国本土默默无闻的寒山诗何以在译成了日文和英文后会在日本长期广为流传、大受尊崇，在20世纪五六十年代的美国同样大行其道，不仅成为那"垮掉的一代"青年人的精神食粮，而且还形成了连李白、杜甫都难以望其项背的"寒山热"。由此她详细考察了美国社会盛行的学禅之风以及风靡一时的嬉皮士运动与寒山诗在美国流传的关系。②

其次，是研究重点的不同。如所周知，传统翻译研究多注重于语言的转换过程，以及与之有关的理论问题，因此翻译的方法、技巧、标准等，诸如"直译"和"意译""归化"和"异化""信达雅"等一直是传统翻译研究的中心话题。而比较文学研究者关心的是不同民族语言的转

---

① 《西方的文学翻译》，《外国翻译理论评介文集》，北京：中国对外翻译出版公司，1983年，第114页。
② 钟玲：《寒山诗的流传》，《中国古典文学比较研究》，黎明文化事业公司，1977年。

换过程中所表现出来的两种文化和文学的交流,它们的相互理解和交融,相互误解和排斥,以及相互误释而导致的文化扭曲与变形,等等。一般说来,比较文学研究者不会涉及这些现象的传统翻译研究意义上的价值判断问题。

当然,有时候在这种研究中,比较文学研究者同样也会触及翻译的忠实与否、表达是否确切等问题并对之做出评判,如奚密的《寒山译诗与"敲打集"》,研究者把译诗与原诗进行了对照,以求证译者的忠实程度,但这些分析并不是研究者的重点,她的重点在于揭示寒山译诗与译者本人的诗歌创作在题材、思想、意义等方面的相通之处——英译者史耐德(Gary Snyder)在翻译出版了译诗《寒山诗集》一年后出版了他的第一本个人诗集《敲打集》,因此寒山诗的翻译对他个人的诗歌创作具有很明显的影响。①

最后,也是最根本的区别,那就是研究目的的不同:传统翻译研究者的目的大多是为了总结和指导翻译实践,而比较文学研究者则把翻译看作是文学研究或文化研究的一个对象,他把任何一个翻译行为的结果(也即译作)都作为一个既成事实加以接受,然后在此基础上展开其对影响、接受、传播等文学关系、文化交流等问题的考察和分析。这样,比较文学的翻译研究相对说来就比较超脱,视野也更为开阔,同时更富审美成分。

例如,比较文学学者可以对跨文化交流中的缺乏对应词现象进行研究,从而具体揭示不同文化之间的差异。譬如汉语中丰富的烹饪词汇,如"炒、炸、滑、溜、扒、焖、煎、煮、炖"等,常常使汉译外工作者感到穷于应付,但英语、俄语中大量的表示"胡子"的词汇,法语中大量的关于"酒"的词汇,阿拉伯语中数以百计的描写骆驼及其各部分的词汇,爱斯基摩语中不可胜数的关于"雪"的词汇,同样使外译汉工作者感到汉语在这方面词汇的匮乏。而当我们遇到像 trespass 这样的词时,我们不能不感到更深的为难了,我们虽然可以把它译为"侵入",但远未传达出该词的真正涵义。因为对我们中国人来说,举例说,两家紧挨

---

① 郑树森编:《中美文学姻缘》,台北:东大图书公司,1985年。

着的邻居,屋后的场地仅隔着一排高不及腰的栅栏,一旦有东西掉入对方场地,当即越过栅栏去把它捡回来是很寻常的事,决不会想到他的这种不经过主人许可就擅自进入邻居场地的行为已经构成了 trespass。Trespass 一词背后所蕴含的西方人对私有空间的尊重,对多数中国人(由于居住空间比较狭小,相互关系比较亲密,不分彼此)来说恐怕很难想象。由此可见,缺乏对应词现象所反映的不仅仅是不同民族在地理环境、生产、气候等方面的差异,它还反映了不同民族、不同社会在生活方式、行为准则、道德价值等方面的差异。

在两种语言转换过程中,原文文化信息在译入语文化语境中的增添、失落和变形也是译介学研究者非常关注的一个现象。例如,在许多语言中都有以动物喻人的比喻。在多数情况下,由于人类对动物特性的认识有共通之处,所以这些比喻在翻译时不会引起接受者的误会。如汉语中说某人是一条蛇、一条狼、一只虎,译成外语后人们马上就能理解其真正的涵义。同样,英语 He is a fox,译成中文"他是一只狐狸",中文读者也能领会其中"喻某人狡猾"的含义。但是当我们把 She is a cat 译成中文"她是一只猫"时,有多少中文读者能体会到原文暗喻某女人"居心叵测、包藏祸心"的意思呢?而当我们把 You are a lucky dog(直译"你是一条幸运的狗")译成中文时,中文读者很可能会拂然变色,甚至勃然大怒,因为他不知道在有些英语字句中的"狗"并无贬义。

从以上我们对译介学研究与传统翻译研究所做的区分中我们不难发现,译介学研究跳出了单纯语言层面和文本层面的研究,而进入了一个更为广阔的文化研究层面。所以我在拙著《译介学》曾对译介学的定义进行了如下一个简单的描述:

> 译介学不同于一般意义上的翻译研究,如果要对它作一个简明扼要的界定的话,那么不妨说,译介学最初是从比较文学中媒介学的角度出发、目前则越来越多是从比较文化的角度出发对翻译(尤其是文学翻译)和翻译文学进行的研究。严格而言,译介学的研究不是一种语言研究,而是一种文学研究或者文化研究,它关心的不是语言层面上出发语与目的语之间如何转换的问题,它

关心的是原文在这种外语和本族语转换过程中信息的失落、变形、增添、扩伸等问题,它关心的是翻译(主要是文学翻译)作为人类一种跨文化交流的实践活动所具有的独特价值和意义。译介学尚没有相应的固定英语术语,曾有人建议可翻译成 Medio-Translatology,这个词的前半部分意为"媒介""中介",英语中的"媒介学"一词即为 Mediology,后半部分意为"翻译学",这样勉强可以表达译介学的意思。在西方比较文学界,在谈到译介学时,我们经常接触到的是一个意义相当宽泛的术语——翻译研究(translation studies 或 translation study)。但这样一来,这个术语所指的内容其实大大超出了严格意义上的译介学研究的范畴了。①

确实,自从美籍荷兰裔学者霍尔姆斯(James Holmes)1972 年在他那篇翻译学的奠基性论文《翻译学的名与实》(*The Name and Nature of Translation Studies*)一文中提出用 translation studies 这一术语来表示"翻译学"这门新兴的学科以来,translation studies 就不再仅仅意味着"翻译研究",而在一些特定场合,它就是一门独立的学科"翻译学"的英文名称。事实上,霍尔姆斯在文中也确实是把它(translation studies)作为这门新兴的独立学科"翻译学"的最合适的专门术语提出的。只是,从我们今天所讨论的译介学的角度看,该术语无论是其字面还是其内涵,其意义显然要比我们在这里所说的"译介学"一词所包含的内容要宽泛得多。

然而,传统的翻译研究有一个最大的优点,那就是理论与实践之间的极为密切的关系。它所关心的"直译""意译"的讨论,它所津津乐道的翻译技巧的探讨,乃至对一个个翻译个案实例的分析,无一不与翻译的实践密切相关。有鉴于此,当代译学研究者把这种性质的传统翻译研究称之为规定性研究(prescriptive research)。毫无疑问,这种性质的研究对于提高翻译工作者的翻译实践水平、促进某一民族或国家的翻译事业的发展,具有比较直接的、甚至显而易见的意义和价值。

---

① 谢天振:《译介学》,上海:上海外语教育出版社,1999 年,第 1—2 页。

那么与之对照,我们这种不以语言层面上出发语与目的语之间的转换为终极关注对象的译介学研究,也即当代译学理论所说的"描述性研究"(descriptive research)能有什么理论意义和实践价值呢?这种研究会不会流于某种不着边际、纸上谈兵式的空谈呢?答案当然是否定的:译介学不仅不是一种空谈,而且具有重大的理论意义和实践价值。

首先,译介学研究扩大并深化了对翻译和翻译研究的认识。

长期以来,人们对翻译的认识多局限于两种语言文字的转换上。所谓"译即易,谓换易言语使相解也"。就是说所谓翻译,就是变通语言,让人们得以相互理解。这句中国古人对翻译的解释主宰了我们(其实也不光是我们,其他国家、其他民族也一样)千百年之久。但是,当比较文学家把翻译放到比较文化的语境中予以审视时,翻译的内涵就大大扩大了。试看20世纪80年代法国比较文学家布吕奈尔(P. Brunel)等三人在他们合著的《什么是比较文学》一书中的一句话:"和其他艺术一样,文学首先翻译现实、生活、自然,然后是公众对它无休止地'翻译'。"①这里所说的"翻译"显然已不是简单的语言文字的转换了,作者把翻译的内涵已经扩大到了文学艺术对现实、生活和自然的"再现",扩大到了公众(当然也包括文学作品的读者)的理解、接受和解释。这样,"翻译"就成了人类社会中无处不在的一个行为,我们甚至可以这样说:哪里有交往,哪里有交流,哪里就有翻译。

当然,译介学还没有把翻译的内涵扩大到如此大的范围,但它同样是在一个比传统意义上的翻译内涵要大得多的文化交流和文化交往的层面上去审视翻译、研究翻译的。在这样的层面上,研究者对翻译的关注就不会仅仅局限于翻译文本内部的语言文字的转换(虽然这也是译介学一个重要的研究内容),而还要探讨译本以外的许多因素,诸如译入国文化语境中的意识形态、占统治地位的文学观念、译介者、翻译的"赞助人"(出版者或文学社团等)、接受环境,等等。

译介学关于译介者风格问题的讨论也与传统翻译研究不同,并且

---

① 布吕奈尔等:《什么是比较文学》,葛雷等译,第216页。

有自己独特的贡献。在传统意义上的翻译研究者看来,译者的风格自然是不容存在的,因为理想的翻译应该是透明的,也即最好让读者感觉不到译者的存在,因为翻译的目的是要让读者接触原作。翻译好比是媒婆,一旦双方已经见面,她的任务就已经完成,她就应该"告退"。然而,果真如此么?若是,为何精通外文的钱钟书先生在晚年会重新捡出林译本,一本本读得津津有味?若是,为何读者会对某个译者念念不忘,特别青睐?譬如傅雷,譬如朱生豪,卞之琳……而这些译者恰恰没有"隐形",他们的翻译风格特别明显。可见,译者的风格自有其存在的理由,也有其原作所无法取代的独特的价值。

其次,译介学对文学翻译中创造性叛逆的研究,肯定并提高了文学翻译的价值和文学翻译家的地位。

关于文学翻译中的创造性叛逆的观点本是法国文学社会学家埃斯卡皮提出来的。他在《文学社会学》一书中说,"翻译总是一种创造性的叛逆"。他解释说:"说翻译是叛逆,那是因为它把作品置于一个完全没有预料到的参照体系里(指语言);说是创造性的,那是因为它赋予作品一个崭新的面貌,使之能与更广泛的读者进行一次崭新的文学交流;还因为它不仅延长了作品的生命,而且又赋予它第二次生命。"①

译介学研究者接过"创造性叛逆"这个命题,结合中外翻译史上大量丰富的翻译实例,对文学翻译中的创造性和叛逆性做了进一步的发挥和深入的阐释。耳熟能详的例子,如殷夫翻译的匈牙利诗人裴多菲的名诗"生命诚宝贵,爱情价更高。若为自由故,二者皆可抛。"那整齐划一的诗的形式,抑扬顿挫的诗的韵律,以及诗中那层层递进的诗的意境,等等,在译介学研究者看来,都已经是译者的贡献了,属于原作者的仅是那"甘愿抛弃一切、为自由献身"的思想。

不无必要强调一下的是,译介学对"创造性叛逆"观点的发挥和阐释并不是局限在对这一观点简单的论证和确认上,而是另有更深刻的含义。译介学通过对"创造性叛逆"观点的阐发,生动、形象、有力地论证了文学翻译的再创造价值。译介学研究者指出,经过文学翻译家的再

---

① 埃斯卡皮:《文学社会学》,王美华、于沛译,合肥:安徽文艺出版社,1987年,第137—138页。"叛逆"一词在该译本中译为"背叛"。

创造，译作中已经融入了文学翻译家的艺术贡献，无论怎么忠实的译作，它已经不可能等同于原作，译作已经成为一个相对独立的存在。这样，译介学研究便从根本上肯定并提高了文学翻译和文学翻译家的劳动。

再次，那就是把翻译文学作为一个专门概念提出并予以界定，同时它还对翻译文学的归属进行了论证，提出了"翻译文学是中国文学的一个组成部分"的鲜明观点。译介学提出的翻译文学的概念和对翻译文学归属问题的探讨，不仅为文学翻译研究开拓出了一片相对独立而又巨大的研究空间，而且还触动了对传统的国别文学史的编写原则的反思。从某种程度上而言，这也许可视作译介学研究对学界的最大贡献了。因为如果承认翻译文学应该在译入语文学史上占有一席之地，那么随之而来的问题就是，现今的没有把翻译文学包括在内的文学史是不是应该算是不完整的而应该重写呢？可见，译介学关于翻译文学归属问题的思考，对当前的民族或国别文学史的编写者也是一种触动和启发。

最后，译介学对编写翻译文学史的思考同样展现了一个广阔的学术空间。

译介学分析了文学翻译的创造性叛逆性质，厘清了翻译文学与外国文学之间并不等同的关系，强调了翻译与创作所具有的同等的创造意义和建构民族、国别文学发展史的意义，在此基础上，它又进一步指出了翻译文学与外国文学是既有联系又相对独立的文化和文学的特性。于是，它又提出了编撰翻译文学史的设想。

虽然在译介学之前，我国学术史上已经有人提出过关于翻译文学史的设想，并且还有过不止一次的编撰翻译文学史的实践。① 然而，由于历史的原因，人们往往对翻译文学史与文学翻译史不作区分，把两者相混，有的著作尽管标题也是翻译文学史，实质上仍是一部文学翻译史。

译介学的贡献在于首次对翻译文学史与文学翻译史这两个不同的概念进行了明确的区分界定。译介学研究者认为，以叙述文学翻译

---

① 详见谢天振：《译介学》。

事件为主的"翻译文学史"不是严格意义上的翻译文学史,而是文学翻译史。文学翻译史以翻译事件为核心,关注的是翻译事件和历史过程历时性的线索。而翻译文学史不仅注重历时性的翻译活动,更关注翻译事件发生的文化空间、译者翻译行为的文学文化目的以及进入中国文学视野的外国作家。翻译文学史将翻译文学纳入特定时代的文化时空中进行考察,阐释文学翻译的文化目的、翻译形态、达到某种文化目的的翻译上的处理以及翻译的效果等,探讨翻译文学与民族文学在特定时代的关系和意义。

毋庸赘言,尽管带有译介学性质的研究早已有之,严格意义上的译介学研究毕竟进行的时间还不长,人们对译介学理论的理解和认识尚需假以时日。事实上,无论在国际学术界还是国内学术界,仍有不少学者对译介学研究尚缺乏确切的把握,甚至还存在一些误解。甚至像著名的英国比较文学家巴斯奈特,她在高度肯定翻译学(研究)前景的同时,却又提出"现在是到了重新审视比较文学与翻译学(研究)之间的关系的时候了,"因为"女性研究、后殖民主义理论和文化研究中的跨文化研究已经从总体上改变了文学研究的面目。从现在起,我们应该把翻译学(研究)视作一门主导学科,而把比较文学当作它的一个有价值的、但是处于从属地位的研究领域",做出了"翻译学(研究)将取代比较文学成为一门独立的学科、比较文学将成为翻译学(研究)的一个分支"的结论。这显然是混淆了比较文学范畴内的翻译研究(主要是译介学)与一般的翻译研究、也即范围更为广阔的、不仅包括文学翻译、还包括非文学翻译的翻译学研究之间的界限。

再如国内学术界,一提到译介学研究,有人就立即会冒出"译介学研究能不能提高读者的翻译水平"的问题,还有人甚至撰文对译介学这种"摆脱了一般意义上的价值判断和对翻译实践操作的规定、指导"的研究表示担忧,认为译介学所举的庞德的例子会"成为鼓励乱译的误导",是放弃了比较文学研究应该"维护译文的质量"的"义不容辞的义务"①。该文作者甚至不无骇人听闻地指出:"庞德的例子告诉我

---

① 林璋:《译学理论谈》,许钧主编:《翻译思考录》,武汉:湖北教育出版社,1998年,第562—569页。

们,乱译可以成为大师而名留青史。那么,当我们面对一个乱译的文本时,我们有理由责备他吗?如果翻译界群起而攻之,是否可能扼杀另一个'庞德',从而阻挡文学史上另一股文学思潮的涌现,摧毁文学园地中一枝美丽的花朵?"①该文作者所表达的观点有一定的典型性,其实质是混淆了译介学作为一种描述性研究与传统翻译研究作为一种规定性研究之间的界限,同时又完全无视译介学的文学研究和文化研究的性质。正如在本文前面部分不止一次地强调指出的,译介学研究并不负有指导翻译实践的任务,它是对跨语际传递中的既成的文学现象或文化现象的描述和分析。庞德的例子正是这样一个既成事实,不管你对庞德的翻译质量作何评价——把它称作误译、甚至不承认它是严格意义上的翻译,但它(确切地讲是庞德的翻译行为及其结果)确实在文学史上产生了巨大的影响,引发了美国文学史上的一场新诗运动,这都是美国文学史上的事实。任何人看了这段描述,绝不会以为这是在"鼓励乱译",或看了这段描述后再面对乱译的文本时会觉得就没有理由责备了。这就像我们读了钱钟书先生的《林纾的翻译》一文,看到钱先生如此高度评价林纾的翻译,决不会以为钱先生是在鼓励我们要做翻译家就不必学外文了,因为林纾不就是一个不懂外文的翻译家么?既然不懂外文照样可以成为翻译家,而且还是一个大翻译家,那我们还要学外文干什么?

不过,国内或国际学术界对译介学研究存在着这样那样的误解甚至抵触,也正是我们有必要对译介学理论做一个更加全面、更加清晰的梳理的原因。我们相信,随着时间的推移,随着译介学研究成果的增长,随着人们对译介学理论的深入了解,人们终将认识到译介学理念所展现的广阔研究空间和它对促进我们国家的文学研究,尤其是比较文学研究的巨大意义和价值。

---

① 林璋:《译学理论谈》,许钧主编:《翻译思考录》,第562—569页。

第一章 翻译研究的文学传统和当代译学的文化转向
——译介学诞生的历史背景

在"绪论"部分我们对译介学的定义和研究对象做了一个大致的勾勒,同时还对译介学研究的价值和意义也做了一个简单的分析。在这一章里我们将对译介学诞生的历史背景做一介绍。

其实,在绪论部分我们已经简单地提到,译介学的诞生一方面是当前国际比较文学发展的一个结果,而另一方面,它又是西方翻译研究在当代实现文化转向以后的一个自然而必然的趋势。换句话说,译介学这种从比较文学立场出发对翻译,尤其是文学翻译所进行的研究,正好与当前国际译学研究中出现的文化转向趋势殊途同归,不谋而合。这也就解释了为什么在当前国际译学界代表最新译学研究潮流的学者中有不少人的主要学术身份都是比较文学家的缘故。

但是,假如我们追根溯源的话,那么我们将会发现,译介学的诞生其实还有其更深远的历史背景,那就是西方翻译史上翻译研究的文艺学派的传统。

接触过西方翻译史的读者都知道,在西方翻译史上历来就存在着清晰可辨的两条翻译研究的发展线索,一条是从古罗马的奥古斯丁延伸到 20 世纪的结构语言学翻译理论线索,这条线索"把翻译理论和语义、语法功能的分析紧密地结合起来,从语言的结构特征和语言的操作技巧上论述翻译问题,认为翻译的目的在于产生一种与原文对等的译语文本,并力求说明如何从词汇和语法结构等各个语言层面去产生这种对等文本";另一条是"从泰伦斯等古罗马早期戏剧翻译家开始,一直延伸到当代(捷克的)列维、(苏联的)加切奇拉泽,以及 20、21 世纪其他形形色色的文艺学派理论家"。按照这条线索,翻译被认为是一种文学艺术,翻译的重点是进行文学再创作。这条路线的理论家们

"除了不断讨论忠实与不忠实、逐词译与自由译、或直译与意译的利弊外,对翻译的目的和效果尤其重视"。他们"或强调突显原文和原文语言的文学特色,或强调在翻译中必须尊重译文表达习惯和译文语言的文学传统;他们特别讲究文本的风格和文学性,也特别要求译者具有天赋的文学才华"。研究者指出,这是"第一古老"的线。①

有人说,在人类历史上是罗马人开了翻译之先河。此说也许有点夸张,但是根据已存文字资料,罗马人给人类留下了大批翻译成果以及对翻译的许多见解,这是不可否认的事实。我们知道,罗马人凭借强大的军事力量征服了希腊,但是希腊的文化遗产毕竟远远高于罗马人的文化,于是,为了丰富和发展自己的文化,罗马人从公元前3世纪起便开始了大规模的翻译活动。

值得注意的是,这个活动从一开始起就带有明显的文学性质。史载罗马最早的翻译家里维乌斯·安德罗尼柯(Livius Andronicus,公元前284?—前204)所翻译的就多是一些文学作品,如他选译的荷马史诗《奥德赛》,以及埃斯库罗斯、索福克勒斯、欧里庇得斯的悲剧、米南德的喜剧,等等。研究者指出,他翻译的《奥德赛》片断"是第一首拉丁诗,也是第一篇译成拉丁语的文学作品","译文对引导当时罗马青年一代了解希腊起了不可低估的作用",由于"他和许多其他同时代翻译家和后继翻译家的努力,古希腊的戏剧风格对后世欧洲的戏剧产生了深远的影响"。②

与安德罗尼柯差不多同时代的古罗马历史剧作家涅维乌斯(Gnaeus Naevius,公元前270—前200?)和被誉为罗马文学之父的恩尼乌斯(Quintus Ennius,公元前239?—前169)也都翻译了许多希腊的悲剧和喜剧,尤其是后者,通过翻译把希腊的六步韵律移植到了罗马,不仅对当时的拉丁语诗的创作产生了重大影响,而且为以后罗马的诗歌创作开辟了广阔的前景。

如果说,以上这三位古罗马翻译家的翻译实践表明,翻译,尤其是文学翻译,从一开始就是与接受国的文学创作有着密不可分的关系的

---

① 谭载喜:《西方翻译简史》(增订版),北京:商务印书馆,2004年,第6页。
② 同上书,第16—17页。

话,那么,他们之后的西塞罗和贺拉斯关于翻译的见解就反映了人们对翻译的认识和阐述最先也是从文学创作的立场出发的。

作为古罗马著名的演说家、政治家、哲学家和修辞学家的西塞罗(Marcus Tullius Cicero,公元前106—前43)同时也是一位著名的翻译家,他翻译的主要是政治、哲学方面的著作,如柏拉图的《蒂迈欧篇》和《普罗塔哥拉斯》,色诺芬的《经济学》等,但他也翻译过荷马的《奥德赛》等文艺作品。贺拉斯(Quintus Heratius Flaccus,公元前65—前8)是罗马帝国初期的著名诗人和批评家,他也从事过翻译希腊作品的活动。他们两人都对翻译发表了不少精辟的、对当时和对后世都产生了很大影响的见解,而且不无必要强调指出的是,正如苏珊·巴斯奈特-麦圭尔(Susan Bassnett-McGuire)所言,"他们两人对翻译的讨论是在诗人两个主要功能的更大背景展开的,即人类获取和传播智慧的共同责任的功能以及使诗能成为诗的专门艺术的功能"。① 用西塞罗的话来说,在翻译中要保留原作的"思想和形式",但是要使用符合译入语国表达习惯的语言,所以在翻译的过程中,"没有必要在翻译时字当句对,而是保留了语言的总的风格和力量"。"不应当像数钱币一样把原文词语一个个'数'给读者,而是应当把原文'重量''称'给读者。"② 贺拉斯则主张,"与其别出心裁写些人所不知、人所不曾用过的题材,不如把特洛亚的诗篇改编成戏剧。从公共的产业里,你是可以得到私人的权益的,……不要把精力放在逐字逐句的死搬死译上。"③ 贺拉斯显然把丰富灿烂的希腊文化原作看作是"公共的产业",鼓励罗马人通过翻译、"改编"创作出优秀的作品来。

从翻译主张看,西塞罗、贺拉斯实际上提出了"灵活翻译"、或者说类似意译的主张,这也许是人类历史上最早、最明确的一种翻译主张,其意义是显而易见的。

这里想顺便提一下,有人把罗马人对翻译采取这种灵活、随意的

---

① Susan Bassnett-McGuire, *Translation Studies*, Methuen & Co. Ltd. 1980, p. 43.
② 西塞罗:《论最优秀的演说家》,转引自谭载喜:《西方翻译简史》(增订版),第19页。
③ 贺拉斯:《诗艺》,转引自伍蠡甫:《西方文论选》上册,上海:上海译文出版社,1979年,第104页。

态度的原因解释为:"随着时间的推移,罗马人意识到自己是胜利者,在军事上征服了希腊,于是以胜利者自居,一改以往的常态,不再把希腊作品视为至高无上的东西,而把它们当作一种可以由他们任意'宰割'的文学战利品。他们对原作随意删改,丝毫也不顾及原作的完整性,这样做乃是想通过翻译表现出罗马'知识方面的成就'。"①这种说法当然有一定的道理,但似乎只是道出了其中的一个方面的原因。另一方面的原因,恐怕还是与人类在翻译、尤其是文学翻译的初期阶段,对文学翻译还远未形成比较全面、严谨的认识有关。在文学翻译的初期阶段,人们对文学翻译与文学创作的关系还未能做明确的区分,这样往往会把文学翻译与文学创作搅在一起,导致了翻译中有创作、创作中有翻译这样的情形,甚至还出现了如另一位古罗马翻译家昆体良(Macus Fabius Quintilianus,35? —95?)所说的要"与原作搏斗、竞争"这样的主张。其实,这种情形不仅见诸古罗马时期的翻译,同样也见诸中国文学翻译的初期阶段,例如林纾在翻译英国小说家狄更斯的小说《冰雪姻缘》(今译《董贝父子》)时,会不由自主地插入自己的感叹:"书至此,哭已三次矣!"苏曼殊在翻译法国作家雨果的长篇小说《惨世界》(今译《悲惨世界》)时,开始几章也基本依照雨果原作译出,但到后面不仅把雨果的原作几乎全部删去,随心所欲地改变了情节的发展,还让原作的人物讲出了译作者想要说的话。此外,还有一个原因,则要复杂得多,它不光与文学翻译的动机和目的有关,如上述苏曼殊例,还与译入国对所译作品的态度、立场、译入国文学、文化的发达与否等因素有关。譬如美、英等英语发达国家在把第三世界的作品翻译成英语时,同样表现出相当的随意性,这显然就不能仅仅归结于"翻译处于历史发展的初期阶段"这个原因了。对这个现象,当代西方译学理论家韦努蒂(Lawrence Venuti)有很精辟的评说,可参见其相关著作。②

古罗马时期的翻译活动是西方翻译史上第一次大的翻译高潮,而

---

① 参见谭载喜:《西方翻译简史》(增订版),第18—19页。
② 其主要著作有《译者的隐身:一部翻译史》(1995)、《翻译丑闻:差异伦理探索》(1998)、《翻译再思:话语、主观性、意识形态》(1992)、《翻译研究选读》(2000)等。

且带有明显的文学活动性质。可惜的是，到了古罗马后期，随着文学创作活动的减退，文学翻译也随之趋于消沉。及至进入罗马帝国后期，宗教翻译逐渐成为西方翻译界的主流。

从表面看，宗教翻译与文学翻译似乎没有多大关系，实际上，由于宗教翻译的主体——《圣经》本身就是一部具有很高文学价值的文学作品，更由于作为西方历史上第二次大的翻译高潮的宗教翻译历时悠长，投入的人员众多，西方各国、社会各阶层都对之高度重视，涌现出一批出色的翻译家，还形成了一些重要的翻译原则与方法，因此其影响就不限于宗教翻译本身，也进入了文学翻译的领域。事实上，在把《圣经》译成欧洲各民族语言的过程中，《圣经》翻译对这些民族的书面语言的最终形成起了巨大的作用。对有些民族来说，《圣经》译本就是该民族的第一部书面文学作品，因此，宗教翻译与欧洲各民族文学的创作和发展的关系是极其密切的。

最早的宗教翻译可以追溯到公元前2至前3世纪的希腊文译本《圣经·旧约》，因为是由72名犹太学者共同合作从希伯来文译出的，故世称《七十子希腊文本》。从此以后，《圣经》的翻译就一直没有停止过，直至今天。

罗马帝国后期，有两位翻译家值得一提。第一位翻译家是哲罗姆（St. Jerome,347？—420），这是一位非常严肃的学者，酷爱拉丁文学，精通希伯来语和希腊语，被认为是罗马神父中最有学问的人。哲罗姆受命重新翻译《圣经》，在翻译过程中他悟出不能像《七十子希腊文本》的译者那样死扣原文，而应根据译文语言的特点移植原文的风格，他的译本《通俗拉丁文本圣经》因此取得成功，成为罗马天主教所承认的唯一文本，也成了后来大多数欧洲国家翻译《圣经》时所依据的主要原本。尤其值得一提的是，哲罗姆提出了应区别对待文学翻译和宗教翻译，认为在《圣经》翻译中不能一概采用意译，而主要应采用直译，但在文学翻译中，译者可以而且应当采用易于理解的风格传达原作的意思。他甚至进而提出，"译者可以掺入自己的性格色调，使译作像原作一样优美",译者应当"靠征服把原文意思译成自己的语言"。① 哲罗姆的这些观点在当时和后世的一些译者,尤其是从事世俗文学翻译的译者中间,很有市场。但实际上,哲罗姆并不完全是意译派的代表,在《圣经》翻译上他就比较倾向于直译(当然,比起"七十子"来也已经是灵活多了),因此他的翻译主张是直译、意译兼而有之。

罗马帝国后期另一位引人注目的翻译家是奥古斯丁(St. Augustine,354—430),这是一位基督教神学家、哲学家,当过修辞学教授,对希腊、罗马文学颇有研究。严格说来,奥古斯丁实际从事翻译倒并不多,但由于他对语言问题有深入的研究,加上他曾校订过拉丁文《圣经》译本的某些部分,使他有可能从语言研究的角度,对翻译提出其独特的观点。例如他提出的在翻译中应注意根据不同的读者,采用"朴素、典雅、庄严"三种不同的风格,翻译中应考虑"所指""能指"和译者"判断"的三角关系,等等,对后世的语言和翻译研究,影响深远,他因此被奉为西方翻译史上语言学派的鼻祖。

从以上所述可见,西方翻译史上的两大学派——语言学派和文艺学派——在罗马时期便已登台亮相,"直译"和"意译"两种不同翻译原则之间的争论此时也已初露端倪,并在日后愈演愈烈,成为西方翻译研究史上的重要内容之一。

进入中世纪以后,教会势力更为强大,宗教翻译进一步成为西方译界的主流,影响遍及整个欧洲。与此同时,世俗性的散文文学作品译本如骑士小说等,仍不绝如缕,且甚得宫廷权贵们的欢心,在贵族圈子内广为流传,不胫而走,这为文学翻译赢得了一席之地。这些译自拉丁文、法文的译本追求辞藻华丽,译风极其自由,滋长了意译的风气。但在宗教翻译上,由于教会的控制和干预,也由于译者本人对原本敬若神明,亦步亦趋,不敢有丝毫变动,因此直译、死译仍据主导地位,导致这一时期的宗教翻译作品错误百出,后世的意译派曾以此为例对直译派进行抨击。

中世纪初期翻译领域里的中心人物是波伊提乌(Manlius Boethi-

---

① 转引自谭载喜:《西方翻译简史》(增订版),第26页。

us，480？—524？）。波伊提乌是当时一位杰出的神学家、政治家、哲学家和翻译家，他不盲从基督教义，因此转向希腊哲学以寻找精神食粮，曾翻译过亚里士多德的作品。波伊提乌并不是一个翻译理论家，但他对翻译的主张在西方翻译史上却很有代表性。他主张：1. 内容与风格互为敌对，要么讲究风格，要么保全内容，二者不可兼得；2. 翻译是以客观事物为中心的，译者应当放弃主观判断权。在某些著作的翻译中，译者所寻求的是准确的内容，而不是优雅的风格。因此，为了表达出"没有讹误的真理"，译者应当采用逐词对译。① 这里，波伊提乌所提出的内容与风格的关系问题，即使到今天，在我们讨论文学翻译的时候，仍不失其参考价值。

除波伊提乌外，还有两位国王翻译家的翻译活动也值得一提。一位是英国早期的阿尔弗烈德国王（King Alfred，849—899），另一位是西班牙国王智者阿尔丰沙十世（Alfonso X，1221—1284）。前者主要从事宗教翻译，但他赋予翻译以较大灵活性，主张"有时逐字译，有时意译，尽量做到明白易懂"，在当时有一定的影响；后者翻译了不少散文作品，如阿拉伯寓言集《卡里乃和笛木乃》，故事集《森德巴尔》（西班牙译本名为《受愚弄的妇女经验谈》），等等，这些译本是西班牙最早的散文作品。

但是，毫无疑问，欧洲中世纪翻译史上最令人注目的事件应该是《圣经》的民族语翻译和英国学者罗杰·培根、意大利诗人但丁发表的有关翻译的观点。

众所周知，进入中世纪后，欧洲各地开始建立起各种大大小小的国家，民族疆域逐渐明确，民族意识日益增强，民族语言也开始逐步成形。因此，尽管罗马教廷为了维护自己的统治地位而一再坚持用拉丁语翻译《圣经》，但欧洲各地用民族语翻译《圣经》的要求却越来越强烈了，从13世纪起终于形成一个高潮。

在英国，《圣经》的英语翻译可追溯到7世纪末、8世纪初，阿尔德姆用古英语翻译了《圣经·诗篇》的前50章。接着，阿尔弗烈德国王

---

① 转引自谭载喜：《西方翻译简史》（增订版），第34页。

又于9世纪下半叶用古英语翻译了《圣经·诗篇》以及其他宗教文献。之后,用英语翻译《圣经》和宗教文献的人就源源不断,较有成就者有阿尔弗里克(Aelfric, 955?—1020?)和约翰·威克利夫(John Wycliffe, 1320?—1384)等人。尤其是威克利夫的译本,引起激烈的反响,流传甚广。在法国,让·德·维尼(Jean de Vignay)约在1340年用法语翻译了拉丁文《圣经》。在德国、意大利,用古德语、意大利语翻译《圣经》等宗教文献的活动也很早开始,并在13世纪蔚为大观。

《圣经》与宗教文献的民族语言的翻译,除了对民族语言的形成产生了巨大的影响外,它对翻译理论和世俗文学翻译的发展也产生了积极的影响。例如,在德国围绕着"直译""意译"的问题展开了进一步的争论,有人(以尼古拉斯·封·维尔为代表)主张逐字对译,不折不扣地模仿拉丁风格,为了忠实于原文,宁愿牺牲译文的易懂性;但另一些人(以斯坦豪维尔为代表)则主张发展民族语的风格,使用人民大众的活的语言,以使译文明白易懂。类似的争论与主张,在英国翻译家中也有反映,如翻译《圣经·诗篇》的理查德·罗尔(Richard Rolle, 1300—1349)自称:"我尽量抠住字眼,但在我找不到恰当的英语译词的地方,便按照单词的意思翻译。"① 而另一位翻译家(约翰·珀维)提出,逐字翻译会使意思含混不清,主张译者要让英语句子像拉丁语句子的意思同样明白易懂。

与此同时,世俗文学的翻译也取得了很大的发展。著名英国诗人乔叟(Geoffrey Chaucer, 1340?—1400)把薄伽丘的《菲洛斯特拉托》翻译、改编成了长诗《特罗伊勒斯和克丽西达》,还译出了《玫瑰传奇》《贞洁女人传奇》和波伊提乌的全部作品。乔叟的翻译不仅为英语翻译打开了广阔的前景,而且如研究者所指出的,"为确立英语成为文学语言、对英国文学的发展做出了卓越的贡献"。乔叟之后的另一位翻译家威廉·卡克斯顿(William Caxton, 1422?—1491)也翻译了《查理大帝》《勃兰聂丁和伊格兰丁》《特洛伊历史故事集》等大量作品。法国王室雇用译员翻译了维吉尔、奥维德、亚里士多德、柏拉图以及当代

---

① 转引自谭载喜:《西方翻译简史》(增订版),第51页。

作家的作品，西班牙的作家、史学家们则把大量的阿拉伯语、希伯来语、希腊语和拉丁语的作品译成西班牙语，有力地促进了西班牙文化和科学的发展。

如前所述，欧洲中世纪翻译史上另一个引人注目的事件是罗杰·培根和但丁所发表的对翻译的看法。罗杰·培根（Roger Bacon，约1214—1292）是英国哲学家、博物学家，也是牛津大学的教授。他猛烈抨击一些译者在翻译中对亚里士多德的作品随意增删和歪曲，提出只有认真研究语言与科学，才有可能正确理解原文。意大利诗人但丁（Dante，1265—1321）则在其名著《飨宴》里对诗歌翻译发表了颇为悲观的看法。在但丁看来，诗的形式与该诗所使用的语言是密不可分地紧紧连在一起的，因此，"任何富于音乐、和谐感的作品都不可能译成另一种语言而不破坏其全部优美的和谐感"。他还具体举例说，荷马的史诗之所以未译成拉丁语，《圣经·诗篇》的韵文之所以没有优美的音乐和谐感，"就是因为这些韵文先从希伯来语译成希腊语，再从希腊语译成拉丁语，而在最初的翻译中其优美感便完全消失了"。① 但丁的这一观点的意义在于，它拉开了西方翻译史上对于文学翻译的可译性与不可译性的漫长争论的序幕，同时它使人们注意到了诗歌翻译中诗与语言之间的有机联系，这对后世人们确立诗歌翻译的正确原则很有裨益。

这里顺便提一下，几百年后，著名的西班牙作家塞万提斯在其长篇小说《堂吉诃德》中，借主人公堂吉诃德之口，说出了与但丁颇相仿的观点："不过我对翻译也有个看法，除非原作是希腊、拉丁两种最典雅的文字，一般翻译就好比弗兰德斯的花毯翻到背面来看，图样尽管还看得出，却遮着一层底线，正面的光彩都不见了，至于相近的语言，翻译只好比誊录或抄写，显不出译者的文才。"②

然而，尽管但丁对翻译发表了如此悲观的看法，但翻译活动并没有因此停滞不前。在进入文艺复兴时期以后，欧洲各国的文学翻译和翻译理论发展尤为迅猛，犹如一次飞跃。

---

① 转引自谭载喜：《西方翻译简史》（增订版），第42页。
② 借用杨绛译文。

众所周知,文艺复兴的一个根本内容就是对古希腊、罗马的哲学、艺术和文学的重新发现和振兴。在这个"重新发现和振兴"中,翻译所起的作用是不言而喻的。事实上,文艺复兴时期的所有重大事件几乎都有赖于翻译或与翻译有关,而在这个过程中,翻译本身,无论是实践水平还是理论水平,也都得到了空前的提高。

这里首先要提的是德国的情况。15世纪时围绕着直译、意译所进行的争论,在16世纪余波不绝,但力量对比却发生了变化。当初是直译派占上风(以维尔为代表),如今却是意译派显露头角,代表人物是德国宗教改革运动的领袖和翻译家马丁·路德(Martin Luther,1483—1536)。路德的主要贡献是他翻译的《圣经》,这部译本的语言被誉为德语的典范,对德国语言的统一和发展起了不可估量的作用。路德强调译文要让读者能看懂,他结合自己的翻译实践提出了七条翻译细则:1. 可以改变原文的词序;2. 可以合理运用语气助词;3. 可以增补必要的连词;4. 可以略去没有译文对等形式的原文词语;5. 可以用词组翻译单个的词;6. 可以把比喻用法译成非比喻用法,把非比喻用法译成比喻用法;7. 注意文字上的变异形式和解释的正确性。由于路德在翻译实践上的成功,因此这些原则也产生了很大的影响,并为意译派赢得了地位。路德还译过《伊索寓言》等作品,同样具有很高的价值。

除路德外,这一时期的德国还出了不少颇有成就的翻译家和理论家,如塞巴斯蒂安·布兰特(Sebastian Brant,1457—1521)、约翰·赖希林(Johannes Reuchlin,1455—1522)、德西德利乌·伊拉斯谟(Desiderius Erasmus,1466?—1536)等。这一时期的翻译内容,不仅包括《圣经》及宗教文献,欧里庇得斯、西塞罗、贺拉斯、琉善等古典作家的作品也占有相当大的比重。

文学翻译的空气在文艺复兴时期的英国显得更为浓厚,不仅译者众多,翻译的题材广泛,而且对当时英国的文学生活产生了直接、明显的影响。以戏剧为例,当时英国的戏剧创作可以说达到了登峰造极的地步,然而它之所以能取得如此巨大的成就,是与当时大量翻译、介绍普拉图斯、泰伦斯、塞内加等罗马作家的戏剧作品,以及普鲁塔克的

《希腊罗马名人比较列传》密不可分的,对此人们可以很容易地从莎士比亚的戏剧创作中得到印证。例如,在莎士比亚的《错误的喜剧》中可以发现普拉图斯《孪生兄弟》的情节,在他创作的希腊、罗马悲剧中找到普鲁塔克提供的题材,在他的喜剧中窥见意大利小说的胎记,而所有这些影响都是通过翻译才得以实现的。在诗歌创作中,翻译对英国文学的影响更为显著。1557年托马斯·魏阿特出版了诗集《歌曲与十四行诗》,这本书对英国诗歌的影响是如此巨大,以至于文学史家们把1557年称作是英国诗歌发展的重要转折点,实际上收入这本集子的诗不过是魏阿特对彼得拉克及其他意大利十四行诗人诗歌主题的自由译述而已。但是魏阿特确实功不可没,他所引入的这种十四行诗的形式(他和他的同时代诗人亨利·萨利均有所改造),成了文艺复兴时代英国诗人(包括莎士比亚)最擅长最喜爱的写作形式。更值得一提的是,萨利用素体(无韵体)翻译了维吉尔《伊尼特》的第二、四两章,由于其成功、出色的翻译,素体诗竟成了文艺复兴时期乃至以后英国戏剧写作的基本诗体,马洛、格林、莎士比亚、本·琼生、鲍茫、弗莱契,还有拜伦、雪莱的戏剧,甚至还有弥尔顿的诗篇,都是用素体诗写成的。

当然,如果论到真正的翻译成就,魏阿特、萨利就难以与托马斯·诺思(Thomas North,1535？—1601？)、约翰·弗洛里欧(John Florio,1553—1625？)、菲尔蒙·荷兰德(Philemon Holland,1552—1637)、乔治·查普曼(George Chapman 1559—1634)、威廉·廷代尔(William Tyndale,1494？—1536)等人相提并论了。诺思翻译的《希腊罗马名人比较列传》译笔朴素流畅,优雅地道,莎士比亚在创作希腊、罗马悲剧时,几乎原封不动地借用了译本中的语言。弗洛里欧翻译的蒙田的《散文集》、荷兰德翻译的普鲁塔克的《道德论说文集》和绥通纽斯的《十二凯撒传》、查普曼翻译的《伊利亚特》和《奥德赛》、廷代尔翻译的《圣经》,都取得极大的成功。

与英国相比,同时期法国的翻译规模似乎要小得多,在文学翻译实践上成就卓著者仅可举出雅克·阿米欧等极少数人,但阿米欧翻译的《希腊罗马名人比较列传》等译作影响还是很大,不仅为拉辛等作家提供了创作素材,还对法国的文学语言产生了很大影响。同时代的著名法国作家蒙田甚至说,没有阿米欧的译作,法国人谁也不会懂得写作,由此可见当时人们对阿米欧译作的评价之高。

但在翻译理论的研究上,法国因为出了个艾蒂安·多雷(Etienne Dolet,1509—1546)而比同时期的英国更有建树。多雷于1540年在一篇题为《论如何出色地翻译》的论文中,列出了翻译的几条基本原则,如译者必须完全理解所译作品的内容,译者必须通晓所译语言和译文语言,译者必须避免字字对译,译者必须采用通俗的语言形式,译者必须通过选词和调整词序使译文产生色调适当的效果,等等。这篇论文虽然简短,却富有创见,所涉问题已与后世翻译理论家所提的一些原则问题相接,多雷因此被称为西方近代翻译史上第一个比较系统地提出翻译理论的人。此外,同时代的杰出诗人和理论家杜贝莱在其名作《论法语的伟大并为之辩护》一文中,对翻译理论问题也多有论述。他强调,不管原作用何种语言写成,都可用法语把它译出。

法国的翻译高潮是在17、18世纪到来的。当时法国文坛流行的古典主义思潮把人们的目光引向古希腊、罗马的作家作品,翻译风气因此大盛。同时,法国文学史上著名的"古今之争"把法国翻译界也分裂成两派:厚今派为迎合读者口味,对原作任意删改,随意"美化",以趋附当时法国社会流行的典雅趣味,奉行不准确的译法,也即自由译法;厚古派把古典作品奉为圭臬,在翻译时自然要字随句摹,亦步亦趋,主张所谓准确翻译法。

这两派人物,前者可推佩罗·德·阿伯兰库(Perrot d'Ablancourt,生卒年不详)为代表,他译过塔西陀的《编年史》等作品。在翻译时,为追求译文的文学性和可读性,不惜对原作大肆增删,随意修改,任意发挥,他的翻译尽管被人认为"漂亮而不忠实",但由于他的译笔潇洒华丽,因此颇得众多读者的青睐。后者的代表可推达西埃夫人(Mme. Dacier,1654—1720),她在翻译《伊利亚特》和《奥德赛》两部史诗时,逐字逐句地迻译,力图在译文中再现原作的风格。由于她的努力,被"自由派"翻译得面目全非的荷马史诗形象在法国读者心目中恢复了原作应有的光辉。

然而,在17、18世纪的法国,达西埃夫人这样的准确译法派却是势孤力单,主宰当时法国译坛的是不准确译法派。《堂吉诃德》法译本的译者弗洛里昂在小说的译序中明确宣称,对原作奴仆般的忠实是令人厌恶的,原作中表现"低下趣味"的段落应该删除。在他看来,只有比较"舒服的翻译"才有可能同时也是比较准确的翻译。① 这样,在这一时期的法国,一方面是文学翻译空前繁荣,另一方面,对原作的任意增删、"拔高"、改写又比比皆是。典型的例子是莎士比亚剧本的法文翻译,不仅情节、结构、文字风格被译得面目全非,有些人物形象,如《哈姆莱特》中的几个掘墓人,因为"粗鲁、下贱、不登大雅之堂",译者干脆就把他们给删掉了。

这种风气直到 19 世纪才得到扭转。弗朗索瓦-维克多·雨果在其父亲著名作家雨果的协助下,译出的莎士比亚戏剧全集,不但注重译作本身的优美,更把忠实标准放到了首位,译作因此至今仍享有生命力。著名小说家夏多布里昂在翻译弥尔顿的《失乐园》时,甚至打破原作诗的形式,以便最大限度地传达出原作的意思。奈瓦尔用散文体翻译了巨著《浮士德》,博得了原作者歌德的高度赞赏,他对艾克曼说:"我对《浮士德》的德文本已经看得不耐烦了,这部法译本却使全剧又显得新鲜隽永。"著名诗人波德莱尔翻译的爱伦·坡的作品,内容忠实,译笔优美流畅,被誉为法语散文的经典之作。

同一时期英国的译风与法国颇相仿。托马斯·谢尔登(Thomas Shelton)翻译的《堂吉诃德》(1612—1620 年),彼得·英特克斯翻译的《巨人传》(1703 年),等等,均对原作有自由发挥。但由于译者出色的文学才华,译文瑰丽动人,故很受读者赞赏,前者甚至到 20 世纪 70 年代还在不断印行,令人叫绝。更加突出的代表是亚历山大·蒲伯(Alexander Pope,1688—1744),他在翻译《伊利亚特》和《奥德赛》时,为迎合当时英国贵族上流社会沙龙的趣味,对原作进行了大量的"加工";他用英语的双韵史诗诗体翻译古朴、质直的原作,对原作中不押韵的地方他给押上韵,原作韵律不齐的地方他使之整齐,结果译文词丽律严,文风隽永,华美无比。但这样的译作,究竟算是荷马史诗的翻

---

① 参见加切奇拉泽:《文艺翻译理论概要》(俄文版),第比利斯大学出版社,1970 年,第 12 页。

译,还是蒲伯本人的创作,其界线已很难划清了。

这一时期的英国译坛,虽然是意译派占据上风,但另一派并未销声匿迹,随着浪漫主义运动的兴起,他们对蒲伯的翻译理论和实践提出了批评。著名诗人和翻译家威廉·柯珀(William Cowper,1731—1800)是这一派的代表,他强调紧扣原文,把忠于原文视作翻译的最高原则。柯珀也以译荷马史诗著称,他翻译了《奥德赛》和《伊利亚特》,在翻译中体现了自己的主张。

17、18 世纪英国翻译界更值得注意的是两位翻译理论家的贡献。约翰·德莱顿(John Dryden,1631—1700)虽然是位桂冠诗人,还是英国古典主义流派的创始人,但他对翻译理论,尤其是文学翻译理论的贡献同样令人注目。他首先明确提出翻译是艺术,要求在保留原作的特点和不失真的前提下,尽一切可能使译作迷人,做到美的相似。他提出,一名优秀的译诗者,首先必须是一名优秀的诗人。他还提出,译者必须考虑读者,译者必须绝对服从原作的意思,等等。德莱顿在给翻译分类时,在词译或逐词译(metaphrase)、释译(paraphrase)之外,还提出了拟译(imitation),也是很值得重视的。前两者与通常所说的"直译""意译"类似,后者则是"指后世诗人像以前的诗人一样写诗,写同一主题的诗;就是说,不搬原诗人的词句,也不局限于他的意思,而只把他当作一个模式,好比原诗人生活在我们的时代和我们的国家,使用他可能会使用的方式作诗"①。德莱顿反对词译和拟译,主张释译,强调"原作者的意思是不可侵犯的,有时可以有所扩充,但任何时候都不能更改"。他认为,词译强调与原文逐词相对,局限于原文的韵律,使译者成为韵脚的奴隶,因此问题太多,无法解脱。他说:"翻译既要抠字眼又要译好是不可能的……就好比戴着脚镣在绳索上跳舞,跳舞的人可以小心翼翼避免摔下来,但不能指望他的动作优美。"②翻译是戴着镣铐跳舞的比喻自此一直流传至今。

另一位理论家是亚历山大·弗雷泽·泰特勒(Alexander Fraser Tytler,1747—1814)。泰特勒在 1790 年出版的《论翻译的原则》一书

---

① 转引自谭载喜:《西方翻译简史》(增订版),第 123 页。
② 同上。

中,首先对所谓"优秀的翻译"做了一个界定,他认为"优秀的翻译"就是能给读者以原作读者同样的感受。接着,他提出了著名的翻译三原则,即:1. 译作应完全复写出原作的思想;2. 译作的风格和手法应和原作属于同一性质;3. 译作应具有原作所具有的通顺。在当时整个西方翻译界不准确译法和自由意译风气盛行的情况下,泰特勒提出这样的翻译三原则,其意义是不言而喻的。研究者指出:"泰特勒的理论标志着西方翻译史上一个时期的结束和另一个时期的开始。"[1]事实也是如此,从19世纪起,英国的文学翻译和翻译研究出现了新的繁荣,菲兹杰拉德奉献出了英国翻译史上最优秀的译作之一——《鲁拜集》,卡莱尔、乔治·爱略特、拜伦、雪莱、朗费罗等作家诗人也都有佳译问世。

17至19世纪德国翻译界的特点是:首先,涌现出一批文学翻译名家和名作,文学翻译的数量和质量有明显的提高。如第一个大量翻译莎士比亚作品的德国作家克里斯托夫·维兰德(Christoph Martin Wieland),他在1762至1766年这五年间共翻译了22部莎剧;以翻译《奥德赛》《伊利亚特》而名声大振、并被歌德等人赞为古诗权威的约翰·瓦斯(Johann Heinrich Voss);翻译莎士比亚《暴风雨》、塞万提斯《堂吉诃德》的鲁德维希·蒂克(Ludwig Tieck);以及翻译了17部莎士比亚剧本、同时还翻译了大量西班牙、意大利、葡萄牙文学作品的德国大翻译家奥古斯特·维廉·施莱格尔(August Wilhelm Schlegel),等等。

其次,一批文学大师投身文学翻译活动,引人注目。如著名剧作家席勒(Friedrich von Schiller)翻译了莎士比亚的《麦克白》、皮瓦尔的《寄生虫》和《侄子当叔父》、拉辛的《菲德拉》等;文学巨匠歌德(Johann Wolfgang von Goethe)翻译了狄德罗的《拉摩的侄儿》、卡尔德隆的戏剧等;德国浪漫主义文学主要代表荷尔德林翻译了荷马、品达、索福克勒斯、欧里庇得斯、维吉尔、贺拉斯、奥维德等人的作品,等等。

---

[1] 转引自谭载喜:《西方翻译简史》(增订版),第132页。

最后，这些文学大师以及一批翻译理论家对翻译研究提出了各种新颖的观点，从而使这一时期的德国成为全欧洲在翻译研究（也包括文学翻译活动）方面引人注目的中心。例如，歌德对翻译做了分类，把它分为三种：第一种是帮助读者了解外来文化的"传递知识的翻译（informative translation）"，如路德的《圣经》翻译；第二种是近似于创作的"按照译语文化规范的改编性翻译（adaptation/parodistisch）"，要求吃透原文的意思，再据以在译文语言和文化中找到其"替代物"，把原文转变成译文语言中流行的风格和表达法；第三种是近似于逐句直译、但又不是逐词死译的"逐行对照翻译（interlinear translation）"，这种翻译要求译者通过语言上的紧扣原文以再现原文的实质。[1] 歌德最推崇第三种翻译方法，认为这是最佳的译法，能产生完美的译文。

荷尔德林（Friedrich Holderlin，1770—1843）提出人类的每一种具体语言都是同一基本语言即所谓"纯语言"（pure language）的体现，翻译就是寻找构成这一基本语言核心成分即意思。在翻译方法上，他主张逐词对译，追求在译语和源语之间开辟一个更贴近所有人类语言所共有的东西的一个所谓"文化和言语上的中间地带"。[2] 狂飙突进文学运动的主要代表约翰·高特夫利特·赫尔德（Johann Gottfried Herder，1744—1803）提出译者的任务是"解释"，也就是说要使不懂外语的读者看懂外国书籍。

当然，对翻译理论做出更深刻的分析还是体现在弗里德希·施莱尔马赫、维廉·洪堡和蒙森的论述中。施莱尔马赫（Friedrich Schleiermacher，1768—1834）是西方第一个把口译与笔译区分开来并对之进行界定的人，他指出，口译者主要从事商业翻译，而笔译者则主要从事科学艺术翻译。在此基础上，他进而又区分出"真正的翻译和机械的翻译"两种翻译，把实用性翻译和口译归入机械翻译，而把笔译称之为"真正的翻译"。[3] 德国著名语言学家、哲学家洪堡（Wilhelm von Humboldt，1767—1835）就翻译的可译性与不可译性所发表的两

---

[1] 转引自谭载喜：《西方翻译简史》（增订版），第105—106页。
[2] 参见谭载喜：《西方翻译简史》（增订版），第111—112页。
[3] 同上书，第106—107页。

元论语言观,在当时并未引起特别的重视,但在20世纪却引起很大反响。他在给奥古斯特·施莱格尔的信中指出:"所有翻译都只不过是试图完成一项无法完成的任务。任何译者都注定会被两块绊脚石中的任何一块所绊倒:他不是贴近原作贴得太紧而牺牲本民族的风格和语言,就是贴本族特点太紧而牺牲原作。介乎两者之间的中间路线不是难于找到而是根本不可能找到。"但在另一些场合,他又说:"在任何语言中,甚至不十分为我们所了解的原始民族的语言中,任何东西,包括最高的、最低的、最强的、最弱的东西,都能加以表达,这么说并不过分。"他还说,人类"先天具有的语言使用能力是一种普遍存在的能力,因此所有语言中必定都具有理解'所有语言的秘诀'。"[①]洪堡的言论貌似自相矛盾,其实是反映了他从语言的本质特性出发,对翻译所持的一种辩证立场。与上述两者相比,蒂霍·蒙森提出了完全是现代意义上的翻译要求。他认为,(当时)"比较通行的翻译有两种类型,一类是传达原作的意思,但不保留原作的形式;另一种是对原作的独特的改写,但保留了原有的风格,即只保留原作的形式,不顾内容。"针对这两种类型,蒙森提出了第三种类型的翻译,即要求尽可能准确地再现原作的形式和内容,同时还让读者完全能看得懂。

从以上所述,我们可以看到,即使是在到19世纪末为止的两千余年的西方翻译史上,文学翻译和与文学翻译有关的理论探索,一直占据着一个相当主要的、而且随着时间的推移而越来越重要的地位。虽然限于历史条件,这些研究大多局限于研究者们自身从翻译实践中总结出来的体会,带有比较明显的经验主义性质,但它们还是为后来的研究者提供了一笔极其宝贵的译学财富。即使是对于20世纪末才开始的译介学研究,它也仍然从这笔财富中不断吸取到许多有益的思想资源。

而对西方翻译史来说,20世纪具有不同寻常的意义,不止一位学者把20世纪称为翻译的世纪。确实,20世纪西方翻译的发展和繁荣,超过了历史上任何一个时期。但具体就西方的翻译研究而言,则20

---

① 转引自谭载喜:《西方翻译简史》(增订版),第109—110页。

世纪首先是翻译研究的语言学派得到空前发展的时期。20世纪初索绪尔提出的普通语言学理论,不仅为语言学的发展奠定了基础,同时也为翻译研究的语言学派的确立注入了生机。当代著名翻译理论家奈达曾把西方的翻译理论归纳为四大流派,即语文学理论、语言学理论、交际理论和社会符号学理论,其中除语文学理论的兴趣在于如何翻译经典文献和文学作品外,其余三大理论流派均在不同程度上运用了语言学的理论去阐释翻译中的各种语言现象。其中,翻译的语言学派理论更是直接应用普通语言学理论,以对比两种语言的结构为其出发点,建立其翻译的等值观。

不过,严格而言,西方翻译研究的语言学派理论的全面确立和发展主要还是在20世纪后半叶,因为前半叶西方翻译事业的发展和繁荣主要体现在翻译活动和翻译产品的数量上。从50年代起,西方才出现了一批运用现代语言学的结构理论、转换生成理论、功能理论、话语理论、信息论等理论的学者,从而把翻译问题纳入到了语言学的研究领域,从比较语言学、应用语言学、社会语言学、语义学、符号学、交际学等角度,提出了相对严谨的翻译理论和方法,开拓出了翻译研究的新领域,给传统的翻译研究注入了新的内容。

1959年,雅可布逊(Roman Jakobson,1896—1982)发表了《论翻译的语言学问题》,他站在符号学的立场上把翻译理解为对"两种不同语符中的两个对等信息"的重新编码的过程。他把翻译区分为三种类型,即语内翻译(intralingual translation)、语际翻译(interlingual translation)和符际翻译(intersemiotic translation),认为"在语际翻译中,符号与符号之间一般也没有完全的对等关系,只有信息才可用来充分解释外来的符号和信息",跳出了历史上翻译研究常见的经验层面,体现了对翻译研究深层的理论思考。与此同时,他对不同文化语境的差异也给予高度重视,认为翻译,尤其是诗歌翻译,是向另一种符号系统的"创造性移位"(creative transposition)。雅可布逊的译学思想、包括他对翻译的分类,大大拓展了翻译研究的范围,丰富了翻译的内涵,对 20 世纪国际译学界具有深远的影响。①

尤金·奈达(Eugene A. Nida,1914—　)则在交际学理论的基础上提出了动态对等(dynamic equivalence)的翻译理论。他从语言的交际功能出发,认为语言除了传递信息外,还有许多交际方面的功能,如表达功能、认识功能、人际关系功能、祈使功能、司事功能、表感功能等,翻译就应该不仅传递信息,还应该传达以上所说的语言的各种功能,这也就是奈达所追求的翻译的"等效"。由于奈达把翻译视作一种交际活动,所以他在判断翻译的效果时也是从翻译所传达的信息量出发,认为翻译的效果取决于花最小的功夫接受最大的信息量。

但是,奈达的"等效"理论注重内容而轻形式,对此纽马克(Peter Newmark,1916—　)以为完全照此翻译不可取。他提出了交际翻译(communicative translation)和语义翻译(semantic translation)两种方法,前者致力于重新组织译文的语言结构,使译文语句明白流畅、符合译文规范,突出信息产生的效果;后者则强调译文要接近原文的形式。

卡特福特(J. C. Catford,1917—　)在其《翻译的语言学理论》一书中,把翻译界定为"用一种等值的语言(译语)的文本材料(textual material)去替换另一种语言(源语)的文本材料"②,并把寻求另一语言中的等值成分视作翻译的中心问题,从而提出翻译理论的使命就在于确定等值成分的本质和条件。

语言学派的研究由于应用了语言学理论,使得翻译研究的结果显得比较"直观",也显得比较"科学"。但是,当语言学派的研究应用于文学翻译时,就暴露出它的局限性了,因为此时它面临的对象不单单是一门科学——一种语言向另一种语言的技术性转换,这个对象的性质更多的是艺术。因此,在 20 世纪上半叶就已经有学者不光是从语

---

① Roman Jakobson, *On Linguistic Aspects of Translation—An Anthology of Essays from Dryden to Derida*, in Rainer Schulte and John Biguenet ed. *Theories of Translation*, The Univ. of Chicago Press, 1992.

② J. C. 卡特福特:《翻译的语言学理论》,穆雷译,北京:旅游教育出版社,1991 年,第 24 页。

言学的角度出发分析翻译问题了。例如,布拉格语言学小组的奠基人之一维莱姆·马西修斯(Vilem Mathesius)在1913年就从等效翻译的角度指出:"……哪怕运用不同于原作中的艺术手段,也要让诗歌翻译对读者产生原作同样的作用……相似的、或接近相似的手段,其效果往往未必相似。因此,追求相同的艺术效果比追求相同的艺术手段更为重要,在翻译诗时尤其如此。"①这个小组的另一个奠基人、也是当代西方译学界语言学派的主要代表人物之一罗曼·雅可布逊1930年在《论译诗》一文中也指出:"我以为,只有当我们为译诗找到了能产生像原诗同样功能的、而不是仅仅外表上相似的形式的时候,我们才可以说,我们达到了从艺术上接近原作。"著名的波兰翻译理论家泽农·克列曼塞维奇(Zenon Klemensiewicz)说得更为透彻:"应该把原作理解为一个系统,而不是部件的堆积,理解为一个有机的整体,而不是机械的组合。翻译的任务不在于再现、更不在于反映原作的部件和结构,而在于理解它们的功能,把它们引入到自己的结构中去,使它们尽可能地成为与原作中的部件和结构同样合适、具有同样功效的对应体。"②至于到了尤金·奈达提出了交际理论、强调了原文与译文的不同的文化背景以及这种背景在译文的接受效果中所起的作用后,语言学派的某些领域实际上已经与文艺学派的研究领域接壤,包括交际理论、符号学理论等在内的一些语言学派理论中的许多观点也已被文艺学派广泛接受和利用。

所以进入20世纪下半叶以后,当代西方的翻译研究开始发生重要变化,其中一个最引人注目的变化就是:不再局限在以往单纯的语言文字的转换或是文学文本的风格、翻译的标准等问题的讨论上,研究者开始从各个领域切入到翻译研究中来,除了语言学、文学、外语教学外,还有哲学、社会学、心理学,甚至电脑软件开发,以及各种各样的当代文化理论。其实,即使是所谓的语言学派的翻译研究,到后来也不可能局限在纯粹的语言转换层面而不进入到文化研究层面。如奈达,他从功能对等到动态对等,就已经涉及了不同文化语境对翻译等

---

① 转引自论文集《翻译的技巧》(俄文版),苏联作家出版社,1970年,第416页。
② 克列曼塞维奇:《翻译的语言学问题》,Wroclaw,1957年,第514页。

值的影响。所以,越来越多的学者开始从文化层面上审视、考察翻译,从某种意义上而言,翻译研究正在演变为一种文化研究,成为当代西方翻译研究中的一个趋势。正如有的学者所指出的那样:最近30年来,"翻译研究正越来越转向文化研究,并成为文化研究的一部分"。①

当然,翻译研究的文化转向并不是一蹴而就的,它有一个渐进的过程。在此之前,西方的译学研究有一种实用主义的倾向,它对专业文献(技术、科学、商业等)的翻译,甚至口译,似乎倾注了更多的关注,而对文学翻译的重视远不如苏联、中国,甚至一些东欧国家。1957年西奥多·萨沃里(Theodore Horace Savory)的《翻译的艺术》(*The Art of Translation*)一书出版,书中提出的12条(实际上是六组相互矛盾的)原则,即(1)翻译必须译出原作的文字;(2)翻译必须译出原作的意思;(3)译作必须译得读起来像原作;(4)译作必须译得读起来像译作;(5)译作必须反映原作的风格;(6)译作必须反映译者的风格;(7)译作必须译得像原作同时代的作品一样;(8)译作应该译成与译者同时代的作品一样;(9)翻译可以对原作进行增减;(10)翻译不可以对原作进行增减;(11)诗必须译成散文;(12)诗必须译成诗。② 这本书后来在西方一版再版,影响很大。从某种意义上而言,该书似乎可以视作当代西方译学研究者重视文学翻译的理论问题的先兆。

如前所述,雅可布逊的《论翻译的语言学问题》一文由于其对翻译进行了独具匠心的分类而在世界翻译史上备受瞩目。而在雅氏文章发表两年以后,即1961年,西方译学界有两篇论文值得关注。一篇是美国学者让·帕里斯撰写的《翻译与创造》(*Translation and Creation*),另一篇是法国文学社会学家罗贝尔·埃斯卡皮发表在《总体文学与比较文学年鉴》上的论文《文学的关键问题——"创造性叛逆"》("Creative Treason" as a Key to Literature)。这两篇文章虽然并没有直接提及雅可布逊的文章,但它们分析问题的精神却使人明显感到其间的相承之处。帕里斯在其文章的一开头也提出了两个问题:在把一部作品从一种语言转变到另一种语言中去的时候,作品的性质有

---

① Luise von Flotow, *Translation and Gender*, St Jerome publishing, 1997, p.1.
② Th. Savory, *The Art of Translation*. London, 1957, p.49.

没有被完全改变？在完成作品语言的转化过程中，译者有没有违背、或至少是损伤原作的艺术和精神？他对英国人通过英语欣赏莱辛、法国人通过法语欣赏济慈表示怀疑。然而，在比较分析了原作和译作的性质之后，作者得出的结论却是："我确实认为，一个诗人首先是一个译者，一个未知世界的译者。他赋予这个世界一个明确的、一个可以感觉得到的表现形式。对艺术而言，发现甚于创造，因为艺术家已经深深植根于被莎士比亚称之为'自然'的那本充满秘密的大书之中，这样他就可以成为我们宇宙的创造者了。艺术家越伟大，他越深入，他就越接近写成于宇宙星空某处的那本大书。……显然，假如我们不再把诗误认作它所翻译的秘密的话——不管它取得多大的成功，那么我们可以发现，译者处于与艺术家很相像的地位。译者是一件艺术作品的共同创造者，而艺术家则是现实的创造者。""译者用他自己的语言做着诗人同样的工作：要花同样的努力去塑造同样的形象，构建同样的韵律。努力的结果有时候并不尽如人意，但我们毕竟从中可以看到，翻译不是一件雕虫小技，它确确实实是一种创造。"①

如果说，帕里斯向我们揭示了翻译的创造性价值的话，那么埃斯卡皮竭力论证的就是文学交际中的"创造性叛逆"的价值了。埃斯卡皮是从一个非常广阔的背景上考察文学交际中的"创造性叛逆"的。他认为，任何一个概念一旦被表达、传达，它就被"叛逆"了，对于文学作品来说尤其如此，因为文学作品使用的是通用的交际语言，这种语言带有一整套的象征，包含着约定俗成的价值观，所以它不能保证每一个创作者都能正确无误地表达他所要表达的生动的现实。譬如当一个诗人说出或写下"紫色"这个词，他无法断定这个视觉形象能否在每一个读者身上都能产生他想表达的含义。然而，艺术的妙处也就在这里。假如"原意"与"理解"能进行直接、完整、迅速的交流的话，那么艺术也就失去了它的意义了。从这个角度看，文学翻译中的"叛逆"就更是不可避免了。埃斯卡皮把文学翻译中的这种"叛逆"称为"创造性

---

① Jean Paris："Translation and Creation" in *The Craft and Context of Translation*, Austin, 1961, pp. 62—63.

叛逆",因为这种"叛逆"给原作注入了新的生命。① 尽管埃斯卡皮这篇文章没有专门论述翻译,但是他的"创造性叛逆"的观点为我们深入思考、理解文学翻译的性质提供了很好的视角。其实作者本人也已经从这个角度出发,另外在其著名的专著《文学社会学》中对文学翻译展开了讨论,并提出:"如果大家愿意接受翻译总是一种创造性的叛逆这一说法的话,那么,翻译这个带刺激性的问题也许能获得解决。"②

20世纪70年代是当代西方文学翻译研究取得突破性进展的时期。这一时期的著作可首推英国学者乔治·斯坦纳(George Steiner)的专著《通天塔——文学翻译理论研究》③(*After Babel—Aspects of Language and Translation*)。这本书的引人注目处在于提出了"理解也是翻译"的观点。斯坦纳说:"每当我们读或听一段过去的话,无论是《圣经》里的'列维传',还是去年出版的畅销书,我们都是在进行翻译。读者、演员、编辑都是过去的语言的翻译者。"斯坦纳还进一步指出,文学作品具有多方面的联系,如莎士比亚的作品,与莎士比亚以前的任何作品以及与莎士比亚同时代的任何作品都有联系,伊丽莎白时代的文化和欧洲文化的任何方面都为莎士比亚作品中的一段话提供了一定的背景。所以,文学翻译要做到"透彻的理解","从理论上说是没有止境的"。但是这番话并不意味着斯坦纳对文学翻译持悲观论点,恰恰相反,他认为,"反对可译性的论点所依据的往往不过是一种片面的、只看一时而缺乏远见的见解。"他说,"如果因为并不是什么都可以翻译,也不可能做到尽善尽美,就否认翻译是可行的,那就太荒谬了。从事翻译的人们认为,需要弄清楚的是在每一种具体情况下究竟应该忠实到什么程度,不同种类的翻译之间在忠实方面容许有多大的差别。"斯坦纳高度评价了翻译的功绩,他说:"文学艺术的存在,一个社会的历史真实感,有赖于没完没了的同一语言内部的翻译(其实,又

---

① Robert Escarpit: "*Creative Treason*" *as a Key to Literature* in Journal of Comparative and General Literature, 1961, 10, pp. 16—21.
② 埃斯卡皮:《文学社会学》,第22页。
③ 此为国内通用的译名,庄绎传译,根据原文也许译为"通天塔之后——语言与翻译问题面面观"更符合原意。

岂止是语内翻译呢——引者),尽管我们往往并没有意识到我们是在进行翻译。我们之所以能够保持我们的文明,就因为我们学会了翻译过去的东西。"① 与语言学派的研究观点相比,斯坦纳的观点显然进一步拓宽了翻译研究的思路。

与此同时,在当代西方译学界还活跃着另一批学者,他们虽然来自不同的国度,但是从文化层面研究翻译的共同主张、观点和方法论把他们连在了一起。从 70 年代中(个别学者从 60 年代末、70 年代初)起,他们不断开会、发表论文、出版著作,形成了比较完整、也比较独特的翻译研究理论,其代表人物有詹姆斯·霍尔姆斯(James S. Holmes),埃文-佐哈尔(Itamar Even-Zohar),吉迪恩·图里(Gideon Toury),勒菲弗尔(André Lefevere),苏珊·巴斯奈特(Susan Bassnett),朗贝尔(José Lambert),以及梵·登·勃鲁克(R. van den Broeck)等。这批学者竭力想打破文学翻译研究中业已存在的禁锢,试图以有别于大多数传统的文学翻译研究的方法,探索在综合理论(comprehensive theory)和不断发展的对翻译实践研究的基础上,建立文学翻译研究的新模式。虽然,他们从各自的立场出发,对文学翻译做出了各自不同的描述和诠释,但人们仍不难发现他们的研究中存在着的许多相同点,这些相同点可以简单地归结为如下这几个方面:他们都把翻译理解为一个综合体,一个动态的体系;他们都认为,翻译研究的理论模式与具体的翻译研究应相互借鉴;他们对翻译的研究都属于描述性的,重点放在翻译的结果、功能和体系上;他们都对制约和决定翻译成果和翻译接受的因素、对翻译与各种译本类型之间的关系、翻译在特定民族或国别文学内的地位和作用,以及翻译对民族文学间的相互影响所起的作用感兴趣。霍尔姆斯曾非常深刻地区分了翻译研究中的语言学派与文艺学派之间的区别:"文艺学派的主要兴趣是在翻译产品上,重在研究译作到底是怎样的一种文本;语言学派的主要

---

① George Steiner, *After Babel—Aspects of Language and Translation*, Oxford University Press, 1975. 本书原名《通天塔之后——语言与翻译面面观》,中译本(节译)易名为《通天塔——文学翻译理论研究》,庄绎传译,中国对外翻译出版公司,1987 年,突出其文学翻译理论的研究。引言分见中译本第 22、8 页。

兴趣在于用一种语言输入的句子与用另一种语言输出的句子之间发生了什么变化。它是从原作到译作的探讨,而不是从译作即从结果再返回原作进行研究。语言学派翻译理论的最大优势表现在研究高度规范化的语言方面,能提供许多范式以及使用标准形式的术语。但是这种理论有一个严重的缺陷,即它从语言学的角度只研究句子层面以下的句子和语言现象,结构语言学和转换语言学分阶段的研究都没有走出句子层面,而翻译则很明显地不是去翻译一系列的句子,而是翻译一个由一系列句子组成的文本。在此前提下,几乎所有的语言学派理论都暴露出了一个共同的缺陷,即它们都不能触及翻译的文本层面。"①

把文学理解为一个体系,也即把文学理解为由各种因素按一定的规则严格构建而成的组合体,这种观点如果追本溯源的话,可以追溯到俄国形式主义理论家蒂尼亚诺夫(Ю. Н. Тынянов)、雅可布逊和捷克结构主义理论家穆卡洛夫斯基(Mukarovsky')、沃迪什卡(Vodicka)等人那儿。在今天持这种观点的学者也仍不乏其人,如尤里·洛特曼(Yury Lotman)、克劳迪奥·纪廉(Claudio Guille'n)、西格弗雷特·施密特(Siegfried Schmidt)、埃文-佐哈尔等。其中,以埃文-佐哈尔所提出的多元系统理论(The Polysystem Theory)对上述这批文学翻译的探索者产生的影响为最大。"多元系统理论"提出了一系列在原先的文学研究者看来似乎无关紧要的问题,诸如为什么一些文化被翻译得多而另一些文化却被翻译得少? 哪些类型的作品会被翻译? 这些作品在译入语体系中占何地位? 在源语体系中又占何地位? 两相比较又有何差别? 我们对特定时期翻译的惯例和习俗知道多少? 我们如何评价作为一种创新力量的翻译? 大规模的翻译活动和称作经典的作品在文学史上是何关系? (这个问题从翻译理论的角度看和翻译的可译性与不可译性有关,因为既然是经典作品,它必然是独一无二的,那么也就是不可翻译的;在文学史上则与经典作品的传播有

---

① James S. Holmes, "Translation Theory, Translation Theories, Translation Studies, and the Translator", in *Translated! Papers on Literary Translation and Translation Studies*, Amsterdam, 1988, p.94.

关,甚至与某种文学运动策略有关——为了推行某一种流派而大量译介某流派的外国经典)译者对他所翻译的作品有哪些想象、而这些作品又是如何被形象性地表达出来的?诸如这些问题表明,作者已经不再把翻译看作是一种"次要的"(secondary)、"边缘的"(marginal)行为,而是文学史上一支基本形成力量。

除了埃文-佐哈尔的多元系统理论外,吉迪恩·图里的论文集《翻译理论探索》(*In Search of a Theory of Translation*)一书在这批学者中间、甚至在整个西方学术界影响也很大。这本书收集了图里于1975—1990年间所写的论文11篇,其中有对翻译符号学的研究,有对翻译标准的研究,也有对描述性翻译(descriptive translation)的研究和对具体翻译个案的研究。作者的整个指导思想是,迄今为止我们对翻译问题的研究过多地局限在关于可译性、不可译性等问题的讨论上,而太少关注、甚至忽视对译文文本(translated text)本身、对译入语的语言、文学、文化环境给翻译造成的影响等问题的研究,因此他把注意力集中在翻译的结果(product),而不是翻译的过程(process)上。图里认为,翻译更主要的是一种受历史制约的、面向译入语的活动,而不是纯粹的语言转换。因此,他对仅仅依据原文而完全不考虑译入语因素(与源语民族或国家完全不同的诗学理论、语言习惯等)的传统翻译批评提出了批评。他认为,研究者进行翻译分析时应该注意译入语一方的参数(parameters),如语言、文化、时期,等等,这样才能搞清究竟是哪些因素、并在多大程度上影响了翻译的结果。图里还进一步提出,研究者不必为翻译在(以源语为依据的)"等值"和(以目的语为依据的)"接受"这两极之间何去何从而徒费心思,在图里看来,翻译的质量与特定文学和特定文本的不同特点的翻译规范有关。他把翻译规范分为三种:预备规范、初始规范和操作规范。所谓预备规范(preliminary norm)指的是对原文版本、译文文体、风格等的选择,初始规范(initial norm)指的是译者对"等值""读者的可接受性"以及"两者的折中"所做的选择,所谓操作规范(operational norm)则指的是反映在翻译文体中的实际选择。图里认为,译者的责任就是要善于发现适宜的翻译规范。对图里的"翻译规范"人们也许并不完全赞同,但是他的探索给人们提供了进行翻译研究的崭新的视角,这点是显而易见的。

最后,也是 20 世纪末西方译学界最值得注目的现象之一,即女性主义批评家对翻译研究的加入为当代的翻译研究吹入一股新风。从 80 年代起,国际译学界出现了一批从女性主义批评立场研究翻译的学者,她们(多为女性学者)从长期以来女性在男性社会中的从属地位出发,分析翻译研究中译作与原作的相互关系。譬如她们指出,传统的观点把译作与原作视作两极,所谓的"优美的不忠"的说法其内蕴其实就是原作是阳,译作为阴,阳者是万能的,而阴者则处于从属地位。翻译界流传甚广的说法"翻译像女人,忠实的不漂亮,漂亮的不忠实",不仅包含着对女性的性别歧视,而且也包含着对译作的歧视。她们还诘问:一个男性译者能把女性作家在作品中所描写的只有女性才能体会到的独特的心理和生理感受翻译出来吗? 因此,从某种意义上而言,女性主义批评家的翻译研究已经越出了一般的翻译研究,它涉及的已不是单纯的语言转换问题,还有经济问题,社会问题,政治问题,性心理问题,等等。

综观两千多年的西方翻译研究史,从直译、意译的讨论,可译、不可译的争论,到对翻译的风格、原则、标准、性质的探索,再到近几十年来运用语言学理论对翻译进行分析,以及以各种文化理论对翻译从文化层面上进行审视,翻译研究的理论层面正在一步步地提高,翻译研究的视野正在一步步地拓宽,翻译研究的概念也正在一步步地更新。

把 20 世纪 50 年代以来一些当代西方学者的翻译研究,与此前两千年以来的翻译研究相比,我们可以发现,其中呈现出三个根本性的突破。

首先,50 年代以来的西方翻译研究开始从一般层面上的对两种语言转换的技术问题的研究,也即从"怎么译"的问题,深入到了对翻译行为本身的深层探究,提出了语音、语法、语义等一系列的等值问题。当代西方翻译研究中的等值论等研究,虽然有它的局限,但它对翻译所做的微观分析,无疑使人们对翻译的过程和目标,看得更加清楚、更加透彻了。譬如卡特福特在《翻译的语言学理论》一书中根据翻译的范围、层次、等级,把翻译区分为"全文翻译对部分翻译"(Full vs. Partial translation)、"完全翻译对有限翻译"(Total vs. Restricted translation)等类型,然后又进一步分析其中的文本材料的翻译情况,如音位翻译是怎么回事,字形翻译又是怎么回事,等等。在讨论翻译的等值关系时,他又进一步区分出文本等值关系(Textual equivalence)和形式对应关系(Formal correspondence)等。这样的探讨,显然要比此前谈应该怎样翻译、不应该怎样翻译,要精细得多。

而在此之前,直至 20 世纪 50 年代为止,西方翻译史上的绝大部分翻译研究基本上关注的就是一个如何进行翻译、或者说是如何更好地进行翻译的问题。这样,研究者关注的重点也就一直停留在翻译的最表层的语言转换的问题上。对直译、意译的讨论要解决的是如何翻译的问题,而可译与不可译之争,表面看来似乎进入了哲学层面,其实它的背景涉及的是对待宗教文献的翻译态度问题,即对宗教(如圣经)原文是顶礼膜拜、亦步亦趋呢,还是译者可以有所自由发挥?所以归根结底,还是脱不了直译、意译的讨论范畴。后世对翻译风格、原则、标准、性质的讨论,也同样如此,即大多是翻译实践的经验、体会、总结以及由此而来的思考和主张。

其次,当代西方的翻译研究不再局限于翻译文本本身的研究,而是把目光投射到了译作的发起者(即组织或提议翻译某部作品的个人或群体)、翻译文本的操作者(译者)和接受者(此处的接受者不光指的是译文的读者,还有整个译语文化的接受环境)身上。它借鉴了接受美学、读者反应等理论,跳出了对译文与原文之间一般字面上的忠实与否之类问题的考察,而注意到了译作在新的文化语境里的传播与接受,注意到了翻译作为一种跨文化的传递行为的最终目的和效果,还注意到了译者在这整个的翻译过程中所起的作用,等等,这无疑是翻译研究的一大进步。

譬如,德国功能学派翻译学学者汉斯·弗米尔(Hans Vermeer)的翻译行为理论(action theory of translation)就竭力强调译者的目标(skopos)在翻译过程中的决定性作用。他把译者的目标理解为一种集合了多种因素的企图或意愿,当译本到达一群接受者手里时,译者体现在译作中的企图或意愿可能与原作的原意完全背道而驰,大相径庭。所以,在弗米尔看来,翻译的成功取决于译作中所体现的意愿与接受者环境中的意愿的内在一致性,即他所说的"语内连贯"(intratextual coherence)。尽管译者无法完全预见接受者可能会有的反应,但设想中的接受者类型却会左右译者的翻译活动。①

最后,当代翻译研究中最大的突破还表现在把翻译放到一个宏大的文化语境中去审视。研究者开始关注翻译研究中语言学科以外的其他学科的因素。他们一方面认识到翻译研究作为一门独立学科的性质,另一方面又看到了翻译研究这门学科的多学科性质,注意到它不仅与语言学,而且还与文艺学、哲学甚至社会学、心理学等学科都有密不可分的关系。但是翻译研究最终关注的当然还是文本在跨文化交际和传递中所涉及的一系列文化问题,诸如文化误读、信息增添、信息失落等。正如美籍意大利裔译学家韦努蒂(Lawrence Venuti)提到的,"符号学、语境分析、和后结构主义文本理论等表现出了重要的概念差异和方法论差异,但是它们在关于'翻译是一种独立的写作形式,它迥异于外语文本和译语文本'这一点上还是一致的。"②

在这种情况下,翻译不再被看作是一个简单的两种语言之间的转换行为,而是译入语社会中的一种独特的政治行为、文化行为、文学行为,而译本则是译者在译入语社会中的诸多因素作用下的结果,在译入语社会的政治生活、文化生活乃至日常生活中有时扮演着举足轻重的角色。鉴于此,德国功能学派的另一学者贾斯塔·霍尔兹-曼塔利(Justa Holz-Manttari)甚至不把翻译简单地称作为"翻译"(translation),而是用一个杜撰的、含义更为广泛的新词"迻译行为"(translatorial action)代替它,以表示各种各样的跨文化交际行为。这个词还不光局限于翻译、改编、编译,它甚至把与外来文化有关的编辑、查阅等行为也包括在内。在这种"行为"里,译者变得像是一个根据委托人要求设计"产品规范"(product specification)的专家,并生产符合接受者文化圈特定需要的"信息传递物"(message transmitter)。而译作也

---

① See Hans J. Vermeer, "Skopos and Commission in Translational Action", in Lawrence Venuti ed. *The Translation Studies Reader*, Routledge, 2000.

② Lawrence Venuti ed. *The Translation Studies Reader*, Routledge, 2000, p. 215.

不再寻求与原文的等值,而只是一份能满足委托人需要的目的语文本。①

颇具新意的还有前几年刚去世的安德烈·勒菲弗尔提出的"折射理论"。勒菲弗尔认为,"对大多数人而言,讨论中的古典作品无论从哪个角度看都是它本身的折射,或者更确切地说,是一系列的折射。从中小学校使用的选集里的漫画或大学里使用的文集,到电影、电视连续剧,……到文学史上的情节总结,到评论文章,……我们对古典作品的感受就是由一系列我们已经熟悉的折射累加在一起组成的。"而翻译,勒菲弗尔认为,也像所有的文学研究,包括如文学批评,也是对原作的一种"折射"(refraction)。他分析说,由于文学主体概念的作用,人们习惯于以为"对文本进行的任何形式的篡改,都理所当然的是对原文的亵渎。然而,翻译就是这样一种篡改。"这样,"对文学作品的独特性来说,翻译就代表了一种威胁,而文学批评不会产生这种威胁,因为……批评没有明显地改变原文的物质外形。"勒菲弗尔指出,这其实是一种偏见,因为"如果我们承认翻译和批评的作用都是使某部作品适合另一些读者,或者对读者将某部原作按照包含文学批评和文学翻译的诗学具体化产生影响,那么,批评和翻译之间的差别就微乎其微了"。② 这里,我们可以清楚地看到,勒菲弗尔通过提出所谓的折射理论对翻译进行了新的阐述,实际上已经把翻译(尤其是文学翻译)放在与译入语文化圈内的文学创作同等地位上予以考察了。

当代西方的翻译研究还有其他许多方面的发展趋势,但注重从文化层面上对翻译进行整体性的思考,诸如共同的规则、读者的期待、时代的语码,探讨翻译与译入语社会的政治、文化、意识形态等的关系,运用新的文化理论对翻译进行新的阐述,等等,实在是当前西方翻译研究中的一个很重要的发展趋势。这种研究不仅在一定程度上揭开了西方翻译研究的一个新的层面,而且正是这样的研究趋势,为当前比较文学界的译介学研究展示了一个相当广阔的发展前景。然而,当

---

① Lawrence Venuti ed. *The Translation Studies Reader*, pp. 216—217。
② 转引自Susan Bassnett, *Comparative Literature*, Blackwell Publishers, 1993, p. 147。

代西方翻译研究的一个最实质性的进展,就是我们在上一章"绪论"里所指出的文化转向,也即越来越注重从文化层面上对翻译进行整体性的思考,运用新的文化理论对翻译进行新的阐述,等等,这是当前西方翻译研究中最重要、最突出的一个发展趋势。正如当代西方学者谢莉·西蒙所指出的:"80 年代以来,翻译研究中最激动人心的一些进展属于被称为'文化转向'的一部分。转向文化意味着翻译研究增添了一个重要的维度。不是去问那个一直困扰翻译理论家的传统问题——'我们应该怎样去翻译?什么是正确的翻译?'(How should we translate, what is a correct translation?)——而是把重点放在了一种描述性的方法上:'译本在做什么?它们怎样在世上流通并引起反响?'(What do translations do, how do they circulate in the world and elicit response?)……这种转向使我们理解到翻译与其他交流方式之间存在着有机的联系,并视翻译为写作实践,贯穿所有文化表现的种种张力尽在其中。"①

---

① Sherry Simon, *Gender in Translation*, Routledge, 1996, p. 7.

第二章　译学观念的现代化与
　　　　国内译学界认识上的误区
——译介学研究的现实意义

不无巧合的是，国内译介学研究的起步正好与国内翻译界翻译理论意识的觉醒以及国内译学界围绕翻译学学科建设问题的大辩论的展开差不多在同一时间，也即 20 世纪 80 年代的上半叶。这样，随着译介学研究的深入进行，它的意义和价值也就不再仅仅局限于比较文学学科领域，它还对国内翻译界翻译学的学科建设和理论建设产生了积极的启迪和推动作用。

如所周知，国内翻译界自 20 世纪 80 年代以来，围绕着翻译理论有用无用的问题，一直争论不已。争论的双方各执其词，一方呼吁建立翻译学，认为翻译学是一门独立的学科，另一方则讥笑翻译不可能有"学"，建立翻译学的努力是一个未圆而且也难圆的梦。双方谁也没有说服谁，至今聚讼不已，各执其端，有时的反应甚至还相当激烈。

反对者中有人说："译家不可能因为掌握了现有的任何一套翻译理论或遵循了以上任何一套翻译原则，其翻译水准就会有某种质的飞跃。……如今我国译林之中的后起之秀，可谓人才济济，无论他们用什么翻译理论武装自己，无论他们对翻译的过程、层次有多透彻的认识，无论他们对翻译美学原理如何精通，无论他们能把读者分成多少个层次从而使其翻译更加有的放矢，也无论他们能用理论界最近发明的三种机制、四种转换模式把翻译中的原文信息传递得如何有效，他们的译作会比傅雷的高明多少呢？霍克思（David Hawks）与闵福德（John Minford），虽然是西方人士（后者还曾是笔者所在学系的翻译讲座教授），从来就不信什么等值、等效论，他们凭着深厚的语言功底和坚强的毅力，也'批阅十载'，完成了《红楼梦》的翻译。在众多的英文版《红楼梦》中，他们的译作出类拔萃，在英美文学翻译界堪称一绝。

霍克思在他写的翻译后记中也没有提到任何时髦的翻译理论,但东西方翻译界和翻译理论界仍然为其译作而折服。由此可见,翻译理论与译作的质量并没有必然的关系。"①还有一位自诩"在20世纪出版了50多部中英法互译作品的译者"也声称:"从实践上讲,西方的'纯理论'对我完全无用。"②

这些话听上去振振有词,甚至咄咄逼人,其实明显失之偏颇,而且不经一驳。这些话反映了说话者对翻译理论的错误认识,他们不加区分地谈论翻译的应用性理论和翻译的纯理论,同时他们又对纯理论提出了一个不切实际的要求,即:翻译的纯理论应该对译作的质量负责,翻译的纯理论应该对翻译实践"有用"。如此提出问题,简直到了幼稚可笑的地步。这就像一个泥瓦匠和一个小木匠跑去对一位建筑学教授说,"你写的《建筑学》对我们造房子毫无用处。"更有甚者,他们俩还硬拉着那位建筑学教授到工地上去,泥瓦匠对教授说:"你写了那么多的建筑学论文,你现在倒砌一垛墙给我们看看,看有没有我砌的墙结实。"小木匠对教授说:"你研究了那么多年的建筑学理论,请你刨一块木板给我们看看,看你能不能像我一样刨得既平整又光滑。"这里,这个泥瓦匠和那个小木匠对建筑学理论的否定,与上述两位说话者对翻译理论(纯理论)的质疑和否定何其相似乃尔,真可谓异曲同工。

然而,类似的认识和观点(甚至行为),即把翻译的纯理论研究与具体的翻译实践指导相混淆,把翻译理论与译作的质量牵强联系,在我国翻译界却有相当的市场。前不久还听到有一位小有名气的英诗翻译家在某个翻译研讨会上发言称,"现在国内翻译的硕士、博士越来越多,但国内的外国文学翻译水平却越来越低。"又说:"现在写翻译理论文章的人的本事,就是把简单的事情写得复杂化,写得让人家看不懂。"③这种情况也从一个方面表明,在我国翻译界严格意义上的译

---

① 李克兴:《中国翻译学科建设的出路》,《译学新探》,青岛:青岛出版社,2002年,第147页。
② 许渊冲:《关于翻译学的论战》,《外语与外语教学》2001年第11期。
③ 对这种似是而非的观点的批驳参见拙文《对两句翻译"妙论"的反思》,《文汇读书周报》2006年6月30日。

学理论意识还没有真正确立,我们的译学研究,尤其是把翻译学视作一门独立学科的意识还远不够成熟。长期以来,我国的翻译界形成了一种风气,认为翻译研究,尤其是有关翻译理论的讨论,都是空谈,能够拿出好的译品来才算是真本事。所以在我国翻译界有不少翻译家(甚至还有一些翻译专业研究生的指导教师)颇以自己几十年来能够译出不少好的译作,却并不深入翻译研究或不懂翻译理论而洋洋自得,甚至引以为荣,而对那些写了不少翻译研究的文章却没有发表或出版过多少出色译作的译者,言谈之间就颇不以为然,甚至嗤之以鼻。风气所及,甚至连一些相当受人尊敬的翻译家也不能幸免。譬如,一位相当著名的翻译家都曾经说过类似这样的话:"翻译重在实践,我就一向以眼高手低为苦。文艺理论家不大能兼作诗人或小说家,翻译工作也不例外:曾经见过一些人写翻译理论头头是道,非常中肯,译东西却不高明得很,我常引以为戒。"①

上述情况在我国翻译界长期以来一直是个普遍的现象,而之所以会有如此情况,我以为与我国翻译界在翻译研究和翻译理论的认识上存在的三个误区有关。

第一个误区是把对"怎么译"的研究误认为是翻译研究的全部。

把对"怎么译"的研究误认为是翻译研究的全部,这样的认识误区应该说并不仅仅局限于中国翻译界,它在中外翻译界都有相当的普遍性。事实上,回顾中外两千余年的翻译史,我们一直都把围绕着"怎么译"的讨论误认为是翻译研究,甚至是翻译理论的全部。从西方翻译史上最初的"直译"与"意译"之争,到泰特勒的翻译三原则,到苏联的丘科夫斯基、卡什金的有关译论;从我国古代的"因循本旨,不加文饰""依实出华""五失本""三不易"等,到后来的"信达雅""神似""化境"说,等等,几乎都是围绕着"怎么译"这三个字展开的。但是,如果我们仔细想一想的话,我们就应该能发现,实际上"怎么译"的问题,对西方来说,在20世纪50年代之前已经基本解决了,对我们中国而言,至迟在20世纪的六七十年代前也已基本解决。现在难道还有必要再去告

---

① 傅雷:《翻译经验点滴》,《翻译论集》,北京:商务印书馆,1984年,第625页。

诉人家"应该怎么译"吗？（诸如"翻译时应该紧扣原文，但不要死扣原文"，"翻译时不必字当句对，要根据译入语的习惯灵活处理"，等等。）除非是在外语教学的课堂里，或者是面对一群初学翻译者。然而目前国内发表、出版的不少有关"怎么译"问题的讨论和研究著述，大多是译者个人从翻译实践中总结出来的体会和经验，它们提供了一些新的翻译实例和个案，对于从事翻译实践是有一定的借鉴意义，也许也能够帮助译者翻译得更好一些，但要指望这样的研究能够在译学理论层面上有所创新和突破，譬如拓宽和深化对翻译的认识、揭示翻译与时代文化语境之间的关系等，那是不可能的。因此对"怎么译"问题的讨论，如果说在中外翻译史上曾经产生过重大的意义，也对提高翻译的质量、促进翻译事业的发展产生过积极的影响的话，那么时至今日，如果我们仍然一味停留在"怎么译"问题的讨论上，那就只能说明我们今天的翻译研究，尤其是译学理论研究停滞不前，没有取得大的、实质性的进展。前些年，已故王佐良教授曾在一次专题翻译讨论会上说过这样一番话："严复的历史功绩不可没。'信、达、雅'是很好的经验总结，说法精练之至，所以能持久地吸引人。但时至今日，仍然津津于这三字，则只能说明我们后人的停顿不前。"①王教授这番话的用意，我想绝不是要否定严复"信、达、雅"三字的历史功绩，而是希望我们后人能在翻译研究上有所创新，有所突破。

这里不无必要说明一下的是，我们提出不要一味停留在"怎么译"问题的讨论上，并不意味着我们不要或者反对研究"怎么译"的问题。其实，"怎么译"的问题今后肯定还会继续讨论下去，而且仍将在我们的翻译研究中占据相当大的比例，这与翻译这门学科的技术性和操作性比较强这一特点有密切的关系。我们呼吁不要一味停留在"怎么译"的问题上，主要着眼于译学学科的学术层面，因为我们希望在讨论这个问题的时候，研究者们能看到这个问题所包含的两个方面的内容：一个方面是翻译家们对翻译技巧的研究和探讨，这是翻译家们的翻译实践的体会和经验总结，其中有些经验也已经提升到理论层面，

---

① 王佐良：《翻译：思考与试笔》，北京：外语教学与研究出版社，1989年，第3页。

有一定的学术价值,从而也构成了翻译研究的一个重要组成部分。但另一方面的内容则是一些已经为人所共知的基本道理,只不过是更换了一些新的翻译实例而已,缺少理论创新和学术价值,像这样的内容也许放到外语教学的范畴里,去对初译者、对外语学习者谈,更为合适。因为对这些人来说,"怎么译"的问题还是一个尚未解决的问题,因此仍然是一个新鲜的、有意义的问题。但对译学界来说,也许从现在起我们应该跳出狭隘的单纯的语言转换层面上的研究,而应该更多地从广阔的文化层面上去审视翻译,去研究翻译,这样对中国译学理论的建设,尤其是对翻译学作为一门独立学科的建设也许会更有意义。

　　我国翻译界在对翻译研究和翻译理论认识上存在的第二个误区是对翻译理论的实用主义态度:片面强调理论对实践的指导作用,以为凡是理论,就应该对指导实践有用,所谓"从实践中来,到实践中去",所谓"理论的重要意义在于它能指导人们的行动"。否则,就讥之为"脱离实际",是无用的"空头理论"。对理论的这种实用主义认识,半个多世纪以来,在我国的各行各业,当然也包括我们翻译界,都已经被普遍接受,并成了一种根深蒂固的思维定式。于是,当我们一谈到理论,人们第一个反应就是:你这个理论对我的实践有用吗? 在翻译界,人们的反应就是:你搞的翻译理论对提高我的翻译水平有用吗?

　　正是基于这样的思想认识,我国翻译界对译学理论的认识也往往强调"来自个人的翻译实践"。在相当多人的潜意识中,总认为只有自身翻译实践过硬的人才有资格谈翻译理论,否则就免开尊口。最近还看到一篇文章,对于从前"对翻译者(translator)与翻译学者(translator scholar)往往是不作区分"、"他们大都一身而二任,而且对翻译研究有建树者历来多是些作家(诗人)兼翻译家"颇流露出不胜追念之情,而对现在"搞翻译研究的人自身必须具备相当的实际翻译经验,这在过去是不成问题的,而在现在却成了一件有争议的事"甚感不解,甚至很不以为然。[①] 他们忘了,随着学科的深入发展和分工日益精细,

---

[①] 何刚强:《翻译的"学"与"术"——兼谈我国高校翻译系科(专业)面临的问题》,《中国翻译》2005年第2期。

文艺理论家不能兼作诗人、小说家,就像诗人、小说家不能兼作文艺理论家一样(个别人兼于一身的当然也有,但那属特例),是很正常的现象。尺有所短,寸有所长,原不必苛求。同理,翻译实践水平很高明的翻译家未必能谈出系统的翻译理论来,反之,谈翻译理论头头是道的翻译理论家却未必有很高的翻译实践水平,同样不足为怪。我们有些翻译家,对自己提出很高的要求,希望自己既能"写翻译理论头头是道,非常中肯",又能"译东西高明",这当然令人钦佩。以此标准律己,其精神可嘉,无可非议,但若以此标准求诸他人,甚至求诸所有谈论或研究翻译的人,那就显得有点苛求,甚至不合情理。与之形成鲜明对照的是,在文学创作界,从来没有听说有哪位作家对文学批评家或理论家说,"我不懂什么文艺理论,我不是照样写出不错的小说来了吗?"更没有哪位学者或大学教师对文学批评家和理论家含讥带讽地说:"我们文艺学科的建设不是靠你们这些空头理论文章,而是靠我们的作家的创作。"在语言学界,也从不曾听说有人对语言学家兴师问罪:"我从来不读你们的语言学著作,我的口才不照样很好?你们这种语言学理论对我提高我的讲话水平有何用?"创作了众多不朽世界经典著作的巴尔扎克、托尔斯泰等文学大师,他们其实也没有提到过他们的创作受惠于何种文学理论、文学批评,但这是否就可以成为我们否定丹纳、否定别、车、杜[①]或否定任何其他文学理论和文学批评的理由呢?任何一门学科,如果只有实践而没有理论的提升和总结,它能确立和发展起来吗?这个显而易见的道理在我国翻译界的某些人眼中竟然成了谬论,这恐怕只能说是中国译学界的悲哀,同时也更清楚地说明,翻译学作为一门独立的学科在我国还远远没有成熟。我国古代文论家袁枚就说过:"人必有所不能也,而后有所能;世之无所不能者,世之一无所能者也"[②]。由此可见,在大多数情况下,一个人在某一方面有所特长的话,很可能就会在另一方面有所缺失。譬如,有些人抽象思维比较发达,谈起翻译理论来自然就会"头头是道",而有些人则形象思维比较发达,语言文字修养比较出色,于是文学翻译的水

---

① 19世纪俄国著名文学批评家别林斯基、车尔尼雪夫斯基、杜勃罗留波夫三人的简称。
② 袁枚:《答友人某论文书》,长沙:岳麓书社,1982年。

平就比较高。但无论是前者还是后者,都应该相互宽容,相互尊重,在可能的情况下,最好还能取长补短,而不是相互排斥或相互歧视。这样,我们的译学研究、也包括我们的翻译事业才有可能繁荣发展。

对翻译理论的实用主义态度带来了两个直接的后果:首先是局限了翻译理论的范围,把翻译理论仅仅理解为对"怎么译"的探讨,这样就很容易让研究者停留在翻译的经验层面上,满足于翻译经验的归纳与总结。翻译经验的归纳与总结当然也是很有意义、很有价值的,但是,由于经验往往来自个人的实践,它就难免带有个人认识问题时的局限性。与此同时,由于各人都是根据各人自己的翻译实践总结经验和体会的,所以尽管各人所举的例子也许不尽相同,但其经验体会其实有较多的重合之处,这也就是为什么我们国内几十年来也发表或出版了不少讨论翻译的文章和著述,但其内容相互之间却有不少重复的原因。

其实,细究一下的话,应该不难发现,尽管传统的翻译理论中也有很大一部分内容一直局限在探讨"怎么译"的问题上,也即所谓的应用性理论上,但是,即使如此,在传统的翻译研究中也已经有学者注意到了"怎么译"以外的一些问题,如 18 世纪末、19 世纪初德国语言学家洪堡(Wilhelm von Humboldt)对翻译的可译性与不可译性之间的辩证关系就有过相当精辟的阐述:他一方面指出各种语言在精神实质上是独一无二的,在结构上也是独特的,而且这些结构上的特殊性无法抹杀,因而翻译原则上就是不可能的;但另一方面,他又指出,"在任何语言中,甚至不十分为我们所了解的原始民族的语言中,任何东西,包括最高的、最低的、最强的、最弱的东西,都能加以表达"[1]。再如沃尔特·本雅明(Walter Benjamin)早在 1923 年就已经指出,"翻译不可能与原作相等,因为原作通过翻译已经起了变化"。在此基础上他进一步指出:"既然翻译是自成一体的文学样式,那么译者的工作就应该被看作诗人(实泛指一切文学创作者——引者)工作的一个独立的、不同的部分。"[2]本雅明的话深刻地揭示了文学翻译的本质,并给了文

---

[1] 参见谭载喜:《西方翻译简史》(增订版),第 110 页。
[2] 参见陈德鸿、张南峰编:《西方翻译理论精选》,香港:香港城市大学出版社,2000 年,第 197、205 页。

第二章　译学观念的现代化与国内译学界认识上的误区

学翻译一个十分确切的定位。这些话至今仍没有失去其现实意义。

对翻译理论的实用主义态度带来的另一个后果是把理论的功能简单化了，使人们以为似乎理论只具有指导实践的功能。其实，理论，包括我们所说的翻译理论，除了有指导实践的功能以外，它还有帮助我们认识实践的功能。《辞海》中"理论"词条在"理论的重要意义在于它能指导人们的行动"前面还有这么一段话："（理论是）概念、原理的体系，是系统化了的理性认识。科学的理论是在社会实践基础上产生并经过社会实践的检验和证明的理论，是客观事物的本质、规律性的正确反映。"这就点出了理论的认识功能，即帮助人们理性地认识客观事物的本质，以及帮助人们认识社会实践的规律。这就像语言学理论一样，语言学理论的研究虽然不能直接提高人们的说话和演讲水平，却能深化人们对语言的认识。

这里我们也许还可举一个译学研究以外的例子：我们都知道《实践是检验真理的唯一标准》一文在20世纪末我国的社会政治生活中曾经发挥了巨大的作用。但是那篇文章在我国译界的某些人看来，恐怕也难逃"空头理论文章"的"恶谥"，因为那篇文章的作者既没有管理过一个企业、乡镇、城市，也没有管理过整个国家的经历，更遑论有何"业绩"。套用到翻译界来的话，也即此人既没有翻译的实践，翻译水平也乏善可陈。但众所周知，尽管这篇文章没有具体阐述如何管理厂矿企业，如何治理城市国家，但正是这篇文章改变了20世纪末我国那个特定年代人们对向来深信不疑的"两个凡是"的盲从，从而开创了改革开放的新局面。理论的认识作用及其巨大意义由此可见一斑。

翻译理论在某种程度上也与之相仿。譬如斯坦纳（George Steiner）在《通天塔》一书中提出的"理解也是翻译"的观点，认为"每当我们读或听一段过去的话，无论是《圣经》里的'列维传'，还是去年出版的畅销书，我们都是在进行翻译。读者、演员、编辑都是过去的语言的翻译者。……总之，文学艺术的存在，一个社会的历史真实感，有赖于没完没了的同一语言内部的翻译，尽管我们往往并不意识到我们是在进行翻译。我们之所以能够保持我们的文明，就因为我们学会了翻译过去的东西"①。这样的观点不仅扩大了、同时也深化了我们对翻译的认识。

再譬如近年来国内从比较文学的立场出发对翻译进行的研究，也即译介学研究，虽然它主要不是立足于指导人们的翻译实践（它对文化意象的讨论对文学翻译还是有直接的指导意义的），但它通过对文学翻译中创造性叛逆的分析，论证了翻译文学不等同于外国文学，而是中国文学的一个组成部分，从而深刻地揭示了文学翻译的相对独立的价值和意义，也极大地提高了文学翻译和文学翻译家的地位。最近，著名中国现当代文学研究专家陈思和教授在主编"21世纪中国文学大系"时，在"小说""诗歌""散文"等卷外，明确地把翻译文学视作中国文学的一个组成部分而专门设立了"翻译文学"卷，这从某种程度上表明国内现当代文学界对翻译文学的一个承认，也从一个侧面证明了从比较文学立场出发对翻译进行的研究所取得的成功和意义。②

我国翻译界在翻译研究和翻译理论上的第三个认识误区是，在谈到翻译理论或翻译学时，习惯于强调"中国特色"或"自成体系"，从而忽视了理论的共通性。其实，理论，除了与意识形态、国家民族的社会体制有关的以外，通常都有其共通性。这一点在自然科学理论界是尽人皆知的常识，因为决不会有人提出要建设"有中国特色的物理学"，或"有中国特色的化学、数学、生物学等等"的主张。而其实，对人文社会科学的理论，包括翻译理论来说，也是同样的道理，否则，如果一种语言就有一种自成体系的翻译理论的话，那么世界上有成百上千种语言（照语言学家的说法，则更多，有上万种），是否就会有成百上千种翻译理论呢？

其实，强调翻译理论的"中国特色"或"自成体系"的学者还忽视了问题的另一面。因为翻译总是涉及两种语言之间的转换，因此，当你

---

① 乔治·斯坦纳：《通天塔——文学翻译理论研究》，庄绎传编译，北京：中国对外翻译出版公司，1987年，第22—23页。
② "21世纪中国文学大系"共十卷，陈思和主编，翻译文学第一卷正式出版时名为《2001年中国最佳翻译文学》，从第二卷起，更名为《21世纪中国文学大系2002年翻译文学》《21世纪中国文学大系2003年翻译文学》等，自2001年至今已出版6卷，每年一卷，谢天振主编，春风文艺出版社出版。

在谈论外译中时强调"中国特色",那么在讨论中译外时,又该强调何种特色呢?假如无论是外译中还是中译外,都只有"中国特色"的话,那么另一种语言所必然具有的"特色"又将置于何地呢?显然,用这样的思维方法来提出问题和讨论问题是有失偏颇的。

不过,尽管如此,我们当然也不会否认,由于翻译时使用的语言文字不同,因此各国、各民族的翻译必然会有其各自的一些特点。但这些特点更多的是反映在翻译的实践层面,或者部分地反映在应用性翻译理论层面上,而不是在翻译的纯理论层面上。譬如,你可以说,在特定的文艺作品中,把英文中的 the Milky Way 译成俄文很方便,因为可以照搬,而不会带来任何歧义,但把它译成中文就会使译者陷入两难境地:照搬英文译成"牛奶路"或"仙奶路",会令读者感到困惑费解,而如果译成"银河"或"天河",则又丧失了原文中的文化内涵。这里中文和俄文的翻译就显示出了各自的特点,但这仅仅是在实践层面上的一个个案,谈不上是"中国特色"的翻译理论,更谈不上是"自成体系"的翻译理论。实际上,上述问题如果上升到理论层面,那么这些都属于文学翻译中文化意象的传递问题,这时其中就有共通性了。

其实,对强调翻译理论的"中国特色""自成体系"的学者们的用意和出发点我们也是能够理解的:这些学者希望我们在探讨翻译理论时能更多关注与中国国内的翻译实际相关联的问题,希望我们的翻译研究者能为提高我们国家的翻译实践水平,以及翻译研究水平提供更多的帮助。但我仍不主张在讨论翻译理论时片面强调"中国特色"或"自成体系",一方面固然是因为这种提法对于全面深入讨论翻译理论问题是不利的,带有明显的片面性,而另一方面是因为我担心,这种提法很可能会导致这样一些后果:或是因热衷于建立有"中国特色"的翻译理论,导致拒绝,甚至排斥引进、学习和借鉴国外译学界先进的翻译理论;或是以"自成体系"为借口,盲目自大自满,把经验之谈人为地拔高成所谓的理论,从而取代了严格意义上的翻译理论的探讨。而我的担心也绝非杞人忧天,事实上,在我国翻译界也确实存在着这样一些情况。在我们某些同行看来,西方的翻译理论只属于西方,西方的教学体制只属于西方,翻译学学科在西方的发展也只属于西方。他们却忘记了一个根本的道理：人类的先进文化并不只为某一方（西方或东方）所特有，它属于全人类。就像现代化并不只属于西方，而是人类社会发展到一定程度必经的阶段一样，翻译事业和翻译研究的发展也必然会向着建立一门独立的翻译学学科演进。其实，我们国家今天的大学体制、学位建制（包括学生毕业时穿的袍子、戴的帽子）等也都是从西方借鉴来的，但只要这些"体制""建制"，乃至"袍子""帽子"于我们国家的教育事业有利，我们又为何要拒绝它们呢？

香港岭南大学的张南峰教授说得好，他认为，我国翻译研究界对西方许多译论，特别是新翻译理论并不熟悉，更谈不上在实践中运用和验证。中国翻译界所说的翻译理念，大多处在微观、具体操作层面上，是应用性理论而并非纯理论。"特色派"无视纯理论的普遍适用性及其对翻译研究的指导作用，片面强调"建立中国特色的翻译学"，其后果就会过分突出国别翻译学的地位，强化了民族偏见。①

自20世纪50年代以来，国际翻译界在翻译研究领域取得了很大的进展，我个人甚至以为，正是从20世纪50年代起，西方翻译研究才跳出了历史上翻译研究常见的经验层面，真正进入了严格意义上的理论层面。我的这一观点正好在前不久一位名叫威利斯·巴恩斯通（Willis Barnstone）的美国教授所说的一段话中得到了印证。他说："在20世纪之前，所有人，包括贝雷（Guillaume Du Bellay）、多雷（Etienne Dolet）、查普曼（George Chapman）、德莱顿（John Dryden）、蒲伯（Alexander Pope）、泰特勒（A. F. Tytler）、赫尔德（Johann Herder）、施莱尔马赫（Friedrich Schleiermacher），还有那两个哲学家叔本华（Arthur Schopenhauer）和尼采（Nietzsche），不管他们谈翻译谈得如何头头是道，他们讲的并不是翻译理论（尽管我们通常称之为理论），而只是应用于文学的翻译原则与实践史罢了。"②

巴恩斯通教授的观点其实与荷兰翻译学者詹姆斯·S. 霍尔姆斯的观点一脉相承。后者早在1977年于蒙特利尔的国际翻译者联合会

---

① 张南峰：《特性与共性——论中国翻译学与翻译学的关系》，《翻译的理论建构与文化透视》，上海：上海外语教育出版社，2000年。

② Willis Barnstone, *The Poetics of Translation*, Yale Univ. Press, 1993, p.222.

第八届年会上所做的题为《翻译理论、翻译研究与译者》的发言中就说过,在1953年之前(也即国际译联成立之前——引者),西方没有"严格意义"上的翻译理论。他指出,人们通常把西方翻译理论追溯到几千年前西塞罗关于翻译的一些言论,而实际上这些理论都是非严格意义上的,它们"告诉我们的是人们应该如何翻译而不是人们实际上是如何做翻译的",也即是说,这些理论大多在规定翻译的标准,设立翻译的规范,而不是对人们实际所从事的翻译活动进行客观的探讨。①

我很赞同霍尔姆斯和巴恩斯通教授的观点,并且认为,20世纪50年代以来西方翻译界的许多理论进展特别值得我们思考和借鉴。譬如,当代西方的一些翻译研究不再局限于对翻译文本本身的研究,而是还把目光投射到了译作的发起者(即组织或提议翻译某部作品的个人或群体)、翻译文本的操作者(译者)和接受者(此处的接受者不光指的是译文的读者,还有整个译语文化的接受环境)身上。它借鉴了接受美学、读者反应等理论,跳出了对译文与原文之间一般字面上的忠实与否之类问题的考察,而把目光投射到了译作在新的文化语境里的传播与接受,注意到了翻译作为一种跨文化传递行为的最终目的和效果,还注意到了译者在这整个翻译过程中所起的作用,等等。这无疑是翻译研究的一大深化和进展,大大拓展了我们翻译研究的视野。

再譬如,还有些学者把翻译研究的重点放在翻译的结果、功能和体系上,对制约和决定翻译成果和翻译接受的因素、对翻译与各种译本类型之间的关系、翻译在特定民族或国别文学内的地位和作用,以及翻译对民族文学间的相互影响所起的作用给予特别的关注。与此同时,他们还开始注意翻译研究中语言学科以外的其他学科的因素。他们一方面认识到翻译研究作为一门独立学科的性质,另一方面又看到了翻译研究这门学科的多学科性质,注意到它不仅与语言学,而且还与文艺学、哲学,甚至社会学、政治学、心理学等学科都有密不可分的关系。这些对于我们来说也是很有启发意义的。

---

① See James S. Holmes, *Translation Theory*, *Translation Theories*, *Translation Studies and the Translator*, in *Translated! Papers on Literary Translation and Translation Studies*, pp. 93—98.

顺便提一下，国内译学界近年来也已经开始注意到翻译研究的"跨学科性质（或者学科交叉性质）"，提出尽可能把国内学界三方面的力量，也即翻译系科（专业）的翻译教学力量、一些从事翻译软件开发的院校或研究单位的力量，以及主要从事翻译研究（即翻译"学"的研究）的力量，整合起来，以促进当今国内的翻译研究学科的建设。①

国内翻译界在翻译研究和翻译理论认识上的误区和西方译学研究的文化转向，从两个不同的方面提醒了我们，译学学科的发展与译学观念的现代化转变有着非常密切的关系。我们不妨把翻译界的情况与其他学科的情况做一个比较。试想：在文艺界会不会有哪位歌唱家去质问音乐理论家："为什么读完了你的《音乐原理》，我的演唱技巧仍然毫无长进？"当然，我们更难设想会有人质疑陈景润对哥德巴赫猜想的研究对我们计算国民经济的总值有什么帮助，质疑科学史学者研究几亿万年前的宇宙大爆炸对改善我们今天的空气质量有什么实用价值，等等。类似的例子我们还可以举出许多许多。譬如，对巴尔扎克、托尔斯泰的作品，我们的文艺理论家们大多是表示"折服"的，但是难道会有人跑出来宣称文艺理论与作家的创作质量"没有必然的关系"？

然而，这种在其他学科都不大可能发生的对理论研究的怀疑和否定，却不断地在我们的翻译界发生。这是不是说明我们的翻译学学科，甚至我们的翻译研究至今还不够成熟呢？而之所以存在这样的情况，其中一个很重要的原因，就是我们翻译界的译学观念还没有及时转变。如果仔细考察一下我们讨论的翻译，我们讨论的翻译研究，我们应该能够发现，翻译所处的文化语境已经发生了变化，翻译的内涵已经发生了变化，翻译研究的内容也已经发生了变化，然而我们的译学观念却没有变化，我们的翻译研究者队伍没有发生实质性的变化，我们不少人的译学观念仍然停留在几十年前，甚至一百多年以前。

人类翻译的历史，从有文字记载的时候算起，至今也已经有一两千年以上的时间了。在这一两千年的时间里，特别是进入 20 世纪以

---

① 何刚强：《翻译的"学"与"术"》，《中国翻译》2005 年第 2 期。

后,翻译这个行为的文化语境已经发生了巨大的、实质性的变化。

人类的翻译历史,在我看来,大致可以分为如下这样三个大的发展阶段。

初期阶段是一个口语交往阶段,这是人类翻译最早的阶段。这里我有意不用"口译"而用"口语交往",这是因为这个阶段的"口语交往"与目前严格意义上的"口译"尚有一定的差距。这一阶段翻译的内容大多限于一般的交往和简单的商贸活动,如何达到交往双方基本信息的相互沟通是这一阶段翻译的主要目的。譬如一个人拿着张老羊皮,一个拿着两斤盐巴,这两个人借助简单的几个单词以及手势,达成了一笔交易:前者换到了他所要的两斤盐巴,而后者也得到了他所喜欢的老羊皮。这笔交易进行的过程中自然有翻译(口译)的成分,但绝不是今天意义上的口译,其基本意义就是达成双方对彼此的理解。对这一阶段翻译的含义我们可以借用《周礼·秋官》和《说文》中对"译"的解释:前者称翻译为"换易言语使相解也",后者则简单明了地说翻译就是"传四夷之言"。当然,从我们今天的角度看这两条对翻译的定义,我们把它们用诸书面翻译也未尝不可,但当初如此解释翻译,其原始用意恐怕是偏向口语翻译的。

中期阶段我们也许可以称之为文字翻译阶段,也即人类进入文字翻译以来的阶段,借用施莱尔马赫的话来说,也就是"真正的翻译"的阶段。这个阶段有相当长的历史跨度,其翻译内容以早期的宗教典籍和以后的文学名著、经典文献(除宗教文献外的哲学、社会科学著作等)为主。我们一些最基本的翻译观,诸如围绕翻译"可译"与"不可译"的性质之争、"直译"与"意译"的方法之争,以及翻译的标准,如泰特勒的翻译三原则、严复的"信达雅",等等,都是在这一阶段形成的。

由于这一阶段所翻译的对象主要是宗教典籍、文学名著、经典文献,译者,甚至读者对这些原著都是采取仰视态度的,所以我们也就不难理解为何在这一阶段,"忠实于原文的内容"成为翻译家们最核心的翻译观——宗教典籍、文学名著、经典文献这些著作都是翻译者以及译作的读者顶礼膜拜的对象,翻译时译者当然要小心翼翼,字斟句酌,否则一不小心歪曲了原文,招致批评不说,甚至因此获罪都有可能。

与此同时,随着文学翻译数量的急剧上升,文本形式的传递也开始引起重视,这样,我们对翻译的认识又向前推进了一步:翻译不仅要传递原作的内容,还要传达出原作的形式意义。但是这一阶段的译学观基本上还是建立在两种语言的转换的基础上,基本上还是局限在原文与译文的文本之内。

　　第三阶段,我们也许可以称之为文化翻译阶段①,因为这一阶段的翻译已成为民族间全方位的文化交流,成为极重要的一项人类文化交际行为,翻译的内容大大拓宽。第三阶段的开始时间大致可以追溯至20世纪50年代末、60年代初,甚至更早一点②。50年代雅可布逊提出了翻译的三种类型,也即语内翻译、语际翻译和符际翻译时,这种翻译的定义显然已经背离了传统的译学观念,也越出了单纯语言转换的界限,使得翻译的定义不再仅仅是"语言文字的转换",而是进入了宽泛意义上的信息转换和文化传递。至于之后的德国功能学派翻译学学者汉斯·弗米尔(Hans Vermeer)的翻译行为理论(action theory of translation)竭力强调译者的目标(skopos)在翻译过程中的决定性作用,英国的斯坦纳提出"理解也是翻译",当代美国女性主义批评家斯皮瓦克提出"阅读即翻译"等概念,更是大大拓展了翻译的含义,使得翻译成了几乎渗透人类所有活动的一个行为,从人际交往到人类自身的思想、意识、政治、社会活动,等等;当代西方文化理论则进一步把翻译与政治、意识形态等联系起来,翻译的内涵更是空前扩大。如后殖民主义翻译理论家尼南贾纳声称:"我对翻译的研究,完全不是要去解决什么译者的困境,不是要在理论上再给翻译另立一说,以便能够找到一个'缩小'不同文化间之'隔阂'的更加保险可靠的'办法'。相反,它是要对这道隔阂、这种差异作彻底的思索,要探讨如何把对翻译的执迷(obsession)和欲望加以定位,以此来描述翻译符号流通其间的组织体系。关于翻译的论述是多种多样的,但它们却都没有或缺乏

---

　　① 用"文化翻译"作为人类翻译历史第三阶段的命名并不合适和确切,用此命名仅是作为与第二阶段"文字翻译"的一种区分,并不是说"文字翻译"就不是"文化翻译"。

　　② 也可再往前推至第二次世界大战结束的时间,即20世纪40年代末。因为在第二次世界大战结束后,世界各国的交往开始越来越频繁,交往的领域也越来越广泛,尤其是商业往来更是成为主流。

或压制了对历史性和不对称的意识。就这一状况进行考察,便是我的关怀所在。"①

不无必要强调说明一下的是,这里所谓的第三阶段,也即文化翻译阶段的出现,并不意味着第二阶段即文字翻译阶段的结束。这两个阶段在相当长一个时期里将会是相互交融、并存并进的,而相关的译学观也将是并存互补。所以我们应该看到,翻译研究中的文化转向给传统译学观带来的是冲击,是反思,而不是颠覆和取代。文化翻译阶段出现的新的译学观是丰富、深化原有的译学观,是拓宽原有的译学研究视野,而不是取代,更不是推翻传统的译学观。

这样,如果我们从整个人类翻译发展史的大背景上去看的话,那么我们应该可以发现,一直到20世纪上半叶,也就是在20世纪50年代以前,我们的翻译观基本上都停留在传统的译学研究范畴之内,也即主要关心的是翻译的方法(如直译、意译等问题)、翻译的标准(如严复的"信达雅",泰特勒的翻译三原则等)、翻译的可能性(可译性与不可译性等)等问题。但是进入20世纪五六十年代以后,正如我们在上一章中所分析的,西方翻译研究中出现了三个大的突破和两个划时代的转向,这使得西方翻译研究与此前的研究相比,发生了重大的实质性的变化。研究者开始关注翻译研究中语言学科以外的其他学科的因素。他们一方面认识到翻译研究作为一门独立学科的性质,另一方面又看到了翻译研究这门学科的多学科性质,注意到它不仅与语言学,而且还与文艺学、比较文学、哲学,甚至社会学、政治学、心理学等学科都有密不可分的关系。但是翻译研究最终关注的当然还是文本在跨文化交际和传递中所涉及的一系列文化问题,诸如翻译在译入语文化语境里的地位、作用,以及文化误读、信息增添、信息失落等。正如韦努蒂(Lawrence Venuti)提到的,"符号学、语境分析、和后结构主义文本理论等表现出了重要的概念差异和方法论差异,但是它们在关于'翻译是一种独立的写作形式,它迥异于外语文本和译语文本'这一

---

① 尼南贾纳:《为翻译定位》,《语言与翻译的政治》,北京:中央编译出版社,2001年,第122—123页。

点上还是一致的。"①

在这种情况下,翻译不再被看作是一个简单的两种语言之间的转换行为,而是译入语社会中的一种独特的政治行为、文化行为、文学行为、商业行为,而译本则是译者在译入语社会中的诸多因素作用下的结果,在译入语社会的政治生活、文化生活、商业活动乃至日常生活中有时甚至扮演着举足轻重的角色。在这种情况下,传统的翻译观显然会不适应新的形势从而在某些方面受到挑战。譬如,把 Coca-Cola 翻译成"可口可乐",被人们一致认为是一个绝妙佳译。然而,如果按照传统的"忠实于原文"的翻译观,它就不应该被人们视作好的翻译,因为在原文里并没有"可口""可乐"的意思,所以它不能算是"忠实于原文"的好翻译。然而直觉又明明告诉我们,"可口可乐"是个好翻译。如何解释这里面存在的矛盾呢?"翻译目的论"(skopos theory of translation)可以轻松地回答这个问题:因为 Coca-Cola 是个商品品牌,而商品品牌的翻译要考虑有利于商品的促销。把 Coca-Cola 译成"可口可乐"显然是符合这一原则的,所以这个翻译也就理所当然地被认为是一个好翻译了。这也解释了为什么有许多商品品牌的翻译,包括电影片名(电影也是一种商品)的翻译会与原文意义相去甚远的原因。

从以上所述我们可以发现,在翻译的内涵、对象、外部环境等都已经发生了极大变化的今天,现在应该是到了讨论译学观念现代化问题的时候了。

那么如何实现译学观念的现代化呢?或者说,译学观念的现代化转向应该体现在哪几个方面呢?

首先,我觉得我们要能够学会正确处理翻译理论与翻译实践之间的关系,不要一提翻译理论就只想到对我的翻译实践有用还是无用,另外也不要把个别译者的经验体会误认为,或者更严重的是冒充为理论。香港浸会大学张佩瑶教授于 2002 年在上海外国语大学举行的翻译研讨会上通过追溯"theory"一词的来源,指出"理论"意即"道理、法

---

① Lawrence Venuti ed. *The Translation Studies Reader*, p.215.

则、规范",是系统的东西、科学的东西,是现代建构出来的产物,因此,从某种意义上说,无论中西,早期的翻译论述中其实是有"论"而无"理论"。她认为,重经验讲实践,也不只是中国特色,中外翻译界其实都是如此,不同点是西方自20世纪70年代后大力发展纯理论的东西,从多角度探讨翻译的本质,而中国的译学研究很大程度上还没有脱离传统的窠臼,仍然强调以实践为基础,很少探讨翻译的语言哲学问题,追问翻译的本质,所以在中国译学观念的现代转型过程中,应该首先重估中国传统译学理论的价值,然后再考虑如何引入西方新的译学理论范式。①

香港中文大学王宏志教授也有相似的意见。他分析了中国传统译学中讨论的主要内容,认为徒有理论之虚名而无其实,只是经验的堆砌而已。虽然这些经验之谈对翻译实践有一定的参考价值,但是它们不能看成是真正的译学理论研究,因为真正的译学研究是有逻辑性的,是客观的、科学的。翻译研究不是对翻译的价值判断,不是用作指导翻译实践。鉴于中国至今尚无真正的译学理论研究,王宏志认为,当务之急是建立严格意义上的翻译学科,确立新的研究方向,实现从原文为中心向译文为中心的研究范式的转型。②

其实,对于翻译理论有用无用的困惑,不光在我国翻译界存在,在国外也同样存在。2002年出版的一本《理论对翻译家有用吗?——象牙之塔与语词表面之间的对话》讨论的也是这个问题。该书的两位作者切斯特曼(Andrew Chesterman)和瓦格纳(Emma Wagner)指出,那种规约性研究(prescriptive study),也就是要去规定翻译家该怎么做、不该怎么做的研究,已经过时了(old-fashioned),现在的研究者(显然指的是纯理论研究者——引者),要做的是描述性研究(descriptive study),他们的研究是"描述、解释、理解翻译家所做的事,而不是去规

---

① 参见李小钧:《促进译学观念转变 推动译学建设——2002年上外中国译学观念现代化高层学术论坛综述》,《中国比较文学》2003年第1期。

② 参见王宏志《重释"信达雅"——二十世纪中国翻译研究》(上海:东方出版中心)"绪论"和《一本晚清翻译史的构思与终结》等文。

定翻译家该怎么做"①。

从这个意义上而言,相对于传统翻译研究的实用主义观念,翻译的纯理论研究也许可定义为"无用之用"。因为从传统的实用观念来看,翻译的纯理论研究似乎是"无用"的,如同本章开首引用的两位作者所说的那样。但是从另一个角度看,纯理论研究也有它的功用。以我们现在所讨论的译介学研究为例,它对具体的翻译实践虽然"无用",但是它在区分"翻译文学史"和"文学翻译史"的概念方面,在界定翻译文学的概念方面,在确立翻译文学在中国文学中的地位方面,却又有着传统翻译研究所无法替代的功用。

其次,译学观念现代化要求我们从事翻译实践和翻译教学的人中间有一部分人应该有成为专门翻译理论家的追求。我们当然不反对从事翻译理论的专家学者们在从事翻译理论研究的同时,在可能的情况下也从事一些翻译实践。但是,从目前我们国内译学界的实际情况来看,我们更迫切需要一批有独立译学理论意识的、能全身心献身于中国译学学科建设的人才队伍。

关于这个问题,前几年王东风教授就已经提出了"21世纪的译学研究呼唤翻译理论家"的观点。他指出:"虽然从理论上讲,实践与理论之间的互动始终存在,但从根本上讲,实践和理论是不能互相取代的。说白了就是,实践家不是理所当然的理论家,理论家也未必就是理所当然的实践家,实践家可以成为理论家,但前提是他必须花费与他的实践几乎相同的时间和精力去钻研理论。反之亦然。"②当代学科建设的特点之一就是分工越来越细,研究队伍开始分流,各有所重,这意味着每一门学科需要有一支专门的研究队伍,我们再也不可能像从前俄国的罗蒙诺索夫那样,一个人既是诗人,语言学家,语文学家,又是化学家,物理学家,等等。

从相关学科的发展史看,这个问题也许可以看得更清楚。学科的

---

① Andrew Chesterman and Emma Wagner, *Can Theory Help Translators？—A dialogue between the ivory tower and the wordface*, St. Jerome Publishing, Manchester, UK & Northanmpton, MA, 2002, p.2.

② 王东风:《中国译学研究:世纪末的思考》,张柏然、许钧:《面向21世纪的译学研究》,北京:商务印书馆,2002年,第58页。

建立固然离不开具体的实践以及对实践的研究,但更需要专门的理论工作者。文艺学学科的建立、比较文学学科的建立,主要靠的不是从事实际写作和创作的诗人、小说家和剧作家,而是文艺理论家和比较文学家,其中的主力更是在高等院校从事研究生教学和相关学科的理论研究的学者。现在,中国翻译学学科的建设与发展的情况也一样。那种作家、翻译家一身兼二任,即作家、翻译家既从事创作、翻译,又从事理论研究的时代已经成为历史了(更何况那时的所谓理论多是停留在实践层面上的经验之谈),随着翻译学学科的建立和发展,我们更需要一批专门从事翻译理论的人才,这样我们国家的翻译学学科才有可能健康发展,真正建成。

最后,译学观念的现代化意味着要有开阔的学术视野,这是与上述学术队伍的分流、分工,是相辅相成、互为补充的两个方面。一门独立的学科当然需要专门的学科理论的支撑,但是由于现代学科,尤其是我们这门学科的研究对象——翻译的特殊性(它几乎与所有的学科都有关系),所以我们这门学科的理论,也即翻译学,也必然是开放性的,它必然、也必须借用各种当代文化理论,以拓展它的研究视野,以展示它的方方面面。翻译研究的界限不再像以前那么分明,学科之间的重叠、交叉、接壤的情形将越来越多,越来越普遍。这一点从当代国外以及我们国内的翻译研究中已经得到了证实,这里无须赘言。

今天,几乎世界上所有国际大师级的文化理论家,从德里达、福科,到埃科、斯皮瓦克等等,都在大谈特谈翻译,翻译不仅成为当今国际学术界最热门的话题,而且也被提高到前所未有的众所注目的地步。这其中折射出的翻译的理论与翻译实践之间的关系,很值得我们国内翻译界深思。

令人感到欣慰的是,近年来国内也已经有学者注意到我国翻译界在翻译研究和翻译理论认识上的一些误区,并且指出:"目前中国的描写性翻译研究缺乏严密的理论体系和令人信服的理论深度和广度,因为经验之谈难以自成体系,尤其是,还有一些学者仍然将理论看作是对语言表层结构转换技巧的研究。"①

国内翻译界,一方面抱怨翻译地位低,不受重视,但另一方面,却又总是轻视翻译研究,更轻视对翻译理论的研究。有人说,翻译地位的提升不是靠理论,而是靠出翻译大家,靠众多优秀译作的积累。还有人则强调翻译要得到全社会的重视,靠的是"走出象牙之塔,投身于改革开放和现代化建设的大潮",靠的是"编印一系列有关'入世'及为外商准备的中外文对照的资讯材料",这样就会"受到全社会的欢迎"②。他们抓住一点,即在西方翻译的稿酬也比较低,以此证明尽管在西方翻译的理论研究取得很大的成就,但翻译仍然没有得到足够的重视,等等。然而,他们却没有看到在西方普遍开设的独立的翻译系、翻译学院、翻译学硕士、博士学位点,而在我国,尽管早在清末马建忠就已经提出设立翻译书院的提议,但直至最近几年才陆续有学校设立了单独的翻译系和翻译学院,至今也只有不多几所高校刚刚建立起了独立的翻译学的博士点。由此可见,如果人们仍然把翻译视作两种语言文字之间一种简单机械的转换的话,而看不到翻译家对译入语文化的贡献,看不到译作的价值和意义,那么,翻译大家也只能"养在深闺人未识",而提高翻译的地位也就无从说起了。因此,不能仅仅停留在多出优秀的翻译作品上,还应该通过真正学术层面上的翻译研究,通过严谨的理论层面上的阐发,扩大翻译研究的视野,更新人们对翻译的认识,只有这样,翻译的性质和意义才能被人们真正认识和理解,译者的贡献才能被人们真正承认,也只有这样,翻译才能得到人们充分的重视,并在我们国家的政治、社会、文化生活中获得它应有的地位。

最近几年来,我国报刊媒体有一个词的出现率相当高,这就是"与时俱进"。现在我们是不是也应该把这个词(这已经不是一个普通的词,而是代表了一种观念)用到我们的译学界来,让我们的译学观念也能与时俱进,实现译学观念的现代化转向,以推进译学学科建设的健康发展呢?

---

① 王东风:《中国译学研究:世纪末的思考》,《中国翻译》1997年第1、2期。
② 《中国翻译》2002年第6期,第35页。

第三章　文学翻译中的创造性叛逆
——译介学研究的理论基础

任何翻译，不管是一般的日常翻译、科技翻译，还是文学翻译，其本质其实都是把一种语言中业已表达出来的信息传达到另一种语言中去。但是文学翻译与其他翻译有一个根本的区别——它所使用的语言不是一般的语言，也就是说，不是一般意义上的仅仅为了达到交际和沟通信息目的而使用的语言。文学翻译使用的是一种特殊的语言，正如著名文学家茅盾在一次报告中所说的，"文学的翻译是用另一种语言"，它"把原作的艺术意境传达出来，使读者在读译文的时候能够像读原作时一样得到启发、感动和美的感受"[①]。由此可见，文学翻译使用的是一种艺术语言，一种具有美学功能的艺术语言。这种语言要能够重现原作家通过他的形象思维所创造出来的艺术世界，所塑造成功的艺术形象。事实上，古往今来的文学翻译家们也确实是这样做的。他们殚精竭虑，在译入语中苦苦寻觅合适的语言，以如实地再现原作家所创造出来的艺术世界。

然而，翻译的实践表明，人们赋予文学翻译的目标与文学翻译实际所达到的结果之间却始终是存在差距的。这其中的原因，有艺术上的，也有语言本身的。意大利著名美学家克罗齐分析说："如果翻译冒充可以改造某一表现品为另一表现品，如移瓶注酒那样，那就是不可能的。在已用审美的办法创作成的东西上面，我们如果再加工，就只能用逻辑的办法；我们不能把已具审美形式的东西化成另一个仍是审美的形式。"[②]这话虽然有失偏颇，但也不是完全没有道理，这是从美学原理角度强调了文学翻译的困难。此前我们已经提到，克罗齐是

[①] 茅盾：《为发展文学翻译事业和提高翻译质量而奋斗》，《翻译研究论文集》（1949—1983），第10页。

[②] 克罗齐：《美学原理》，北京：外国文学出版社，1987年，第78页。

西方翻译史上有名的不可译论的代表。因此在谈到文学翻译时,在克罗齐看来,那更加是不可能的了。

另一方面,文学翻译的目标与实际达到的结果之间的差距又是文学本身的特点所决定的。众所周知,文学与其他艺术相比,如音乐、绘画、雕塑,甚至电影等,它是唯一局限于语言框架之内的艺术。而语言之所以能产生艺术所要求的形象性、生动性,这是与语言本身的历史文化积淀、与该语言环境中的语言使用者本人的生活经验有着密切的关系。特定语言环境内的历史的文化积淀和语言使用者的生活经验,使该语言的使用者在使用某一特定语汇时产生丰富的联想,从而赋予该语言以特定的形象性和生动性。譬如,"天高云淡"一语,寥寥四字,貌若平常,但在汉语这一特定语言环境中,却能使人产生"海阔天空、壮志满怀",或"秋高气爽",或"秋风萧瑟"等等的诗的意境,产生许多丰富的联想。但是当译者把这四个字照搬到另一种语言中去时,如译成英语 The sky is high, the clouds are thin,英语读者恐怕就无法产生相似的联想。因此,当在一种语言环境中产生的文学作品被"移植"到另一种语言环境中去时,为了使接受者能产生与原作同样的艺术效果,译者就必须在译语环境里找到能调动和激发接受者产生相同或相似联想的语言手段。这实际上也就是要求译作成为与原作同样的艺术品。在这种情况下,文学翻译与文学创作已经取得了相同的意义,文学翻译也已显而易见地不再是简单的语言文字的转换,而是一种创造性的工作。仍然是茅盾的话:"这样的翻译,自然不是单纯技术性的语言外形的变易,而是要求译者通过原作的语言外形,深刻地体会了原作者的艺术创造的过程,把握住原作的精神,在自己的思想、感情、生活体验中找到最适合的印证,然后运用适合于原作的文学语言,把原作的内容与形式正确无遗地再现出来。这样的翻译的过程,是把译者和原作者合而为一,好像原作者用另外一国文字写自己的作品。这样的翻译既需要译者发挥工作上的创造性,而又要完全忠实于原作的意图,……这是一种很困难的工作。但是文学翻译的主要任务,既然在于把原作的精神、面貌忠实地复制出来,那么,这种艺术创造性的翻译就完全是必要的。"①加拿大翻译研究家芭芭拉·格达德说:"面对新的读者群,译者不仅要把一种语言用另一种语言传达出来,而且要对一个完全崭新的文化及美学体系进行诠释。因此,翻译绝不是一维性的创作,而是两种体系的相互渗透。译者是传情达意的积极参与者,是作者的合作者。"②

这里也许可举王佐良先生翻译的培根的《谈读书》为例。译文不长,抄录如下:

读书足以怡情,足以博彩,足以长才。其怡情也,最见于独处幽居之时;其博彩也,最见于高谈阔论之中;其长才也,最见于处世判事之际。练达之士虽能分别处理细事或一一判别枝节,然纵观统筹、全局策划,则舍好学深思者莫属。读书费时过多易惰,文采藻饰太盛则矫,全凭条文断事乃学究故态。读书补天然之不足,经验又补读书之不足,盖天生才干犹如自然花草,读书然后知如何修剪移接;而书中所示,如不以经验范之,则又大而无当。有一技之长者鄙读书,无知者羡读书,唯明智之士用读书,然书并不以用处告人,用书之智不在书中,而在书外,全凭观察得之。读书时不可存心诘难作者,不可尽信书上所言,亦不可只为寻章摘句,而应推敲细思。书有可浅尝者,少数则须咀嚼消化。换言之,有只须读其部分者,有只须大体涉猎者,少数则须全读,读时须全神贯注,孜孜不倦。书亦可请人代读,取其所作摘要,但只限题材较次或价值不高者,否则书经提炼犹如水经蒸馏,淡而无味矣。

读书使人充实,讨论使人机智,笔记使人准确。因此不常作笔记者须记忆特强,不常讨论者须天生聪颖,不常读书者须欺世有术,始能无知而显有知,读史使人明智、读诗使人灵秀,数学使人周密,科学使人深刻,伦理学使人庄重,逻辑修辞之学使人善辩:凡有所学,皆成性格。人之才智但有滞碍,无不可读适当之书使之顺畅,一如身体百病,皆可借相宜之运动除之。滚球利睾

---

① 参见《中国翻译》2002年第6期,第35页。
② Babara Godard, *Language and Sexual Difference*: *the Case of Translation*, in *Atkinson Review of Canadian Studies*, Vol. 2, No. 1, Fall-Winter, 1984, p. 13.

肾,射箭利胸肺,慢步利肠胃,骑术利头脑,诸如此类。如智力不集中,可令读数学,盖演题须全神贯注,稍有分散即须重演;如不能辨异,可令读经院哲学,盖是辈皆吹毛求疵之人;如不善求同,不善以一物阐证另一物,可令读律师之案卷。如此头脑中凡有缺陷,皆有特药可医。

如果不说明这是一篇译文的话,有谁能看出这是一篇翻译作品呢?略带古奥的、浅近的汉语文言文体,高度凝练而又极其准确的用词,流畅简约的行文遣句,通篇浑然一体的风格,令人不仅得到思想的教益,而且得到美的艺术的享受。事实上,这篇译文除了思想是来自原作者英国著名哲学家、英语语言大师培根(Francis Bacon)的外,其余都已经是译者的贡献了。用这样的语言去表达原作的思想,谁能说不是一种创造呢?难怪我国的文学大师郭沫若要说:"翻译是一种创造性的工作,好的翻译等于创作,甚至还可能超过创作。这不是一件平庸的工作,有时候翻译比创作还要困难。"[1]事实确是如此,因为译者在创作时并不是随心所欲的,他要受到原作的许多因素的限制。如这篇《谈读书》,译者之所以用这样的语言去表达原作,是因为原作本身就是一篇古色古香、用词精练、含义深刻的典雅散文。[2] 所以有人把翻译喻为"戴着镣铐跳舞",可谓极其形象地道出了翻译的艰难本质。

文学翻译的创造性性质是显而易见的,它使一件作品在一个新的语言、民族、社会、历史环境里获得了新的生命。然而,文学翻译除了创造性一面外,另外还有叛逆性的一面。如果说,文学翻译中的创造性表明了译者以自己的艺术创造才能去接近和再现原作的一种主观努力,那么文学翻译中的叛逆性,在多数情况下就是反映了在翻译过程中译者为了达到某一主观愿望而造成的一种译作对原作的客观背离。但是,这仅仅是从理论上而言,在实际的文学翻译中,创造性与叛逆性其实是根本无法分隔开来的,它们是一个和谐的有机体。因此,

---

[1] 郭沫若:《论文学翻译工作》,《翻译研究论文集》(1949—1983),第22页。
[2] 王佐良的译文及培根的原文见王佐良:《翻译:思考与试笔》,北京:外语教学与研究出版社,1989年。

法国文学社会学家埃斯卡皮(Robert Escarpit)提出了一个术语——"创造性叛逆"(creative treason),并说:"翻译总是一种创造性的叛逆。"①

文学翻译的创造性叛逆在诗歌翻译中表现得尤为突出,因为在诗歌这一独特的体裁中,高度精练的文学形式与无限丰富的内容紧密地结合在一起,使得译者几乎无所适从——保存了内容,却破坏了形式,照顾了形式,却又损伤了内容。试看一例:

杨巨源有诗名《城东早春》,诗曰"诗家清景在新春,绿柳才黄半未匀。若待上林花似锦,出门俱是看花人"。英国汉学家翟理斯(Herbert A. Giles)把它译为:

> The landscape which the poet loves is that of early May,
> When budding greenness half concealed enwraps each willow
>   spray
> That beautiful embroidery the days of summer yield,
> Appeals to every bumpkin who may take his walks afield.

有人指出,译者以 early May 译原诗中的"新春"一词不确,"因为在中国,五月初已经将近暮春了。译者没有研究中国的时序景物,就拿欧洲的时序景物来比附,结果违反了同一律。"②这一批评当然不错,因为中国与欧洲的时序确实不同,early May 不同于中国的"新春",用 early May 译"新春",这是对原诗的叛逆。但假若我们细细推究一下译诗的话,我们当能发现,这种叛逆似乎并非出自译者的本意,因为从整首译诗可以见出,译者对中文原诗的把握还是很准的,也是很严谨的,基本上传达出了原诗的诗意和意境。至于用 early May 译"新春",恐怕是出于押韵的需要(与第二句中的 willow spray 押韵),不得已而为之的。况且,对于英美读者来说,early May 也已经包含着"新春"的信息了,因此对这一译法似乎也无可厚非。当然,与此同时这种译法也确实传达了一个错误的信息,使英美读者误以为中国的早

---

① 埃斯卡皮:《文学社会学》,第 137 页。
② 张今:《文学翻译原理》,开封:河南大学出版社,1987 年,第 59 页。

春在五月之初,但这恐怕是诗歌翻译中普遍存在的一个难题,无法强求在一首译诗中就给予解决的,这个难题也许可以借助同一首诗的不同译本来加以完成。

再如,另一位汉诗的英译家宾纳(Bynner)所译的韦应物的诗句"春潮带雨晚来急,野渡无人舟自横",也招致一点物议。宾纳的译诗为:

  On the spring flood of last night's rain
  The ferry-boat moves as though someone were poling.

有人指其以"似有人"译"无人",两者反映的画面一动一静,"违反同一律"。①

同是这两句,王守义与约翰·诺弗尔合作,把它译为:

  Spring sends rain to the river
  It rushes in a flood in the evening

  The little boat tugs at its line
  By the ferry landing
  Here in the wilderness
  It responds to the current
  There is no one on board

王译比较忠实地传达出了原诗那种静态的画面,而且也没有了宾纳译本中的那个"多余的人",但是王译同样也没有了宾纳译本中那种与原诗相应的简洁与韵味。王译实际上是一首散文诗——这是对原诗韵律的一种叛逆,之所以如此,是因为在译者看来,在中国古典诗词中起很大作用的诗的外在美——诗的形式和诗的语言形式,主要是在音韵方面,而"这种音韵美在英译中是无法表达的"。因此,他们的译诗,如他们自己所宣称的,"看来是散文化的释义,而实际上是一首不错的英语无韵诗。如果它译出了原诗的意境、神韵、美感,它就是一首

---

① 张今:《文学翻译原理》,第55页。

好的译诗。而且它会被英语读者接受,加以欣赏,甚至参与欣赏再创造,完成对诗美的享受和感应。"①

这两个例子可以让我们窥见创造性叛逆的一些基本特点。由于文学翻译,一部作品被引入了一个新的语言环境,于是也就产生了一系列的变形:翟理斯为了传达原作的韵味,结果把"新春"变成了"五月初";宾纳为了追求原作诗的形式,结果引入了一个"多余的人";王守义为了忠实地再现原作诗的画面,结果却丢失了原作的诗歌形式和韵律……

文学翻译的创造性叛逆的特点当然不止于"变形",它最根本的特点是:它把原作引入了一个原作者原先所没有预料到的接受环境,并且改变了原作者原先赋予作品的形式。在这一过程中,叛逆的主体是译者、接受者和接受环境。

文学翻译中译者的创造性叛逆有多种表现,但概括起来不外乎两种类型:有意识型和无意识型。具体的表现有以下四种:

1. 个性化翻译

译者,尤其是优秀的译者,在从事文学翻译时大多有自己信奉的翻译原则,并且还有其独特的追求目标。譬如同样是译拜伦的诗,梁启超用的是元曲体,马君武用七言古诗体,苏曼殊用五言古诗体,而胡适则用离骚体。不同的诗体不仅赋予拜伦的诗以不同的中文面貌,更重要的是,它们还塑造了彼此不同的诗人拜伦的形象。试比较拜伦《哀希腊》中一段诗的几种不同的中译文。

拜伦的原诗为:

  The isles of Greece, the isles of Greece!
    Where burning Sappho loved and sung,
  Where Delos rose, and Phoebus sprung!
    Eternal summer gilds them yet,
  But all, except their sun, is set.

---

① 王守义、约翰·诺弗尔译:《唐宋诗词英译》,哈尔滨:黑龙江人民出版社,1989年,第167页。

梁启超译为：

(沉醉东风)咳！希腊啊！希腊啊！你本是和平时代的爱娇，你本是战争时代的天骄！撒芷波歌声高，女诗人热情好，更有那德罗士、菲波士(两种名)荣光常照。此地是艺文旧垒，技术中潮。即今在否？算除却太阳光线，万般没了！

马君武译为：

希腊岛，希腊岛，诗人沙孚安在哉？爱国之诗传最早。战争平和万千代，其术皆自希腊出。德娄飞布两英雄，溯源皆是希腊族。吁嗟乎！漫说年年夏日长，万般销歇剩斜阳。

苏曼殊译为：

巍巍希腊都，生长奢浮好。
情文何斐斐，荼辐思灵保。
征伐和亲策，陵夷不自葆。
长夏尚滔滔，颓阳照空岛。

胡适译为：

嗟汝希腊之群岛兮，
实文教武术之所肇始。
诗媛沙浮尝泳歌于斯兮，
亦羲和、素娥之故里。
今惟长夏之骄阳兮，
纷灿烂其如初。
我徘徊以忧伤兮，
哀旧烈之无馀！

再譬如，傅东华在翻译美国小说 Gone With the Wind (《飘》)时，觉得"译这样的书，与译 Classics 究竟两样"，所以不必"字真句确地译"。于是他在翻译时，碰到原作中的外国人名地名，"都把它们中国化了"，"对话方面也力求译得像中国话，有许多幽默的、尖刻的、下流的成语,都用我们自己的成语代替进去","还有一些冗长的描写和心理的分析,觉得它跟情节的发展没有多大关系,并且要使读者厌倦的","就老实不客气地将它整段删节了"。① 毫无疑问,就译者方面而言,傅译达到了它所追求的目标,其取得的成功是巨大的,它不仅吸引了广大的中国读者,并在中国的翻译文学圈内占据了整整半个多世纪的地位——直到1990年才有一个 Gone With the Wind 的新译本——《斯佳丽》问世,而且后者是否能代替得了傅译《飘》在广大中国读者心目中的地位,都还很难说。但是从读者方面而言,当他们随着思嘉、媚兰、瑞德、希礼们(均为十足地道的中国人名),从肇嘉州、钟氏坡一起漫游到曹氏屯(均为十足地道的中国地名)时,他们是被译者带领着进入了美国作家密西尔笔下的美国社会呢,还是进入了翻译家傅东华所营造的文学世界呢?这是一个极其有趣的,也是比较文学研究者很感兴趣的一个问题。

比较多的个性化翻译的一个很主要的特征就是"归化"。所谓"归化",它的表面现象是用极其自然、流畅的译入语去表达原著的内容,但是在深处却程度不等地都存在着一个用译语文化"吞并"原著文化的问题。例如,严复翻译的《天演论》是有口皆碑的译界精品,其开卷一段更是脍炙人口。然而,令人"倾倒至矣"的究竟是严译的内容呢还是严老夫子的译笔呢?当我们读着"怒生之草,交加之藤,势如争长相雄,各据一抔壤土。夏与畏日争,冬与严霜争,四时之内,飘风怒吹,或西发西洋,或东起北海,旁午交扇,无时而息。上有鸟兽之践啄,下有蚁蝝之啮伤。憔悴孤虚,旋生旋灭。菀枯顷刻,莫可究详。"这样古朴典雅、气势恢宏的桐城派古文式的译文时,答案是不言而喻的。更有甚者,严译的《天演论》第一句"赫胥黎独处一室之中"把原文的第一人称径自改为第三人称,译语文化对原著文化的"吞并"更显昭著——作者以第三人称出现在文中是中国古文的特征之一。又如,苏曼殊译苏格兰农民诗人彭斯的诗《一朵红红的玫瑰》,诗僧把它译成:

颎颎赤墙靡,首夏初发苞,

---

① 傅东华:《飘》译序,杭州:浙江人民出版社,1979年,第3—4页。

> 恻恻清商曲，眇音何远姚？
> 予美谅天绍，幽情中自持。
> 沧海会流枯，顽石烂炎熹。
> 微命属如缕，相爱无绝期。
> 掺袪别予美，离隔在须臾。
> 阿阳早日归，万里莫踟蹰。

词丽律严、表情委婉，俨然一首地道的中国五言古诗。尤其是其中的一些特殊词汇，如出自《诗经》表示"拎着袖口"的"掺袪"，表示"我"的"阿阳"，等等，使译诗的读者看到了一幅典型的中国古代文人仕女执袖掩面、依依惜别的图画，但是与此同时，彭斯原诗那清新明快的风格、素朴爽直的农夫村姑形象，则也消失殆尽了。①

个性化翻译的特征也并不全是"归化"，它还有"异化"——译语文化"屈从"原著文化的现象。美国诗人庞德在翻译中国古诗时，就有意识地不理会英语语法规则，显著的例子如他把李白的"荒城空大漠"的诗句译成 Desolate Castle, the sky, the wide desert，没有介词进行串连，没有主谓结构，仅是两个名词词组与一个名词的孤立地并列。熟谙中国古诗并了解庞德进行的新诗实验的人一眼可看出，这是译者有意仿效中国古诗的意象并置手法（尽管这一句其实并非典型的意象并置句）。这种译法理所当然地使英语读者感到吃惊，但它的效果也是

---

① 试比较同一首诗的王佐良的译文：
呵，我的爱人象一朵红红的玫瑰，六月里迎风初开；
呵，我的爱人象一曲甜蜜的歌，唱得合拍又亲和。
我的好姑娘，多么美丽的人儿！
我呀，多么深的爱情！
亲爱的，我永远爱你，纵使大海干枯水流尽。
纵使大海干枯水流尽，
太阳将岩石烧作灰尘。
亲爱的，我永远爱你，
只要我生命犹存。
珍重吧，我唯一的爱人，
珍重吧，让我们暂时别离，
但我定要回来，
哪怕千里万里！

显而易见的,《泰晤士报》书评作者就曾坦承:"从奇异但优美的原诗直译,能使我们的语言受到震动而获得新的美。"①其实,这种译法产生的何止是"震动",它还触发了美国的一场新诗运动呢,美国的意象派诗歌运动正是在这类译诗的影响下发生的。

可与之相映成趣的是中国诗人穆旦(即查良铮)的翻译。穆旦在翻译 T. S. 艾略特的 The Love Song of J. Alfred Prufrock 时,照搬英语原诗中 Should I, after tea and cakes and ices / Have the strength to force the moment to its crisis! 的句式,写出了像"是否我,在用过茶、糕点和冰食以后,有魄力把这一刻推到紧要关头?"这样与中文文法格格不入的句子。严厉的语文学家肯定会对此大皱眉头,并斥之为"句式欧化";但宽容的语文学家一定能发现,中文中不少句式,诸如"当……的时候""与其……不如……"等,正是通过这些"欧化"的翻译传入的。

2. 误译与漏译

绝大多数的误译与漏译属于无意识型创造性叛逆。例如英译者在翻译陶诗《责子》中"阿舒已二八"一句时,把它译成了"阿舒十八岁"。他显然不懂汉诗中的"二八"是 16 岁的意思,而自作聪明地以为诗中的"二八"是"一八"之误。这样的误译造成了信息的误导。

再如鲁迅翻译果戈理的小说《死魂灵》,当译到戈贝金大尉出现在彼得堡时,译文中说:"他的周围忽然光辉灿烂,所谓一片人生的广野,童话样的仙海拉宰台的一种。"鲁迅还给仙海拉宰台(Sheherazade)作注,说它是《一千零一夜》里的市名。这样就把《一千零一夜》中的讲故事的女主人公谢赫拉扎台误解为一座城市,从而也就无法传达果戈理原文"有如谢赫拉扎台所讲的故事一样美丽"的原意了。②

以上例子均属无意误译,造成误译的原因都是因为译者对原文的语言内涵或文化背景缺乏足够的了解。

与此同时,还存在着有意的"误译"。譬如,苏联作家阿·托尔斯泰的名作三部曲《苦难的历程》的英译名是 Road to Calvary(译成中文

---

① 参见赵毅衡:《远游的诗神》,成都:四川人民出版社,1985 年,第 229 页。
② 参见戈宝权:《漫谈译事难》,《当代文学翻译百家谈》,北京:北京大学出版社,1989 年。

为《通往卡尔瓦利之路》),这里英译者故意用一个含有具体象征意义的地名Calvary(典出《圣经》,系耶稣被钉上十字架的地方)代替了俄文中那个泛指"苦难、痛苦"的普通名词。当然,这样做的结果是阿·托尔斯泰的英译本被蒙上了厚厚一层宗教色彩。

傅雷翻译的几部巴尔扎克的长篇小说的书名也是有意误译的佳例。如巴尔扎克原著的书名是 La Cousine Bette, Le Pere Goriot,本来,前者应译为《表妹贝德》或《堂妹贝德》,后者则应译为《高里奥大伯》或《高里奥老爹》。但傅雷在仔细揣摩了全书内容之后,却把前者译为《贝姨》,后者译为《高老头》,这样不仅从形式上缩短了译入语国读者与译作的距离,而且还细微地传达出了人物在作品中的特定处境(《贝姨》)、独特的性格和遭遇(《高老头》),堪称成功的创造性叛逆。

以上两例表明,译者为了迎合本民族读者的文化心态和接受习惯,故意不用正确手段进行翻译,从而造成有意误译。

为了强行引入或介绍外来文化的模式和语言方式,也是造成有意误译的一个原因。如前面已经提到过的庞德翻译的汉诗和穆旦翻译的英诗,这种翻译如鲁迅所称,"不但在输入新的内容,也在输入新的表现法"[①]。

误译当然不符合翻译原要求,任何一个严肃的翻译家总是尽量避免误译。但是误译又是不可避免地存在,尤其是在诗歌翻译和较长篇幅的文学作品之中。从文化交流的层面上看,误译有时候却有着非同一般的研究价值,因为误译反映了译者对另一种文化的误解与误释,是文化或文学交流中的阻滞点。误译特别鲜明突出地反映了不同文化之间的碰撞、扭曲与变形。

漏译也分无意与有意两种。无意的漏译多为一言半语,通常未产生什么文学影响。有意的漏译即节译,我们将在下面予以较详细的分析。

3. 节译与编译

节译与编译都属于有意识型创造性叛逆。造成节译与编译的原

---

① 见鲁迅:《二心集》。

因有多种：为与接受国的习惯、风俗相一致，为迎合接受国读者的趣味，为便于传播，或出于道德、政治等因素的考虑，等等。

例如，我国早期翻译家伍光建在翻译法国大仲马的《侠隐记》(现通译《三个火枪手》)时，压缩或节略景物描写，凡与结构及人物没有多大关系的语句、段落、议论、典故等统统删去，把原作差不多删掉三分之一。其原因，一方面如茅盾所分析的，"他是根据了他所见当时的读者程度而定下来的……因为他料想读者看不懂太累赘的欧化句法。"①另一方面则是因为中国历来的小说没有景物描写，照原著译出的话，怕读者不易接受。这样做的结果，读者阅读、接受固然就容易多了，但与此同时，由于大量节译作品的存在(林纾译《茶花女》、马君武译《复活》、曾朴译《九三年》，均有不同程度的删节)，原作的丰富性、复杂性没有了，原作的民族文学特性(景物描写与心理刻画)也没有了，于是给读者造成一种错觉："西洋小说太单调。"

接受国的道德伦理观念对文学翻译的影响最明显地反映在蟠溪子翻译的《迦因小传》上。译者为了不与中国传统的道德观念相悖，故意把原著中女主人公与男主人公两情缱绻、未婚先孕等情节统统删去。后来林纾重译此书，补全了蟠译删削的情节，引起激烈的反应。有人就此评论说："吾向读《迦因小传》，而深叹迦因之为人，清洁娟好，不染污浊，甘牺牲生命，以成人之美，实情界中之天仙也；吾今读《迦因小传》，而后之迦因之为人，淫贱卑鄙，不知廉耻，弃人生之义务，而自殉所欢，实情界中之蟊贼也。"节译本塑造出一个与全译本(遑论原著)完全不同的文学形象，由此可见一斑。②类似的情况在当今世界、包括当今中国，也依然存在，譬如薄伽丘的名作《十日谈》和劳伦斯的名作《查特莱夫人的情人》，由于道德方面的原因，在相当长的一段时间里，只有它们的节译本才能公开出版发行，它们的全译本要么只能极少量地在内部发行，要么完全被禁止出版。

在某种程度上而言，编译也是一种节译，编译者与节译者一样，旨

---

① 转引自《中国翻译文学史稿》，北京：中国对外翻译出版公司，1989年，第84页。
② 最近见到一份材料称，蟠溪子翻译的《迦因小传》所据原文就只有半部，而非有意只译前半部。若是，则此例当重新审视了。

在理清原著的情节线索,删除与主要情节线索关系不大的语句、段落、甚至篇章,以简洁明快的编译本或节译本形式介绍原著。因此,在大多数情况下,编译与节译在文学交流中所起的作用与产生的影响是差不多的。编译与节译最大的差别在于:节译本中所有的句子都是依据原本直接翻译缩写的,而编译本中的句子,既有根据原文翻译、编写、改写的,甚至还有编译者出于某种需要添写的。由于这后两种情况,编译本对原著造成的变形有时就要超过节译本。

但是,在不少场合,编译与节译实际上是混杂在一起的,根本无法区分。据说,日本学者岛田建次在其《外国文学在日本》一书中曾把日本著名的作家森鸥外译的《即兴诗人》与安徒生的原文详加对照,发现森鸥外有时把原文整段删掉,有时又加上自己的描述来启发读者的想象力。① 我国早期翻译家如林纾、包天笑等的翻译,实际上都属于编译范畴。事实上,他们自己也意识到这点,所以他们称自己的译品为"译述"或"达旨"(严复语)。

节译与编译在传播外国文学上的积极作用是显而易见的。时至今日,我们仍有好多家出版社在组织译者从事节译外国文学名著的工作,这些书的发行量还相当大,可见读者对它们也仍然是非常欢迎的。

4. 转译与改编

文学翻译中的转译与改编都属于特殊型创造性叛逆,它们的共同特点是都使原作经受了"两度变形"。

转译,又称重译,指的是借助一种外语(我们称之为媒介语)去翻译另一外语国的文学作品。这种形式的翻译,无论中外古今,都很普遍。譬如,我国最早的汉译佛经所用的术语就多半不是直接由梵文翻译过来的,而是间接经过一个媒介——有学者认为可能是天竺文字或西域文字②;英国译者诺思是根据阿米欧的法译本翻译普鲁塔克的希腊语作品的;匈牙利、塞尔维亚和卢森堡的译者,在相当长时期里是通过德译本转译莎士比亚的作品的;在西班牙和意大利,人们读到的英国诗人杨格的《夜思》的译本,是通过法国翻译家勒图诺尔的法译本转

---

① 参见田中千春:《日本翻译史概要》,《编译通讯》1985年第11期。
② 参见马祖毅:《中国翻译简史》,北京:中国对外翻译出版公司,1984年,第15页。

译的;在日本,自明治至大正初年,也大多通过英文转译法国和俄国的文学作品,有一段时期(明治20年代)甚至还盛行转译的风气,如森欧外,即使懂得原作语言,也一律从德文转译。

在大多数情况下,转译是不得已而为之的,尤其是在翻译非通用语种国家的文学作品时,因为任何国家也不可能拥有一批通晓各种非通用语种的译者。然而文学翻译又是如此复杂,译者们在从事具有再创造性质的文学翻译时,不可避免地要融入译者本人对原作的理解和阐述,甚至融入译者的语言风格、人生经验乃至个人气质,因此,通过媒介语转译其他国家的文学作品之所以会产生"二度变形",也就不难理解了。更何况媒介语译作中还存在一些不负责任的滥译本,以及存在一些有独特追求的译本,例如18世纪的法译本就追求"优美的不忠",而18世纪时法语曾是英语与意大利语、西班牙语、葡萄牙语、有时还是波兰语与俄语之间的媒介语,通过这些"优美的不忠"的译本转译作品将会是什么结果,当是不难想见的了。

在我国,叶君健先生曾提供了好几个因转译而产生变形的例子。他把《安徒生童话》的丹麦文原作与英译本进行了对照,把但丁《神曲》片断的意大利原文与英、中译文进行对照,指出其中的巨大差异。①

除了变形问题外,转译中媒介语的变化也是一个值得研究的问题。如从五四前后直至三四十年代,日语曾经是我国文学翻译中的极主要的媒介语:鲁迅、周作人兄弟早在20世纪初编译出版的《域外小说集》中,就通过日语(还有德语)转译了波兰等"弱小民族"的文学作品以及俄国契诃夫、安德列耶夫等人的短篇小说。之后,包括不少大作家、大诗人在内的许多小说、诗歌、剧本,仍有不少是通过日译本转译的,如高尔基的剧本《仇敌》《夜店》,雷马克的长篇小说《战后》,裴多菲的诗,等等。但是自50年代起,日语的这种媒介作用就明显地让位于英语与俄语了。这里面,政权的更迭当然是一个重要的原因,但是更重要的原因恐怕跟各个时代文化界人士中的留学生的由来也有很大的关系。众所周知,从五四至40年代,从日本留学回来的人士在当

---

① 见《文学翻译百家谈》,北京:北京大学出版社,1989年,第118—121页。

时我国的文化界占有相当的比例,而从 50 年代起,这一比例遽减,同时出现了大批的留苏学生。

最后,转译还具体地展示了译语国对外国文学的主观选择与接受倾向。一些掌握了英语、日语的译者、作家,不去翻译英语、日语国家的文学作品,却不惜转弯抹角、借助英语、日语翻译其他语种的文学作品,这个现象很值得研究。譬如巴金,在三四十年代的翻译活动中,除了偶尔翻译过一些英语作家的作品外,几乎一直致力于通过英语转译俄罗斯文学的作品。巴金晚年回忆自己 50 年文学生涯时这样说:"……我后来翻译过屠格涅夫的长篇小说《父与子》和《处女地》,翻译过高尔基的早期的短篇,我正在翻译赫尔岑的回忆录。"[1]从这里面不难窥见中国作家,以及以他为代表的广大中国读者对俄国文学的积极追求。

文学翻译中的改编,不单指作品文学样式、体裁的改变,同时还包括语言、文字的转换。

改编经常出现在诗歌、剧本的翻译之中。如林纾把易卜生的剧本《群鬼》改译成文言小说《梅孽》,方重用散文体翻译乔叟用诗体写成的《坎特伯雷故事集》,朱生豪用散文体翻译莎士比亚剧本中的人物对白(原作为无韵诗体),等等。

改编在国外也是普遍存在的。例如在法国,纪德与巴罗合作,把德国作家卡夫卡的小说《城堡》搬上了法国舞台,纪德也同样用散文体翻译了莎士比亚的无韵诗体剧《安东尼与克莉奥佩特拉》。

通常,改编的"叛逆"仅在于文学作品的样式、体裁的变化上。例如,由于莎剧的中译本大多是散文体翻译的,于是中译本的读者就得到一个错觉,以为莎剧的原作也是用散文体写作的。但是改编对原作内容的传达倒是比较忠实的,尤其是严谨的翻译家,例如上述方重翻译的《坎特伯雷故事集》和朱生豪翻译的莎剧,因为摆脱了诗体的束缚,译作对原作的内容反倒易于表达得比较透彻和全面。当然,由于文学翻译中普遍存在的创造性叛逆,即使是严谨的改编翻译,在作品

---

[1] 巴金:《文学生活五十年》,《创作回忆录》,北京:人民文学出版社,1982 年。

内容的传达上照样有变形现象。

值得注意的还有另一种改编,这种改编多是在已有译本的基础上进行的,所以这种改编严格地说不属于文学翻译的范畴,只能视作文学翻译的外延,但它对原作进行"两度变形"的性质与上述改编是一样的。

譬如早期翻译家苏曼殊在翻译雨果的《悲惨世界》时,起先几章是照原作翻译的,但从第七章起译者便越来越偏离原作而随意发挥了。他为了批判孔子的话,竟自己杜撰了一段故事,并增加了一个人物男德,借此人之口,吐自己之言:"那支那国孔子的奴隶教训,只有那班支那贱种奉作金科玉律,难道我们法兰西贵重的国民,也要听那些狗屁吗?"这种话原著里显然不可能有。

再如我国著名剧作家田汉与夏衍曾分别在1936和1943年把托尔斯泰的长篇小说《复活》改编成剧本,并搬上我国话剧舞台,产生很大影响。但由于改编者对托尔斯泰的原作的独特理解和改编意图,更由于两位改编者本人又是极优秀的剧作家,因此他们的改编作尽管在总的情节内容上忠于原作,但正如研究者所指出的,"两个改编本都抹去了原作的宗教色彩","作品的基调、风格等显然与小说《复活》有很大的差异,它们都已中国化了。"[①]尤其是田汉的改编本,针对当时中国正在遭受日本军国主义侵略的特定背景,有意突出原作中并不起眼的几个波兰革命者的形象,还让他们唱出"莫提起一七九五年的事,那会使铁人泪下:我们的国家变成了一切三的瓜,我们二千七百万同胞变成了牛马;我们被禁止说自己的话,我们被赶出了自己的家"。这样的歌,其对原作的创造性叛逆赫然可见。

接受者与接受环境的创造性叛逆更多地反映在文学翻译的传播和接受过程中。翻译的跨语言和跨文化性质,使得一些原本很清楚、很简单的词语,在经过了语言的转换进入一个新的语言文化环境之后,都会发生令人意想不到的变形,从而导致出人意料的反应。

有一个真实且有趣的故事,说的是我国某公司向美国出口一批吉

[①] 倪蕊琴:《列夫·托尔斯泰比较研究》,上海:华东师大出版社,1988年,第109页。

普车,事先美方有关方面对这批吉普车的性能、质量已经表示满意,出口的条件也基本谈妥,就等着公司代表团抵美后签字了。代表团兴冲冲地来到了美国,不料在最后谈判阶段这笔生意却流产了。流产的原因不是别的,竟是因为这批吉普车品牌的英语翻译!

原来这批吉普车的牌名叫"钢星"——一个很响亮的中国名字。生产者考虑到出口需要,特地给这个牌名配上了英文翻译。本来,"钢星"译成英语的话可以译成 Steel Star,但是 Steel 这个英语单词读起来不够响亮,所以有关译者就把它音、意兼译,译成了 Gang Star——前一词是汉语"钢"的音译(汉语拼音),后一词则是汉语"星"的英语意译。中文的"钢"和英文的 Star[stɑ:],合在一起,念起来真是掷地有声,铿锵有力,生产单位非常满意。但问题却由此而生。

美国人看到了车上的这个英文牌名后立刻惊讶地大呼:"Gang Star? Gang Star? 哦,不行,不行!"他们把 Gang 这个词念得很响,而且是照英语的读法,把它念成了[gæn]。

中国人赶紧纠正他们说:"这里的 g-a-n-g 不念[gæn],念'钢'。是'钢'Star!'钢'Star!"

但这些美国人却不管,仍顾自[gæn]、[gæn]不止,最后竟至不欢而散,合同自然也没有签成。

中国的生产者怎么也没想到,中文里的"钢",音译到了英文里正好成了一个英语单词 Gang,而且这个词又正好是表示"帮派""团伙"之类的意思。由于后一词"星"已经译成 Star,美国人自然而然地认为前面的"Gang"也是一个译成英文的单词,所以把它念成[gæn]。于是中文的"钢星",译成英文 Gang Star,给人的联想是"黑社会帮派之星""流氓团伙之星"。试想,这样的车谁还会来买?这样的车谁还愿意来坐?这笔生意做不成自然是情理之中。(这里顺便提一下,这个 Gang 确实也"词运不佳",臭名昭著的"四人帮",译成英语后也与 Gang 这个词有关,叫作 Gang of Four。)

由于货物品牌外文的翻译不当而造成货物出口受损,"钢星"吉普车并不是唯一的例子,前几年有一种电池出口时也碰到过类似的厄运。该电池的牌名为"白象",在中文里"白象"含有"吉祥如意"的意思,所以在国内颇得顾客好感。但译成英语 White Elephant 后,给人的联想就完全不是这么回事了。在英语中,"白象"给人的联想是"中看不中用的东西"(因为白象比较尊贵,养在家里不干活),于是以"白象"为品牌的电池上市后的销路也就不难想象了。

与此相反的例子是几则洋货的中文翻译。日本香烟 Mild Seven 不是根据其原义意译成"温柔七星"或"七星牌"(在上海曾经这样译过),而是把它音译成"万事发"(粤语"万事发"发音与英语 Mild Seven 甚相接近),从而在市场上颇得烟民的青睐;还有一种外来的 Poison 香水,聪明的经销商也没有据其原意译成"毒药",而是根据其英语的发音,音译成"百爱神",于是频频博得了女士、小姐们的"爱"……

上述几则例子说明,翻译的效果与接受者和接受环境有很大的关系。在原语环境里明明是正面的东西,到了译入语环境里却变成了反面的东西了。在原语环境里是反面的东西,经过翻译到了译入语环境里倒成了正面的东西了。这就是翻译中的接受者和接受环境的创造性叛逆。文学翻译要比一般的翻译更为复杂,因此文学翻译中接受者和接受环境的创造性叛逆也就更加丰富多彩。

先谈接受者的创造性叛逆。

广义地说,文学翻译中的接受者应该既包括译者,又包括读者。众所周知,在文学翻译中,译者是一个一身兼二重身份的人:对于原作来说,他是个读者,是原作信息的接受者,但对于译作来说,他又是个放送者,输出者。奈达曾用以下这样一个图形象地表示译者的这种二重身份:

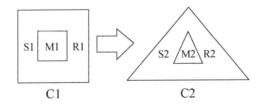

图中的 S 表示信息源(source),也即信息的发出者,M 表示信息(message),R 表示接受者(receptor),C 表示信息传播所处的文化环境(culture)。在 C1、也即在原作传播的文化环境内,译者是 R1,也即

接受者;而在 C2,也即在译作的传播环境内,译者成了 S2,也即信息的发出者了。译者在翻译中扮演的二重角色,由此可以看得很清楚。鉴于译者的创造性叛逆我们在前面已经分析过了,因此这里集中分析的仅是作为接受者的读者的创造性叛逆。

对于读者在文学翻译中的作用,通常人们较少予以注意。然而,如果我们承认文学翻译的最终目的是文学交流和文化交流的话,那么我们不难认识到,脱离了读者接受的文学翻译无异于一堆废纸,没有任何价值可言,因为只有在读者的接受中文学翻译才能实现其文学交流和文化交流的目的。

由于读者的"翻译"是在译者翻译的基础上进行的,因此他的"翻译"与原作相比的话,必然比译者的翻译相对于原文更富创造性和叛逆性。譬如美国著名哲学家弗洛姆在《被遗忘的语言》一书里从卡夫卡的小说《审判》的英译本里引了这样一句话:"Someone must have been telling lies about Joseph K., for without having done anything wrong he was arrested one fine morning."(一定有人在诬陷约瑟夫·K,因为他什么错儿都没犯,却在一个明媚的早晨被逮捕了。)然后从语言的角度分析说,"to be arrested"有两种意思,一是被警方拘捕,一是一个人的成长发展受到阻碍。一个被指控犯了刑律的人被警察逮捕,一个有机体的正常发展受到阻碍,二者都可以用"to be arrested"。小说从表面看用的是这个字的第一义,但在象征的意义上,也可从它的第二义去理解:K 意识到自己被捕了,同时,自己的成长也受到阻碍。对此,英国比较文学家柏拉威尔指出,弗洛姆的解释完全是从译成英文的 arrest 一词出发的,实际上,卡夫卡的德文原著中使用的是 verhaffet,这个词在德语中只有 arrest 的第一义,而没有它的第二义。①

弗洛姆的例子不足为怪,因为翻译把一个词、一个词组或一个意象输入到另一个文化圈子里后,接受者(读者)不可避免地会参与对它们的创造性叛逆。他们或是给这个词、词组或意象增添信息,或是歪

---

① 转引自陈惇、刘象愚:《比较文学概论》,第 222 页。

曲信息,或是遗失信息。在这种场合里,有时候,知识越丰富,联想也越丰富,其"创造性"和"叛逆性"也越大。弗洛姆是如此,林以亮也是如此。香港著名翻译家林以亮在看到俄国作家陀思妥耶夫斯基的短篇小说《白夜》的标题后,产生了如下的联想:"去年香港电影协会上映意大利导演维斯康蒂的 White Nights,所有中文报纸的介绍文字都把它译为《白夜》。原作是杜斯妥耶夫斯基的短篇小说,经过维斯康蒂的改编而拍成电影。原作我没有读过,但 White Night 这个名词源自法文,在法文中作'失眠之夜'、'不眠之夜'解。帝俄时,上流社会中流行讲法文,杜斯妥耶夫斯基当然不会例外。甚至英文 Brewer 的字典也指出作'不眠之夜'讲。在这部电影中,男女主角总是在晚上谈情说爱,最后的一晚则是一个雪夜,这当然又是'双关',可是前几晚却没有下雪,怎么能说是雪'白'的'夜'呢?"①

这里,接受者显然是运用自己的英文和法文知识去对俄文中的"白夜"这一特定词语进行解读。但是,就像德文的 verhaffet 译成英文的 arrest 后,会增添或失落一些信息一样,当接受者把俄文的"白夜"放到英文或法文的接受环境中去思考时,也会失落和增添一些信息。在杜斯妥耶夫斯基(香港译名,内地通译陀思妥耶夫基)的小说中,白夜指的是一种自然现象,即在俄罗斯的偏北地区(北纬60°以北,小说发生的地点在彼得堡,正好地处北纬60°左右)夏天有一段时间(通常在6月10日以后)因晚霞与朝霞相连,曙光与暮光相接,所以整夜不暗,形成所谓的"白夜"。杜氏小说中的故事就发生在彼得堡的几个白夜,因而得名。可见,所谓的"失眠之夜"或"不眠之夜"等等的解释,都是接受者的创造性叛逆。

读者本人对某些社会现象或道德问题的强烈见解和思考,也会影响读者对文学作品的"翻译"。俄国作家屠格涅夫曾经成功地塑造了罗亭这样一个典型的"多余人"形象。也许是屠格涅夫对"多余人"形象的了解太深了,所以当他阅读莎士比亚的《哈姆雷特》时,竟不由自主地把哈姆雷特与俄国社会中的"多余人"形象相比较,从而得出了

---

① 林以亮:《翻译的理论与实践》,《翻译研究论文集》(1949—1983),第208页。

"哈姆雷特是自我中心的利己主义者,是对群众无用之人,他并不爱奥菲莉娅,而是个好色之徒,他同糜菲斯特一样代表'否定精神'"这样的结论。① 这里,屠格涅夫显然塑造了一个作者、译者都始料未及的哈姆雷特形象。

与此相仿的是列夫·托尔斯泰对莎士比亚作品的猛烈抨击和否定,托尔斯泰坚决宣称:"莎士比亚不是艺术家,他的作品不是艺术作品。"这位注重道德自我完善的作家无法理解,为什么莎士比亚笔下的人物都热衷于追求个人的幸福与利益,没有谁想到拯救自己的灵魂和使人类从罪恶中得救的问题,他更不能接受那些充满复仇、残杀、好人坏人无法区别地大量死亡的舞台场面。这样,尽管他读了不少莎士比亚剧作的俄译本、德译本、甚至英文原作,但他得到的印象"始终如一"。

读者的创造性叛逆一方面来自他的主观因素——他的世界观、道德观、文学观念、个人阅历等等,另一方面,也来自他所处的客观环境——不同的历史环境往往会影响读者接受文学作品的方式。这样,在后一种情况下,尽管创造性叛逆具体表现在读者的接受上,但其根源却在于环境,因此有必要把这种创造性叛逆与读者的创造性叛逆分开考察。

一般而言,作者在从事其文学创作时,心目中总有其特定的对象的,而且自信其作品能被他的特定对象所理解。但是经过了文学翻译家的再创造,他的作品被披上了另一种文化的外衣,被介绍给出乎他预料之外的阅读对象,而这些对象既不是与他处在同一个文化环境之中,有时候甚至还不处于同一个历史时代,于是作品的变形也就在这样的接受中发生了。

斯威夫特的《格列佛游记》是一部字字隐藏着讥讽的政治小说,诸如书中拥护"甲党"和"乙党"的穿高跟鞋派,吃鸡蛋先敲大端的"大端派"和先敲小端的"小端派",在斯威夫特所处的英国社会里,都有明显的影射对象。但是,当这部小说被译介到其他国家以后,人们不再注

---

① 参见杨周翰:《攻玉集》,北京:北京大学出版社,1983年,第55页。

意小说的政治锋芒了,人们感兴趣的仅是作者以其丰富的想象力所描绘出来的充满怪诞异趣的大人国、小人国的故事。譬如在中国,斯威夫特的这部小说自 1914 年林纾开始翻译起,就不断地被译介。但大多数译本仅译出其第一、第二部,即"小人国""大人国"两部,有的干脆以"小人国""大人国"名之,而且明确列入"少年文学故事丛书"或"世界少年文库"。一部严肃的政治讽刺小说,就这样因语言、文化环境变迁的作用,而演变成了一本轻松有趣的儿童读物。

《伊索寓言》的遭遇与《格列佛游记》遭遇也甚相仿。《伊索寓言》最初在古希腊其实也只是用于说辞中加强说服力或使所宣讲的哲理更加形象化而插入的小故事而已(倒有点像我国先秦诸子口中的寓言),其对象自然不会是少年儿童。但后来时过境迁,尤其是在译成外文以后,《伊索寓言》在世界各国多被视作少儿读物。而更为有趣的是,据史料记载,明末清初时,《伊索寓言》又成了来华传教的耶稣会士和天主教士们宣传他们教义的出版物——《伊索寓言》被译成中文穿插在他们的宣教读物中。

更为明显的事实也许要推寒山诗在美国的流传了。寒山诗在中国本土几乎无人知晓,文学史上更没有他的地位。但是他的诗于 1954 年被译成英文在美国发表后,却不胫而走,尤其在 20 世纪 50 年代末、60 年代初,在美国的青年大学生中几乎形成了一股不大不小的"寒山热":继 1954 年翻译的 27 首寒山诗后,1958 年又翻译发表了 54 首寒山诗,1962 年又出版了寒山诗的英译诗集,内收寒山诗百首之多。更有甚者,在这一时期的美国大学里的嬉皮士学生,几乎人人都称读过寒山诗(当然是译诗),而且喜欢、甚至崇拜寒山这个人。著名的"垮掉一代"的作家杰克·克洛厄(Jack Kerouac)还把他的自传体小说题献给寒山,寒山诗在美国的影响之大,由此可见一斑。

寒山诗为何能在美国产生如此之大的影响呢?有关学者经过研究发现了以下几个原因:

1. 在寒山诗译介到美国之前,美国社会的学禅之风正在全社会流行;

2. 60 年代的美国校园里正在盛行嬉皮士运动;

3. 寒山本人的形象。

答案就是这么简单。原来,充满禅机、崇尚自然的寒山诗正好迎合了当时美国社会的学禅之风和嬉皮士运动。而更为有趣的是,诗人寒山的形象——一个衣衫褴褛、站在高山上迎风大笑的狂士形象,使得嬉皮士们把他视作自己心目中理想的英雄,引为知己。这一切都促成了寒山诗在美国的流传。后来,在 70 年代以后,嬉皮士运动已经成为过去,寒山热也成为历史,但寒山诗却从此在美国的翻译文学史上生下了根,许多中国文学的英译集不收孟浩然,不收杜牧,却收录寒山的诗。有学者因此指出:"寒山在美国赢得了他在中国一千年也没有占上的文学地位。"①

在中国翻译文学史上,尤其是在清末民初的早期翻译时期,还有另一种接受环境对原作的创造性叛逆的情形,这就是译者为适应接受环境而作背离原作的变动。与前述媒介者的创造性叛逆相比,在这种叛逆中,媒介者也即译者所做的叛逆是被动的,更多地出于客观环境的制约。这里不妨以清末翻译家周桂笙翻译的法国作家鲍福的小说《毒蛇圈》为例。

译作首先把原作改造成中国的章回体小说模样,把原作分成几十回,并为每一回都拟了一个章回体标题,如"孝娃娃委曲承欢,史太太殷勤访友","几文钱夫妻成陌路,一杯酒朋友托交情"等等,这种标题连同其中的"史太太""几文钱"等文字,以及每回结尾处的"未知后事如何?且待下回分说"等话语,显然都是为了适应当时读者的阅读习惯而对原作进行的"创造性叛逆"。

其次,出版者还为全书增配了许多精彩的眉批和回目尾评,使之成为一部与地地道道的中国章回体小说毫无二致的作品,从而进一步迎合了当时读者的阅读趣味和习惯。

然而,最为突出并且典型的"叛逆"则体现在译者对原作内容的"翻译"上。小说的第九回后半回有一段描述主人公瑞福之女妙儿思念其父的文字:

---

① 钟玲:《寒山诗的流传》,《中国古典文学比较研究》,第 173 页。

(妙儿)暗想:我父亲答应早点回来的,何以到了这个时候,还不见人?就是往常赴宴,到了这个时候也就回来了,怎么今日有了特约,要早点回来的,倒反到了这时候还不见到呢?我父亲最心疼我的,临行还叫我先睡。我叮嘱的说话,我父亲一定不肯忘记的。莫非大客店里这班会友,今日又提议什么事,耽搁迟了么?又回想道:不是的。纵使他们要议什么事,何时何日不可议,何必定在这三更半夜的时候呢?莫非又是吃醉了么?唉,我这位父亲,百般的疼爱我,说当我是掌上明珠一般,我非但不能尽点孝道,并且不能设个法儿,劝我的父亲少喝点酒,这也是我的不孝呢!但愿他老人家虽然是喝醉了,只要有一个妥当的地方,叫他睡了,我就等到天亮,我也是情愿的。独怕是喝醉了,在路上混跑,又没有个人照应,那才糟了呢!唉,我的父亲哪!你早点回来,就算疼了女儿吧。①

这一段话,据评点者吴趼人所言,竟是"原著所无",是吴趼人(他也是此书的出版人)"特商于译者,插入此段"的。其中的原因,一是因为吴趼人觉得"上文写瑞福处处牵念女儿,如此之殷且挚,此处若不略写妙儿之思念父亲,则以慈孝两字相衡,未免似有缺点"。一是因为"近时专主破坏秩序,讲家庭革命者,日见其众。此等伦常蟊贼,不可以不有以纠正之"②。由此可见,这一段文字完全是因为出版者考虑到接受者的道德伦理观念以及接受者所处环境中的社会事件等因素而添加进去的。不仅如此,吴趼人在增加了这一段"译文"后还觉得不过瘾,于是在这一段文字旁边还加了一段眉批,大声疾呼,"为人子女,不当作如是想耶?今之破坏秩序、动讲家庭革命之人听者",要那些"讲家庭革命者"好好听着。接受环境对原作的创造性叛逆在此可谓体现得淋漓尽致。

即使在当代中国,接受环境的创造性叛逆也不乏其例。英国长篇小说《牛虻》在新中国的命运就很说明问题:爱尔兰女作家伏尼契的小

---

① 周桂笙旧译:《毒蛇圈》(外十种),长沙:岳麓书社,1991年,第85—86页。
② 同上书,第87—88页。

说《牛虻》在其本土是一本并不出名的作品,但是在 50 年代末、60 年代初的中国却受到广泛的欢迎。之所以如此,小说本身的艺术魅力固然是一个原因,但另一个原因也许也不容忽视,即当时的中国青年中正在开展一个向苏联革命作家奥斯特洛夫斯基学习的热潮,而《牛虻》恰恰是这位作家的自传体小说《钢铁是怎样炼成的》中的主人公保尔·柯察金最喜爱的作品,于是,这部爱尔兰作家的小说《牛虻》便与苏联作家的小说《钢铁是怎样炼成的》一起成了那个时代中国广大青年案头必备的读物。可是到了 60 年代下半期,中国发生了"文化大革命",政治环境大变,一切从外国翻译进来的文艺作品(除了极少数之外)都被当作"封、资、修"作品被否定,当在这种政治气候熏陶下成长起来的青年又一次接触到《牛虻》时,情况就大不一样了,他们中的不少人不仅感受不到书中昂扬的革命精神,而且更不能欣赏男女主人公之间那份真挚感人的爱情,相反,他们觉得这本书充满了资产阶级的人性论,甚至把它看作是一部"黄色小说"。这不禁使我们想起另一件可与之相媲美的趣事:一百多年前的清朝时期,《伊索寓言》在中国的第一个正式译本——《意拾蒙引》(又作《意拾喻言》)于 1840 年出版后,传阅甚广,读者都津津乐道。一个偶然的机会,某个大官看到了这本"寓言",他立即"对号入座",说:"这一定是说着我们!"遂命令将这部寓言列入违碍书目中,《伊索寓言》因此成为禁书。① 这真堪称是绝妙的又一例的接受环境的创造性叛逆了。②

翻译的创造性叛逆的意义是巨大的,正如埃斯卡皮所说:"说翻

---

① 此事原载英国人约瑟雅各(Joseph Jacobs)所著的《伊索寓言小史》,周作人在其《再关于伊索》(《自己的园地 雨天的书泽泻集》,长沙:岳麓书社,1987 年,第 152 页)一文中引述了此事。但对于《意拾蒙引》曾否真被禁止这一节,觉得"可惜我们现在无从去查考"。

② 有读者曾对本人所说的"接受环境的创造性叛逆"说法提出异议,质疑"接受环境"怎么能"创造性叛逆"呢?我之所以把接受者与接受环境的创造性叛逆区分开来,主要是想以此强调,前者(接受者,也即译者和读者)的"叛逆"更多体现为个体行为,而后者(接受环境)则多为整体行为。尽管接受环境的"叛逆"也是通过个体来体现的,但它与个体的"叛逆"仍然有所不同。如《牛虻》在"文化大革命"之前和"文化大革命"期间的接受差异,并不是某个个人的行为,而是整个环境使然。《格列佛游记》的例子也是如此:整个时代变了,整个环境变了,这才使得一部严肃深刻的政治读物在接受者的眼中变成了一部轻松的儿童文学作品。

译是叛逆,那是因为它把作品置于一个完全没有预料到的参照体系里(指语言);说翻译是创造性的,那是因为它赋予作品一个崭新的面貌,使之能与更广泛的读者进行一次崭新的文学交流;还因为它不仅延长了作品的生命,而且又赋予它第二次生命。"[1]确实,在古今中外的文学史上,正是翻译的创造性叛逆,才使得一部又一部的文学杰作得到了跨越地理、超越时空的传播和接受。也正是翻译中创造性叛逆不可避免的存在,为我们的译介学研究提供了意味丰富的实例,展示了广阔的研究空间。从这个意义上而言,翻译的创造性叛逆是译介学的理论基础。

---

[1] 埃斯卡皮:《文学社会学》,第 137 页。

第四章　文化意象的传递与
文学翻译中的误译
——译介学研究实践层面之一

对译介学来说,翻译中的文化意象的传递和文学翻译中的误译现象,是两个非常有意义的研究对象。对文化意象,迄今为止人们的认识其实不是很充分的,人们往往把意象与文化割裂开来,而把它与形象性词语、典故、成语、比喻、谚语等连在一起,把它视作近乎修辞手段一类的东西。毫无疑问,文化意象与形象性词语等确有极其密切的联系,但它与它们还是有所区别的,文化意象渗透在这些词语里面,却又包含着更为广阔、更为深沉的不同民族的文化内涵。因此,文化意象的传递,实际上反映的是不同民族文化在翻译中如何碰撞、转换、交流、接受的问题。至于文学翻译中的误译,撇除因不负责任的滥译而造成的翻译错误,对比较文学研究者来说,同样具有非常独特的研究价值,这是因为在误译中特别鲜明、生动地反映了不同文化间的碰撞、扭曲与变形,反映了对外国文化的接受传播中的误解与误释。

我们先看文化意象的传递。

随着中外文化交流的日益频繁,人们对翻译提出了越来越高的要求。如果说在早期翻译工作者只要能把原作的信息基本传达出来就可以了,那么如今再这样做就不够了。"译述""达旨",甚至"编译",已经远远满足不了人们对外国文化的强烈需求。人们不仅要求译文优美流畅,更要求译文能尽可能完整、准确地传达原作特有的文化意象。否则,无论多么好的译文,如果失落了、甚至歪曲了原文的文化意象,那就会使读者感到美中不足,有遗珠之憾,有时还会使读者产生错误的印象。

例如,有一位唐诗的英译者(John Turner)在翻译被蘅塘退士誉

第四章 文化意象的传递与文学翻译中的误译

为"千古丽句"的李白的诗句"烟花三月下扬州"时,把这句诗译为 Mid April mistsand blossoms go,而把原诗中"扬州"一词略去未译。英译者很可能以为此句中的"扬州"只不过是一个普通的地名罢了,略去不译也许与诗意无大损害。当然,也可能是因为考虑译诗押韵的需要,不得已而为之。但不管怎样,由于此句中的"扬州"一词未能译出,原诗丰富的涵义和优美意境大受影响。正如有的研究者所指出的,"殊不知'千古丽句'之丽正在于'烟花三月'春光最美之时,前往'扬州'这一花柳繁华之地,时与地二者缺一不可。"研究者更进一步指出:"倘若他(指英译者)了解唐代扬州的盛况,听过但愿'腰缠十万贯,骑鹤上扬州'的故事,大概不会这样处理"①。

这里,"扬州"就是一个文化意象。在中国古代文人墨客的笔下,"扬州"绝不是一个简单的地名,它不仅代表一个风光旖旎的风景地,一个城市名,在古代中国文化这样一个上下文中,它更代表了一个古代中国文人所向往的享乐去处,一个令他们销魂的所在。

对文化意象的翻译问题,像杨宪益夫妇、王佐良教授等几位卓有成就的翻译家早已经注意到了。在1980年接受澳大利亚《半球》杂志主编肯尼思·亨德森的一次采访时,杨宪益先生就指出过:"在文学中有许多其他的因素构成原文的某些含义,而要把这些含义传达给文化不同的人则是根本不可能的。譬如:对中国读者说来,中国诗词中的一棵垂柳就有某种油然而生的联想,译成另外一种语言,则不可能自然而然地引起这种联想。"杨宪益夫妇还指出英国翻译家阿瑟·韦利(杨译亚瑟·威利)在他的诗经英译中用了"骑士""城堡"等词,使得译文读起来"像英国中世纪的民谣,而不像反映中国情况的诗歌"。王佐良教授也说:"第二次大战时,盟军方面的人说一声敦刻尔克,马上会联想起一幅完整的画面。但是,这对中国人来说,不会引起任何反应;然而,只要我们中国人一用'江南'二字,表示'长江以南'的意思,江南秀丽的景色马上就会展现在我们的眼前,在那里可以看到最好看的园林,最漂亮的美人。同样,'塞外'这一短语会使人联想到一片白

---

① 翁显良:《译诗管见》,《翻译理论与翻译技巧论文集》,北京:中国对外翻译出版公司,1983年,第186页。

雪皑皑、荒无人烟的景象,想到历史上的游牧部落。所以,我认为这些都是很难翻译的。"①他们虽然没有明说这是文化意象的传递问题,但实际上已经触及到了这一问题。

在翻译中,尤其是在文学翻译中,由于忽视了文化意象的意义,有时候就会影响原作整体内容的传达,严重者,还会影响对原作意境、人物形象的把握。这方面一个著名的例子就是赵景深翻译的"牛奶路"。赵译"牛奶路"半个多世纪以来一直是流传在中国译坛的"笑话",但是这里我们引用这个笑话却不是要笑话赵景深。

众所周知,自从 20 世纪 30 年代初鲁迅在《风马牛》一文中对赵景深把 Milky Way 译成"牛奶路"狠狠批评了一通以后,赵译"牛奶路"从此就一直是中国翻译界笑谈的对象,甚至成为"乱译"的典型例子。70 年代有一篇文章说:"如所周知,天文学中把银河系中那条群星麇集、活像'星河'似的带子称为'银河'或'天河',相对的英文就是 Milky Way,这是天文学上最常见的名词之一,对科学稍微注意的人都会知道,而且字典里也可以查到这个字的解释。但赵景深遇到这个词汇时,竟然将他译为'牛奶路'!这是极端荒唐的笑话,充分看出译者对工作毫不负责。"②直至近年都还有人在文章中提到"牛奶路"的翻译是一种"误译",变成了一个笑话,云云。

赵景深是否因为"对工作毫不负责"才把 Milky Way 译成了"牛奶路",这里姑且不论。不过由于粗枝大叶,他信笔把 Milky Way 译成了"牛奶路",这种可能性很大。但不管怎样,从本书讨论文化意象的传递问题的角度出发,如果把赵景深翻译的译文和他所据的英文译文以及英文译文所据的俄文原文相对照,我们完全可以说,赵景深把 Milky Way 翻译成"牛奶路"基本上是正确的,而且比目前通行的译成"银河""天河"来得更加确切,这是因为:首先,赵景深翻译的不是天文学的科学文献,而是文学作品;其次,作为文学作品的译者,赵景深

---

① 《附录:"土耳其挂毯的反面"》,王佐良:《翻译:思考与试笔》,北京:外语教学与研究出版社,1989 年,第 85—87 页。

② 《赵景深和他的"牛奶路"》,罗斯编著:《翻译常识浅谈》,香港:香港大光出版社,1977 年。

在翻译时不仅应该传达原作的基本内容,而且还应该传达原作的文化意象,而 Milky Way 恰恰是一个十分关键的文化意象。(当然,赵景深当初作如是译时他未必意识到这样译"基本上是正确的"。据说,后来连他自己都承认这样译是错了,但这已经与本文所要讨论的问题无关了。①)

我们不妨把赵景深的翻译与他所依据的原文做一下对照,然后再看看此处的 Milky Way 究竟该如何翻译为妥。据查,赵译"牛奶路"出自赵景深 1922 年翻译的契诃夫的短篇小说《樊凯》。《樊凯》,现通译为《万卡》,描写沙俄时代一个名叫万卡的 9 岁的小男孩不堪忍受城里备受欺凌的学徒生活,在圣诞节前夜写信给他在农村的祖父,请求祖父赶快来把他接回农村的故事。与"牛奶路"有关的段落反映万卡写信时回想在农村与祖父在一起时的愉快时光。

契诃夫小说的俄文原文是这样的:

……Все небо усыпанно весело мигающими звездами, и Млечный Путь вырисывается так ясно как буто его перед праздником помыли и потерли…

赵译系根据英译本转译。英译者是英国著名的俄罗斯古典文学翻译家加尼特夫人(C. Garnett,我国早期不少俄国文学译作都是根据她的英译本译出的),这段文字的英译文如下:

…The whole sky spangled gay twinkling stars, and the Milky Way is as distinct as though it had been washed and rubbed with snow for holiday.

目前比较通行、也是公认为比较准确的译文是这样的:

……整个天空点缀着繁星,快活地眨眼。天河那么清楚地显现出来,就好像有人在过节以前用雪把它擦洗过似的……

---

① 这里不无必要再次强调的是,本文从文化意象的角度肯定赵译"牛奶路",不等于是肯定赵的粗枝大叶的翻译作风,希望读者不要把这两者混淆在一起。

把英译文、中译文与契诃夫的俄文原文对照一下,我们很容易地发现,在翻译"牛奶路"的问题上,英译文准确地传达了俄文原文中的文化意象——英文 Milky Way 与俄文的 Млечный Путь 完全对等,Milky 和 Млечный 都是表示"奶"的意思,而 Way 和 Путь 则都是表示"路",这当然与他们同属于希罗文化传统有很大的关系,但中译文却推出了一个与俄原文、也与英文译文截然相反的文化意象——"天河"。这个译法看似正确,甚至无懈可击,因为词典上就是这么翻译的,实际上却歪曲了原文和谐的人物形象,歪曲了原文自然合理的情景描写,从而也使得译文变得自相矛盾,有悖常理。

这矛盾首先反映在字面上。由于原文中的意象"路"被中文中的意象"河"所代替,于是译文就出现了这样一句不可思议的句子:"天河……好象有人……把它擦洗过似的"。"河"怎么可以被人去"洗"呢?我们可以想象"洗"星星、"洗"月亮,"洗"一切固体的东西,包括"洗"由许许多多星星组成的"路"(尽管这条"路"纯属子虚乌有),但我们却无论如何难以想象去"洗"河,"洗"海,"洗"一切液体的东西,即使这是一条"天河"。其实,无论在哪一种语言里,把"河"作为"洗"的对象而与"洗"搭配在一起,都是人们难以想象、也难以接受的。尽管常识告诉我们,这条"天河"实际上也是由固体(?)的星星组成的,但我们在进入文艺作品的阅读时,我们受制的就不光是常识了,还有我们的民族文化积淀,而且后者更甚。而我们的民族文化积淀告诉我们,这条"天河"里流动着"液体",这些"液体"还很深,流得还很急,否则,我们的牛郎织女为何只能可怜巴巴地苦守在"河"的两岸,隔岸相望,"脉脉不得语",而要靠喜鹊们的搭桥一年才能相会一次呢?①

矛盾还反映在人物形象身上。由于"路"与"河"这两个属于不同民族的文化意象的互换,于是一个在希罗文化背景下的旧俄农村出生、长大的小男孩,竟具有了汉民族的文化思维,从而把在欧洲民族中几乎家喻户晓的 Milky Way 想象为"天河"。这样的译法显然破坏了

---

① 曾经看到过一篇文章,说是中文的"路"也未必一定是固体的,如"航路""水路"等。我以为"路"的原始本意必然是固体的,指陆上的路。"航路""水路"等都已经是对陆路的借用了。

人物的完整性，使这个人物形象显得不中不西。我们不妨设想一下，假如有人把这个旧俄农村的小男孩万卡写给他祖父信中的"祝您圣诞节好，求上帝保佑您万事如意"改译成"祝您春节好，求菩萨保佑您万事如意"，把"我求您看在基督和上帝的面上带我离开这儿吧"改译为"我求您看在玉皇大帝和观世音菩萨的面上带我离开这儿吧"，这样的译文将会产生什么样的效果呢？而这样的译文与把 Milky Way 译成"天河"在传达文化意象的意义上又有什么实质性的差别呢？

现在我们来看赵景深的译文：

……天上闪耀着光明的亮星，牛奶路很白，好象是礼拜日用雪擦洗过的一样。

这里，由于赵景深把 Milky Way 译成了"牛奶路"，所以赵译不但保留了原文中"路"的文化意象，而且还避免了"洗河"这样的字面上的矛盾，原文的人物形象也因此没有受到破坏。赵译的不足之处是：首先，这种译法尚未能反映出 Milky Way 一词的希罗神话文化的内涵。众所周知，Milky Way 与希腊神话有着非常密切的关系，古希腊人认为它就是众神聚居的奥林帕斯山通往大地的"路"，至于它为何如此璀璨闪亮，则是与仙后赫拉洒落的乳汁有关。赵景深把它译成"牛奶路"，这种神话意味就完全失去了。鲁迅在《风马牛》一文中对这个故事作了极其风趣的描述，然后不无挖苦意味地建议把"牛奶路"改译为"神奶路"。这里，鲁迅其实倒是提供了一个比"牛奶路"更为合适的译法，尽管他本人并不以为然。其次，赵景深应该在"牛奶路"下加一条译注，说明"牛奶路"就是汉语中的"银河"、"天河"，这样，中国读者在读到"牛奶路"时就不至于感到突兀，甚至感到莫名其妙了。

对赵译"牛奶路"孰是孰非的问题，国内翻译界数年前就已经有人注意到了。曹惇教授在《比较研究与翻译》一文中就针对某些人对赵译"牛奶路"的批评提出反驳："要是有人主张凡是西文里的'The Milky Way'都得译为'银河'，那么按翻译上力求对等的原则，是否汉语里的'银河'译成欧西文字时，也必须都译成'牛奶路'呢？如果都译为'牛奶路'，那么，像我国美丽的民间故事牛郎织女七夕相会，要靠喜鹊在银河上搭桥成全好事的情节,就很难实现了,因为牛郎织女之间只隔一条'路'而不是'河'!"①这里,表面上曹文是借用翻译上力求对等的原则批驳对方,所谓以子之矛、攻子之盾,实际上它涉及的就是一个文化意象的传递问题:如果英译者不传递中华文化的意象,那么中国美丽的民间故事,如牛郎织女鹊桥相会等,就很难被英语读者所理解。这个情况其实同样也存在于中译文中:试想,如果中译者不分具体情况,把 Milky Way 也一律译为"银河",那么许多美丽的希腊神话传说又将从何说起呢?居住在奥林帕斯山上的众神将无法下山,而凯旋归来的天神朱庇特也将无法顺着 Milky Way 得胜回朝了,因为他们的"路"已经被中译者改造为"河"了。

从以上 Milky Way 的汉译所遇到的问题,我们不难窥见文化意象的一个特点,这就是不同的文化意象之间存在着错位的现象:你以为是条"河",他却以为是一条"路"。这种错位现象给翻译,尤其是文学翻译带来了很大的困难。

一般说来,文化意象大多凝聚着各个民族的智慧和历史文化的结晶,其中相当一部分文化意象还与各个民族的传说,以及各个民族初民时期的图腾崇拜有密切的关系。在各个民族漫长的历史岁月里,它们不断出现在人们的语言里,出现在一代又一代的文艺作品(包括民间艺人的口头作品和文人的书面作品)里,它们慢慢成为一种文化符号,具有了相对固定的、独特的文化含义,有的还带有丰富的、意义深远的联想,人们只要一提到它们,彼此间立刻心领神会,很容易达到思想的沟通。

文化意象有许多种表现形式:

它可以是一种植物,例如汉民族语言里的松树、梅花、竹子、兰花、菊花,欧美民族语言里的橡树、橄榄树、白桦树、玫瑰花、郁金香,等等;

它可以是一种实有的或传说中的飞禽或走兽,例如汉民族语言中的乌鸦、喜鹊、龙、麒麟,欧美民族语言中的猫头鹰、狮、熊、狐,等等;

它可以是一句成语、谚语、一则典故或某个形容性词语中的形象

---

① 《翻译通讯》1984 年第 2 期。

或喻体等等,例如汉民族语言中的"画蛇添足""三个臭皮匠,顶个诸葛亮",欧美民族语言中的"给车装第五个轮子"(to put a fifth wheel to the coach)、"条条大路通罗马"(All roads lead to Rome),等等。这里的"蛇足""诸葛亮""第五个轮子""罗马",都已取得了特定的含义,成为特定民族语言中的一个文化意象。

它甚至可以是某个数字,例如汉民族语言中的"三""八",欧美民族语言中的"七""十三",等等。汉语中的"三"已不光意味着"3",另含有"众多"的意思,如"三思而行";"八"因为与"发"谐音而取得了"发达""发财"的意思,英、俄语中的"七"也有"众多"的意思,如形容幅度大,说 at seven-league strides,提醒人三思而行,俄语中说"量七次,剪一次","十三"在西方语言中则被视作不吉祥。

然而,不同的民族由于其各自不同的生存环境,文化传统,往往会形成其独特的文化意象,如阿拉伯民族视骆驼为耐力、力量的象征,在古代埃及文化里奶牛被视作神圣的象征,在印度文化里大象是吉祥的象征,在中国文化里牛是勤劳的象征,等等。这些意象一般不会构成文学翻译中的问题。但是,还有一些意象,它们为几个,甚至好几个民族所共有,可是不同的民族却又赋予它们以不同的,有时甚至是截然相反的含义。在一种语言中带有褒义、正面意义的事物,在另一种语言中成了贬义、反面意义的事物;或者,虽然意义不是截然相反,但至少也是大相径庭的。用语言学家的话来说:"世界各族人看到的同一客观现象,不同的民族语言却给它'刷上了不同的颜色'。"这也就是我们所说的文化意象的错位。

譬如龙,在英语文化和汉语文化里都有这个意象。在汉语文化里,龙是皇帝的代表,是高贵、神圣的象征。汉民族传说中的龙能呼风唤雨,来无影,去无踪,神秘莫测,令人敬畏,所以龙在汉语文化里又是威严、威武的象征。与之相应的,许多与龙有关的词汇也就因此染上高贵、神圣的色彩,诸如"真龙天子""龙宫""龙颜""龙袍""龙床""望子成龙",等等。近年来,一曲广泛传唱的"龙的传人",更是把龙视作中华民族形象的象征。但是在英语文化里,龙却是一个凶残肆虐的、应该消灭的怪物,一个可怕的象征。一些描写圣徒和英雄的传说都讲到与龙这种怪物的斗争,并以龙的被杀为结局,如英国古代英雄史诗《贝奥武甫》、德国古代英雄史诗《尼伯龙根之歌》等,都有关于主人公杀死龙的描写,并以此突出主人公的丰功伟绩。在俄罗斯也有关于英雄剪除三头凶龙的传说。这样,当中国人不无自豪地宣称自己是"龙的传人"时,西方人听了这句话却未必能体会到其中的自豪之情。

又如,在汉民族文化里,"狗"总是一个受到鄙视、诅咒的对象,与"狗"有关的词语几乎都带有贬义,诸如狗胆包天、狗急跳墙、狗血喷头、狗眼看人低、狗仗人势、狗嘴里吐不出象牙,等等,不一而足。但在西方文化里,狗却是"人之良友",地位要高得多。当某人碰到好运时,人们会对他说 You are a lucky dog(直译:你是一条幸运的狗),当某人感到累的时候,他会说自己"像狗一样累坏了"(dog-tired),当某人感到自己上了年纪、学不会新东西了,他会说 I'm too old dog to learn new tricks(直译:我这条狗太老了,学不会新玩意了)。至于谚语 Every dog has his day(直译:每一条狗都有出头的一天)和 Give a dog a bad name and hang him(直译:给狗一个坏名声并把它吊死),前者意为"人人都有得意之时",以狗喻人,却无贬义,后者意为"欲加之罪,何患无辞",其同情之心明显在狗的一边。

再如,在汉民族文化里,蝙蝠是吉祥、健康、幸福的象征,但在西方文化里蝙蝠并没有给人以好感,相反,它是一个丑陋、凶恶、吸血动物的形象。与蝙蝠有关的词语大多带有贬义,像 as blind as a bat(瞎得像蝙蝠一样,有眼无珠),crazy as a bat(疯得像蝙蝠),have bats in the belfry(发痴,异想天开),等等;海燕,当代中国人把它看作勇于在暴风雨中搏击风浪的斗士,许多青年人都把它当作学习的榜样,但在西方文化里,海燕却是一个"预示灾难、纠纷、暴力行动即将出现的人或幸灾乐祸的人"。两者相差,不啻天壤之别。

类似的例子还有:西风,对英国人来说,因为它带来温暖和雨水,所以对它很有好感,诗人雪莱还有《西风颂》的名篇传世;但对中国人来说,它是"寒冷""严冬"的象征,再加上新中国成立以后,国际政治中东西方两大阵营的对峙,中国以东方自居,因此中国人对西风就并无好感。喜鹊,中国人认为是吉祥之物,但西方人却视作"饶舌",甚至

"小偷"的象征。猫头鹰,中国人视作不祥之物,但西方人却奉作"智慧"的代表(近年国内某出版社出版了一套外国名家的哲理散文丛书,命名为"猫头鹰丛书",显然是受到西方文化观点的影响)。水仙花,中国人称之为凌波仙子,可见对它非常赞赏,但是西方人因为希腊神话中的一个传说,而把它看作自恋的象征。兰花,中国人以为是"高雅""脱俗"的代表,但西方人对之却并无优美的联想,不仅如此,由于英语中兰花(orchid)一词的词源学上的原因,有些墨守成规的礼法人士,在妇女面前甚至还不好意思提起这个词呢。①

此外,像在汉民族文化里,兔子是跑得快的象征,因此在古代汉语里有"静若处子,动若脱兔"的说法,现代汉语里也有"他像兔子一样一溜烟地逃走了"的说法。但是在英语中"兔子"却是作为"胆小"的象征(或意象),于是就有了 as timid as a hare(胆小如兔)。英语中作为"胆小"的意象还有"小鸡"(chicken-hearted)、"鸽子"(pigeon-hearted),而汉语中作为"胆小"的意象却是"老鼠"——"胆小如鼠"。

以上这些都属于第一种类型的文化意象的错位,其原因多与各民族的地理环境、生活习俗、文化传统等等的不同有关,其中,文化传统的差异是最主要的原因。语言是文化的载体,不同的语言决定了不同的民族不同的思维方式、行为方式,以及语言的表达方式。悠久的历史文化,神话传说、历史事件和文学作品等的积淀,都是构成各民族独特的文化意象的原因。

第二种类型的文化意象的错位则表现为作为喻体的意象上的差异。这种情况在成语、谚语中反映得尤为突出。这种意象本身并没有太多的文化积累,而是在特定的语言场合中取得了特定的涵义(多为比喻的喻体)。

例如,中文中形容某人瘦,说"他瘦得像猴子",英文中却说"瘦得像影子"(as thin as a shadow);中文中形容某人穷,说"他穷得像叫化子",英文中却说"穷得像教堂里的耗子"(as poor as a church mouse);中文中形容某人吝啬,说"他像一只铁公鸡(一毛不拔)",英文中却说

---

① 罗斯编著的《翻译常识浅谈》中《不敢讲兰花》一文称,英语"兰花"(orchid)一词源自希腊语 orchis(睾丸)一词。

"他是一枚起不动的螺丝钉"(an old screw);中文中说"挥金如土""水底捞月",相应的英语却是 to spend money like water(花钱如水)和 fishing in the air(空中钓鱼)。

在谚语中,意象作为喻体的"错位"也很多。中文中喻凡事皆有原因,说"无风不起浪",英文(俄、法文也是如此)却说"无火不冒烟"(No smoke without fire);中文中说"一国三公",喻"管事的人太多反而把事情弄糟",英文却说 Too many cooks spoil the broth(厨师太多难做汤);中文中描写事物发展迅速、日新月异的景象,爱用"雨后春笋"做比喻,俄语中却用"雨后蘑菇"做比,英语也用蘑菇做比,如 the mushroom growth of(像蘑菇般地成长),spring up like mushrooms(像蘑菇般地涌现);中文中描写相同气质(类型)的人爱在一起比喻为"物以类聚",较为抽象;英语中喻为"同羽毛的鸟总是聚在一起"(birds of a feather flock together),较为具体;但是中文中的"明枪易躲,暗箭难防",却比英语中的 Better an open enemy, than a false friend(宁要公开的敌人,不要伪装的朋友)更为形象、生动,等等。

当然,即使是成语、谚语中作为喻体的意象,其实也总是带着特定民族的文化色彩的,只不过有时比较明显,有时比较隐晦些罢了。例如,中文中形容某人表面慈善,内心却狠毒无比时,中文里的"笑面虎"仅是一个一般性的意象,而英语中的"披着羊皮的狼"就有深远的文化渊源——它与欧美文化圈内广为流传的一则伊索寓言有关;英语中的 When you are at Rome, do as the Romans do(到了罗马,就照罗马人的规矩办),当然可以译成"入境问俗",但原文的文化色彩却已丢失;把 Talk of the devil, and he is sure to appear(说到魔鬼,魔鬼就来)译成"说到曹操,曹操就到",意思似乎并不错,但由于曹操这一特定的带有浓厚民族文化色彩的历史人物,译文会使读者产生错误的联想。

总之,文化意象上的错位现象,的确给翻译工作者提出了一个值得探究的问题。

奈达说,翻译就是"翻译意义",此言诚然不错。但是在翻译文化意象的时候,译者对面临的多层意义却感到犯难了,这是因为文化意象一般都有表层和深层两层意义。把"三个臭皮匠,顶个诸葛亮"译成

Even three common cobblers can surpass Zhuge Liang,传达出了该谚语的表层意义,但其深层意义却没有得到表现,译成 Many heads are better than one 或 Collective wisdom is greater than a single wit,译出了它的根本意思,却又丢失了两个汉语中特有的文化意象——"臭皮匠"和"诸葛亮"。由于原文中原本非常和谐、有机结合在一起的意义和意象的语言统一体,在译语中不得不割裂为二,这就常常使译者陷入了顾此失彼的困境,导致文化意象的失落与歪曲。

唐朝诗人孟郊有诗名《古别离》,原诗是:

> 欲去牵郎衣,
> 郎今到何处?
> 不恨归来迟,
> 莫向临邛去!

末句中的"临邛"用了司马相如和卓文君的典故,构成了一个独特的文化意象,表达了说话者女主人公希望丈夫离别后不要在外另觅新欢、弃家不归的愿望。弗莱彻(Fletcher)的英译如下:

> You wish to go, and yet your robe I hold.
> Where are you going—tell me, dear—today?
> Your late returning does not anger me,
> But that another steal your heart away.

英译者回避了令译者感到棘手的"临邛"这一意象,径直译出了该意象所包含的信息,正如吕叔湘所言,"可谓善于变通,允臻上乘"。确实,这篇英译唐诗的最大成功是在传达出原作基本信息的同时,让译文读者还能得到原作诗的感受——整齐的诗行、抑扬的音步和押韵的韵脚;然而缺憾是丧失了原文中具有民族特色的文化意象,从而造成了信息传递上的偏差:原文末句的信息仅是恳求丈夫不要步司马相如、卓文君的后尘,用意比较含蓄,译诗则有点剑拔弩张,"矛头"明确指向那个要偷走她丈夫的心的"第三者",意思过于直露,既不符合原文,更不符合女主人公的身份。

许渊冲教授曾对这首诗的英译进行加工，把它改译为：

  I hold your robe lest you should go.
   Where are you going, dear, today?
  Your late return brings me less woe
   Than your heart being stolen away.

  改译比起原译来，在诗体形式上有明显的改进，如增加韵脚等，更主要的是末一句的意思变得确切多了：女主人公的矛头不再指向一个不存在的人——"第三者"，而改为指向事——"丈夫的可能变心"。但改译也未能保留原诗的文化意象——"临邛"，却不免使人感到几分遗憾，尽管出于无奈。

  诸如此类失落和歪曲文化意象的例子，在翻译中，尤其是在诗歌翻译中，简直不胜枚举。这里还可以举一个和 Milky Way 有关的例子。

  李清照《渔家傲·记梦》词里有一句"星河欲转千帆舞"，把正在退隐的群星想象成正在退去的河水，由此又把星星联想成随着河水起伏的无数张船帆，这是一幅非常生动、非常美丽的景象。但是一位美国译者把它译成 A thousand sails dance in the fading Milky Way（直译：一千张帆在渐渐退隐的仙奶路上舞动），由于把"星河"硬译成 The Milky Way，原诗所赖以想象的根据没了，船帆被搬到了"路"上，再现的画面自然不可能生动，甚至令人觉得别扭，感到难以理解。也许有鉴于此，一位中国译者把此句翻译成 The Silver River fades, sails on sails dance on high（银河正在退去，成千上万张船帆在高处舞动），他把原文中"星河"的形象直接传递了过去，译成 The Silver River（银河），这样，原文中富有艺术想象的画面被完整地保存了下来，艺术效果自然也要好得多。为了英语读者在读到 the Silver River 时不至感到突兀和困惑，他做了一个脚注，说明这是中国人对 The Milky Way 的称呼。① 这样的翻译，既可不破坏译诗的艺术和谐，同时还可丰富

---

① 许渊冲：《中诗英韵探胜》，北京：北京大学出版社，1992年，第400页。

第四章　文化意象的传递与文学翻译中的误译

译诗所包含的信息。

指出翻译过程中文化意象的失落与歪曲现象，实际上是意味着要用"文化意象"这一术语去概括文学作品中具有意象特征的文学现象，并且把文化意象的传递作为文学翻译中的一个专门问题提出来进行讨论。从根本上而言，传递文化意象的问题，其实也就是一直困扰翻译界的如何正确处理翻译中原作的形式与内容的问题。长期以来，我们一直比较重视内容的问题，而轻视形式的意义。我们只强调形式为内容服务，却忽视了形式本身所具有的意义。在翻译中，我们往往只强调用读者熟悉的形象去调动读者的联想，结果就用"班门弄斧""情人眼里出西施"等过分民族化的词语去翻译国外相应的成语。这样做的结果，译文是民族化了，但是与此同时，也正如有的学者所指出的，把人家民族的东西"化"掉了。譬如，在翻译上面提到的那些文化意象时，它们的内在含义当然是我们应该注意传达的，但是它们的形象本身难道对于我们来说就是可有可无的吗？我们的译者难道不应该把我们原先不熟悉的意象介绍给我们的读者吗？文化意象问题的提出，实际上也是对译者提出了更高的要求，要求译者在翻译时不但要译出原作的语义信息，而且还要译出原作的内在的文化信息。

至于传递文化意象的具体途径，英美人有句谚语说："剥掉猫皮，刮洗牛头，有好多种方法。"传达文化意象的方法同样也是多种多样的，这跟翻译的再创造性质是一致的。但是有两条原则有必要一提：

一是译者的职责，即译者不应满足于传达原文文化意象的一般意义，而应把尽最大可能传达原文的文化意象也视为自己的一种职责。

二是对读者的信任，即译者应该相信读者随着民族文化交流的日益频繁，随着读者接触到的外来文化日益增多，今日的读者有能力接受带有外来文化印记的各种文化意象。不仅如此，他们对于外来的文化意象还表现出越来越浓厚的兴趣。因此，译者大可不必越俎代庖，徒费心力地把面包改做成馒头塞给读者。

把 as poor as a church mouse 不译成"穷得像叫化子"，而译成"穷得像教堂里的耗子"，把 He is an old screw 不译成"他吝啬得像一只铁公鸡，一毛不拔"，而译成"他吝啬得像一枚起不动的螺丝钉"，等等，这样译，不仅同样能传达原文的信息，而且还能引入新的形象，丰富我们的文化意象。

传递文化意象问题的提出，在很多情况下确实是把译者推到了一个"熊掌与鱼不可兼得"的境地。但是富有才华、富有事业心的译者不会就此却步的。他们本着对自己钟爱的翻译事业的强烈追求，知难而上，殚精竭虑，以自己的创造性劳动把原作者精心烹调而成的"佳肴"尽可能完整地奉献给读者，使读者不仅能品尝鱼的美味，也能享受到熊掌的精华。

下面，我们再来看一下文学翻译中的误译现象。

在传统翻译研究中，误译即是错译，除了作为反面例子外，并没有什么研究价值。但在比较文学研究中，它却取得了意想不到的研究价值。如所周知，从文学解释学的角度看，无论是文本的本意还是作者本意，都是多元的。而多元意义的存在，又必然会导致误解。也许正因为此，所以解构主义理论又提出了阅读必然总是"误读"的观点。深受德里达影响的美国解构主义理论家德曼说："文学语言的特性在于可能的误读和误释。"在德曼看来，如果一个文本排除或拒绝"误读"，它就不可能是文学的文本，因为一个极富文学性的文本，必然允许并鼓励"误读"。更为精彩的是，德曼还把"误读"分为好和坏、正确和不正确的"误读"。他认为好的"误读"会产生另一个文本，这个文本自身可以表明是个有意义的误读，或一个产生另外文本的文本。① 把德曼的文化误读理论引入翻译研究的话，那么我们对翻译中的"误译"也许可以有一种更深层次的认识了。

我们都知道，翻译当然应尽可能地准确、忠实地传达原文，但在实际翻译中，误译情况仍比比皆是。甚至一些大家、名家在他们的译作中也无法避免误译。苏联翻译研究家丘科夫斯基在他的《翻译的艺术》一书中就提到，俄国大诗人莱蒙托夫在翻译英国诗人拜伦的长诗《阿比多斯的新娘》的一句题词（这句题词引自苏格兰诗人彭斯的《给克拉琳达的告别歌》）时，曾把"Had we never loved so kindly"（"假如

---

① 参见郭宏安等著：《二十世纪西方文论研究》，北京：中国社会科学出版社，1997年，第424—425页。

我们从没有那样温柔地相爱过")一句中的 kindly 一词和德文中的 die kind(儿童)一词相混淆,结果把这句误译为"假如我们不是孩子们"。俄国作家屠格涅夫曾把普希金、果戈理的作品译成法文,算得是一位精通法语的专家,但他在翻译法国作家福楼拜的小说《希罗底》("Herodiao")时,却把希罗底的女儿莎乐美译为男孩。

类似的情况也发生在我国译坛。如瞿秋白在翻译普希金的长诗《茨冈》时,把俄文的 сень(庇荫或住处)误看成 сено(干草),于是把 Везде была ночлега сень("到处都有过夜的地方")误译成"到处的草堆都算是他的床"。①

误译的情况是如此普遍,以致日本学者河盛好藏断言:"没有误译的译文是根本不存在的。"他甚至进而引述另一位日本学者的话说:"翻译作品中肯定有误译存在,这如同空气中包含氧气一样。"②

细究起来,误译可以分为无意误译和有意误译两种。而无意误译又可进一步区分为以下这样三种类型:

第一种误译因译者翻译时的疏忽、大意而造成的误译,如韦素园在翻译高尔基的散文诗《海燕》时,把该文"海鸥在暴风雨来临之前呻吟着"一句中的"呻吟"(стонут)误看成 тонут(下沉),于是把诗中海鸥和海鸭的"呻吟"都误译成"在下沉"。瞿秋白的译文中,也将"一堆堆的乌云,……在无底的大海上燃烧"句中的"燃烧"一词 пылают 误看成 плывут(飘浮),而把这句话误译成"一堆堆的阴云,……在这无底的海的头上浮动"。不过这类误译一般不具有比较文学的研究价值,因为只要译者、编辑加强对译作的校译,此类误译是完全可以避免的。事实上,目前国内严肃的文学翻译中,这类误译已相当少见了。

第二种无意误译多与译者的外语语言功力有关。如把批评某部电影的话 It's turkey.(这是一部失败之作)误译成"它是火鸡",而把 TURKEY DINNER(原文为报纸标题,故全部大写字母)误译为"土耳其大餐"(实为"火鸡大餐")。又如《西游记》英译者把书中一个人物

---

① 以上误译例引自戈宝权:《漫谈译事难》,《当代文学翻译百家谈》,北京:北京大学出版社,1989年,第46—47页。

② 河盛好藏:《正确对待误译》,《中国翻译》1986年第3期。

"赤脚大仙"误译为 red-legged immortal(红腿的不朽之神)①——他显然把汉语里的"赤"仅理解为"红"(如《水浒》里的"赤发鬼",英译为 red-headed devil),却不知道"赤"还有"光、裸"的意思。

  翻译批评家许钧曾举出了《红与黑》中与误译有关的一个片断(第十章结尾)。这段文字描写主人公于连在八月骄阳燃烧的苍穹下,身置无边的寂静之中,忽见一只巨鹰从绝壁间飞出,在空中平衡、有力、静静地盘旋,由此而联想到拿破仑的命运和自己的命运。文中以旷野、高山、绝壁衬托"一只"巨鹰,写尽了这种命运的孤独,富有强烈的感染力。但有一种译本却把原文中的"quelque epervier?"误译成"他还瞧见了几只老鹰,从他头顶上的绝壁间飞出……",许钧指出,这里的"一只"与"几只",虽然数量相差不大,"但表现的文学形象相去甚远,原文所着力渲染的'孤独'意境荡然无存"。②

  这一类误译具有一定的语言研究价值和外语教学价值,如能把它们收集、整理,从中可发现一个民族在理解某一外语时的理解方式上的独特性格、倾向、兴趣及其他诸种特点。有人就做过这样的尝试,收集了一些典型的例子,指出:中国人看到 restroom 时首先想到的是"休息室",却没有想到是指"厕所",看到 to sleep late 认为是"睡得晚",而不是"起得晚",看到 trouble-shooter 以为是"惹麻烦的人",却不料是"解决麻烦的人";听到 I don't care about going,误以为是说话者"愿意去",孰料说话者是"不想去",等等。③ 这种对外语的理解方式是导致产生误译原因之一。

  第三种无意误译与原语国和译语国的文化有密切的关系,因此具有重要的比较文学研究价值。我们知道,语言是文化的承载体,因此每种语言都无可避免地带有某一民族文化的积淀印证,而作为对另一种语言的理解和阐释的活动——翻译以及在此活动中产生的误译,也即对另一种语言的误解与误释,就必然是一种文化现象,而不可能是

---

  ① 此例转引自林以亮:《翻译的理论与实践》,《翻译研究论文集》(1949—1983),北京:外语教学与研究出版社,1984 年。
  ② 许钧:《文学翻译批评研究》,南京:译林出版社,1992 年,第 23 页。
  ③ See World Language English,Vol. 3,No. 2,1984.

第四章 文化意象的传递与文学翻译中的误译

一种纯粹的语言现象。

许渊冲在其《翻译中的几对矛盾》一文曾提到这样一句英文句子：John can be relied on. He eats no fish and plays the game.① 这个句子表面上看上去似乎可很容易地译为："约翰是可靠的。他不吃鱼，还玩游戏。"但这样的翻译其实是一种误译，因为它没有译出句子的文化内涵，后面也就未能正确地传达此句的信息。原来英国历史上宗教斗争激烈，旧教规定斋日（星期五）只许吃鱼，新教推翻了旧教政府后，新徒拒绝在斋日吃鱼，表示忠于新教，而"不吃鱼"也就转而取得了"忠诚"的意思。"玩游戏"需要遵守游戏的规则，于是"玩游戏"也转而取得了"遵守规则"的意思。由此可见，此句要表达的实际是约翰"既忠诚、又守规矩"的意思，"不吃鱼、玩游戏"只是表象。

同样情况也见诸汉诗英译，这里且以陶渊明的诗《责子》的英译为例。原诗为：

白发被两鬓	肌肤不复实
虽有五男儿	总不好纸笔
阿舒已二八	懒惰故无匹
阿宣行志学	而不爱文术
雍端年十三	不识六与七
通子垂十龄	但觅梨与栗
天运苟如此	且进杯中物

著名汉学家阿瑟·韦利（Arthur Waley）英译如下：

BLAMING SONS

(An apology for his own drunkenness. A. D. 406)

White hairs cover my temple,
I am wrinkled and gnarled beyond repair,
And though I have got five sons,
They all hate paper and brush.

---

① 参见许渊冲：《翻译的艺术》，北京：中国对外翻译出版公司，1984年，第1页。

A-shu is eighteen:
For laziness there is none like him.
A-hsuan does his best,
But really loathes the Fine Arts.
Yung and Tuan are thirteen,
But do not know "six" from "seven"
Tung-tzu in his ninth year
Is only concerned with things to eat.
If Heaven treats me like this,
What can I do but fill my cup?

把中英文两相一对照，立即就能发现，韦利把其中两个儿子的年龄全译错了："阿舒已二八"译成 A-shu is eighteen——这里译者显然是不了解汉语年龄的一种独特表达方法，"二八"是指 16 岁，如"二八佳人"，而不是 28 岁，更不是 18 岁。"阿宣行志学"一句的误译是完全可以理解的。一个外国人即使像阿瑟·韦利这样有名的汉学家，也可能不了解中国人常常用孔子《论语》中的某些说法来表达年龄，如用"而立之年"表示 30 岁，"不惑之年"表示 40 岁，"知天命之年"表示 50 岁，等等。而"行志学"一句出自《论语》"吾十有五，而志于学"，所以"行志学"即暗含阿宣 15 岁的意思，而不是"does his best"。①

---

① 我国著名翻译家方重先生也翻译过此诗，作为一个中国人，更作为一个享有盛誉的陶诗研究家，方先生的译文不仅确切地传达了原诗的信息，个别地方还巧妙地传达了原诗的年龄表达方法，如用 twice eight 来翻译"阿舒已二八"句。现录出其中与五个孩子的年龄有关段落，供对照：

    Though I have five sons,
      They all dislike the paper and brush.
    A-Shu is twice eight,
      For laziness he has no equal.
    A-Shuan is approaching fifteen,
      Yet he loves not the arts.
    Yung and Tuan are thirteen,
      They don't even know six from seven.
    Little Tung is almost nine,
      He always looks for pears and nuts.

第四章 文化意象的传递与文学翻译中的误译

无意误译不仅表现在对原文的误解上,同时也表现在对原文的误释上。吴景荣先生曾举出翟理斯和庞德所译汉诗中的误译例。他以《古诗十九首》(其二)中最后几句为例。原诗为:

> 昔为娼家女,今为荡子妇。
> 荡子行不归,空床难独守。

翟理斯译为:

> A singing girl in early life
> And now a careless roue's wife
> Ah, if he does not mind his own,
> He'll find some day that the bird has fown!

庞德的译文为:

> And she was a courtesan in the old day,
> And she has married a sot,
> Who now goes drunkenly out
> And leaves her too much alone.

把原文与译文一对照,就会发现,翟理斯把原诗中的"荡子"译为有"登徒子"意思的"roue",庞德则把原诗意为"歌女"的"娼家女"译成"courtesan"——"歌女"变成了"高等妓女",这两种译法都严重歪曲了原文的形象。翟理斯的译文还把原诗的最后两句解释成"他如果不理睬他的妻子,有一天他会发现她逃跑了",也与原作的题旨相去甚远。吴景荣指出:"翟理斯和庞德这里所以犯这种错误,可能是不了解中国文化背景知识,不知道词义的变化,更不懂儒家'温柔敦厚,怨而不怒'的诗教。"①

同样情况也见诸外译中作品。如莎剧《罗密欧与朱丽叶》中朱丽叶在等待保姆带回罗密欧消息时有一段独白:

---

① 吴景荣:《浅论中国古典诗歌的翻译》,《中国当代翻译百论》,重庆:重庆大学出版社,1994 年,第 225 页。

......

But old folks, many feign as they were dead;
Unwieldy, slow, heavy and pale as lead.

这里，朱丽叶因等待情人的消息而无比焦灼的心情跃然纸上，但朱丽叶毕竟是一位有教养，且温柔美丽的女性，因此即使在这种情况下，她脱口而出的只是一句"old folks"——一个感情色彩不十分明显的词，可是从上下文中则不难体会其中的嗔怪意味，有一种中译本把这段话译成：

......但是这些老东西。真的，还不如死了干净。又丑，又延迟，像铅块一样，又苍白又笨重。①

译文中的"老东西"，"还不如死了干净"等话，使得女主人公的形象在译文读者心目中近乎一个破口大骂的泼妇，原著的形象被扭曲了。（朱生豪译为"......可是年纪老的人，大多像死人一般，手脚滞钝，呼唤不灵，慢腾腾地没有一点精神。"）

如果说，上述译本对原文的误译扭曲的不过是一个文学形象的话，那么，《跨文化传通》一书的作者们对日文中一个词的误译所扭曲的就不是一个文学形象的问题了，而是一段重大的世界历史。

在该书《外国语言与翻译》一节内，作者们提到这样一段"史实"，说是第二次世界大战临近结束时，在意大利和德国投降之后，同盟国向日本发出最后通牒，日本首相则宣布他的政府愿意 mokusatsu 这份最后通牒。据《跨文化传通》一书的作者们认为，mokusatsu 是一个"不幸的选词"，因为，这个词既可解释为"考虑"(to consider)，也可解释为"注意到"(to take notice of)。首相所讲的日语意思很明显，乃是日本政府愿意考虑最后通牒。然而，日本对外广播通讯社的译员选取了 mokusatsu 一词的"注意到"一义。因而，全世界都听到了，日本拒绝投降，而是在考虑最后通牒的事。作者们进而分析："这一误译使得美国断定，日本不愿意投降，于是先后在广岛和长崎投下了原子弹。

---

① 引自曹未风译本。

如果当时在翻译中选用了另一个词义,那么,在第二次世界大战中就很可能不会使用原子弹了。"①

假如上述说法成立,那无疑将为误译史增添极其引人注目的一页。试想,像投掷原子弹这样一个惊天动地的重大事件居然取决于一个小小的日文单词的误译,这该是多么耸人听闻啊! 然而,十分遗憾的是,笔者在查找了《和英词典》等工具书后,在 mokusatsu 的词目下,仅发现"to take no notice of"的释义,而没有像上述作者所声称的,另外还有"to consider"的释义,看来,不是日本译员误译使美国人投下了两颗原子弹,而是美国作者的误释使得一幕悲壮的历史剧变成了一场轻松的荒诞喜剧。②

对比较文学来说,也许更具研究价值的是有意的误译,因为在有意误译里译语文化与原语文化表现出一种更为紧张的对峙,而译者则把他的翻译活动推向一种非此即彼的选择:要么为了迎合本民族的文化心态,大幅度地改变原文的语言表达方式:文学形象、文学意境等等;要么为了强行引入异族文化模式,置本民族的审美趣味的接受可能性于不顾,从而故意用不等值的语言手段进行翻译。

譬如苏联作家阿·托尔斯泰的名作三部曲《苦难的历程》的英译名是 Road to Calvary(译成中文为《通往卡尔瓦利之路》),这里英译者故意用一个含有具体象征意义的地名 Calvary(典出自《圣经》,系耶稣被钉上十字架的地方)代替了俄文中那个泛指"苦难、痛苦"的普通名词 муки。这样做的结果是阿·托尔斯泰作品的英译本被蒙上了一层厚厚的宗教色彩,但缩短了作品与英语读者的距离。

同样情况也见诸英诗中译。著名翻译家周煦良翻译的 A. E. 霍思曼的诗《希罗普郡少年》即是一例。该诗有一节原文是这样的:

---

① 见《跨文化传通》,萨姆瓦、波特、简思著,陈南、龚光明译,陈纳校,三联书店,1988 年,第 185 页。

② 从该书的注释来看,作者对 mokusatsu 的解释似乎出自另一本题为《词的使用》的书(作者彼得·法布,纽约阿尔费雷德·A. 诺普夫出版公司,1974 年出版)。因笔者未能找到《词的使用》一书,因此无法判断,对 mokusatsu 一词的创造性误释的"发明权"究竟应该属于谁。

> Loveliest of trees, the cherry now
> 　Is hung with bloom along the bough
> And stands about the woodland ride
> 　Wearing white for Eastertide

周的翻译甚妙,备受称道,具体如下:

> 樱桃树树中最娇,
> 　日来正花压枝条,
> 林地内驰道夹立,
> 　佳节近素衣似雪。

两相对照,不难发现,即使如周煦良这样的翻译高手,他也同样面临翻译文化意象的两难困境。这里译者明知最后一句的意思是"为复活节穿上白衣裳",却仍然(或故意或不得不)置 Eastertide 一词于不顾,而译成"佳节近素衣似雪"。对此译者是这样解释的:"我译'Wearing white for Eastertide'为'佳节近素衣似雪',而不提复活节,虽则是受三二二格律的限制,但主要还是这一句和这个诗的主题思想的关系不大,全诗是说要及时流连光景,而这一句只是形容樱花像少女在春天来时穿上的衣服那样美,所以抓住这一点译也就够了,不一定要提复活节。"①

然而,这里的 Eastertide 却是个重要的文化意象,它不但是表示一个节日,由于它特定的日期②,它实际上又喻示一个特定的季节——春天。因此,译诗舍弃 Eastertide 这一文化意象不译(当然是出于无奈),实际上等于舍弃了原诗对一个特定季节的暗示。这样,对于一个不懂原文,或者虽懂原文却未能看到原文的读者来说,"佳节近素衣似雪"这一句译诗所产生的效果就会与原诗产生这一定的偏差:由于严谨、明显的三二二节奏和富有诗意的"素衣似雪"这样的词语组

---

① 周煦良:《谈谈翻译诗的问题》,《翻译研究论文集》(1949—1983),北京:外语教学与研究出版社,1984年,第 154 页。
② 根据西方的传统,在春分节(3月21日)当日见到满月或过了春分节见到的第一个满月以后,遇到第一个星期日即为复活节。

合,他肯定能立即感受到这句译诗本身所具有的,以及它所传达的原诗的音韵美和形式美,但他可能很难想象这句诗还是在"形容樱花像少女在春天来时穿上的衣服那样美",因为原诗中暗示春天的一个文化意象没有传达过来。更有甚者,由于取代 Eastertide 这一文化意象的"佳节"一词在中文里涵义比较宽泛,多与"中秋""重阳""元宵"等节日联想在一起,因此对中文读者来说,把"佳节"与"素衣似雪"这样两个意象并置,会感到突兀,甚至不可思议,因为对中国人来说,在诸如春节、元宵这样的"佳节"里,是无论如何不会穿"素衣"的,何况还是"似雪"的。在清明节倒是有这可能,但在中文里没有人会称清明节为"佳节"。

  这里,还可以举一则就是近年发生的与误译与误释有关的颇为有趣的例子。名导演科波拉的女儿索菲亚·科波拉执导了一部新片 *Lost in Translation*,中译为《迷失在东京》,这显然是个误译。而这个误译又引出了一段洋洋洒洒的误释:"因为故事发生在东京,Lost in Translation 汉译便取巧为'迷失在东京'了。或许是这个'translation'不好翻译罢,直译成'迷失在翻译'或'对译'中?显然不妥,可它就只有这一个意思,或者可以理解成:遗失在翻译中,但这更像一个语言学的表达,而且含糊不清,究竟是意义的遗失,还是人及其灵魂的遗失呢。干脆取前缀 trans- 的本意:超越、转换、横贯?好像也不甚妥帖。"而文章的结尾处更有一段从片名《迷失在东京》引申发挥而来的结论:"都市的丛林正在将大地覆盖,迷失的一定不只是《迷》中的男女主人公,也不只是他们的家人和朋友,更进一步地说,那使人迷失的地方也一定不只是在东京这一个城市,人们可能迷失在纽约,迷失在巴黎,迷失在上海,甚至迷失在印度的孟买。"①这一段发挥从某种意义上说倒也有点歪打正着,因为影片的主题确实也跟现代人在现代生活中的"迷失"有关。然而,与原文片名 *Lost in Translation* 对照一下的话,这段发挥就明显偏离原文的主题了。原文片名来自20世纪美国家喻户晓的一位民族诗人罗伯特·弗罗斯特(1874—1963)关于诗

---

① 郭春林:《迷失在现代都市的丛林中》,《文景》2004年第4期。

歌翻译的一句名言:"什么是诗?诗就是在翻译中失去的那个东西。"①(What is poetry? Poetry is what gets lost in translation.)这句话我们也可以反过来问:"'翻译中失去的'是什么?那就是诗。"而诗在西方文化圈里就是真、是美的化身,是真、是美的象征。这样,我们就不难悟出编剧为影片取名 Lost in Translation 的深意了,因为对西方文化圈的观众来说,他们一看到 Lost in Translation 这个片名,脑子里自然而然地会跳出 poetry 这个词,然后产生与"真"、与"美"的联想。而影片中男女主人公所感到失落的、所孜孜寻觅的,正是生活中的真情、生活中的美。显然,上述"迷失"云云,都是有关作者在一个误译的中译名的基础上所作的借题发挥。②

由此可见,误译,不管是有意的还是无意的,它总是要以失落信息或歪曲信息为其代价的。

庞德等美国新诗派诗人翻译的中国古诗是另一种类型的有意误译。如李白的诗句"抽刀断水水更流,举杯消愁愁更愁",庞德英译为:

  Drawing sword, cut into water, water again flows.
  Raise up, quench sorrow, sorrow again sorrow.

王昌龄的《闺怨》中两句诗"闺中少妇不知愁,春日凝妆上翠楼",韦利译成:

  In boudoir, the young lady—unacquainted with grief,
  Spring day,—best clothes, mounts shining tower.

稍懂英语的读者不难发现,这些诗的译文"不像英语,这是搬中国句法","英语到了读不通的地步"。③ 事实上,这些取消了冠词、系词、动词、连接词等的英译中国诗,也确实引起了一些读者的困惑乃至惊慌。《泰晤士报》一位书评作者提出疑问:"我们不明白,汉语是否真像庞德先生的语言那么奇怪?"可见,有意的误译虽然需要付出一定的

---

 ① 方平先生把这句话译成"诗,就是经过翻译丧失的那一部分。"
 ② 对这个例子的具体分析,可参见拙文《无奈的失落》,《文景》2005 年第 4 期。
 ③ 参见赵毅衡:《远游的诗神》,第 256—257 页。

代价,但并非是徒劳无益的。这种翻译恰如鲁迅所称:"不但在输入新的内容,也在输入新的表现法。"①

毋庸否认,我们国家对误译的研究是很不够的。迄今为止,我们还没有见到过专门研究误译的论文,这恐怕是因为我们以前的翻译研究多是从语言角度切入的,而较少从比较文学角度去看与翻译有关的各种现象。其实,假如我们能把误译与一般的(因粗制滥译而造成的)错译区别开来,把误译作为一个既成事实,作为一个文化研究的对象来看,那么我们就不难发现,误译自有其独特的、甚至令人意想不到的意义。

日本比较文学家大冢幸南说:"翻译文学,在对接受国文学的影响中,误解具有异乎寻常的力量。有时拙劣的译文,意外地产生极大的影响。"②他举例说,日本译者岩野泡鸣翻译出版的西蒙斯的名著《表象派文学运动》,人们一致认为这是一部不值一读的拙劣译作,但是它却使日本天才作家河上彻太郎爱不释手。河上彻太郎还说:"这部译作具有独特的文法和语词,十分令人难忘。我先后读了不下二十遍,完全被它迷住了。自己憧憬中的世界正巧在作品中显现,青春的偏执是可怕的。"③

无独有偶的是,法国诗人戈蒂耶也误译了德国作家阿尔尼姆的作品,但所造成的特殊效果却令人叫绝。戈蒂耶在翻译阿尔尼姆的小说《享有长子继承权的先生们》的《儿子》时,把原文中 Ich kann unterscheiden was Ich mit dem Auge der Wahrheit sehen muss oder was Ich mir gestalt(我能够准确地识别哪些是我必须用眼睛观察的真实,哪些是我自己形成的想法)译成了 Je discerne avec peine ce que je vois avec les yeux de la realite deceque voit mon imagination(我觉得难于区别我用眼睛看到的现实和用想象看到的东西)。这里,阿尔尼姆的本意完全被译反了。然而,有趣的是,恰恰是这段错误的译文吸引了超现实主义诗人布列东的注意,他引用这句完全被译反的话,把

---

① 见鲁迅:《二心集》。
② 大冢幸男:《比较文学原理》,西安:陕西人民出版社,1985年,第101页。
③ 同上。

阿尔尼姆尊崇为超现实主义的先驱。有人因此不无揶揄地评论说，假如布列东能查看一下阿尔尼姆的原作的话，他一定会放弃这一观点，而超现实主义诗人们也就会失去这样一位"元老"。①

中国古典诗对美国新诗运动的巨大影响已经是众所周知的事实了。而这种影响，在相当程度上也是通过庞德等人的误译产生的。例如，为了追求意象并置的效果，庞德竟然把李白的"荒城空大漠"诗句译成 Desolate castle, the sky, the wide desert，造成"荒城""天空""大漠"这样三个意象并置，从而完全背离了原文的意思。然而学者们的研究成果表明，正是这样一些有意误译——故意用中国式的英语、甚至用根本不通的英语翻译中国古典诗——引发了美国诗坛上一大批意象诗的产生。

误译在我国翻译史所起的作用其实也是显而易见的。钱钟书在论述林纾的翻译之所以至今还能对读者有吸引力时，就指出，恰恰是因为林纾翻译中的"讹"起了抗腐作用。② 这里的"讹"，实际上就是指的误译，只是非常可惜的是，钱先生在这里指出的能"起抗腐作用"的"讹"（即误译）似乎尚未引起我国翻译界的广泛注意。

---

① 转引自陈惇、刘象愚：《比较文学概论》，第 221 页。
② 参见钱锺书：《林纾的翻译》，《翻译研究论文集》（1949—1983）。

第五章　翻译文学的性质与归属
——译介学研究实践层面之二

如果说上一章对翻译中文化意象的传递和文学翻译中误译现象的研究是属于对翻译过程中翻译行为的研究的话，那么本章对翻译文学的研究就是对翻译行为的结果——翻译产品的研究了。虽然传统翻译研究中也有对翻译结果的研究，但传统翻译研究者面对翻译的结果——译本时，脑子里想的却是一个虚拟的理想译本，他们用这个并不存在的理想译本去"套"既成的译本，然后指出这个既成译本哪些句子译得对，哪些句子译得不对，等等。这样，传统翻译研究者对翻译结果的研究，最后还是回到了对翻译过程的研究，他们关注的，说到底，还是一个"怎么译"的问题。

译介学把研究者的目光真正地引向了翻译的结果，提出了翻译文学这个概念，并对翻译文学的性质、归属等问题进行了全面、深入、富有说服力的研究，对拓展比较文学研究领域、丰富中外文学关系研究、提升文学翻译和文学翻译家的地位和价值，等等，做出了重要的贡献。

事实上，翻译文学确实是中外文学史上一个很值得玩味的文学现象。就中国而言，在半个世纪以前，甚至更早，翻译文学就已经在我国的文学史上取得了它的地位。早在1929年，当陈子展的《中国近代文学之变迁》初次问世时，人们就已发现，在这本叙述辛亥革命前后近30年中国文学的演变史的薄薄的著作里，翻译文学却作为该书的重要一章而占有相当的篇幅。之后，在20世纪30年代又陆续出版了《中国新文学运动史》（王哲甫著）和《中国小说史》（郭箴一著）。在这两部著作里，翻译文学继续被视作中国文学的一部分而给予专章论述。可是，自1949年以后，在各种新编写的中国现代文学史著作里，翻译文学却不再享有这样的地位了：它只是在字里行间被提及，或一笔带过,没有专门的论述,当然更没有关于它们的专门的章节了。

值得深思的是,对于翻译文学在中国现代文学史上的地位这种大起大落现象,竟没有任何人对它做过任何解释。这是什么道理呢?也许,这个现象顺乎自然,合情合理,毋需解释;也许,人们根本就否认有一个所谓的"翻译文学"的存在?(有些人使用"翻译文学"这一名词,不过是把它作为"外国文学"的代名词而已)也许——这恐怕更接近实质原因,人们从来就不认为翻译文学是中国文学的一部分,因此,中国文学史不写翻译文学也就是不言而喻的事了。

然而,究竟有没有一个相对独立的翻译文学的存在呢?翻译文学就是外国文学吗?翻译文学能不能视作中国文学(广义地说,也就是国别文学)的一部分呢?今天,随着人们对文学翻译和翻译文学性质认识的深化,我们也许应该有可能对这些问题从学术上做出回答了。

长期以来,人们对文学翻译存有一种误解乃至偏见,总以为文学翻译只是一种纯粹技术性的语言符号的转换。在他们看来,似乎只要懂得一点外语,有一本双语词典,任何人都能从事文学翻译。他们看不到,或者根本就不承认文学翻译过程中复杂的再创造事实,从而也看不到文学翻译作品相对独立的艺术价值。由于这种误解与偏见,文学翻译家的劳动和翻译文学作品也就受到不公正的待遇:前者被鄙薄为"翻译匠"——他们不能在国别(民族)文学史上占有一席之地,后者则同样没有自己独立的地位,既不是中国文学,又不是外国文学(尽管在某些人的眼中它是外国文学,但实际上外国的文学史家们,举例说,如英美法俄等国的文学史家们,是绝不可能让中国的文学翻译家及其译作在他们的国别文学史中占上一席之地的)。这样,翻译文学在中国文学史上没有它的地位,在外国文学史上也没有它的地位,翻译文学就成了名副其实的"弃儿"。迄今为止,在我国的绝大多数文学词典里,我们还找不到作为专门术语的"翻译文学"的词条,其原因恐怕也在于此。①

然而,如果说从语言学,或者从翻译学的角度出发,我们仅仅发现

---

① 这个情况近年来有所改变,日本 20 世纪 70 年代出版的《比较文学辞典》和我国近年出版的《中西比较文学手册》(四川人民出版社,1987 年)均收入了"翻译文学"的词条。

文学翻译只是一种语言文字符号的转换的话,那么,当我们从文学研究、从译介学的角度出发去接触文学翻译时,我们就应该看到它所具有的一个十分重要的意义,即:文学翻译还是文学创作的一种方式,而译作则是文学作品的一种存在形式。文学翻译和翻译文学正是从这个意义上取得了它的相对独立的艺术价值。这里,我们可以探讨一下译作作为文学作品的一种存在形式的意义。

众所周知,自从进入书面文学阶段以来,文学作品的形式就越来越多样、越来越丰富了。如果说,在口头文学阶段,文学作品的形式仅是歌谣、传说、说唱等不多的几种样式的话,那么,进入书面文学阶段后,它就有了戏剧、史诗、小说、抒情诗、散文等许多种形式。至于进入现代社会以后,文学作品的存在形式就更是多种多样,它还取得了电影、电视剧、广播剧以及网络文学等各种结合现代声像、电脑手段的存在形式。

一般而言,一部作品一旦经作家创作问世后,它就具有了它的最初的文学形式。如经莎士比亚创作成功的《哈姆雷特》,就具有戏剧的形式,曹雪芹创作了《红楼梦》,同时也就赋予了这部作品以长篇小说的形式。然而,这些形式都仅仅是这两部作品的最初形式,而不是它们的唯一形式。譬如,经过兰姆姐弟的改写,《哈姆雷特》就获得了散文故事的形式;进入20世纪以后,《哈姆雷特》被一次次地搬上银幕,这样,它又具有了电影的形式。曹雪芹的《红楼梦》也有同样的经历:它被搬上舞台,取得了地方戏曲如越剧、评弹等形式,它也上了银幕和荧屏,取得了电影、电视连续剧的形式。由此可见,一部文学作品是可能具有多种不同的形式的。

文学作品通过改编而获得另一种形式。通常越是优秀的作品,就越有可能被人改编,从而也就越有可能取得各种不同的文学形式。尤其是一些世界文学名著,其人物形象鲜明,性格复杂,主题深邃,内涵丰富,值得从多方面予以开掘和认识,从而为改编成其他文学形式提供了厚实的基础和广阔的空间。而名著已经享有的声誉和地位,则更是为改编作的价值和成功创造了有利的先天条件。

改编的目的通常有两种,一种是为了更新、扩大被改编作品的传播范围,使之与更广泛的读者和受众接触;一种是另有目的,通过改编名著借题发挥。《哈姆雷特》《红楼梦》的改编属于第一种。莎士比亚赋予《哈姆雷特》的最初形式是诗体剧,这种形式具有很高的艺术价值,但它只能在具有一定文化修养的读者圈内流行。然而兰姆姐弟却用浅显生动、明白晓畅的散文语言把它改编成可读性很强的引人入胜的故事,这样,广大初习文字的少儿读者以及文化程度不高的成人读者也都能轻松地一睹(当然是间接地)举世闻名的莎剧的风采。《红楼梦》改编成越剧和电视连续剧,同样使得许多无力或无法直接阅读卷帙浩繁的长篇原作的城乡居民有可能领略这部世界名著的概貌(尽管已经变形)。

第二种改编的目的,即借题发挥,是一个笼统的说法。其中也有两种情况:一种是出于某种社会的或政治的现实需要,如田汉曾将托尔斯泰的长篇小说《复活》改编成话剧,改编时田汉不仅加入了十几首渲染和营造舞台气氛的插曲,更有意突出三名波兰革命青年的戏,让他们中间的一个说出了这样的话:"这次到远东去若是会见了中国人,我一定告诉他们,我们波兰给普、奥、俄三个帝国主义瓜分了快一百年了,为着反抗帝国主义统治,波兰人民不知流过多少宝贵的血;……我一定用自己的例子喊醒中国人民觉悟吧!斗争吧!"而这些人物在原作中只是被虚笔带过的,这些台词更是改编者所重新创作的。这样的改编,显然与当时中国正在遭受日本军国主义的侵略这一特定历史条件有关。另一种改编则是通过对原作的改编塑造新的形象,阐发新的思想,如英国诗人雪莱的诗剧《解放了的普罗米修斯》,尽管也沿用了埃斯库罗斯剧本的情节,但他改变了原作中普罗米修斯与天帝朱比特妥协的"那种软弱无力的结局",塑造了一个敢于对抗暴君、坚毅不屈的反抗者的形象。

同样的例子还有,如王尔德的《温德米尔夫人的扇子》被改编成沪剧《少奶奶的扇子》,高尔基的话剧《在底层》被改编成中国话剧《夜店》。除了基本剧情还在,这两部改编作把原作中故事发生的地点都移到了中国,剧中人物也都变成了中国人。

但是,不管是哪一种性质的改编,被赋予了新的形式、新的思想、或新的形象的改编作品都已经是一个独立的存在,在人类的文化生活中发挥着原作难以代替的作用,这是一个无可争辩的事实。譬如兰姆姐弟的《莎士比亚故事集》,它在传播和扩大莎剧的内容和影响方面所起的作用,恐怕是其他文学样式所难以望其项背的。小说《红楼梦》的越剧改编作同样发挥了惊人的作用,因为它使得甚至是文盲的村民乡妪也都能欣赏并理解《红楼梦》这部古典名著。类似的例子可以说不胜枚举。当然,在强调改编作的独立存在意义时,我们无意抹杀改编作与原作的血缘关系,更无意因突出改编作的作用而贬低原作的价值。事实上,改编者本人对此也都是很清楚的,所以绝大多数的改编作都明确标明了它们据以改编的原作的篇名以及原作者的姓名。

把改编与文学翻译做一下比较的话,我们会发现两者颇为相似。如果说改编(指同一语言内的)大多是原作文学样式的变换的话(小说变成电影,或剧本变成散文故事等),那么文学翻译就主要是语言文字的变换。除此以外,它们就有很多的相似之处:无论是前者还是后者,它们都有一本原作作为依据,而且它们都有传播、介绍原作的目的,尤其是当改编或翻译涉及的作品是文学经典和文学名著的时候。当然,那种借题发挥的改编不在此例,这些改编往往另有追求,并不以介绍原作为其主要目的,故而常常偏离原作甚远。然而,与此相仿的情形在文学翻译中其实也同样存在,譬如我国早期翻译家林纾在翻译狄更斯的《董贝父子》(林译作《冰雪姻缘》)时,删去了原作中论述工业化功过的段落,却添上了有关女儿孝道的议论。诗僧苏曼殊翻译的法国作家雨果的《惨世界》(现通译《悲惨世界》)也是一例。《惨世界》的开首情节基本是按雨果原作《悲惨世界》的故事展开的,并且比较完整地传达出了原作一个主要人物冉阿让的故事。但是随着故事的发展,译者掺入了越来越多的他自己创造的内容,使得《惨世界》变成了似创作非创作、似译作非译作这样一个复杂的混合体。这当然是属于文学翻译早期历史上的一种特例,但与借题发挥型的改编颇有异曲同工之妙。绝大多数的翻译则与第一种类型的改编一样,是以传达、介绍原作为其出发点的。

但是,翻译与改编(同样是指同一语言内的)有着一个实质性的区别:改编通过文学样式的变换把原作引入了一个新的接受层面,但这个接受层面与原作的接受层面仍属于同一个文化圈,仅仅是在文化层次、审美趣味或受众对象等方面有所差异罢了。如长篇小说《红楼梦》的读者与越剧《红楼梦》的观众或听众,属一个相同的汉文化圈;而翻译却是通过语言文字的转换把原作引入了一个新的文化圈,在这个文化圈里存在着与原作所在文化圈相异,甚至完全不同的文化传统,存在着相异,甚至相去甚远的审美趣味和文学欣赏习惯,如莎剧在中国的译介就是这样。翻译的这一功能的意义是巨大的,它使翻译远远超过了改编。正如法国文学社会学家埃斯卡皮所指出的,"翻译把作品置于一个完全没有预料到的参照体系里(指语言)","它赋予作品一个崭新的面貌,使之能与更广泛的读者进行一次崭新的文学交流","它不仅延长了作品的生命,而且又赋予它第二次生命。"①

回顾人类的文明历史,世界上各个民族的许多优秀文学作品正是通过翻译才得以世代相传,也正是通过翻译才得以走向世界,为各国人民所接受的。古希腊罗马文学中的荷马史诗《奥德赛》《伊利亚特》,埃斯库罗斯、索福克勒斯的悲喜剧,亚里士多德、维吉尔等人的作品,这些举世公认、然而却是用已经"死去的语言"——拉丁语写成的杰作,假如没有英语等其他语种的译本,它们也许早就湮没无闻了。这种情况在"小"语种,或者确切地说,在非通用语种的文学里更为明显:试想,用波兰语创作的波兰作家显克维支,用意第绪语写作的美国犹太作家艾萨克·辛格,用西班牙语出版了小说《百年孤独》的哥伦比亚作家马尔克斯,假如他们的作品在世界上只有原作而无译作的话,他们的作品会被世人了解、世界性文学巨奖的桂冠会降临到他们的头上吗?

其实,时至今日,当今世界上越来越多的文学经典作品主要就是以译作的形式在世上存在、流传,在世界各国被认识、被接受、被研究的。古希腊罗马的文学作品是如此,非通用语种文学家的作品,如易卜生的戏剧、安徒生的童话也是如此。在有些国家,甚至连本国、本民族历史上的一些作品都是如此。如托马斯·莫尔的名作《乌托邦》,它

---

① 埃斯卡皮:《文学社会学》,第139页。

的主要存在形式就是英译本,因为原作是拉丁文。芬兰文学的奠基人鲁内贝格的诗是以芬兰文译作的形式存于芬兰的,因为原作是瑞典文。

20世纪以来,不少国家还掀起了用现代语言翻译本国、本民族的古典名著的热潮,使一批古典文学名著以现代语译作的形式出现在当代读者面前:俄国人用现代俄语翻译了古代史诗《伊戈尔远征记》,德国人用现代德语翻译了古代史诗《尼伯龙根之歌》,英国人用现代英语翻译了古代史诗《贝奥武甫》,翻译了莎士比亚,中国人则正在起劲地用现代汉语翻译唐诗、宋词、《史记》《聊斋》……译作作为文学作品的一种存在形式已是一个不容忽视的文学事实。

然而,与原作相比,作为文学作品的一种存在形式的译作,它还具有一些原作所不具备的独特的价值。

首先是译作对原作的介绍、传播和一定程度上的普及作用。这种介绍和传播并不局限于一国、一民族对另一国、另一民族的关系上,它往往还对第三国、第三民族,甚至更多的国家、民族发生作用,产生影响。譬如,中国读者在20世纪上半叶很早就对俄罗斯文学发生了兴趣,然而当时中国懂俄语的译者其实寥寥无几,所以大量的俄国文学作品是通过英译本、日译本转译过来的,英译本、日译本发挥了传播俄国文学的媒介作用。目前世界上的语言有好几千种,仍在使用的、并有文学创作的少说也有好几百种,我们不可能指望每一个国家都拥有如此众多的外语人才。因此,译作作为世界各国、各民族文学、文化的媒介体,必然还将长久地存在下去。

除了介绍、传播原作外,译作还有帮助读者认识原作价值的作用。一部严肃、认真的译作,往往都由两个部分组成,即"主件"——原作本文的翻译和"配件"——译序、译后记和译注等。无论是原作本文的翻译,还是译序、译后记和译注,它们都是译者对原作细心研究的结果。在同一语言系统中,一部原作之所以会有几种不同的译本,一方面固然是因为不同的译者对原作有不同的理解,另一方面也是因为不同的译者各自对原作进行了研究,得出了不同的结论。莎士比亚一句 To be or not to be 在中文里引出了五六种不同的译法,在俄文里也有十几种译法,就是这个道理。一位懂俄语或汉语的英国人假如能读一读这些译文的话，肯定能加深他对莎翁原文的理解。这就像一位懂外语的中国读者在读了译成外文的中国古诗后，能从中得到启发，并因此对这首中国古诗认识得更加全面一样。

有时候，译作还能帮助源语国的读者重新发现某部以前被忽视的作品的价值。菲茨杰拉德翻译的《鲁拜集》的意义不光在于向英国、向整个西方介绍了一位东方的诗人，它还极大地提高了这位波斯诗人在其本国的地位。而由于小说《牛虻》在苏联、前东欧各社会主义国家以及中国的大量译介和广泛传播，英国的读者才知道并认识了他们的同胞——女作家伏尼契。① 钱钟书的小说《围城》早于20世纪40年代就已经出版，但直至70年代它在国内还一直鲜为人知。是20世纪70年代西方各国以及苏联对它的竞相译介（当然还有另外一些原因），才使得中国读者重新发现了它，并在80年代的中国掀起了一股《围城》热。正如斯坦纳所说的："有些作品，原作可能被人们忽视了，或者没有得到应有的评价，通过翻译可以显示出它的价值，这听起来令人难以相信，但的确是有这种情况。福克纳的作品译成法语，受到称赞，消息传到美国，才引起了人们的重视。"②

有些译作本身就是一部出色的文学作品，并且具有独立的艺术价值。上述菲茨杰拉德的《鲁拜集》就被英国人视作英国文学史上的杰作。德国大文豪歌德在读了法译本《浮士德》之后给译者写信说："读了您的译作，我对自己失去了信心。"他还对其助手爱克曼说："我对《浮士德》德文本已看得不耐烦了，这部法译本却使全剧更显得新鲜隽永。"(1830年1月3日)无独有偶，1970年当《百年孤独》的英译本出版并很快跻入畅销书行列以后，原作者马尔克斯当即宣布说，他认为译者拉巴萨的英译本比他自己用西班牙语创作的原著要好。③

有人曾经表示担心，一旦读者掌握了外语并有能力直接阅读原作时，他们便会"薄情"地抛弃译者和他们的译作。这种担心其实是不必要的，因为直接阅读原作与通过译作了解原作各有其独特的趣味。著

---

① 严格而言，伏尼契是爱尔兰作家。
② 乔治·斯坦纳：《通天塔——文学翻译理论研究》，第115页。
③ 格里戈雷·拉巴萨：《译者犹如演奏家》，《翻译通讯》1985年第1期，第42页。

名翻译家方平说得好:"忠实而又传神的译文有时甚至比原文更容易激发本国读者的审美感受。这从接受美学的角度来看,是可以得到合乎情理的解释的。"他还具体援引卞之琳先生译的《哈姆雷特》第 2 幕开头 16 行译文为例:"至亲的先兄哈姆雷特驾崩未久,/记忆犹新,大家固然应当/哀戚于心,应该让全国上下/愁眉不展,共结成一片哀容,/……"认为这一段登基演说词,译文"惟妙惟肖地再现了篡位者那种冠冕堂皇、老练圆滑,而内心却惴惴不安的神态,使人如闻其声、如见其人"。不仅如此,方平认为,通过译文,"才读出了更多的人情世态",读出了更多的"韵味",读出了"弦外之音",而这一切都是"译文进入情景、进入角色的理解和曲尽其妙的发挥(也就是译文的阐释)给予原文的。"①显然,一部优秀的译作,自有其独特的、即使是原作也无法取代的艺术价值,它的魅力同样是永存的。

然而,如果说,在把译作视作与原作改编后的其他文学样式一样是文学作品的一种存在形式的问题上,人们还是比较容易达成共识的话,那么,在涉及这些无数以译作形式存在的文学作品的总体——翻译文学的国别归属问题时,人们的意见却开始分歧了。分歧的焦点在于:翻译文学究竟是属于本国文学还是外国文学?或者说,翻译文学能不能视作国别(民族)文学的一个组成部分?对我们中国文学来说,也就是说,翻译文学能不能视作中国文学的一个组成部分?

譬如,有人就曾在报刊上撰文质问:"汉译外国作品是'中国文学'吗?""翻译文学怎么也是中国文学的'作家作品'呢?难道英国的戏剧、法国的小说、希腊的戏剧、日本的俳句,一经中国人(或外国人)之手译成汉文,就加入了中国籍,成了'中国文学'?"②还有人提出,"创作是创作,翻译是翻译,各有自己的位置","但没有一部文学史会把翻译的外国文学作品说成是本国文学作品。"③值得注意的是,这两位作者在提到翻译文学时,不知是有意还是无意,并没有使用"翻译文学"这个词,而是用了一个含义暧昧的词组"汉译外国作品",反映了在

---

① 方平:《文学翻译在艺术王国里的地位》,《中国翻译》1993 年第 1 期。
② 王树荣:《汉译外国作品是"中国文学"吗?》,《书城杂志》1995 年第 2 期。
③ 施志元:《汉译外国作品与中国文学》,《书城杂志》1995 年第 4 期。

他们眼中,翻译文学就是外国文学。或者更确切地说,在他们眼中,根本就不存在关于"翻译文学"的概念。然而,"汉译外国作品"与"翻译文学"却是两个范畴大小相差甚远的不同的概念,"翻译文学"指的是属于艺术范畴的"汉译外国文学作品",而"汉译外国作品"则不仅包括上述这些文学作品,还包括文学的理论批评著作,同时还包括哲学、经济学、社会学、人类学等等所有的社会科学、人文科学,甚至(在某种意义上)还可以包括自然科学文献的汉译作品。虽仅两字之差,却不知把"翻译文学"的范围扩大了多少倍。

围绕翻译文学存在的这些分歧意见和一些模糊而混乱的认识,在某种程度上而言,是完全可以理解的。这是由于长期以来,至少是新中国建立以来,我们国家对翻译文学的独立地位尚未引起足够的重视。事实上,在此之前,国内学术界还从来没有把翻译文学的定义、范畴、归属等问题作为一个学术问题提出来讨论过,人们从来就没有意识到在外国文学与国别(民族)文学之间还存在一个"翻译文学",这就导致了人们对翻译文学性质认识的模糊,甚至混乱。这样,在不少人(包括部分学者)的眼中,翻译文学实际上就是外国文学的代名词。例如,京沪两地各有一家专门出版翻译文学作品的出版社,上海的一家名为"译文出版社",北京的那家却取名为"外国文学出版社"。又如不少图书馆的分类目录,往往给翻译文学作品冠以"外国文学"的标题,专门刊载翻译文学作品的刊物,却标以"外国文学"的刊名,等等。(当然,我们也可从另一个角度来理解这种命名,即它们以介绍外国文学为己任,如果这样,那么它们的命名也就无可非议了。)

对翻译文学认识的混乱,如果仅限于日常生活,自然无伤大雅。但如果当这种混乱的认识渗入到了学术研究领域,那它引起的后果就严重了。首先,它会直接导致勾销对翻译家劳动价值的承认——既然是外国文学,其价值自然就全是外国作家创造的了,翻译家的工作无非是一个技术性的语言转换而已,而翻译家也就成了"翻译匠";其次,对国别文学史的编写也带来了困惑:翻译文学有没有资格在国别文学史(对我们来说,也就是中国文学史)上占有一席之地呢?那浩如烟海的翻译文学作品和为文学翻译事业奉献了全部生命的文学翻译家,

第五章 翻译文学的性质与归属

他们的位置应该在哪里？

以上问题貌似复杂，其实，只要明确了翻译文学的性质、找到了判别文学作品国别归属的依据、辨明了翻译文学与外国文学的关系，这些问题都可迎刃而解。

我们先看第一个问题。

如上所述，对翻译文学的性质不少人是比较模糊的。这种模糊的认识主要源于他们对什么是文学翻译，什么是非文学翻译辨别不清。在他们看来，不管是什么翻译，都是一样的对"外国作品"（不管是文学作品还是非文学作品）中信息的传递。正因为这个原因，所以他们才会荒唐地援引不属艺术范畴的马克思主义的哲学著作的汉译去对属于艺术范畴的"翻译文学"的观点提出责问："难道（译成汉语以后的）《哲学的贫困》就因此成了中国现代哲学史中的著作？（译成汉语以后的）《资本论》就成了中国现代经济学史的'组成单元'？"① 另外，还有人则援引佛教典籍的翻译责问把翻译文学视作国别（民族）文学一个组成部分的观点。②

然而如所周知，文学翻译与非文学翻译其性质实在是大相径庭的。文学翻译属于艺术范畴，而非文学翻译属于非艺术范畴。非艺术范畴的哲学、经济学等学科的著作的翻译，也包括佛教典籍的翻译，其主要价值在于对原作中信息（理论、观点、学说、思想等）的传递，译作把这些信息正确、忠实地传达出来就达到了它的目的。这里有必要特别强调的是，当译作把这些非艺术范畴的哲学、经济学、佛学等著作所包含的信息（理论、观点、学说、思想等）传达出来后，这些信息，具体地说，也就是这些著作中的理论、观点、学说、思想等，它们的归属并没有发生改变。《资本论》中所阐发的理论仍然属于马克思，译成中文后的印度佛学典籍中的思想，也仍然属于印度。所以，这里不存在《哲学的贫困》译成中文后"就成了中国现代哲学史中的'组成单元'"的问题，也不存在把汉译佛典与印度佛学相混淆的问题。

但属艺术范畴的文学作品的翻译则不然。如果说，属于非艺术范

---

① 王树荣：《汉译外国作品是"中国文学"吗？》，《书城杂志》1995 年第 2 期。
② 刘耘华：《文化视域中的翻译文学研究》，《外国语》1997 年第 2 期。

畴的作品的翻译,一旦把作品的基本信息最大限度地传达出来后,它就算完成了翻译的任务的话,那么,属于艺术范畴的文学作品的翻译不仅要传达原作的基本信息,而且还要传达原作的审美信息。然而,属于非艺术范畴的作品中的基本信息(理论、观点、学说、思想,以及事实、数据等)我们可以把它看作是一个具有相对的界限也相对稳定的"定量",而属于艺术范畴的文学作品中的基本信息(故事、情节等)之外的审美信息却是一个相对无限的、有时甚至是难以捉摸的"变量"。而且,越是优秀的文学作品,它的审美信息越是丰富,译者对它的理解和传达也就越难以穷尽。优秀文学作品中的审美信息就像一座开采不尽的宝藏(在诗歌中这一点尤其突出),需要译者们从各自的立场出发,各显神通对它们进行"开采"。翻译家对文学作品中审美信息的"传达"与我们的作家、诗人对他们的生活中信息的"传达"似不无异曲同工之处。譬如,一个普通人可以用以下的语言说,"昨天晚上雨很大,风很大,把室外的海棠花吹打掉不少,但叶子倒长大了",以此完成对生活中一个信息的传达。但诗人就不然,他(她)要用另一种语言来传达信息:"昨晚雨疏风骤。……却道'海棠依旧'。知否知否?应是绿肥红瘦",从而使他(她)的传达不仅包含有一般的信息,而且还有一种审美信息,给人以艺术的享受。文学翻译也是这样的情况。如果它仅仅停留在对原作的一般信息的传递,而不调动译者的艺术再创造的话,那么这样的文学翻译作品是不可能有艺术魅力的,当然也不可能给人以艺术的享受。因此,如果说艺术创作是作家、诗人对生活现实的"艺术加工"的话,那么文学翻译就是对外国文学原作的"艺术加工"。正是在这个意义上,所以我国的文学大师茅盾才说:"这样的翻译,自然不是单纯技术性的语言外形的变易,而是要求译者通过原作的语言外形,深刻地体会了原作者的艺术创造的过程,把握住原作的精神,在自己的思想、感情、生活体验中找到最适合的印证,然后运用适合于原作的文学语言,把原作的内容与形式正确无遗地再现出来。这样的翻译的过程,是把译者和原作者合而为一,好像原作者用另外一国文字写自己的作品。"①

现在,我们可以来讨论第二个问题,即如何判断文学作品的国别归属问题。

在此之前,对于文学作品的国别归属问题,我们实际上也并不存在什么明确的依据。迄今为止,似乎也不见有人撰文讨论过这个问题。之所以如此,是因为在此之前我们面临的一直是国别(民族)文学的问题。在国别(民族)文学的框架内,文学作品的国别归属很明确,不存在任何问题。不过,虽然如此,只要仔细分析一下的话,我们还是不难找到判断文学作品的国别归属的依据的。试想,当我们编写一部国别文学史的时候,我们为什么只收某一部作品而不收另一部作品呢?说得具体些,譬如我们在编写中国文学史的时候,为什么收入了鲁迅的《狂人日记》,而不收入果戈理的《狂人日记》呢?其理由应该是最简单不过的:因为前一部作品的作者是中国作家,后一部作品的作者不是中国作家。而其他原因,诸如作品使用的语言,作品流传的地域,作品中人物形象的国籍,作品故事发生的地点,等等,均不足为据。由此我们可以得出结论,我们判断一部作品的国别归属的依据就是该作品作者的国籍。这里特别要强调的是作者的国籍,而不是作者属何民族。举例说如纳博科夫,尽管他是个俄国人,但他已经入了美国国籍,他的作品,如《洛莉塔》,就只能算是美国文学作品,而不能视作俄罗斯文学或苏联文学的一分子。基于同样的理由,一些美籍(或英籍等)华裔作家的作品,如林语堂的《京华烟云》,也不能当作中国文学的一部分来看待。虽然,这些作家的作品与其所属民族的文学传统有着千丝万缕的联系,如主题、人物形象、情节、作品结构、风格等,甚至有些作家写作的语言也仍是其所属民族的语言,如纳博科夫早期还用俄语创作了不少作品,林语堂也不乏用中文写作的作品,但这毕竟与作家及其作品的国别归属判断是两回事,我们不可能仅仅根据作家创作所使用的语言去决定作家及其作品的国别归属,把凡是用英语写作的作家都归为英美作家,他们的作品都视作英美文学作品,把凡是用中

---

① 茅盾:《为发展文学翻译事业和提高翻译质量而奋斗》,《翻译研究论文集》(1949—1983),北京:外语教学与研究出版社,1984 年,第 10 页。

文写作的作家及其作品都视作中国作家和中国文学作品,这样的做法是荒谬的,会造成作家、作品国别归属判断的混乱。顺便提一下,目前国内比较文学界把国外华裔作家用中文或用外文创作的作品统称为海外华人文学,这是很有科学性的界定。但是,不无必要强调指出的是,"海外华人文学"只是一个地域概念,希望强调的是境外华人作家创作与中国本土文学创作之间的一种深层次的内在关系,但它并不能取代作家的国别归属。譬如美国华裔作家谭恩美,她的创作,你可以把它归入"海外华人文学",但你不能把它归入到中国文学之中。另外,在作家中还有些特例,如 T. S. 艾略特,早期是英国作家,后期又成了美国作家。他的作品的国别归属该如何判断呢? 其实也很简单,当他是英国作家时,他的作品属于英国文学,而当他加入美国国籍后,他的作品就是美国文学的一部分了。事实上,英、美两国文学史也确是都把 T. S. 艾略特及其作品视作他们的国别文学史的一部分的。

现在我们来看翻译文学。翻译文学作品的作者是谁呢? 是外国人还是中国人? 在日常生活中,我们看到一部翻译文学作品,例如《高老头》,往往会不加思索地脱口而出,说《高老头》的作者是巴尔扎克。粗一听,这种说法似乎不错,但细细一推敲,便觉大谬不然,因为我们这里指的是用中文出版的《高老头》,如果说它的作者是巴尔扎克的话,岂不意味着巴尔扎克会用中文写作? 这显然于理不通,因此中文本的作者理应是译者傅雷(或其他有关译者),而不是法国作家巴尔扎克。而一旦明确了译本的作者是谁,该作品的国别归属问题也就不言自明了。

然而,尽管是如此顺理成章的推理,仍然有不少人想不通,觉得难以接受。"什么?"他们大惑不解地问道:"明明是人家法国作家的作品,怎么一下成了我们中国文学的作品了呢? 你译者和译作不过是起了点传递作用罢了,而传递的内容(信息)毕竟还是人家的么。怎么就此把一部作品的国别归属改变了呢?"

应该承认,类似这样的看法很普遍,很有代表性,尽管有失偏颇,这恐怕是与这些学者长期以来一直把翻译文学混同于外国文学的观念有关。其实,只要我们能够抛弃固有的成见或偏见,冷静理智地思考一下这个问题的话，我们应该很容易理解和接受这个问题。因为外国文学指的是外国作家用外文创作并主要在该作家的所在国传布、流行的作品，它们怎么会传到中国来的呢？在绝大多数的情况下，外国文学必然是通过翻译文学这个媒介者、这个载体传达到中国来的（对中国翻译文学而言）。所以，这里有两个概念要分辨清楚：一，翻译文学这个载体承载和传达的内容是外国文学的；二，但翻译文学本身的归属却不属于外国，它属于中国（对中国的翻译文学而言）。这里的问题首先在于有的学者混淆了译作与原作的关系。巴尔扎克原作的国别归属很明确，我们并没有加以改变，我们改变的，或确切地说，我们明确的是译作的国别归属。其次，这种看法没有分清传递作用与传递者（译者、译作）之间的关系。众所周知，我们决不能因某人或某物起的是传递作用而改变该人该物的归属。打一个不十分确切的比喻，这就好比我们家里的电话机，我们总不能因为它总是传递他人的信息，而把它说成是人家的。同样道理，我们也不能因为翻译文学传递的是外国文学的信息而把翻译文学混同于外国文学。而翻译文学要传达外国文学的信息却远非电话机那么简单，它要求翻译家付出极为艰辛的再创造劳动。正因为此，所以越来越多的学者都把译作视作原作的"第二生命形态"。

翻译文学还具有一个特别的意义，它是特定时代的文化碰撞的文化记录。因此，只有当我们把文学翻译活动纳入中国自身的文学、文化语境中，把翻译文学与中国自身文学的发展之间的关系联系起来，发掘文学翻译与时代语境之间的联系，我们才可能展现一幅完整的纪录中国文学发展史的全景图。

诚然，翻译文学传达的基本上是外国文学原作的内容，表达的也是外国文学原作的形式意义——或是诗，或是散文，或是戏剧，创造的也是外国文学原作提供的形象与情节，但是它毕竟不是外国文学原作的直接呈现，它已经是经过翻译文学家再创造的产物了。作为一个整体的翻译文学，它是外国文学的承载体——把外国文学"载运"（介绍）到各个国家、各个民族。而具体的一部部译作，则把一部部外国文学作品"载运"（介绍）给各个国家、各个民族的一个个读者。在大多数情况下,外国文学与国别(民族)文学之间是无法直接交往的,它只有通过翻译文学才能与有关国别(民族)文学发生关系。在大多数情况下,读者也无法直接阅读外国文学的原作,他们只能通过译作才能接触、阅读外国文学的原作。然而,每当我们捧着(举例说)傅雷翻译的《高老头》开卷启读时,我们往往只想到自己是在读巴尔扎克的作品,却忽视了一个十分简单却又非常根本性的事实:巴尔扎克怎么可能用中文写作?我们也忘记了,我们读到的其实是一个中国翻译家根据巴尔扎克的原作翻译(再创造)的作品。由此可见,人们之所以把翻译文学混同于外国文学,其根本原因还在于持这种看法的人对文学翻译所起的特殊传递作用认识不足,因而忽视了翻译文学的存在。然而,文学翻译不是电话机,可以把发话人的声音直接传递到受话人的耳中,也不是邮递员,可以把发信人的信件完整地送到收信人的手中。它传递的是一个特殊的对象——文学作品,是一部在异族环境中、在完全不同的文化背景下形成的文学作品,这使得文学翻译这一跨越民族、跨越语言、跨越文化的传递变得相当复杂,正如目前已有越来越多的人所认识到的那样,这不是普通的传递,而是一种相当艰难的艺术再创造。正是这种再创造,使得文学翻译具有了特殊的价值。

　　这里,不无必要指出的是,这时站在我们面前的巴尔扎克也已经不是法国的那个巴尔扎克了,而是穿上了中国翻译家傅雷为他"缝制"的中国外衣的、已经中国化了的巴尔扎克,而这部《高老头》也已经不完全等同于巴尔扎克笔下的那部《高老头》了。这也就引出了我们要讨论的第三个问题,即翻译文学与外国文学是不是一回事,翻译文学能不能等同于外国文学。

　　翻译文学与外国文学是一回事吗?这个问题的实质其实也就是译作与原作的关系。如果译作能等同于原作,那么翻译文学自然也就等同于外国文学了,否则就不等同。然而,正如我们在前面对文学翻译的性质的分析中所指出的,在文学翻译中,创造性叛逆几乎是不可避免的。而译者的创造性叛逆,决定了译文与原文间必然存在着距离,也决定了译作绝不可能等同于原作。

　　这种创造性叛逆最明显地体现在文学翻译过程中译者的再创造

中。众所周知,每一部外国文学原作的翻译都必须经历两个过程:第一个过程是译者对原作的理解和感悟。在这一阶段,译者得深入外国作家创造的文学世界,体验和感受外国文学原作的艺术意境,认识和领悟外国文学原作的艺术形象,为此目的他还须收集和熟悉与原作内容有关的背景材料,如社会、历史、政治、风俗、人情等。第二个过程是译者用另一种语言再现外国文学原作,在这一阶段,译者得调动一切可能的手段,使原作塑造的文学形象在另一个语言环境里仍然栩栩如生,使原作的思想和精神能被另一语言系统中的读者所理解和接受,甚至还要使他们能感受和体会到原作的意境和语言风格等。这正如台湾学者冯明惠所说,"一个好的翻译是一个文学作品的转生(metempsychosis)。并非所有的人都了解所有的文学作品,并非所有的人都能从事翻译,一位适宜的译者,便是弥补文学作品在这种情况下的有限性,而赋予文学作品原作者新的生命,使原作者能以新的姿态,新的语言,面对新的读者,说出他要表达的思想与情感。因此,一个译者非但要了解原作者,了解他的语言及其存处的时代,文化背景,更要对作者及其语言、时代、文化背景十分熟悉、亲和。亦即是说,译者必须籍原作品进入原作者所处的时空中,经历当时的文化背景,而后以自己的才质(talent)、感受力(sensitivity)去重复作者初始的创作行为,去再经验原作者所经验的,并试图感受原作者在创作过程中整个的心路历程,然后在译者自身的文化系统中找寻与原作最类同的原素,将作品表达出来。"他更进一步指出:"翻译的完整意义乃是将文学作品的内容、形式意义以另一种语言完全表达出来。亦即是说除了最基本的语言能力之外,译者须了解原作者及其所处之社会背景,更须体验原作者的心理过程。这一经了解、领悟、体验而后重整组合的手续,便是翻译的过程,也使翻译在某种层次上具有与创作相等的意义。"[①]而具有了与创作相等意义的译作,也就具有了相对独立的文学价值。即以殷夫翻译的裴多菲的《自由与爱情》为例:"生命诚宝贵,爱情价更高;若为自由故,二者皆可抛。"短短四句,表达的固然是匈牙利诗人裴多

[①] 冯明惠:《翻译与文学的关系及其在比较文学中的意义》,《中外文学》第 6 卷第 2 期,第 145 页。

菲原作的思想,但是译者的再创造赋予它的形式美和音乐美(整齐划一的五言诗形式,抑扬顿挫的韵律和节奏等),显然是使这首小诗在中国读者圈内取得独立存在意义并得到广泛流传的更为重要的因素。从这个意义上看,译诗与原诗之间显然是无法画上等号的。

把一部文学作品从一种语言变为另一种语言,表面看来似乎只是两种语言的简单转换,实际上背后蕴藏着译者极其紧张的、富有创造性的劳动,中国有句古话,叫"诗无达诂"。在同一个文化系统内,用同一种语言去阐述一件作品,尚且无法"达诂",更何况译者往往属于另一个文化系统,他不仅要理解这件作品,而且还要用另一种语言把它表达出来,其工作之艰难,可想而知。英国学者 A. C. 格雷厄姆曾比较了杜甫《秋兴八首》的两种英译本,并以其中的一联"丛菊两开他日泪,孤舟一系故园心"为例,具体揭示了英译者对杜诗的理解与表达。他指出,这两句诗在中文里也许"很清楚",但英译者在把它译成英语时却必须做出诗人在原文中用不着做出的选择:"丛菊两开他日泪"中的"开",是花开还是泪流开?"孤舟一系故园心"中的"系",系住的是舟还是诗人的心?"他日"是指过去,还是指未来的某一天?这一天很可能像他在异乡看见菊花绽开的两个秋天一样悲哀?"泪"是他的眼泪,还是花上的露珠?这些泪是他在过去的他日还是在未来的他日流下的,或者他现在是在为他日的哀愁而流泪?他的希望全系在可以载他回家的舟上,还是系在那永不会扬帆启程的舟上?他的心是系在这里的舟上,还是在想象中回到故乡,看到了在故园中开放的菊花?……①理想的译文当然应该把上述所有理解到的内容都包括进去,但这是不可能的,一方面是译入语(英语)的表现力与源语(汉语)的差异,另一方面是不同的译者对原文有其独特的理解。格雷厄姆为我们提供了两种译文②,让我们看到,在第一种译文里,"丛菊已经开放了两次,未来的日子将伴随着泪水;孤独的小船已经系住,但我的心仍在昔日的庭园。"在第二种译文里,却是因为"看见了重新开放的菊花,才引得诗人

---

① 见《比较文学译文集》,北京:北京大学出版社,1982年,第 226 页。
② 英译文此处从略,可参见上书,也可参见本书第八章"解构主义与翻译研究——译介学研究理论前景之二"内有关引文。

泪流满面,沉浸在对往昔的回忆中;诗人把归家的希望徒然地寄托在那已经系住的孤舟上。"这是两种截然不同的译本,它们从不同的角度传达出了上述杜诗的形式和意义,使英语读者领略到杜诗的意境和了解到中国诗人的思乡愁绪。但它们又都失去了点什么,汉语中特有的平仄音韵构成的节奏和造成的音乐美丧失殆尽,自不待言,即使从诗意来说,英译者由于受到英语语言和各自理解的限制,不得已把原诗中某些隐而不露的内容明确化、具体化,于是使得原诗中一大片原本可供驰骋想象的广阔空间受到约束。因此,上述两种翻译,我们只能说它们是杜诗的译本,却不能说它们就是杜诗。诗如此,小说、戏剧等其他文学样式也莫不如此。譬如,林纾翻译狄更斯的《董贝父子》,在译至书中父女重聚一段时,也许被书中情节所感动了吧,竟情不自禁地添上了"书至此,哭已三次矣"的话。然而,这一添虽略略数语,却使原作的叙述方式起了根本性的变化:原作的叙述者本来是隐藏在幕后的,却硬被林纾拽到前台。这当然是与中国传统小说的叙述方式有关,因为中国传统小说的叙述者经常是时隐时现的,每逢情节发展到关键时刻,他便会现身说法,插上几句"看官,你道这某某如何会如此豪富,却原来其祖上如何如何"之类的话。又譬如,当读者在傅雷翻译的《于絮尔·弥罗埃》里读到"天网恢恢,疏而不漏"的字样时,他所接受到的难道仅仅是来自法国作家巴尔扎克的信息?这里倒可引得上一句清末民初翻译家天虚我生的话:"人但知翻译之小说,为欧美名家所著,而不知其全书之中,除事实外,尽为中国小说家之文学也。"①

也许有人会问,那么忠实的译本呢?一本忠实的译本能不能等同于原作呢?忠实的译本当然比较接近原作,但也仅仅是接近而已。而不管怎样忠实的译本,永远只能是接近,而不是等同于原作。在文学翻译中,译本对原作的忠实永远只是相对的,而不忠实才是绝对的。

明确了翻译是文学作品的一种存在形式,廓清了翻译文学与外国文学的关系,再来谈翻译文学在民族文学中的地位就容易多了。既然翻译文学是文学作品的一种独立的存在形式,既然它不是外国文学,

---

① 转引自陈平原:《二十世纪中国小说史》(第一卷),北京:北京大学出版社,1989年,第58页。

那么它就应该是民族文学或国别文学的一部分,对我们来说,翻译文学就是中国文学的一个组成部分,这完全是顺理成章的事。但是如此简单明了的推理却并没有为我们的学术界所广泛接受,1949年以来的许多种中国现代文学史都未能给翻译文学以专门的地位,在一定程度上反映了这一情况。即使现在人们已经开始意识到了翻译文学的存在,但是对于把翻译文学定位在民族文学之内却仍然有人表示不赞成,他们举出的理由有四条:一是"译作本身所表现的思想内容、美学品格、价值取向、情感依归等均未被全然民族化",二是"无法妥善安顿原作者的位置",三是"也不能妥善安顿翻译家的位置",四是认为这样做是"对翻译文学的民族性特征的片面放大"。①

这几条理由实际上是不经一驳的。关于第一条理由,我们在上面已经谈过,决定翻译文学归属的核心问题不在于译作本身所表现的思想内容等方面,译作的思想内容是否民族化,与译作的归属并无直接关系。一部作品,即使它的思想内容全然是外国的,它仍然可以是属于中国文学范畴的。反之,一个外国作家的作品也可以是完全描写中国的事情。如美国作家赛珍珠的作品,尽管表现的是中国农村的事,但谁也不会把她的作品视作中国文学的作品。

第二、第三条理由显得有些奇怪。因为明确翻译文学的归属并不会影响原作者的位置,正如我们在上一节中所提到的,法国的巴尔扎克仍然是法国的巴尔扎克,包括他用法文创作的《高老头》也仍然是法国文学的一分子。因此,无论是莎士比亚,还是他的《哈姆雷特》,他(它)的位置是很清楚的,根本不存在"无法妥善安置"的问题。至于翻译家的位置,这恰恰是我们讨论翻译文学的归属问题时所要解决的。由于我们明确了翻译文学的归属,因此翻译家的位置也就水到渠成地得到了解决——他们的位置理所当然地在国别(民族)文学的框架内。举例说,傅雷的位置只能在中国文学史上,而不可能到法国文学史中去占一席之地。否则,翻译家只能又一次地沦为"弃儿"。

最后一个理由,即所谓"对翻译文学的民族性特征的片面放大"问

---

① 刘耘华:《文化视域中的翻译文学研究》,《外国语》1997年第2期。

题,也是站不住脚的。因为,我们讨论翻译文学的归属也并不是依据译作的民族性特征才做出的结论,我们依据的是文学翻译的特性,依据的是翻译家劳动的再创造性质,依据的是译作的作者——翻译家的国籍。至于一部译作的民族性特征如何——或是非常民族化,或是非常"洋气",与它的归属并没有关系。

最近还有一位香港学者对本人关于翻译文学的归属问题的观点提出了不同的意见。他说,他"最不能同意的,是按照作者的国籍来判别文学或非文学作品的国籍。这样的标准,似乎带有一点任意性(arbitrariness)。作者的国籍,一般来说是没有文学意义的,因为它通常不会影响文学作品在哪里发挥作用和产生影响。例如,有一些在香港定居的华人作家和翻译家,是加入了外国国籍的,但一般的读者和专业的读者,只会把他们视为香港人、中国人,为什么在文学史研究者看来,他们的中文作品就不是香港文学的一部分,不是中国文学的一部分了呢?文学史研究者如果要先查明每一个作家的国籍,除了为分类而分类之外,到底有什么意义呢?须知,有些人可能会把自己的国籍视为隐私,不大愿意'申报'的。"①他还说,"按照作者国籍来判断并不见得较为合理,而且不见得能完全避免混乱。如果单凭作者的国籍,就把霍克思的《红楼梦》英译本列入英国文学,却把杨宪益和戴乃迭的译本列为中国文学,不是同样令人觉得混乱吗?"②

其实,如果我们能冷静想一想的话,应该不难发现,按作者的国籍来判定文学作品的归属,恰恰排除了文学史编写过程中的任意性。试想,在判定文学作品的归属时,难道还有另外比作者的国籍更明确无误的标准吗?至多,也就是有极少数的几个作家拥有双重国籍罢了。那么对这些作家的作品,我们作为例外,也不妨赋予双重国籍么。至于他提出的"把霍克思的《红楼梦》英译本列入英国文学,却把杨宪益和戴乃迭的译本列为中国文学",同样造成了混乱一说,实际上并不存在他所谓的"混乱",因为这是两个不同国家的不同译者所提供的不同译本,从某种程度上而言,也可以说是两部不同的作品,尽管它们有同

---

① 张南峰:《从多元系统论的观点看翻译文学的"国籍"》,《外国语》2005 年第 5 期。
② 包括以下所引张南峰的引文,出处均同上。

一个来源。这有点像不同国家作家用同一题材创作出来的作品,但分属不同的国家,这是很正常的现象,一点也不"混乱"。

这位香港学者还说:"以作者的国籍为标准,也同样会制造'弃儿'。例如,按照传统的观点,美籍华人的中文原创作品,是拥有中国籍的;而按照这种新观点,它们就失去中国籍了。可是,就如我们不可能要求美国文学史的研究者(包括中国籍的美国文学史研究者)把美国文学的中译本视为美国文学一样,我们也大概不可能要求他们把美籍华人的中文作品视为美国文学。"我不清楚,他这里所说的"美籍华人的中文原创作品是拥有中国籍的"这一"传统观点"的根据何在,但在我看来,"要求美国的文学史编写者把美国文学的中译本视为美国文学"是不合理的,但要求他们把"美籍华人的中文作品视为美国文学的一部分",却完全是合理的,而且也是可以做得到的。事实上,譬如犹太作家伊萨克·辛格用意第绪语创作的作品,美国文学史的编者们就不会把它们从美国文学史中排除出去。所以,这里最根本的问题不在于作家用什么语言写作,而在于这位作家及其作品在美国、在世界上的地位和影响力。

最后,这位香港学者提到国籍是作者的"隐私"的理由,似乎更显得牵强了。作为一个已经达到可以入编文学史的公众人物的作家、诗人,在他或她的国籍归属问题上,恐怕是没有什么"隐私"可言的吧。

其实,把翻译文学视作民族文学的一个组成部分,完全是理所当然的事。除了前面提到的从作家的国籍判断作品的民族和国别归属外,我们还可以从另外几方面给予分析。首先,从写作过程看,翻译家和作家在写作过程中都要深入认识作品中所要表现的时代、环境和文化背景,他们也都要细致体验作品中人物的思想感情和行为方式,然后他们都要寻找最恰当的语言形式把这一切表现出来。有人说,译者也同诗人一样,要有"诗的冲动"。著名德国学者阿·库勒拉更是明确指出:"在翻译中新语言形象的形成则是综合的过程,而且主要是创作过程。这里译者所进行的工作,就同作家由于创作冲动将自己的思想倾注于纸上一样。选择语言文学材料、选择同义词和语法结构、确定句中词序的这个过程则是一个直觉的创作过程。"①中国翻译家陈敬容在谈她的翻译体会时也说:"若是译诗歌、散文,你就得进入作者的思想境界、想象境界,还得掌握好原作的节奏和韵律(不只是韵脚)。……若是译小说、戏剧,你就得像作家本人那样,和作品中的人物同呼吸、共命运,就得分享人物的喜怒哀乐,也得分享作家对某些人物事件的褒贬。若是译儿童文学作品,你当然得把自己当作儿童,模拟着儿童的心理状态、言谈举止,而毫无必要板起一副成年人的面孔了。"②这就难怪林纾在翻译狄更斯的小说时,在译至书中父女重聚一段时,会情不自禁地添上一句"书至此,哭已三次矣"的话了,因为译者这时已经完全进入了书中人物的感情世界了。优秀的翻译家在写作过程中所考虑的问题甚至比以上所说的还要多,他还要设想,假如原作者处在译语国的文化氛围中,原作者将如何写作。美国翻译家格雷戈里·拉巴萨(Gregory Rabassa)认为,理想的"译者应成为所译作品的原作者的再现"。他在把拉美长篇小说《百年孤独》译成英语时就不断"从作品的语言进行揣摩",设想如果马尔克斯"祖国的语言、文化就是英国语言和文化,那他会怎样构思这部作品"。③

其次,从写作的语言和作品的接受者看,译者所用的语言与民族文学家所使用的语言是一样的,他们的作品所面临的读者也是相同的。

最后,从作品发挥的作用和影响看,翻译文学不仅与民族文学发挥着同样的作用与影响,有时候它的作用与影响甚至还大大超过了民族文学的作品。唐弢主编的《中国现代文学史》就提到:"据统计,晚清小说刊行的在一千五百种以上,而翻译小说又占全数的三分之二。其中林纾的译作曾在当时有过较大的影响。……马君武、苏曼殊等翻译了歌德、拜伦和雪莱的诗歌;它们在进行反清和民族民主革命的宣传方面,都曾起过积极的作用。"④然而耐人寻味的是,在该书的分章

---

① 《外国翻译理论评介文集》,第 35 页。
② 陈敬容:《浅尝甘苦话译事》,《当代文学翻译百家谈》,第 515—516 页。
③ 格雷戈里·拉巴萨:《译者犹如演奏家》,《翻译通讯》1985 年第 4 期,第 42 页。
④ 《中国现代文学史》(一),北京:人民文学出版社,1984 年,第 4 页。

立节中,以及在正文的叙述中,虽然没有像晚清的翻译小说占了晚清小说"全数的三分之二的",但同样在中国现代文学史上"起过积极的作用"的翻译文学却不见了它们的踪影。也许,该书的编者们以为,这些作家与作品的位置不应该在中国的文学史内,而应该在这些原作家所在的民族或国别文学史内。然而,这些编者忘记了一个实质性的问题,即我们现在讨论的不是德国的歌德,也不是英国的拜伦和雪莱,而是经过了马君武、苏曼殊等人翻译再创造出来的歌德、拜伦、雪莱的作品,这已经是中国化了的歌德、拜伦、雪莱了,我们怎能指望德国文学史、英国文学史会把这些中国的歌德、拜伦、雪莱收进去呢?我们又怎能指望德国文学史或英国文学史会把创造了中国的歌德、拜伦、雪莱的马君武、苏曼殊等人收进去呢?

其实,这个问题还可以从另一个角度讨论。假如这些"中国的歌德、拜伦、雪莱"只有中译本作品而原文都不复存在,也无人知晓,那么他们——"中国的歌德、拜伦、雪莱"——在我们的文学史上该占有怎样的地位呢?那时我们该如何处置他们与(譬如说)鲁迅、茅盾、郭沫若等人的关系呢?这个问题表面看上去似乎显得有点可笑、甚至荒唐,其实类似的问题著名的俄国民主主义作家车尔尼雪夫斯基早在一百多年前就已经提出过了。他在评论席勒的俄译本时就具体指出:"拜伦也是这样,假定说,只有他的作品的译文,那么它对法国读者的影响就不会下于,例如吧,夏多勃里昂或者拉马丁作品的影响,他在法国文学史上所占的地位应该也不会下于拉马丁和夏多勃里昂了。我们所谈的可不是拜伦的法国模仿者或者追随者的作品,——不,我们所谈的是译成法文的拜伦作品。"①

我们经常谈外国文学的影响,但是在中国现代文学史上,外国文学的直接影响,诸如中外作家的直接交往,或是中国作家因出国或留学而受到外国文学的熏陶,或是以外国文学的摹仿作转而影响国内的文学创作的,那还是少数。无论是歌德、拜伦、雪莱,或是巴尔扎克、福楼拜、雨果,或是普希金、果戈理、屠格涅夫、托尔斯泰,他们之所以能

---

① 《车尔尼雪夫斯基论文学》(下卷,一)辛未艾译,上海:上海译文出版社,1982年,第421—422页。

第五章 翻译文学的性质与归属

对中国文学产生巨大的影响,他们之所以能在广大中国读者的心目中占据重要的地位,主要地、而且在绝大多数情况下完全是由于他们作品的译本。类似的情况,在国外也是比比皆是。在西方学术界人们经常提到拜伦受到歌德《浮士德》的巨大影响。但正如当代西方翻译研究家安德烈·勒菲弗尔所指出的,人们却往往忽略了一个事实,即拜伦根本不懂德文,他是通过斯达尔夫人对《浮士德》一剧中最主要的几幕的法文翻译以及对该剧的剧情简介才了解《浮士德》的。普希金的情况也与之相仿。这位俄国伟大的诗人对拜伦推崇之至,但他也不懂英文,无法一睹拜伦的"庐山真面目",他是通过拜伦作品的法译本才领略到拜伦诗歌的真谛并受到其深刻影响的。

在世界各国的文学发展史上,翻译文学的重要地位是一致公认的。有不少国家,他们的最早的书面文学作品就是翻译文学。伟大如俄罗斯文学,车尔尼雪夫斯基都说:"在普希金以前翻译文学实在比创作还重要。直到今天(1857年——引者)要解决创作文学是否压倒了翻译文学还不是那么容易哩。"[①]

当然,这里有必要指出的是,我们强调翻译文学是民族文学或国别文学的一个组成部分,并不意味着我们把翻译文学完全等同于民族文学或国别文学。在肯定翻译文学在民族文学或国别文学史上的地位的同时,我们也清醒地看到,翻译文学与本土创作文学之间的差异。

首先,在作品反映的思想、观点方面,民族文学或国别文学作品表达的是民族文学或国别文学作家本人的思想和观点,翻译文学则都是传达另一个民族或国家的作者们的思想和观点。

其次,在作品的内容方面,民族文学或国别文学的作品基本上反映的是本族或本国人民的生活,而翻译文学则绝大多数反映的是异族或异国人民的生活。当然,有时候也有相反的情形,但是在那种情况下,民族文学或国别文学是从本族或本国作家的角度去反映外族或外国人民的生活的,而翻译文学则是从外国作家的立场来反映译者所属

[①]《车尔尼雪夫斯基论文学》(下卷,一)辛未艾译,第423页。

民族或所属国人民的生活。譬如美国作家赛珍珠的创作,她的作品反映的就是一个美国作家所观察到的中国人民的生活,而与中国作家所创作的同类、同题材作品大异其趣。

最后,恐怕也是最根本的,本土创作文学是作家以生活为基础直接进行创作的,而翻译文学是译者以外国文学的原作为基础进行创作的——因此之故,译者的劳动被称之为再创作。再创作与创作虽然仅一字之差,但是在艺术创造的价值方面存在着较大的差别。因为一部作品的价值更多地体现在作品题旨的确立、作品整体结构的安排、作品情节的编织、人物形象的塑造等方面,而在这些方面译者没有付出多少实质性的劳动。有鉴于此,所以我们一方面应该承认翻译文学在民族文学或国别文学中的地位,但另一方面,也不应该把它完全混同于本土创作文学。比较妥当的做法是,把翻译文学看作民族文学或国别文学中相对独立的一个组成部分。

令人欣慰的是,近年来,国内承认翻译文学地位的意识正在觉醒。这种承认首先反映在对翻译家作为译作主体的承认上。1981年商务印书馆从大量的林纾翻译作品中挑选出10部译作,并另编评论文章及林译总目一集,推出"林译小说丛书"一套。该丛书的出版说明特别指出:"林纾的许多译作,在我国的旧民主主义革命阶段起过相当大的思想影响,如具有反封建意义的《巴黎茶花女遗事》在1899年出版,曾'不胫走万本','一时纸贵洛阳'。又如美国小说《黑奴吁天录》的出版,正值美国政府迫害我旅美华工,因此更激起中国人民的反抗情绪,后来一个剧社还据此译本改编为剧本演出。"该说明同时还强调了林纾作品的文学意义:"林纾首次把外国文学名著大量介绍进来,开阔了我国文人的眼界,因而又促进了我国现代小说的兴起和发展。"林纾作品即使在今天"仍具有独立存在的价值"。

同年开始出版的十五卷集的《傅雷译文集》(安徽人民出版社)是对翻译家劳动价值的承认的又一例证。傅雷在翻译上有其自己的主张和追求,其译作具有鲜明的译者风格,把这样一位译者的译作汇总出版,出版后又受到读者的热烈欢迎,一版再版,充分体现了出版界和读书界对译者再创造价值的尊重。当然,在这之前也已有《郭沫若译文集》《茅盾译文集》《郁达夫译文集》等出版。但郭、茅、郁几位都是著名的作家,出版他们的译文集,与其说是对翻译文学的承认,不如说是为了展示这些作家的翻译活动,这与出版纯粹翻译家的译文集的意义自不可同日而语。

然而,对翻译家的承认最突出的表现也许还是在一批翻译家传记、评传以及研究资料的出版上。上海外语教育出版社率先推出了《朱生豪传》(吴洁敏、朱宏达著,1989年)。朱生豪既无政治业绩,也无文学创作成就。他从1935年起开始翻译莎士比亚作品,在极其艰苦的条件下,埋头伏案,矢志不渝,至1944年去世,以10年时间,完成莎译27种,仅余6种未能译出。为这样一位纯粹的文学翻译家树碑立传,此前尚无先例,其意义、其影响是非常深远的。接着,《译坛巨匠——傅雷传》(金梅著,台湾业强出版社暨湖南文艺出版社1993年出版)也相继问世。

对翻译家研究资料的收集与整理从20世纪80年代初就开始了。1982年商务印书馆出版了《严复与严译名著》,收入研究严译的论文多篇。接着,其他出版社也出版了《严复研究资料》和《林纾研究资料》,为深入研究这两位翻译家提供了良好的条件。果不其然,1992年《林纾评传》出版(南开大学出版社),作者张俊才即是《林纾研究资料》的编写者之一。《林纾评传》标志着国内对翻译家的承认已转向深化——已经认识到翻译家作为中国文学建设者之一的作用与地位,该书的作者明确表示,他之所以选择林纾作为研究对象,就是因为"在清末民初的一代文人中",林纾是"可以排在第一位的","与'五四'新文学联系最紧而又真属于文学家的人"。该书以极大的篇幅,全面、具体、深刻地研究了林译对发展中国文学的巨大贡献,尤其突出了林译作品"作为中国新文学运动所从而发生的'不祧之祖'"的意义,以及林译语言在推动中国文学语言的变革上所起的作用。

其次,对翻译文学的承认还表现在对翻译文学在文学交流、文学影响上的作用的深入研究上。

在这方面,陈平原的《二十世纪中国小说史》第一卷(北京大学出版社,1989年)引人注目。该书的第二章"域外小说的刺激与启迪"虽然没有正面接触翻译文学的论题,但其所言"域外文学"在相当多的场合下,其实就是指的翻译文学。该书详细考察了域外小说借助什么样的手段、通过什么样的途径进入中国、并最终影响中国作家的全过程。尤为难得的是,作者根据大量第一手的资料,对清末民初翻译的各国的文学作品按国别进行了统计,对清末民初的一批翻译家林纾、陈冷血、周桂笙、徐念慈、伍光建、吴梼、周氏兄弟、曾朴、马君武、包天笑、周瘦鹃,分别一一详加评论,实际上是向读者展示了清末民初翻译文学的全貌。

引人注目的还有 1990 年出版的"中国近代文学大系",该大系收入了三大卷 150 万言的《翻译文学集》。虽然主编者尚未从理论上完全意识到翻译文学与外国文学的区别,但此举至少表明有关学者已经认识到,在构建一个完整的中国近代文学大系时,翻译文学已是一个不可或缺的存在。

对中国翻译文学而言,著名中国现代文学学者陈思和教授主编的"二十一世纪中国文学大系"收入"翻译文学卷",其意义毫无疑问更为重大。因为该大系在收入"翻译文学卷"时,主编者的翻译文学意识极其明确:"翻译文学以其独特的文学面貌融入到民族(国别)文学的发展进程中,并与创作文学一起共同构建了民族(国别)文学的时空。正是在这个意义上,我们把翻译文学作为 21 世纪中国文学大系的一个组成部分,并推出'翻译文学卷'。"他们此举的立场更是鲜明:"旨在强调翻译文学是中国文学的一个组成部分,重在突出文学翻译活动在中国当代文学创作生活中所占有的不容忽视的地位。"[①]

今天,在 20 世纪这个人们公认的翻译的世纪已经结束、人类的文化交往空前频繁的 21 世纪已经开始之时,也许是到了我们对翻译文学在民族(国别)文学上的地位做出正确的评价并从理论上给予承认的时候了吧。

---

① 参见《2001 年最佳翻译文学》"序",沈阳:春风文艺出版社,2002 年,第 15、10 页。

第六章　翻译文学史与文学翻译史
——译介学研究实践层面之三

翻译文学概念的提出,为译介学、也为文学关系研究展示了一个极其广阔的研究空间。随着人们对翻译文学性质研究的深入,以及对翻译文学在国别(民族)文学中地位的承认,研究者的眼光必将逐步地转移到翻译文学史和文学翻译史的研究和编写上来。在我看来,对翻译文学的承认,其最终体现也就是落实在两个方面,一方面是在国别(民族)文学史内让翻译文学占有应有的一席之地,另一方面是编写相对独立的翻译文学史。

在国别(民族)文学史内承认翻译文学的地位,在我国,如前所述,自胡适的《白话文学史》以来,包括陈子展的《中国近代文学之变迁》、王哲甫的《中国新文学运动史》、郭箴一的《中国小说史》,等等,都已经这样做了。近年出版的中国现代文学史著作这样做的还不多见,仅陈平原的《二十世纪中国小说史》(第一卷)对此有所体现,该书专门设立了一章(第二章)"域外小说的刺激与启迪",论述清末民初"翻译小说的实绩",并极其敏锐地指出,"没有从晚清开始的对域外小说的积极介绍和借鉴,中国小说不可能产生如此脱胎换骨的变化。……在一系列富有成效的'对话'中,中国的翻译家、小说家用他们逐渐变化着的文学眼光理解域外小说,并创造中国式的'现代小说'。"[①]但可以预料,随着我们对翻译文学研究和认识的深入,必然会有更多的文学史著作将关注并给予翻译文学以应有的地位。

至于第二个方面,即编写相对独立的翻译文学史,在我国以前也并不是没有人做过。而且,这样的翻译文学史我们国家出版了还不止

[①] 陈平原:《二十世纪中国小说史》(第一卷),第23页。

一部，开此先河者是阿英的《翻译史话》①，它套用我国传统的章回小说的形式，以风趣、生动的语言，介绍了我国早期文学翻译的历史。

《翻译史话》没有全部写完，仅写成四回，具体标题如下：

第一回　普希金初临中土　　高尔基远涉重洋
第二回　莱芒托夫一显身手　　托尔斯泰两试新装
第三回　虚无美人款款西去　　黑衣教士施施东来
第四回　吟边燕语奇情传海外　蛮陬花劫艳事说冰洲

这里的第一、第二回具体描述了我国最早译介四位俄苏作家、即普希金、高尔基、莱蒙托夫（莱芒托夫）和列夫·托尔斯泰的情形，第三回分析了反映俄国民意党活动的作品中的文学形象（即"史话"所说的"虚无美人"）和契诃夫小说中的文学形象（"史话"以"黑衣教士"为例）在中国的接受情况，第四回则叙述了莎士比亚作品的汉译和哈葛德作品《迦茵小传》两种译本所引起的风波。"史话"对这些外国文学家、外国文学形象和外国文学作品的传入过程都做了详细的追溯。而且，尤其令人赞赏的是，"史话"尽管是一部模仿传统章回小说的著作，但作者在写作时却并不信"笔"开河，而是字字有依据，事事有出典，考证与叙述之严谨与严肃的学术著作并无二致。

此外，值得一提的还有，"史话"并不单是叙述外国文学家传入中国的历史，它还分析了某些作品在中国的接受情况。譬如，它对早期中国翻译文学中的一个"主流"——"虚无党小说"的翻译，就作了非常精辟的分析。作者指出："虚无党小说的产生地则是当时暗无天日的帝国俄罗斯。虚无党人主张推翻帝制，实行暗杀，这些所在，与中国的革命党行动，是有不少契合之点。因此，关于虚无党小说的译印，极得思想进步的智识阶级的拥护与欢迎。"作者接着又指出："不过，作为主流的虚无党小说的时代，并不怎样长。由于中国智识阶级政治理解的成长，由于辛亥（1911）革命的完成，这一类作品，不久就消失了他的

---

① 《翻译史话》写于1938年，后收入阿英论文集《小说四谈》，上海古籍出版社，1981年出版。

地位,成为一种史迹。"①

阿英的《翻译史话》写于1938年,尽管没有明确标明是"翻译文学史",却是我国第一部具有翻译文学意识的翻译文学史,它让读者不仅看到了翻译事件,更让读者直接看到了披上了中国外衣的原作家和他们的译作在中国的接受和传播。

我国第二部翻译文学史的编写是20年以后的事了,而且这本翻译文学史一直没有正式出版,这就是由北京大学西语系法文专业57级全体同学编著的《中国翻译文学简史(初稿)》(以下简称"简史")。②

说起来,这本"简史"还是一场荒谬的政治运动——大跃进的产物。正如编写者在该书的"后记"里所说的:"去年(指1958年——引者)八月,在党的'敢想、敢说、敢做'的号召下,在本校的'群众办科学'运动的鼓舞下,我们这一群年轻人提出要编写一部'中国近代文学翻译史',当即受到党总支的重视、关怀、指导和全班同学的支持。编写工作接着就紧张地开始了。"

由于这样一个特殊的时代背景,再加上参与编写者是一群尚未毕业的青年大学生,因此这本"简史"从头至尾贯穿并充斥着不少极"左"思潮影响下的观点也就不足为怪了。譬如,该书认为,在我国的翻译界自始至终存在着两条路线的斗争,存在着尖锐的阶级斗争。在该书第四编"1937—1949.9的翻译文学"专门设立一章"两个批判",集中批判了著名翻译家傅雷和傅东华:称傅雷的"翻译活动却无时无刻不透露出他的极端个人主义,时时刻刻都散发了他的腐朽的资产阶级人生观,处处都与党、与社会主义背道而驰";说"傅东华的立场是站在资产阶级一边的","是以翻译作为服务于帝国主义和为个人谋利挣钱的工具,作帝国主义的代言人,宣扬帝国主义文化,在读者之间散布毒素",等等。

由于"简史"当时是作为教材(16开本)在校内使用,并未正式出

---

① 《翻译史话》写于1938年,后收入阿英论文集《小说四谈》,上海古籍出版社,1981年出版,第238、239页。
② 该书未正式出版,封面上方第一行印"中国翻译文学简史"八个大字,第二行印带括号的(初稿)二字,第三行印"北京大学西语系法文专业57级全体同学编著",下方分两行印"北京大学西语系"和"1960年1月",说明该教材印行于1960年1月。

版,所以在社会上并没有产生什么影响,时过境迁,目前知之者恐怕已经微乎其微,有心者要看也不大可能看到,为使读者对该书有大致的了解,这里我们先把该书的目录抄录如下(同时附上页码,以便让读者了解全书和各章的篇幅。):

中国翻译文学简史(初稿)目次
绪论

第一编 "五四"运动前的翻译文学

第一章 佛经的翻译及其对中国文学的影响	1
第二章 鸦片战争至甲午战争时期的翻译	3
一 概述	3
二 同文馆的翻译	4
第三章 甲午战争后至一九〇五年的翻译	5
一 概述	5
二 翻译概况	6
(1) 梁启超的翻译主张及其翻译活动	6
(2) 严复和他的"信、达、雅"	9
(3) 其他各位翻译家	11
第四章 一九〇五年至"五四"前的翻译	13
一 概述	13
二 翻译概况	14
(1) 侦探言情小说风行的原因	15
(2) 民报的文学翻译活动及南社的三位翻译家	16
第五章 清末民初的翻译家林纾	18
第六章 鲁迅的早期翻译活动	25
第七章 "新青年"的翻译活动	32
第八章 总论	38
(一) 本期翻译工作的特点及名著的介绍	38
(二) 马列主义著作的翻译	40
(三) 本编小结	41

第二编　1919—1927年的翻译文学

第一章　概述	43
第二章　本期的翻译文学	45
第一节　"新青年"与易卜生	45
第二节　鲁迅的翻译活动	47
第三节　沈雁冰与翻译文学	53
第四节　郭沫若和创造社的翻译文学	61
第五节　文学研究会和其他翻译家的翻译活动	63
第三章　外国文学对中国新文学的影响	78
第一节　新诗与外国诗歌的关系	81
第二节　中国话剧与外国话剧的关系	88

第三编　1927—1937年的翻译文学

第一章　"左联"成立以前的翻译文学	91
第一节　概述	91
第二节　苏联文学的翻译，"奔流""未名社"	94
第二章　"左联"成立以后的翻译文学	99
一、概述	99
二、苏联及无产阶级文学作品翻译	103
三、西欧文学翻译	106
四、世界文库	111
第三章　伟大的翻译家瞿秋白	113
第四章　鲁迅——革命翻译文学事业的主将	119

第四编　1937—1949.9的翻译文学

第一章　概述	127
第二章　一九三七—一九四二年的翻译文学	129
第一节　译文	129
第二节　毛主席"在延安文艺座谈会上的讲话"对翻译文学事业的重大意义	131
第三章　一九四二—一九四九年	134

第一节　苏联文学的翻译　　　　　　　　　　134
　　一、翻译苏联文学的高潮　　　　　　　　134
　　二、解放区的苏联文学翻译　　　　　　　136
　　三、时代出版社　　　　　　　　　　　　139
　　四、国民党统治区的苏联文学翻译
　　　　——茅盾、曹靖华　　　　　　　　　142
　　五、高尔基、马雅可夫斯基等在中国　　　148
第二节　西欧和俄罗斯古典文学的翻译　　　　149
　　一、俄罗斯古典文学的翻译——耿济之　　149
　　二、法国文学的翻译　　　　　　　　　　154
　　三、英、美、德诸国文学的翻译　　　　　157
第四章　两个批判　　　　　　　　　　　　　　163
　　一、"大翻译家"傅雷　　　　　　　　　　163
　　二、傅东华译"飘"的批判　　　　　　　　166

第五编　1949.10—1958.7 的翻译文学

第一章　概述　　　　　　　　　　　　　　　　169
第二章　社会主义翻译路线　　　　　　　　　　177
　第一节　社会主义国家文学的翻译　　　　　　179
　第二节　争取民族独立国家文学的翻译　　　　193
　第三节　俄国和西欧文学的翻译　　　　　　　199
　第四节　文艺理论的翻译　　　　　　　　　　207
第三章　翻译界中两条路线的斗争　　　　　　　209
第四章　翻译文学事业现存问题及今后发展方向　213
后记　　　　　　　　　　　　　　　　　　　　218

　　如果撇开书中明显的受极"左"思潮影响的一些观点不提的话,那么从以上的目录我们已经可以看出,这本"简史"完全可以视作是我国有史以来编写翻译文学史的第一个较为完整的实践尝试,而且,即使从今天的观点来看,"简史"在编写翻译文学史方面所做的探索有好些方面也是值得肯定和值得后来者借鉴的,这大概与"简史"在编写过程中得到了当时不少著名的学者、翻译家的指导也有一定的关系。该书

"后记"里专门对一批翻译家点名表示感谢,具体有罗大冈、戈宝权、董秋斯、曹靖华、陈冰夷、曹葆华、楼适夷、赵少候、孙绳武、张静庐、梅益、朱葆光诸先生。

"简史"的意义首先在于从史的角度注意到了翻译文学对中国文学的巨大影响和在中国现代文学发展中的重大作用,并以相当多的篇幅(如第四编第三章中的"高尔基、马雅可夫斯基等在中国"和第五编第二章中的"社会主义国家文学的翻译"等)论述了这个问题。譬如在第二编里,编著者以十多页的篇幅论述了翻译文学对中国新诗、对中国话剧的影响,尤其具体分析了郭沫若诗歌创作所受到的泰戈尔、海涅、惠特曼、歌德的影响,还分析了"外国剧本的翻译活动"对五四时期提倡新剧运动所起的重要作用。

特别值得指出的是,"简史"还注意到了中国读者对翻译文学的接受情况,而且也同样给予了相当多的篇幅。在第二编第二章编著者引用阿英的话说明中国读者对易卜生作品的反应:"易卜生在当时中国社会引起了巨大的波澜,新的人没有一个不狂热地喜爱他,也几乎没有一个报刊不谈论他。"在第五编第二章谈到中国读者如何喜爱马雅可夫斯基的诗:"在中国到处都可以听到'我赞美祖国的现在,我三倍地赞美祖国的未来'这样豪迈的诗句。它激励着中国人民的热情,它时刻鼓舞着中国人民去斗争、去建设、去热爱生活,去热爱祖国";谈到"很多大、中学生都会背诵土耳其诗人希克梅特的长诗《卓娅》里的'好像是进攻的信号,好像是未来胜利的消息,好像是不朽的象征,它在大地上飞升'这样精彩的诗句"。

当然,"简史"站在当时特定的意识形态立场,也批判了"很多青年阅读西方古典文学的目的还不很明确","吸收了很多腐朽的,甚至反动的东西",等等。这些都是时代的局限,也可以说是那个特定时代的烙印,更何况如上所述,"简史"的编写者当时还都是一群没有毕业的大学生,所以不必苛求。其实从某种层面而言,它也让我们从另一个侧面看到了当时读者通过翻译文学接受外国文学的特点,这使这本"简史"反倒具有了另一种原先没有预料到的意义和价值。

"简史"对中国翻译文学史的发轫期的确定也是该书一个令人注

目之处。"简史"编写者不无根据地意识到,"自汉唐以来中国虽然已有了佛经的翻译,其中许多也具有文学作品的特点,但是真正大量将外国文学介绍到中国来是在戊戌政变前夕,维新的梁启超发表'译印政治小说序'以后,从此翻译文学开始盛行。"从而把1898—1919年作为近代翻译文学事业的开始时期,这是非常有见地的。我本人在和查明建一起主编《中国现代翻译文学史(1898—1949)》时,也把1898年定为"中国现代翻译文学史"的起点。当然,我们把1898年定为中国现代翻译文学史的起点的理由,除了上述梁启超在这一年发表了"译印政治小说序"这一理由外,还有严复在这一年提出了在中国翻译界影响深远的"信达雅"三字、林纾在这一年翻译(翌年出版)了引起当时国内读书界广泛轰动的法国作家小仲马的小说《巴黎茶花女遗事》这两个理由。此外,从文学翻译的角度看,1898年前,文学作品的翻译数量屈指可数,单行本还不到十种,尚未形成气候。但"简史"把1919—1927年作为近代翻译文学的转折期(第二期),把1927—1937年作为第三期——"社会主义翻译路线的开创期",把1937—1947年作为第四期——"社会主义翻译路线的发展期",而把1949—1958年作为第五期——"社会主义翻译事业的繁荣期",这样的划分似乎太受社会发展史的影响,而没有顾及翻译文学史自身的发展特点,显得过于简单化,而且在第四期与第五期之间还空出了一年,也未免令人感到奇怪。

对翻译家和翻译文学作品的重视,是这本"简史"的又一特点。"简史"仅目录中提到的,也即设立专章或专节的翻译家即有15名,除梁启超、严复、林纾、鲁迅、瞿秋白、郭沫若、茅盾外,还有苏曼殊、包天笑、耿济之等人,至于在书中提到并给予介绍的翻译家,那就更多了。而且,在介绍这些翻译家(包括一些政治家兼翻译家或文学家兼翻译家)时,书中还进一步论述了他们的翻译目的、他们的翻译观点、翻译成就和存在的不足。

在翻译文学史里,如何让读者看到翻译文学作品和翻译文学里的人物形象,在这方面"简史"也做了一定的努力。书中对当时一些产生过重大影响的文学形象,如鲁迅翻译的《工人绥惠略夫》中的同名主人公,郑振铎翻译的路卜洵(书中误印成"路十间")的《灰色马》中的主人公乔治,莫里哀《悭吝人》的主人公阿巴公,福楼拜长篇小说《包法利夫人》(李劼人当时译为"马丹波瓦利")的同名女主人公,等等,都做了相当具体的分析。分析的立场和观点,当然是比较"左"、甚至相当"左"的,但对作品形象的描述和剖析还是相当具体的。譬如编者们分析鲁迅翻译的俄国阿尔志跋绥夫的小说《工人绥惠略夫》:"工人绥惠略夫,其实不是什么'工人',而是沙皇时代不得志的知识分子典型。在他的灵魂中,没有丝毫工人阶级的特质。他是个无政府主义者,有极端的个人主义,同时也是个厌世者。他不同情与自己命运相同、因反抗统治者的奴役而遭解职的小学教师。他也不赞成请愿、罢工等工人运动。甚至对因领导罢工而被开除的铁匠大肆嘲笑,视之为'呆气'。"再如"简史"对《灰色马》主人公乔治的分析:"在书(指郑振铎翻译的《灰色马》——引者)中作者细腻地刻画了英雄乔治的心理活动。总督虽被刺杀,但伙伴们却所剩无几了。他彷徨、苦闷和悲观,对生活的厌倦和怀疑已在他的思想中占有统治地位。他感到孤单,仿佛人们的每一只眼睛都在盯着他,自己在受着'敌人'的包围。因而他变得冷酷无情,他忽视、憎恨一切人。他自身充满了不可解决的矛盾,他对自己的事业——刺杀总督,并不清楚究竟是为了什么?他只觉得这位总督可憎,刺死他就好像打猎时打伤兔子一样,见其带着血染的身子惊惧而逃,可作为消遣和娱乐。"至于新中国成立后翻译的一些苏联作品,如《钢铁是怎样炼成的》《勇敢》《拖拉机站站长和总农艺师》等,"简史"中的作品形象分析,那就简直是细致入微了。譬如,仅对《钢铁是怎样炼成的》主人公保尔形象的分析,就花去了将近两页的篇幅。

总之,"简史"在编写中国翻译文学史的实践上进行了有益的探索,而且也已经初步触及到了一部翻译文学史应该包括的三个最基本要素,即作家(包括翻译家)、作品(包括人物形象)和事件(不仅是指文学翻译事件,还有翻译文学对中国文学的影响等),对此后的翻译文学史的编写很有借鉴意义。当然,无可讳言是,由于受特定时代的局限,书中的一些分析和观点大多失之偏颇,这使"简史"的价值丧失许多。此外,由于"简史"一直没有能正式出版,这使它在中国翻译文学史的编写实践上所做的探索鲜为人知,这个缺憾只能由30年以后编写的

《中国翻译文学史稿》①来弥补了。

编写和出版于改革开放年代的《中国翻译文学史稿》（以下简称"史稿"），在对翻译文学的认识方面明显超过以前两部。该书的"编后记"明确指出："翻译是人类社会的重要文化活动，翻译文学是世界文学的重要组成部分。我国的翻译文学……对我国近代以来的文学发展影响深远，尤其对新文学运动的发展起了很大的促进作用。"

尤其值得称许的是，该书编著者特别强调了翻译文学相对独立的特点，提出"翻译文学的产生和发展，同其他形式的文学一样，有着自己的规律"。所以他们撰写中国翻译文学史时，是"以文学翻译的活动的事实为基础，以脉络为主，阐明翻译文学的发展历史和规律，并力图对翻译文学和新文学发展的关系，各个时期翻译文学的特点，重要翻译家的翻译主张以及他们之间的继承和相互影响，翻译文学最基本的特征和它同其他形式的文学基本的不同点等问题进行探讨"。

在"编后记"的最后，他们更是热切呼吁："现在是该让'译学'（包括文学翻译在内）引起人们的重视，并使之作为一门独立学科而设立，加强研究探讨的时候了。"这种关于"译学"（包括文学翻译）的独立学科意识是前所未有的，它把对文学翻译的研究提高到了一个新的高度。

与"简史"一样，"史稿"对翻译家也是非常重视，而且给予了比"简史"更多的篇幅进行评述。"史稿"中设立专章或专节进行论述的翻译家约15个，数量与"简史"差不多，但人选有所调整，增加了巴金，更增加了朱生豪、梅益、李健吾、戈宝权、方重等以文学翻译著称的专门的翻译家。而在书中以专门的篇幅和段落进行论述的翻译家人数更多，将近70人，从苏曼殊、马君武、伍光建，直至查良铮、叶君健、草婴，中国近一百年来的主要翻译家几乎全部收入书中。其实，对翻译家的重视正是"史稿"的一个突出成就之一。全书近百位翻译家，"史稿"对他们都有或简或详的生平、翻译活动、翻译观点和翻译成就的介绍，并给予一定的评价，这在国内众多的文学史中是独一无二的。

---

① 陈玉刚主编：《中国翻译文学史稿》，北京：中国对外翻译出版公司，1989年。

"史稿"是我国有史以来第一部正式出版的完整的标明为《中国翻译文学史稿》的著作,是"在翻译文学似尚无系统专著的情况下"编著的,"筚路蓝缕,以启山林",开创之功不可没。但是正因为是一部开创之作,所以它也就难免存在一些值得商榷的问题。这些问题主要表现在我们怎样看待标明为"翻译文学史"中的"翻译文学"? 怎样看待"翻译文学史"的性质及其编写方式? 综观"史稿"全书,在这部标明为"中国翻译文学史稿"的著作里,却没能让读者在其中看到"翻译文学",这里指的是翻译文学作品和翻译文学作品中的文学形象以及对它们的分析和评述;没能让读者看到披上了中国外衣的外国作家,即译介到中国来的外国作家,而从比较文学的观点来看,他们应该和中国的翻译家一起构成中国翻译文学的创作主体;书里也没能让读者看到对翻译文学在中国的接受和影响的分析和评论,而这些似乎应该是一部翻译文学史必要的组成部分。否则,如果仅仅只有对文学翻译事件和文学翻译家的评述和介绍,那么,这样一部著作更确切地说,是一部"文学翻译史",而不是"翻译文学史"。

不过,这也就向我们提出了一个需要进一步思考的问题:即怎样的著作才能算是一部严格意义上的"翻译文学史"呢?

虽然迄今为止,对如何编写"翻译文学史"的实践探索和理论探讨都还很有限,但在分析了文学翻译的创造性叛逆性质,厘清了翻译文学与外国文学之间并不等同的关系,辩明了翻译与创作所具有的同等的建构民族、国别文学发展史的意义之后,编撰翻译文学史的轮廓便开始逐渐变得明朗了。

首先,我们要区分翻译文学史与文学翻译史这两个不同的概念。我们应该看到,以叙述文学翻译事件为主的"翻译文学史"不是严格意义上的翻译文学史,而是文学翻译史。文学翻译史以翻译事件为核心,关注的是翻译事件和历史过程历时性的线索。而翻译文学史不仅注重历时性的翻译活动,更关注翻译事件发生的文化空间、译者翻译行为的文学文化目的,以及进入中国文学视野的外国作家及其作品。翻译文学史将翻译文学纳入特定时代的文化时空中进行考察,阐释文学翻译的文化目的、翻译形态、达到某种文化目的的翻译上的处理以及翻译的效果等，探讨翻译文学与民族文学在特定时代的关系和意义。

因此，严格意义上的翻译文学史其性质与通常意义上的文学史无异，它也应该包括所有的文学史同样的三个基本要素，即：作家（翻译家和原作家）、作品（译作）和事件（不仅是文学翻译事件，还有翻译文学作品在译入国的传播、接受和影响的事件）。这三者是翻译文学史的核心对象，而由此核心所展开的历史叙述和分析就是翻译文学史的任务，即不仅要描述现代中国文学翻译的基本面貌、发展历程和特点，还要在中国文学自身发展的图景中对翻译文学的形成和意义做出明确的界定和阐释。

翻译家在翻译文学史里主体性和地位的认定和承认是翻译文学史的一个重要方面。20世纪中国翻译文学史上出现了一批卓有成就的翻译家，如林纾、鲁迅、周作人、郭沫若、茅盾、巴金、朱生豪、傅雷等等，他们的文学翻译活动丰富了中国文学翻译史的内容，使得外国文学的图景生动地展示在中国读者的面前。

"披上了中国外衣的外国作家"是翻译文学史的另一个主体。对20世纪中国翻译文学史来说，莎士比亚、狄更斯、哈代、艾略特、乔伊斯、劳伦斯、贝克特、巴尔扎克、雨果、斯丹达尔、普鲁斯特、罗曼·罗兰、萨特、歌德、卡夫卡、托马斯·曼、普希金、托尔斯泰、陀思妥耶夫斯基、屠格涅夫、高尔基、肖洛霍夫、艾特玛托夫、帕斯捷尔纳克、塞万提斯、安徒生、易卜生、芥川龙之介、川端康成、泰戈尔、惠特曼、杰克·伦敦、奥尼尔、海明威、福克纳、索尔·贝娄、加西亚·马尔克斯、略萨等等，都是中国翻译文学史的重要对象，他们在翻译文学史里与翻译家处于同等重要的位置。翻译文学史应介绍他们在中国的译介和接受情况，从最初的译介到他们作品在各时期的翻译出版情况、各个时期接受的特点等等，都应有一个比较完整的描述，同时分析这些作家和作品在各个时期译介和接受的特点，尤其应对该作家被译介的原因根据特定时代背景做出阐释。翻译文学史还应通过译本的序跋之类的文字，分析在特定的文化时空中译者对所译作家、作品的阐释。如有些作家作品是作为世界文学遗产而翻译进中国，而有些则是契合了当时的文化、文学需求,作为一种声援和支持,促使特定时代的文学观念或创作方式的转变,才进行翻译的,如新时期的西方现代派文学的翻译。另外,有些外国作家进入中国的形象有一个变化的过程,如拜伦,起先是以反抗封建专制的"大豪侠"形象进入中国的;莎士比亚是以"名优"和"曲本小说家"的形象与中国读者结识的;卢梭最初进入中国时扮演的是"名贤先哲""才智之士""名儒"的角色;尼采进入中国的身份则是"个人主义之至雄杰者""大文豪""极端破坏偶像者",等等。

作为完整形态的翻译文学史的一个重要构成部分,翻译文学史还应该涉及翻译文学在中国文化语境中的传播、接受、影响、研究的特点等问题,从而对日益频繁的中外文化交流提供深刻的借鉴和历史参照。歌德曾说过:"原作与译作之间的关系最能表现民族与民族之间的关系。"由于翻译文学史的独特性质,翻译文学史实际上也是一部文学交流史、文学影响史、文学接受史。具体说来,就是在时代社会文化的语境中揭示翻译文学的时代文化意义以及中外文化交流的时代特征,从翻译角度切入中外文学、文化的特质,在中国现代文化、文学的语境中,深入考察,探讨中国现代外国文学研究现状和特点,深刻把握各个时期外国文学研究的主要研究特征,对在中国现代文学史上产生过重大影响的外国文艺思潮、作家、作品的研究特点和得失进行细致分析,并在时代语境中做出文化阐释。我以为,这样的文学史,才能够算得上是一部严格意义上的翻译文学史。眼下正好有一个实例可援,那就是最近刚刚出版的《三四十年代苏俄汉译文学论》[①]。

这本书的书名虽然没有明确标明是一部"翻译文学史",但它不仅已经具备了一部翻译文学史最主要的因素,即作家(包括原作家、翻译家)、作品和事件,而且对翻译文学在中国文化语境中的传播、接受、影响、研究等问题,分析得更是相当具体和深刻。

譬如,该书上卷"苏联文学翻译"第五节"其他重要苏联作家作品的翻译"中有将近5页的篇幅专门谈夏衍、杨骚、周扬等人翻译的柯伦泰的"恋爱之路"三部曲,这就使该书与传统意义上的外国文学研究或

---

① 李今:《三四十年代苏俄汉译文学论》,北京:人民文学出版社,2006年。

外国文学史区别了开来,因为名不见经传的柯伦泰在传统的外国文学史(具体而言即苏联文学史)上是无论如何也享有不到一席之地的。然而柯伦泰在20世纪30年代的中国却意外受到众多翻译名家的注目,不仅如此,她的许多作品都译成了中文,而且还有不少重译本,如《赤恋》《恋爱之路》等,其作品在当时的中国读者群中还产生了相当大的影响,所以柯伦泰在中国的翻译文学史上占有一席之地也就是理所当然的了。①

再譬如,该书对肖洛霍夫的巨作《静静的顿河》的翻译过程及其翻译之后所产生的巨大影响,也都有相当具体而细致的描写。作者非常详细地叙述了这部巨作的第一卷在苏联出版后不久,鲁迅如何委托旅居德国的徐诗荃和旅居苏联的曹靖华为他寻购德译本和原文本,又如何在收到德译本后组织译者贺非翻译,且亲自一个字一个字地做校对,再编入由他自己主编的"现代文艺丛书"中。接着,作者又不厌其烦地叙述了多个译者,从赵洵、黄一然到金人,如何一个接一个地翻译《静静的顿河》并最终推出一个完整、细腻、生动的译本,从而把一部作品的译介、传播过程,描绘得历历如在眼前。不仅如此,该书着力介绍的还有小说译成中文以后对中国文学界所产生的巨大影响,作者引述了鲁迅、瞿秋白对小说的评价,更具体摘引了当时发表的司马文森的文章《向〈静静的顿河〉学习什么?》,让读者看到这部小说让中国的新文艺家开始认识到新文艺作品的概念化、公式化问题,认识到一部成功的小说,除了正确的主题外,"还在于它的真实,充满了生活,充满了人间味"。②

然而,认识到翻译文学史的性质仅仅是编写翻译文学史的第一步,它为编写翻译文学史提供了正确的指导思想,但它并不能代替翻译文学史的实际编写。编写翻译文学史中有许多具体问题都远未解决,这也是每一个有志于翻译文学史的编写者所面临的挑战。

首先,如何对翻译自世界各国各民族的文学作品正本清源、从而展开条理清晰的叙述,即是一个很大的难题。这一困难尤其突出地反

---

① 李今:《三四十年代苏俄汉译文学论》,第130—134页。
② 同上书,第138—144页。

映在早期翻译文学史的编写问题上,因为早期翻译家们往往都不很重视原著。对他们来说,原著仅是他们驰骋个人文学才华的一个基础,一旦他们完成了"译作",他们便把原著弃之一边,所以在他们的"译作"上往往都看不到原著的书名和作者名。更为复杂的是,早期翻译文学史上的有些译作并不是直接从原作译出,而是辗转通过第三国语言的译作重新译出的,从而为翻译文学史的编写者们播下了一个又一个难以清理的谜团。

翻译文学史的分期是编写翻译文学史时面临的又一个需要仔细斟酌、妥善处理的问题。譬如,中国翻译文学史的编写者们在划分中国翻译文学史的时期时,更多参照的似乎是中国社会发展史的分期,如把五四作为中国近代翻译文学史和中国现代翻译文学史的终点和起点。但这种做法是否符合翻译文学史自身的发展规律呢?

翻译文学史的编排方式也是一个很复杂的问题。对文学翻译史来说,单以翻译家的活动年代为叙述时序就可以了,但对于翻译文学史来说,这种方式显然就不够了,因为翻译事件可以历时性地叙述,而同一外国作家的作品在不同时代反复出现的现象,却无法用历时方法予以叙述。为此,我在与查明建共同主编的《中国现代翻译文学史(1898—1949)》里,把翻译文学史分为两大部分,一部分按照翻译事件的发展线索,依编年顺序历时编排,而另一部分则按国别、地区、语种、流派、思潮和代表作家编排。第一部分实际上是一部文学翻译史,让读者对文学翻译的发展、演变有历时的把握;第二部分则是分国别、语种,对各国、各语种的文学翻译有一个总体的概述,同时配以对相应国别的主要作家译介的概述。譬如,在谈到英国文学时,除了对1898年至1949年间中国对英国文学译介的全面综述外,还分别对莎士比亚、狄更斯等几位最主要的英国作家、诗人在中国的译介进行描述。这样,通过纵横两轴、"线""面"的结合,达到较好的展示翻译文学史全貌的效果。

此外,对与原语文学中艺术手法变换有关的翻译潮流的发展和斗争,对翻译艺术的看法和观点的变迁,对在翻译过程中起媒介作用的中介语、也即转译本所依据的外语所起的作用,以及因转译而产生的二度变形等问题,等等,也都是一部翻译文学史应该予以关注的问题。

　　从 1938 年阿英的未完稿《翻译史话》起,直到近年来陆续出版的《中国翻译文学史稿》《1949—1966:我国英美文学翻译概论》和《中国近代翻译文学概论》等,表明我国学界对文学翻译、翻译文学和翻译文学史的探索一直没有间断。而随着我国学界翻译文学意识的觉醒和对翻译文学、翻译文学史的日益重视,自从进入新世纪以来,我们在翻译文学史的理论研究和实践探索上,正在从理论层面的思考转向实践层面的行动,并取得了不少丰硕的成果。其中,北京师范大学王向远教授的贡献当是这一领域中最引人注目的成就之一,他撰写的《二十世纪中国的日本翻译文学史》《东方各国文学在中国——译介与研究史述论》《翻译文学导论》,以及与陈言合作的《中国翻译文学十大论争》等,体现了他对翻译文学、翻译文学史的独特深刻的理论思考,以及他以这种理论为指导,所进行的深入扎实的实践层面的努力。王向远的研究及其取得的成果极富说服力地证明并展示了翻译文学和翻译文学史研究给比较文学、给翻译研究所拓展的广阔的学术空间和发展前景。

第七章　解释学与翻译研究
——译介学研究理论前景之一

　　翻译，无论是文学翻译还是非文学翻译，都离不开对原文的理解和解释。因此有不少人在定义什么是翻译时，就以"翻译就是解释"简单地一言以蔽之。不过，如果我们对这个"解释"做进一步的细分的话，那么我们应当能发现，在这个所谓的"解释"行为里，其中必定包含着"理解"与"解释"两个步骤。如果说，理解是对原文的接受，那么，解释就是对原文的一种阐发，即"一方面确定词、句、篇的确切含义，另一方面使隐藏的意义显现出来，使不清楚的东西变得明晰"[①]。对翻译而言，也就是通过译者对原文的确切理解，从而使原文在译入语文化语境里以译文的形式得到忠实的再现。在这个意义上，我们可以说译者既是原文的接受者即读者，又是原文的阐释者即再创作者，而理解与解释则贯穿在译者翻译行为的整个过程中。翻译的这一性质，也使它成为解释学理论最合适不过的剖析对象。20世纪的解释学大师伽达默尔说："因此，一切翻译就已经是解释（Auslegung），我们甚至可以说，翻译始终是解释的过程，是翻译者对先给予他的语词所进行的解释过程。""所有翻译者都是解释者。……翻译者的再创造任务同一切本文所提出的一般诠释学任务并不是在质上有什么区别，而只是在程度上有所不同。"[②]

　　传统的解释学（Hermeneutics），从古希腊的解释学，中世纪的"释义学"和"文献学"，直至近代德国的施莱尔马赫（F. Schleiermacher）和狄尔泰（W. Dilthey，1833—1911）的哲学解释学，都贯穿着一个明显

[①] 王岳川：《现象学与解释学文论》，济南：山东教育出版社，1999年，第169页。
[②] 伽达默尔：《真理与方法》（下卷），洪汉鼎译，上海：上海译文出版社，1999年，第490、494页。

的客观主义精神。如施莱尔马赫建立了44条解释学的法则,其中重要的两条就是:(1)在一篇给定的文本中需要充分确定其含义的每一内容,必须根据文本作者及当时公众所处的语言情势来加以确定;(2)在给定段落中每个词的意义,必须参照其周围共存的其他词的意义来确定。① 从这两条"法则"中我们不难发现,施莱尔马赫的解释学理论所孜孜以求的目的就是要发现和理解作者的原意,体现出典型的客观主义的解释学立场。把施氏的这两条"法则"用诸翻译,那也就意味着,当我们面对着一个原文文本进行翻译时,我们没有权利随心所欲地进行解释/翻译,而应该把所选定的词、句、篇放入原文作者及其写作该文本时的特定"语言情势"中去理解,去再现。而另一位被称为"诠释学之父"解释学理论家狄尔泰则进一步明确宣称:"解释学方法最终目标是:要比作者本人理解自己还好地去理解这个作者。"②从这些言论中我们不难发现,传统解释学学者所追求的,就是想"竭力避免解释的主观性和相对性,企图超越认识者本身的历史特定的生活处境,而把握文本或历史事件的真实意义。"③也就是说,在传统解释学学者看来,理解或解释的对象存在着一个确定的、最终可以把握的意义。借用传统解释学学者的立场和观点,我们把它们应用到翻译研究范畴,那么我们也许也可以把他们的话理解成:作为一个接受者的译者,他所面对的"文本"是存在一个确定的意义的,译者应该努力地去把握这个"文本"的原意,去探究并把握创作该文本的作者的"本意"。国内传统的翻译研究者、包括绝大部分的翻译家,比较能够理解和接受的,估计就是这样的立场和观点。

但是进入20世纪以后,以海德格尔(Heidegger)、伽达默尔(Gadamer)等人为代表的西方现代解释学一反传统解释学的理论,认为艺术文本都是一种开放性结构,因而对艺术文本的理解和解释也是一个不断开放和不断生成的过程。这样,艺术文本意义的可能性也是无限的了。不仅如此,他们还进一步宣称作者的"本意"也是不存在的,因此对作者"本意"的寻求也是徒劳的。他们认为,当作者创造出了一件

---

① 转引自王岳川:《现象学与解释学文论》,第170页。
②③ 同上书,第173页。

作品(文本)以后,这件作品(文本)就是一个脱离了作者的自足的存在。因此,阐释者不必去与作者认同,而应该把注意力放在探究文本所关注的问题上。

不过当代美国解释学理论家赫施(E. D. Hirsch)显然并不同意上述两位解释学大师的观点,在他看来,唯一能决定本文含义的只有创造该本文的作者,他说:"一件本文只能复现某个陈述者或作者的言语,或者换句话说,没有任何一个含义能离开它的创造者而存在。"①他更直截了当地指出,"本文含义就是作者意指含义"。

鉴于翻译与理解、解释的密不可分的关系,现代解释学的上述新理论观念以及20世纪60年代当代美国解释学理论家赫施等人针对伽达默尔的论点所提出的一些新观点,无疑也为我们提供了一个审视传统翻译观念的崭新"视域"。限于篇幅,本章仅从解释学理论两个观点迥异的代表人物伽达默尔和赫施关于作者"本意"、文本的确定性和可复制性等问题的论述,来探讨现代解释学对当代翻译研究,尤其是有关翻译的可译性和不可译性等问题的启示。

首先,我们看一下解释学大师伽达默尔对作者"本意"的质疑。

我们知道,在翻译时,虽然译者面对的是原文文本,但他们孜孜以求的是原文背后、或者说原文所包含的"意思"。古往今来,大凡严肃认真的翻译家,他们总是把正确理解和表达原文的"意思"作为自己追求的目标。他们"旬月踟蹰"(严复语),"委曲推究"(马建忠语),目的就是为"确知其(即原文——引者)意旨之所在",然后把这"意旨"确切地表达出来。这里所说的"意思""意旨",在许多情况下,就是指的隐藏在原文文本背后的作者的"本意"。因此,就某种意义上而言,我们可以说,所有的译者,在翻译过程中殚精竭虑、苦苦求索的首先就是原文作者的"本意"。原文作者的本意是译作的根本。译者们一边读着原文,一边总是在想:"这句(段)话作者想表达什么意思呢?"。这看起来很像是一场对话——译者通过原文文本与原文作者对话。可惜的是,在绝大多数情况下,译者是没有机会与原文作者直接对话的,因

---

① 赫施:《解释的有效性》,王才勇译,三联书店,1991年,第269页。

此译者通过原文与作者所进行的这场"对话"实质上是一场单向对话,译者对原文作者"本意"求索的结果正确与否,通常是无法得到原文作者的亲自鉴定或认可的,像法译本《浮士德》竟能得到原作者歌德本人的赞叹,并被原作者认为"比德文本原文还要好",这可说是古今中外翻译史上绝无仅有的个案和佳话。

在翻译中,译者追寻作者的本意并把作者的本意视作译作赖以立足的根本,这个在传统翻译观念中原本是毋庸置疑的事实却由于现代解释学理论的某些观念而受到冲击甚至产生动摇,因为现代解释学理论的代表人物伽达默尔宣称,作者的本意是不存在的,因此对作者本意的寻求也就是徒劳的了,这就不能不促使我们从现代解释学理论的角度对翻译进行一番新的审视。

我们当然知道,现代解释学理论的出发点并不是针对翻译而来的,它主要是针对对艺术作品的理解、阐释和研究。但是鉴于艺术作品的研究者对作品所进行的分析和阐释在许多层面上与译者在翻译过程中对原作的解读和表达之间存在着颇多相通之处,因此,现代解释学理论对翻译研究的借鉴意义是不容忽视的。

众所周知,任何翻译都是从对原文的理解开始的,而解释学理论正是在理解这个问题上,一开始就提出了一个很值得翻译研究者重视的观点。解释学的主要理论家之一伽达默尔认为:"理解是一个我们卷入其中却不能支配它的事件;它是一件落在我们身上的事情。我们从不空着手进入认识的境界,而总是携带着一大堆熟悉的信仰和期望。解释学的理解既包含了我们突然遭遇的陌生的世界,又包含了我们所拥有的那个熟悉的世界。"[①]把这段话用诸翻译,尤其是文学翻译,可以说是再确切不过的了:是啊,有哪一个译者不是带着"一大堆熟悉的信仰和期望"去着手理解他所翻译的原文文本的呢?又有哪一个译者在翻译时不是一边置身于一个"熟悉的世界"译者所在的译入语世界,一边又面对着一个原文作者在其作品中所创造、所描绘出来的"陌生的世界"的呢?

---

① 伽达默尔:《真理与方法》,转引自耀斯:《审美经验与文学解释家》,上海:上海译文出版社,1997年,第7页。

第七章 解释学与翻译研究

传统的翻译理论与实践多要求我们的翻译家克服自身因素（包括历史、心理、社会等因素）的局限，抛弃自己熟悉的信仰和期望，抛弃自己熟悉的世界，进入原文文本所创造的那个"陌生的世界"，把自己设想成是原文文本的作者，并且进而设想原文作者在进入译入语语境这个"陌生的世界"后会如何写作。正如有一位学者所指出的："译者须了解原作者及其所处之社会背景，更须体验原作者的心理过程。这一经了解、领悟、体验而后重整组合的手续，便是翻译的过程。"[①]身兼翻译家的施莱尔马赫也曾提出"两种不同途径的翻译"的观念，其中之一就是"使外国作者像本国作者那样说话、写作，译者不仅仅要自己看懂原文，还必须使原作者进入与译作的读者直接对话的范畴"[②]。

然而，现代解释学理论家们却认为这样的理解是不可能做到的。伽达默尔指出："重要的是使用解释学的现象去辨识我们把什么东西带进了陌生的世界。这样就可以通过发现我们自己不加怀疑的先已形成的判断来获得关于我们自己的知识，并且通过扩展我们的视域直至它与陌生世界的视域相会合，以获得那个陌生世界的知识，从而使两个视域融合"[③]。

关于"使两个视域融合"的观点，伽达默尔在《真理与方法》一书中说得很清楚。他认为，传统解释学中的客观主义努力执着于对本文（从翻译研究的角度说，也可理解为是原文）作者本意的迷信，而没有看到人类理解的历史性。在伽达默尔看来，理解是以历史性的方式存在的，无论是理解者——人，还是理解的对象——本文，都是历史地存在的，也就是说，都处于历史的发展演变之中。这种历史性就使得对象本文和主体都具有各自的历史演变中的"视界"（Horizont），因此，理解就是本文所拥有的诸过去视界与主体的现在视界的叠合，伽达默尔称之为"视界融合"（Horizontverschmelzung）。这样，在现代解释学理论看来，人们面对本文所达到的理解就永远只能是本文与主体

---

① 冯明惠：《翻译与文学的关系及其在比较文学中的地位》，《中外文学》，1978 年第 6 卷第 12 期，第 145 页。
② 参见谭载喜：《西方翻译简史》，第 135 页。
③ 转引自赫施：《解释的有效性》，第 1—2 页。

相互溶通的产物。伽达默尔说:"每一时代都必须按照它自己的方式来理解历史流传下来的本文,因为这本文是属于整个传统的一部分,而每一时代则是对这整个传统有一种实际的兴趣,并试图在这传统中理解自身。当某个本文对解释者产生兴趣时,该本文的真实意义并不依赖于作者及其最初的读者所表现的偶然性。至少这种意义不是完全从这里得到的。因为这种意义总是同时由解释的历史处境所规定的,因而也是由整个客观的历史进程所规定的。"①这样,鉴于理解的历史性,本文作者的本意也就不存在了,因为它在历史长河中已经演变成了一系列的他者,所以理解也根本无法去复制本文作者的原意。

把伽达默尔关于理解的历史性的论断引入到翻译研究领域,粗一看,人们很可能以为这话从根本上摧毁了中外翻译家几千年来的努力:既然本文作者的本意是不存在的,既然理解根本无法去复制本文作者的原意,那么,翻译家们孜孜以求的原文的"意旨"也就成了镜中花水中月了,他们的所有努力也就成了不可能有结果的徒劳了。其实不然,如果我们能冷静思考一下伽达默尔的解释学观点的话,那么我们能够发现,他的话并非如我们对它的表面印象那么简单,他的观点对于我们从事翻译研究具有多方面的借鉴意义。

首先,伽达默尔关于两个视界融合的观点在一定程度相当确切地道出了翻译,尤其是文学翻译的实质。在翻译中,尽管大家都明白,译者应进入原文文本的世界,应努力领悟作者的本意,但在实际翻译中,译者总是不可避免地把自己熟悉的世界里的知识和信仰带进原文这个陌生的世界。这种情况在世界各国早期的翻译中比比皆是,英国菲茨杰拉德翻译的《鲁拜集》是在文学史上享有盛誉的译作,但它与其说迻译了波斯诗人的诗体,不如说通过模仿原诗格律创造了一种英语的新诗体,正如有的评论家所说的,它把一个"几乎被遗忘了的波斯诗人脱胎换骨变成了厌世的英国天才"。我国早期翻译家周桂笙的翻译更为突出,他在翻译法国作家鲍福的小说《毒蛇圈》时,竟凭空加入了一大段描写女主人公思念父亲的话,因为在他看来,既然此前小说中描

---

① 伽达默尔:《真理与方法》,第380页。

写了父亲对女主人公的慈爱之情,此时就非得(依照中国人的观念)插入一段反映女儿对父亲的孝顺之情的话不可。出版者吴趼人甚至在篇末公然宣称:"后半回(女主人公)妙儿思念瑞福一段文字,为原著所无。窃以为上文写瑞福处处牵念女儿,如此之殷且挚,此处若不略写妙儿之思念父亲,则以慈孝两字相衡,未免似有缺点。且近时专主破坏秩序,讲家庭革命者,日见其众,此等伦常蟊贼,不可以不有以纠正之。特商于译者(即周桂笙——引者),插入此段。虽然,原著虽缺此点,而在妙儿当夜,吾知其断不缺此思想也。故虽杜撰,亦非蛇足。"①明明是画蛇添足,却不承认自己所做为"蛇足",颇为有趣。

当代翻译中也有类似的情况,如《西游记》英译者把书中一个人物"赤脚大仙"误译为 red-legged immortal(红腿的不朽之神)②——他显然以英语的理解方式把汉语里的"赤"仅理解为"红"(如《水浒》里的"赤发鬼",英译为 red-headed devil),却不知道"赤"在汉语里还有"光、裸"的意思。这就像我们有些读者以中文的思维方式去理解英文,看见英文里的 restroom(厕所、卫生间)就误以为是"休息室"、看见 to sleep late(起得晚)就误以为是"睡得晚"一样,可谓异曲同工。

其次,伽达默尔关于理解的历史性观点在翻译中也是很容易得到印证的。法国小说《红与黑》汉译中的一个段落就是这方面的一个典型例子。这一段描写主人公于连在市长家当家庭教师,有一次在听到当地的贫民收容所所长瓦尔诺先生在市长面前夸夸其谈时,对虚伪的瓦尔诺产生的极其厌恶的感情。这段话翻译家罗玉君在 20 世纪 50 年代翻译如下:

> 他忍不住私自咒骂道:"正直诚实的颂赞!人人都说这是世界上唯一的美德,然而这是怎样的一种现实呀!自从他照管穷人的救济事业以后,他私人的产业,顿时增加了三倍之多,这是怎样公开的贪污,这是怎样卑鄙的荣耀啊:我敢打赌,他赚钱甚至赚到最悲惨的孤儿弃婴身上去了。对于这些可怜的无父母的小孩

---

① 《毒蛇圈》,周桂笙旧译,长沙:岳麓书社,1991 年,第 87—88 页。
② 此例转引自林以亮:《翻译的理论与实践》,《翻译研究论文集》(1949—1983),北京:外语教学与研究出版社,1984 年。

来说,他们的痛苦和牺牲,比旁的穷人还要更多!啊,社会的蟊贼啊!杀人不眨眼的刽子手啊!……"

然而当研究者把这段话与原文对照之后,却发觉在原文中很难找到诸如"社会的蟊贼""杀人不眨眼的刽子手"之类具有强烈批评色彩的字眼,原来这是"译者凭着自己的主观性,从自己的立场、观点出发,给这些并不蕴含着如此深刻的思想内涵的字眼添加了不必要的、中国人特别敏感的主观成分。"①然而,经历过中国内地五六十年代那种特殊的政治气候的人都知道,虽然上述对原文的理解与译者"自己的主观性"有关,但另一方面,这种理解还与当时特定的政治气候也有密切的关系。这种情况恐怕就是伽达默尔所说的理解的主体的历史性了,因为同一段话,到了90年代,翻译家的理解就不同了,试比较另一位翻译家郝运在八九十年代重新翻译的这段话:

"对正直的颂扬是何等的动听啊!"他高声嚷道,"简直就像世上难有这个美德,然而对一个自从掌管穷人的财产以后,把自己的财产增加了两三倍的人,又是怎样的尊敬、怎样的奉承啊!我敢打赌说,他甚至连支供弃儿用的经费都要赚!而弃儿这种穷苦人的困难比别的穷苦人还神圣得多。啊,这些恶魔!恶魔!……"

这里,"这是怎样一种现实呀!",以及"公开的贪污""卑鄙的荣耀""社会的蟊贼"等词语就都不见了。这种变化与翻译的进步当然有很大的关系,但在这进步的背后,难道不就是理解的历史性,或者具体地说,是理解的主体和客体的所经受的历史演变在起作用吗?所以伽达默尔说:"对一文本或艺术品真正意义的发现是没有止境的,这实际上是一个无限的过程,不仅新的误解被不断克服,而使真义得从遮蔽它的那些事件中敞亮,而且新的理解也不断涌现,并揭示出新意义。"②由此可见,伽达默尔的理论确实可以为我们观察历代译本的变

---

① 许钧:《文学翻译批评研究》,南京:译林出版社,1992年,第95—96页。
② 转引自王岳川:《现象学与解释学文论》,第216页。

迁和发展提供一个新的视角。

然而,如果说伽达默尔关于理解的主体和客体的历史性论述对于我们进行文本解读甚至进行翻译研究都有一定的积极意义的话,那么,他由此进一步提出的有关阐释者与文本之间的关系的设想,就不仅遭到了古典解释学派的反对,在翻译研究者看来更是值得商榷的了。

伽达默尔认为,必须把阐释者与文本的关系设想成双方处于平等地位的对话。这样的对话假设参与者双方的关注有共同之处,而并不仅是"图谋"对方。于是,阐释者就不必把注意力集中在文本上而必须把注意力对准与文本有关的问题上,随文本一起处理这个问题。这样,阐释者就不必与作者相认同(伽达默尔认为,无论如何,这种认同都是一种幻觉),而只是去探究文本所关注的问题,并顺着文本的最初问题所追踪的方向接受进一步的质询。①

伽达默尔的这种假设,不仅从根本上否定了作者本意的存在,而且也否定了文本本意的存在,这样的假设显然是大可置疑的。如果说,作者的本意由于作者处于历史性的演变之中而会有所演变,从而表现出一种不确定性的话,那么,已经由作者完成并变成了一个客观存在体的文本,它的本意应该是相对确定的。当代美国解释学理论的代表人物赫施正是由此对伽达默尔的观点提出了反驳。在赫施看来,人们一般所说的对同一本文的理解始终处于历史性的演变之中,也即伽达默尔所说的理解的历史性,这并不是指本文作者的原初含义发生了变化,而是本文的意义发生了变化。他指出:"发生变化的实际上并不是本文的含义,而是本文对作者来说的意义。"②他进一步强调指出,"本文含义始终未发生变化,发生变化的只是这些含义的意义。"③

这里,赫施提出的两个概念"含义"(Sinn, significance)和"意义"(Bedeutung, meaning)值得我们注意。从以上赫施的分析可以发现,

---

① 参见耀斯:《审美经验与文学解释学》,顾建光等译,上海:上海译文出版社,1997年,第7页。
② 转引自王岳川:《现象学与解释学文论》,第16页。
③ 同上书,第244页。

赫施所说的"意义"与我们平常所说的一般意义上的"意义"显然不是一回事。根据他的划分,通常所说的"意义"可区分为"含义"和"意义"两层意思,他并进而分析含义和意义的不同:"一件本文具有特定的含义,这特定含义存在于作者用一系列符号所要表达的事物中,因此,这含义也就能被符号所复现,而意义则是指含义与某个人、某个系统、某个情境或与某个完全任意的事物之间的关系。像所有其他人一样,在时间行程中作者的态度、感情、观点和价值标准都会发生变化,因此,他经常是在一个新的视野中去看待其作品的。毫无疑问,对作者来说发生变化的并不是作品的含义,而是作者对作品含义的关系。因此,意义总是包含着一种关系,这种关系的一个固定的、不会发生变化的极点就是本文含义。"①

假如我们不把赫施的这一观点仅仅局限在作者与本文的关系上,而是进一步扩展为译者与本文(也即原文)的关系,再去看翻译中的某些现象,我们一定会对翻译有一些新的认识。手头正好有一个现成的例子:

著名翻译家方平在为拙著《译介学》所撰写的序言中曾提到朱生豪翻译的《罗密欧与朱丽叶》中的一句译文不妥。朱生豪的译文为:

> 他要借你(软梯)做牵引相思的桥梁,可是我却要做一个独守空闺的怨女而死去。

这是朱丽叶在决心去死的前夜,盼望着夜色降临,好挂一条软梯,让她的心上人在流亡之前,爬进闺房与她共度难解难分的一夜,此刻她对着软梯发出了如上感叹。方平认为,"思想本可以自由飞翔,何须借软梯来牵引、做桥梁呢?"查找原文,原文是:

> He made you a highway to my bed,
> But I, a maid, die maiden-widowed.

原文 to my bed 的含义很清楚,是"上我的床"的意思,但是"受到我国几千年礼教文化干扰的前辈翻译家悄悄地把'床'改译为得体得

---

① 转引自王岳川:《现象学与解释学文论》,第16—17页。

多的'相思',顾不得因而产生了经不起推敲的语病。"在传统的中国文化中,一个尚未出嫁的闺女怎能直截了当地说出要她的心上人"上我的床"呢?朱译之所以如此处理,显然事出有因,也就是下文就要提到的中国传统文化中的"性忌讳"在起作用。现在,90年代的翻译家方平把此句译为:

  他本要借你做捷径,登上我的床,
  可怜我这处女,活守寡,到死是处女。①

方译显然更贴近原文的本意。

  两个译者面对同一句话,却有不同的翻译(或解释),借用赫施所说的话,这是因为"在时间行程中作者(此处当为译者——引者)的态度、感情、观点和价值标准"发生了变化,因为后一个译者是在一个新的视野中去看待同一部作品(本文)的。具体地说,40年代译者在处理"登床"一语时所感受到的性忌讳和性压抑的民族心理,到90年代的翻译家那里,已经发生了变化。对照原文可以发现,本文的"含义"没有变,变化的是"意义",也即是译者与本文的一种"关系"。这也是赫施与伽达默尔的一个主要分歧所在:赫施认为"作者对其本文所做的新理解虽然改变了本文的意义,但却并没有改变本文的含义,"②伽达默尔却认为本文的整个意义(包括赫施所说的"含义")全都是变动不居、无法确定的,从而走向对本文作者原意包括本文原意的否定。

  对于翻译而言,赫施的观点毫无疑问具有更为积极的意义。这是因为赫施看到了本文含义所具有的确定性,并在此基础上提出了本文含义的可复制性,他说:"词义具有可复制性特点,正是词义的这种可复制性,才使解释成为可能。试想,如果含义是不可复制的话,那么,它也就不会被人们各有所异地具体化,这样,它也就既不会被理解,也不会得到解释。从另一个角度看,含义又具有确定性特点,我们正是

---

① 参见谢天振:《译介学》,第6—7页。
② 赫施:《解释的有效性》,第18页。

据此确定性,才说含义是可复制的。"①

词义的这种可复制性,不仅使得解释成为可能,也使得翻译成为可能。杜诗"丛菊两开他日泪,孤舟一系故园心"正是这样在英语世界里"被人们各有所异地具体化",产生了好几个不同的译本。他们有的把它译成:

The myriad chrysanthemums have bloomed twice. Days to come-tears.

The solitary little boat is moored, but my heart is in the old-time garden. (Amy Lowell 译)

还有的把它译成:

The sight of chrysanthemums again loosens the tears of past memories,

To a lonely detained boat I vainly attach my hope of going home. (William Hung 译)

在第一种译文里,"丛菊已经开放了两次,未来的日子将伴随着泪水;孤独的小船已经系住,但我的心仍在昔日的庭园。"在第二种译文里,却是因为"看见了重新开放的菊花,才引得诗人泪流满面,沉浸在对往昔的回忆中;诗人把归家的希望徒然地寄托在那已经系住的孤舟上。"两种译文反映了两个译者对同一本文的本意的不同理解和解释,表达的内容相去甚远。表面看来,似乎本文(尤其当这个本文是诗的时候)的本意不可捉摸,难以传译,其实不然。赫施指出,人们之所以为含义是不确定的、不可复制的,主要原因有二:其一,人们误把对含义体验的不可复制性视为含义本身的不可复制性了。其二,人们之所以认为含义无法被解释者把握,那是由于把确切理解的不可能性误当成理解的不可能性。赫施认为,人们能理解本文并不是说,人们

---

① 赫施:《解释的有效性》,第 56 页。本文引用时译文略有改动,原译文"正是词义的这种可复制性,才使解释具有可能发生"。现改为"正是词义的这种可复制性,才使解释成为可能"。

能对本文获得确切的理解,认识与确定性并不是一回事,"把确切理解的不可能性与理解的不可能性完全混淆,在逻辑上是错误的,而把认识与确定性相提并论也同样是错误的。"①

赫施的上述区分,对我们分析翻译研究中聚讼不已的可译与不可译之争很有借鉴意义。所谓"对含义体验的不可复制性"也许可视作原作者创作本文时的特定的心理感受,如杜甫在写作上述诗句时的特有心情,那当然是"不可复制的"的。但这两句诗本身的含义应该是可以复制的,因为它已经是一个客观存在,更因为这个含义是通过语言表达出来的。而凡是通过语言表达的本文,必然会在某种程度上受到特定语言的限制。这种限制是一切语言媒介所固有的,这就使得通过语言表达的本文的含义同样受到制约,因而具有确定性和可复制性。

如果说,赫施关于本文含义的确定性和可复制性是从正面肯定了对本文的理解和解释的可能性的话,那么,赫施有关确切理解的不可能性与理解的不可能性之间的区分,是从反面肯定对本文理解和解释的可能性。

仍以上引杜诗"丛菊两开他日泪,孤舟一系故园心"为例。作为英译者的两个解释者必须对原文中隐匿在诗句后面的可以意会但难以言传的作者本意做出确切的理解和解释:诗中的"开"是指花开还是泪流开?系住的是孤舟还是诗人的心?"他日"是指过去,还是指未来的某一天,这一天很可能像他在异乡看见菊花绽开的两个秋天一样悲哀?泪是他的泪,还是花上的露珠?这些泪是在过去的他日还是在未来的他日流下的,或者他现在是在为他日的哀愁而流泪?他的希望是全系在可以载他回家的舟上,还是系在那永不会扬帆启程的舟上?他的心是系在这里的舟上,还是在想象中回到故乡,看到了在故园中开放的菊花?等等,简直难以尽数。确切理解的不可能性由此可见一斑。但是,这种不可能性并不意味着理解的不可能性,正因为此,所以译者们仍然孜孜不倦地从事翻译,追求最能确切传达原文全部信息的译文。针对上引杜诗,A.C.格雷厄姆提供了第三种译文:

---

① 赫施:《解释的有效性》,第26页。

The clustered chrysanthemums have opened twice in tears of other days,

The forlorn boat, once and for all, tethers my homeward thoughts.

格雷厄姆的译文较前两种在对原文的确切理解和表达上似乎又往前前进了一步,在"他日泪"的翻译上,译者径直译成 tears of other days,而不作任何译者个人的阐述,同样,对"孤舟一系故园心"的翻译,译者也尽量贴近原文,而把联想的空间留给读者。[①] 翻译就是这样,明知其不可为而为之,以一代又一代译者的努力,追求最能确切表达原文的译文。

由以上所述可见,赫施关于必须区分本文含义的确定性和可复制性以及确切理解的不可能性与理解的不可能性的这个理论,正好从解释学的角度为翻译研究中的可译性观点提供了强有力的理论依据。

以上我们主要引用了解释学两个主要流派的代表人物伽达默尔和赫施的观点,但是我们并不想卷入解释学领域里两派观点孰是孰非的争论,我们仅想从两位解释学大师的理论中得到对翻译研究的启迪而已。

伽达默尔关于理解的观点,即认为理解是以历史性的方式存在的,无论是理解的主体——人(具体即接受者、读者),还是理解的客体——文本,也都是历史地存在的,因此也就都处于历史的发展演变之中。由这种理解的历史性,他进而得出"本文作者的本意是不存在的,它在历史长河中已演变成了一系列他者,因而,理解根本无法复制本文作者的原意"的结论。从表面看,伽达默尔的理论似乎对人们的理解和解释行为(当然,也包括我们讨论的翻译行为)当头泼了一盆冷水,采取了一个悲观消极的立场。这种观点若引入到翻译研究中,就是典型的不可译论,其实并不尽然。因为尽管伽达默尔得出了"作者本意不存在""理解无法复制作者原意"等结论,但与此同时,他赋予理

[①] 本文所举杜诗三则译文,均见 A.C.格雷厄姆:《中国诗的翻译》,《比较文学译文集》,张隆溪选编,北京:北京大学出版社,1982 年。

解以更大的意义,因为他认为,由于这种历史性使得理解的客体——文本和理解主体都具有各自的处于历史演变中的"视域"(Horizont),所以理解就不是消极地复制文本,而是进行一种创造性的劳动,这是很有见地的观点,也从理论上论证了翻译家劳动的创造性价值。

但是站在翻译研究者的立场,我们也许会更倾向于赫施的观点。上面已经提到赫施正确区分了确切理解的不可能性与理解的不可能性以及对含义体验的不可复制性和含义本身的不可复制性之间的关系,这一理论为翻译中的可译性观点提供了强有力的理论依据。与此同时,赫施提出面对一件本文会得出诸种各有所异的理解,这是理解的历史性使然,无论理解出现多大差异,在对本文的理解活动中总有共同可循的价值判断存在,这个观点又触及到了翻译标准的必要性问题,对翻译研究者来说也是很有借鉴意义的。而伽达默尔的理论由理解的历史性进而否定本文作者的原意,这无异于否认共同价值判断的可能性,如此下去,面对本文的解释活动、包括翻译活动,就都有可能处于一种混乱无序的状态,这无论是于文学作品的理解和解释,还是文学作品的翻译,显然都是极其不利的。

传统阐释学代表人物施莱尔马赫、狄尔泰等人曾宣称:"阐释活动的最终目的,是比作者理解自己还更好地理解它。"接受美学主张文本的开放性,认为其中包含了许多"未定点"(indeterminacy)和"空白"(gaps)。通过阅读,不但填补了这些"未定点"和"空白",还赋予了文本以新的意义。①

在施莱尔马赫看来,"文本的作者与解释者由于时空的分隔,对文本的意义的理解肯定存在着差异。但是,解释者如果有丰富的历史知识和语言学知识,通过创造性的直觉重建作者的创造过程,他就可以比作者本人更好地理解作者。因而,理解和说明文本、既有一定的普遍性法则,又富有个体创造性。"②

---

① 参见屠国元:《译者主体性:阐释学的阐释》,《中国翻译》2003年第6期。
② 王岳川:《现象与解释学文论》,第171页。

第八章 解构主义与翻译研究

——译介学研究理论前景之二

德国哲学家弗兰克曾说:"每一种意义,每一种世界图像,都处在流动与变异之中,既不能逃脱差异的游戏,也无法抗拒时间的汰变。绝没有一种自在的、适用于一切时代的对世界和存在的解释。"①这一断语对于我们今天讨论翻译也是很有借鉴意义的。以翻译的概念为例,从最初的"语言之间的意义的传递"(即"译即易,谓换易言语使相解也。"),到跳出了单纯语言转换范畴的"符际翻译",再到"理解即翻译"(乔治·斯坦纳)、"阅读即翻译"(斯皮瓦克)等概念,其间对翻译的理解和解释变化之巨大,是显而易见的。

从20世纪60年代起,西方文论界崛起的解构主义思潮,不光对西方文论界,同时也对当代国际译学界产生了很大的影响。把解构主义某些理论观点引入翻译研究,对于拓展我们的研究视野、丰富我们对翻译中许多问题的认识,具有直接的启迪作用。本章将结合解构主义理论中对作者、对文本的终极意义的"解构"等观点,对翻译研究尝试作一新的审视。

宣称翻译中原作者已经"死亡"的想法来自读者接受理论和解构主义等当代文化理论一些观点的启发。法国解构主义理论的代表人物之一罗兰·巴尔特(Roland Barthes)在阐释读者与文本的关系、在分析文本的意义时,明确宣称"作者死了!"因为在他看来,一部作品的文本(text)一旦完成,文本中的语言符号就开始起作用,读者通过对文本语言符号的解读,解释、探究并阐明文本的意义。至于作者,此时他已经没有发言权了,或者说,即使他也会对自己的作品做出一些解释,

---

① M.弗兰克:《什么是新结构主义》,法兰克福,1984年,第85页。转引自郭宏安等著:《二十世纪西方文论研究》,北京:中国社会科学出版社,1997年,第2页。

但读者完全可以以文本为由而不予考虑。美国读者接受理论家费什(Stanley Fish)更是明确提出,是"读者制造了他在文本中所看到的一切"①。费什认为,语言和文本的事实是解释的产物,而不是解释的客体。因此,文本能否存在下去,取决于读者,取决于读者对文本的不断解读。在读者接受理论家们看来,没有读者的参与和创造,文本就只能是废纸一堆,它们的价值也都不复存在了。其实,类似说法此前也已经有人说过,如新批评理论家,他们用一句"意图迷误"(intentional fallacy)就斩断了文本与作者的联系,虽然没有判作者"死刑",但也已经让作者"靠了边"。在他们看来,作者对自己的作品所发表的话不能算数,因为作者在创作时存在一种"意图迷误",使作者的主观意图与他的最终作品不尽一致。但对中国读者,尤其是对中国译学界来说,这些观点也许会显得有点突兀,我们的批评家一直认为作品就是作者意图的最终表达。至于在翻译界,我们的译者孜孜矻矻,"旬月踟蹰",似乎为的也就是揣摩出"原作者究竟想说什么"。"作者"在中国学者和译者心目中的地位由此可见一斑。不过,如果我们能回想起中国古代诗学理论中早就说过的"仁者见仁,智者见智"或"六经注我、我注六经"之类的话,并拿它们与上述观点做一个比较的话,那么我们也许也不会对读者接受理论和罗兰·巴尔特的解构主义理论的观点感到太陌生,甚至费解吧。

把上述观点引入翻译研究,同时把译者也看作是一个读者(尽管是一个非常特殊的读者),我们会发现,上述观点不仅与翻译的性质有不少契合之处,而且还让我们对翻译有了一个全新的认识。长期以来,我们已经习惯了在译作的封面上只见到原作者的姓名,而不见译者姓名的现象,我们更习惯了一边手捧某某翻译家(如傅雷)的译作、一边却自称正在读某某原作家(如巴尔扎克)的著作。显然,在我们许多人的心目中,译者是不存在的。其实,无论是从翻译的实践,还是从一些当代文化理论的认识角度,原作者都已经"死了",是译者创造了译作,也是译者使原作得到了再生。而翻译作为一个跨越语言、文化

---

① 参见费什:《读者反应批评:理论与实践》,文楚安译,北京:中国社会科学出版社,1998年,第4页。

和国界，更多时候还是跨越时代的阅读行为，它的产品（也即译本）不正是译者（也是读者）所"制造"出来的吗？而且，在大多数情况下，尤其是在翻译过去时代的作品时，作者（确切地说是原作者）在生理意义上也确已死亡。即使是翻译当代作品，原作者也大多无法对自己的作品进行解释，在这个意义上，他也已经"死亡"。傅雷翻译巴尔扎克作品时，巴尔扎克当然已经去世，草婴翻译肖洛霍夫作品时，肖洛霍夫虽然健在，但他也不可能站出来对草婴逐字逐句阐释自己作品的意思（义）。事实上，无论是傅雷还是草婴，他们在翻译时总是面对原作的文本。罗兰·巴尔特在阐释读者如何解读文本时曾分析说，文本的意义是读者个人从文本中摘取的东西，而非高高在上的作者安放在文本里的东西，巴尔特由此指出："读者的诞生必须以作者的死亡为代价。"① 这里，我们也许同样可以套用巴尔特的话说，原文的意义是译者个人从文本中摘取的东西，而非高高在上的原作者安放在文本中的东西。虽然译者的诞生倒未必要以原作者的"死亡"为代价，这是因为译者不同于一般的读者，可以不受限制地对原作进行自由的想象和发挥，他毕竟还负有尽可能忠实地向译语读者传达原作的任务。但对译者来说，原作者的缺场在某种意义上也与"死亡"无异了。

当然，不无必要强调一下的是，我们这样说并不是想要抹煞原作者的存在及其对原作无可替代的原创价值和意义，更不是对原作者的大不敬，我们只是想通过"死亡"和"诞生"这样一种形象化的说法，强调和彰显译本、译者，以及其他诸多因素（尤其是译入语文化语境中的因素）在翻译中的作用，并从一个新的角度切入翻译研究，从而展示翻译研究中另一个更为广阔的文化研究层面。

也许有人会说，译者应该通过自己的努力，让原作者"死而后生"呀。这话听上去似乎有理，实际上却混淆了"复活"的对象，因为译者应该努力"复活"的不是原作者，而是原作的文本。事实上，当一部原作，不管是一部鸿篇巨著还是一首小诗或小品，它在进入一个崭新的文化语境时，由于语言的阻隔，它已经"死"了。是译者的创造性劳动，

---

① 罗兰·巴尔特：《作者之死》，转引自张隆溪：《二十世纪西方文论述评》，三联书店，1986年，第169页。

才赋予了它新的生命,使得它"死而后生"(这与解构主义理论所说的afterlife可谓异曲同工)。这里我们仍然用上一章曾引用过的两行杜诗为例。一位不懂中文的英语读者,面对"丛菊两开他日泪,孤舟一系故园心"这两行中文杜诗,他能有什么感觉呢?他除了感觉到那一个个方块字给予他的神秘感和困惑感外,他是绝不可能感受到原作者杜甫那种寂寥、惆怅甚至带有哀愁的思念故乡、思念亲人的感情的,而只有通过英译者的译诗,他才能了解诗的内容并体会到诗中的这些细腻感情。

然而,我们能否因此而简单地说英译诗的内容和所蕴含的感情就是原作者杜甫和他所写的那两行诗的呢?根据以上所述理论,显然不能。因为,确切地说,英译诗传达的是英译者在对原作进行解读后、根据自己的体会用译语重新表达的内容和情感。这里面主要当然是原作的思想内容,但与此同时,还有译者根据自己对原作思想内容进行理解后所做的解释,尽管这些解释,在大多数情况下,就译者主观而言,也以为是原作的,而并不以为是他本人的,但这些解释与原作的内容必然会有一定的差距。我们仍然以这两行杜诗的三种不同的英译为例进一步探讨一下这个问题。

之一(艾米·洛威尔译):

The myriad chrysanthemums have bloomed twice. Days to come-tears.

The solitary little boat is moored, but my heart is in the old-time garden.

之二(洪业即 William Hung 译):

The sight of chrysanthemums again loosens the tears of past memories;

To a lonely detained boat I vainly attach my hope of going home.

之三(A.C.格雷厄姆译):

The clustered chrysanthemums have opened twice in tears of

other days;

　　The forlorn boat, once and for all, tethers my homeward thoughts.①

　　不难发现,这三种译本分别对这两句杜诗做出了不同的、甚至差异很大的解释。在"之一"和"之三"两种译文里,"丛菊""已经开了两次",而在译文"之二"里,"丛菊"是"重又开放"。至于对"他日泪"的解释,三种译文竟然是截然相反:"之一"把它译成"未来的日子将有许多泪水";"之二"译成是"重又开放"的"丛菊"引发了诗人"对往昔的回忆,从而流下了泪水";"之三"为了避免把"他日"不是固定在"将来"、就是固定在"未来"这种非此即彼的译法,用了一个时间意义比较含糊的"其他日子"(other days)来表示,但这一句的整个意思也因此变得含糊,"在其他日子的泪水里丛菊开放了两次",这句子显然有点费解。另一句诗的翻译也是同样情况:"之一"说的是"孤独的小船已经系住,但我的心却在旧时的花园";"之二"说的是"我徒然地把回家的希望系在了孤独的小船上";"之三"却说"那条可怜的弃船已经永远地把我回家的思绪系住了"。对这三种译文,我们很难做出孰优孰劣、孰是孰非的判断。作为译文读者,我也许可以说我更欣赏译文"之二",因为译文"之二"似乎给予我更多诗意的感觉。但我却不敢,也不能说译文"之二"是对原文唯一正确的解释(或翻译),因为在没有时态、人称、甚至数的束缚的中国古诗里,短短两行诗却留下了许多可供读者驰骋想象的"空白",从而给后世读者(当然也包括译者)进行理解和解释提供了巨大的空间。"他日"当然可以理解为"过去的某些日子"或"未来的某些日子"(复数),但难道不也可以理解为"过去的某一天"或"未来的某一天"(单数)吗?"故园心"你当然可以译成"我心在故园"(译文"之一"),但又何尝不可译成"回家的心愿"("之二")或"渴望回家的思绪"("之三")呢?

　　像杜诗这样,短短两行诗却可有许多种不同的理解和解释,在文

---

① 三首英译诗转引自格雷厄姆:《中国诗的翻译》,张隆溪选编:《比较文学译文集》,北京:北京大学出版社,1982年,第226—227页。

学作品中,尤其是在优秀的文学作品中,并不鲜见。美籍华裔学者叶维廉在其《比较诗学》一书中也曾提出过,"李白的'浮云游子意'究竟应该解释为'浮云是游子意'和'浮云就像游子意'吗?我们的答案是:既可亦不可。"①然而,这"既可亦不可"的答案却把译者陷入了一种两难的境地:"既可亦不可",那究竟是"可"还是"不可"呢?

解构主义理论家也注意到了这一现象,他们由此对文本是否有中心意义存在提出了质疑。罗兰·巴尔特早就提出,文本没有中心系统,也没有终极的意义。他说,文本就像一颗葱头,"是许多层(或层次、系统)构成,里边到头来没有心,没有内核,没有隐秘;没有不能再简约的本原,唯有无穷层的包膜,其中包着的只是它本身表层的统一。"②既然文本没有唯一的、一成不变的意义,可以一层层剥下去,于是我们也就可以对文本做出多种解释。而这时,作者已无法限制读者对文本的解释了,起作用的是语言符号和读者对语言符号的解读。这样,解构主义通过否认文本中任何中心意义的存在,从而把对文本的解释权从作者手里转移到了读者的手中。对翻译而言,也即把对文本的解释权转移到了译者的手中。这也从一个角度阐明了为何同一部原作会有、可以有多种不同的译本的缘故。

于是,宣称原作者的"死亡",质疑文本中心意义的存在,把我们翻译研究的视角转向了译者,转向了译本。

把对文本中心意义甚至终极意义的质疑引入翻译研究,这不仅是对原作和原作者的权威地位提出了挑战,而且还对传统翻译中"忠实原作"的翻译观产生了强烈的冲击。众所周知,传统翻译中最为关注的问题就是:原文是什么意思?换句话说,也就是原作者想说什么?为了追寻原作和原作者的本意,传统的翻译研究一直在围绕"直译""意译""可译""不可译"等问题展开,并提出了各种各样的翻译主张、翻译原则和翻译标准等。16 世纪法国翻译家雅克·阿米欧(Jacques Amyot)提出:"一个称职的译者的任务,不仅在于忠实地还原作者的

---

① 叶维廉:《比较诗学》,台北:东大图书公司,1983 年,第 53 页。
② 罗兰·巴尔特:《文体及其形象》,转引自张隆溪:《二十世纪西方文论述评》,第 159—160 页。

意思,还在于在某种程度上模仿和反映他的风格和情调。"①另一个法国翻译家,17世纪的达尼埃尔·于埃(Daniel Huet)把翻译的"最好的方法"归结为:"译者首先要紧扣原作者的意思;其次,如有可能,也紧抠他的字眼;最后尽可能再现他的性格;译者必须仔细研究原作者的性格,不删减削弱,不增添扩充,非常忠实地使之完整无缺,一如原作。"②而同一世纪的著名英国诗人、翻译家约翰·德莱顿(John Dryden)更是把译者比作原作的"奴隶",认为"奴隶"只能在别人的庄园里劳动,给葡萄追肥整枝,然而酿出的酒却是主人的。"创作者是他自己思想和言语的主人,他可以随心所欲地调整更动它们,直到它们和谐悦目。翻译者却没有这样的特权,他必须受原作思想的制约,只能在别人已经表达出来的东西里谱写音乐,主要目的是把其中的意味传给读者,因此他的音乐不总是和原作一样悦耳动听。"③泰特勒的翻译三原则,就说得更加明确:"翻译应完全复写出原作的思想;译作的风格和手法应和原作属于同一性质;译作应具备原作所具有的通顺。"④至于中国翻译界,远在一千多年前即有人提出"因循本旨,不加文饰"(支谦)、"案本而传,不令有损言游字"(道安),到近代严复提出"信达雅"三字,被奉为中国译界的金科玉律,流传至今。这些主张、原则和标准,虽然表述不同,定义各异,其实其中最主要的核心思想就是忠实原文、忠实原作者。

在翻译中要忠于原文、忠于原作者,似乎是毋庸置疑的事。但实际上,无论是从翻译实践层面,还是从翻译研究者的角度,似乎又并不完全是那么回事。对在翻译中究竟如何对待忠实的问题,翻译家自身也有过犹豫。研究语言和翻译问题的著名法国作家夏尔·索雷尔(Charles Sorel)的态度就是一例。索雷尔著有《法语丛书》一书,在其中题为"评希腊、拉丁、意大利和法语作品的译本"一章里,他一开头先是提出"译者不应该说些原作者不曾说过的东西,不应超出他们的原意。"但接着他又发表了与此相反的意见,说:"使原著再现于各个时

---

① 转引自谭载喜:《西方翻译简史》(增订版),第69页。
②③④ 同上书,第92,122,129页。

代,按照各个时代流行的风尚改造原著,这是译者的特权。"① 从"忠于原著"到"改造原著",索雷尔的思想发生了一百八十度的大转弯。

我国钱锺书先生对林纾的评价是大家耳熟能详的例子。钱先生在《林纾的翻译》一文里,一方面提出"译本对原作应该忠实得以至于读起来不像译本",但另一方面却又对显然并不那么"忠实"的林译小说给予了很高的评价,觉得它"还没有丧失吸引力",发现"许多（林译）都值得重读",而对于那些同一作品的后出的"无疑也是比较'忠实'的译本",却觉得"宁可读原文"。② 有研究者因而援引钱锺书（还有郭沫若）的例子指出,"林译的不忠实不但没有引起这些学贯中西的大学者的不满,相反倒是给了他们比那些忠实的译作更大的满足感"。③ 这正如钱先生本人所言,"是一个颇耐人玩味的事实"。

以上两个例子分别从译者和读者的立场表明,是否忠于原文也许不一定、也不可能是判定译文优劣或合格与否的唯一、绝对的标准。事实上,在我们的日常生活中,不忠于原文却获得接受者好评的译例可谓俯拾皆是。Coca Cola 的原文难道有"可口可乐"的意思吗? 某香水牌子 poison 原文意思明明是"毒药",但译成中文反倒成了"百爱神","万事发"香烟与它的原文 Mild Seven 的原义显然也是风马牛不相及的。而对于"百老汇"这样根本没有传达出原文 Broadway 意思的译文,恐怕并没有人觉得应该用更贴近原文、"无疑也是比较忠实的"的翻译"宽街"去取代它。此外,像把 Minolta（某相机名）译成"美能达",把 La Maison（某餐厅名）不译成"房子"或"家"而译成"乐美颂"等,也都属于"不忠于原文"却又颇得受众好评的译例。

也许有人会说,以上这些译例都与商业有关,严肃的翻译呢? 严肃的翻译同样存在这种情况。

倡言"信达雅"的严复的译文算得是严肃的翻译了吧? 但王佐良先生曾仔细比较过他翻译的《天演论》与赫胥黎的原作,发现"严复是

---

① 转引自谭载喜：《西方翻译简史》(增订版)，第89页。
② 参见钱锺书：《林纾的翻译》，《翻译研究论文集》(1949—1983)，北京：外语教学与研究出版社，1984年，第270页。
③ 孙歌："前言"，《语言与翻译的政治》，北京：中央编译出版社，2001年，第23页。

把整段原文拆开照汉语习见的方式重新组句的","原文里第一人称 I 成了译文里第三人称'赫胥黎'","译文写得比赫胥黎的原文更戏剧化",等等。王先生具体举例道：原文首句"It may be safely assumed that..."是板着面孔开始的,而译文第一句"赫胥黎独处一室之中……"则立刻把我们带到了一个富于戏剧性的场合",原文仅"简要地写了 unceasing struggle for existence 几字",而严复的译文则是"战事炽然。强者后亡。弱者先绝。年年岁岁。偏有留遗。""不仅是加了好些字,而且读起来简直像一个战况公报了!"①

也许有人又会说,上述译例属中国早期翻译,当代翻译呢？当代翻译也一样。翻译批评家许钧就曾对照原文比较了《红与黑》的两个中译本——罗(玉君)译与郝(运)译,发现罗译中"那些具有强烈批评色彩的字眼原文中难以找到",简单的一个"monstres",在罗译中变成了"社会的蠹贼啊！杀人不眨眼的刽子手啊！"许钧因此怀疑"译者凭着自己的主观性,从自己的立场、观点出发,给这些并不蕴含着如此深刻的思想内涵的字眼添加了不必要的、中国人特别敏感的主观成分。"②

许钧的怀疑是有道理的,同时他实际上还触及了翻译中一个非常本质、一个非常关键的问题,即译者,以及与译者有关的许多译入语文化语境中的因素在翻译中所起的作用问题。而在这个问题的背后,还有一个更大的问题,即我们今天应如何认识翻译的问题。

随着翻译在当代国际文化交流中扮演得越来越重要的作用,随着人们对翻译研究的越来越深入,今天已经有越来越多的学者意识到,翻译不是一个简单的语言文字的转换,也不是一个机械的解码和编码过程,而是涉及原语和译入语两种文化,尤其是涉及译者等译入语文化语境中诸多因素的一个非常复杂的交往行为。而"既然决定翻译的因素通常是译入文化,翻译中的语言和语用方面的变化也就偏向于满

---

① 王佐良：《翻译：思考与试笔》,北京：外语教学与研究出版社,1989年,第38—39页。

② 许钧：《文学翻译批评研究》,第96页。

足译入文化的需要。这就使我们关注的重心偏离原文文化而转向译入文化,促使我们重新思考'对等'概念。"①

翻译研究派的代表人物之一勒菲弗尔更是注意到翻译与权力、与意识形态、与翻译赞助人(patronage,如出版社、翻译选题的审查部门等)以及与译入语文化语境中的文学观念(poetics)的关系。他把翻译定义为"改写的一种形式,是创造另一个文本形象的一种形式",把翻译视作与"文学批评、传记、文学史、电影、戏剧、拟作、编纂文集和读者指南等"一样,"都是对文本的改写,都是创造另一个文本形象的形式"。他强调说,"翻译当然是对原文的改写。而一切改写,不论其意图如何,都反映了某种意识形态和文学观念,并且是对文学的一种操控,从而以一定的方式在特定的社会里产生作用。"②

把翻译理解为一种改写或重写(rewriting),把翻译理解为译者对原文文本的一种操纵或摆布(manipulation),这在很大程度上深化了人们对翻译的认识,如同勒菲弗尔所分析的,"译作的形象受两种因素的制约:译者的思想意识和当时在接受语文化中占主导地位的诗学。译者是否愿意接受这种思想意识,这种思想意识是否是某种赞助人力量强加给他的一种制约因素。思想意识决定了译者基本的翻译策略,也决定了他对原文中语言和论域有关的问题(属于原作者的事物、概念、风俗习惯)的处理方法。"所以勒菲弗尔明确指出:"翻译并非在真空中进行。译者作用于特定时代的特定文化之中。他们对自己和自己文化的理解,是影响他们翻译方法的诸多因素之一。"③

解构主义翻译观又把勒菲弗尔的理论往前推进了一步。当代美国翻译理论家韦努蒂(Lawrence Venuti)提出:"作品的意义是多元的。一个译本只是临时固定了作品的一种意义,而且,这种意义的固定(亦即翻译)是在不同的文化假设和解释选择的基础上形成的,并受

---

① 参见廖七一等编著:《当代英国翻译理论》,武汉:湖北教育出版社,2001年,第306—307页。

② General Editors' Preface, in Andre Lefevere, *Translation, Rewriting and the Manipulation of Literary Fame*, Shanghai: Shanghai Foreign Language Press, 2004.

③ Andre Lefevere ed. *Translation/History/Culture* (*A Sourcebook*), Shanghai: Shanghai Foreign Language Press, 2004, p.14.

到特定的社会形势和不同的历史时代的制约。意义是一种多元的、不定的关系,而不是一成不变的、统一的整体。因此,翻译不能用数学概念那种意义对等或一对一的对应来衡量。而所谓确切翻译的规范、所谓'忠实'和'自由'的概念,都是由历史决定的范畴。"韦努蒂也认同翻译是一种改写的观点,并分析说,这种改写是"根据原文问世之前早就存在在目的语中的价值观、信仰和表达方式对外国文本进行"的,这种改写"往往是根据占主导地位到处于边缘地位的文化规范的层次决定的,从而也决定了译本的制作、发行和流行"①。

根据勒菲弗尔和韦努蒂的观点,我们再来分析严译《天演论》和罗译《红与黑》,对译文对原文的"不忠""偏离"和"增加字句"等现象就比较容易理解了:严复翻译的《天演论》正是最典型不过的对原文的一种"改写"(严复本人就称自己的翻译为"达旨",而不称之为"笔译"),而且这种改写打上了非常明显的译入语文化的烙印,从人称(变原文的第一人称为译文中的第三人称)、文字(汉以前字法句法),直至"不斤斤于字比句次"(把整段原文拆开照汉语习见的方式重新组句),就是为了追求使译本对译入语读者来说既通顺又易懂,从而能为在译入语文化中占主导地位的诗学观念的代表——士大夫们理解和接受,以达到其借用西方先进思想改革中国社会的良苦用心。而罗译《红与黑》受制于20世纪50年代特定的历史条件——当时中国社会普遍的对资本主义社会的"极左"认识,因此当译文涉及贫民收容所所长瓦尔诺这样一个卑鄙伪善的资产阶级人物时,译者和译者当时所处社会环境中的主流意识形态会投射并明显体现在译文中,也就是情理之中的事了。由此我们也可再次清楚地看到,翻译确实不是一个简单的语言文字的转换过程,而是一个文化政治行为。在这样的文化政治行为中,译者首先要服从的不是原文,而是译入语文化中的道德规范、意识形态、诗学观念,等等,也即韦努蒂所说的"原文问世之前早就存在在目的语中的价值观、信仰和表达方式"。这样的译例,除《天演论》《红与黑》外,翻译史上还可举出不少,如苏曼殊翻译的《惨世界》,周桂笙

---

① 参见郭建中编著:《当代美国翻译理论》,武汉:湖北教育出版社,2000年,第190—191页。

翻译的《毒蛇圈》,以及"文化大革命"期间出版的许多内部译作等。

正是基于这一层面对翻译的如上认识,勒菲弗尔对翻译中的"忠实观"也作了全新的阐释。他指出:"'忠实'只不过是众多翻译策略之中的一种,是某种意识形态和某种文学观结合之下的产物。硬要把'忠实'吹捧为唯一可能或者唯一正确的翻译策略,是不切实际的、徒劳无功的。主张'忠实'的人,总喜欢强调这种翻译不受任何价值观左右,所以是最'客观'的。其实,这种翻译取向,说穿了只不过是保守的意识形态的体现罢了。"①

甚至当代一些文化理论家也对翻译中的"忠实观"进行评说。印度后殖民主义理论家尼南贾纳(Tejaswini Niranjana)认为,两千余年来西方翻译史上的争论和规诫,"最重要的执迷",就是"体现在忠实与不忠、自由与奴役、忠诚与背叛之间的对立上。它表明的是在关于'实在'和'知识'之间模仿关系的经典思想下的产生的一个'文本'和'释义'观。"她还认为传统译学关于"对'原著'要忠实的观点阻碍了翻译理论去思考译作之力(force)"。②

这些观点也许不无偏颇之处,但学者们正在从解构主义等当代文化理论的立场对翻译中的人们深信不疑的"忠实观"进行新的思考,却是国际学术界包括译学界必须面对的一个事实。

以上由解构主义等当代西方文化理论引申而来的对原作者、译者,以及翻译的"忠实观"等问题的分析和讨论,很可能又会引起国内翻译界的某些同行的不解、怀疑,甚至痛斥:"什么?翻译居然不要讲忠实于原文了?!"我们的某些翻译界同行,也许是他们做惯了翻译教师,或许是从事翻译实践时间长了,一开口谈翻译,脑子里首先跳出来的就是"怎么译"三个字,他们从来没有认识到翻译研究存在多个层面。一听到有人说"庞德的英译唐诗引发了20世纪美国的一场新诗运动,具有明显的文学史上的意义",就断定此人是要否定那些"孜孜

---

① 勒菲弗尔:《翻译的策略》,《西方翻译理论精选》,香港:香港城市大学出版社,2000年,第182页。

② 尼南贾纳:《为翻译定位》,《语言与翻译的政治》,第162、169页。

不倦地追求译文质量的学者和译者"的劳动价值,并且是在"鼓励乱译"。① 然而,翻译研究终究不仅仅是译文与原文的比照或翻译标准、翻译方法等实践层面的研究。作为人类社会生活中最重要的跨文化交际行为之一,翻译还涉及其他诸多因素,这里既有翻译行为的主体——译者本人的语言能力和知识装备,更有翻译作为一个文化行为或事件所处的时代背景、文化语境,包括政治气候、意识形态、时代风尚、读者趣味,等等。钱锺书先生对林译的高度评价,实际上就是把林译作为中外文化交流史上的一个文化现象进行研究,读者决不会误解钱先生是在鼓励不懂外文的人也去从事文学翻译,更不会担心因为钱先生对林译的高度评价而会引发人们对翻译认识的混乱,似乎从事翻译不需要学外文。

当代女性主义翻译理论家谢莉·西蒙(Sherry Simon)指出:"80年代以来,翻译研究中最激动人心的一些进展属于被称为'文化转向'的一部分。转向文化意味着为翻译研究增添了一个重要的维度。它不再去问那个一直困扰着翻译理论家的由来已久的问题——'我们应该怎样翻译?什么是正确的翻译?'——而是把重点放在对翻译的描述上:'译本在做什么?它们是怎样在世上流通并引起反响?'这一转向强调了译本作为文献这个现实,即它们的存在是物质性的和流动性的,它们增加了我们的知识积累,并为不断变化的美学观念做出贡献"②。

其实,正如我在此前的一些论文和书中已经指出过的,到20世纪五六十年代,无论是对于国外还是国内译学界来说,"我们应该怎样翻译?""什么是正确的翻译?"之类的问题都已经基本解决。这类问题如果还要谈,大可放到外语教学的范畴里去讨论,而作为学术意义层面上的译学研究,应该更多关注翻译作为当代人类最重要的一个文化交往行为的意义、性质、特点等此前研究得较少的问题。正如著名英国翻译理论家赫曼斯(Theo Hermans)在20世纪80年代中期指出的:

---

① 林璋:《译学理论谈》,许钧主编:《翻译思考录》,第564页。
② Sherry Simon, "Gender in Translation", Routledge, 1996, p.7. 中译文参照《语言与翻译的政治》,第317页。

第八章 解构主义与翻译研究

"翻译研究并不是为完美或理想的翻译提供指导原则或对现存的译文进行评判,而是就译文论译文,尽量去确定能说明特定译文性质的各种因素,尽可能从功能的角度出发,分析文本策略……从更广泛的意义上说明译文在接受文学中发挥作用的方式。在第一种情况下,注意力主要集中在影响翻译方法和译文的种种翻译规范、限制和假设上;在第二种情况下解释翻译对新环境产生的影响,即目的系统对特定翻译(或某些翻译)的接受和排斥。"①

赫曼斯还指出,科学的翻译研究方法,"应当是描述性和系统性的;应该重目的和功能;应当研究影响译文产生和接受的规范和限制,研究翻译与其他文本处理的关系,研究翻译在某一特定文学中的地位与作用,研究在不同文学之间的相互影响中翻译的地位和作用。"②

毋庸赘言,赫曼斯此处所说的"翻译研究"不是我们通常理解的广义的翻译研究,而是指的学术层面上的翻译研究,即严格意义上的译学研究。这样的研究,就会注意到"译者是一个积极的有思想的社会个体,而不是一部简单的语言解码机器或拥有一部好字典的苦力";这样的研究,就会"把翻译规范的整个系统纳入到更大的社会和意识形态的结构框架中",通过翻译去"观察一种文化与其他文化的碰撞以及特定文化吸收转化其他文化的方式、范畴和过程",并使翻译成为"一个更有意义的研究对象"。③

借鉴解构主义等当代西方文化理论的翻译研究也正是这样的研究,它对原文和原作者的"解构",并不是要否定原文和原作者,而只是跳出了传统翻译研究只注重原文文本的狭隘框框,从另一个角度去看待原文和译文的关系,同时注意到了文本以外更多的翻译因素,注意到了一个长期被忽视的文学事实,即:是翻译赋予了原著新的生命,是译者对原著的不断改写(翻译)才使原著在世上广为流传。解构主义翻译观因此认为,"原文想生存下去,就必须要有译文。没有译文,

---

① Theo Hermans, *The Manipulation of Literature:Studies in Literary Translation* (Londeln and Sydney:Croom Helm, 1985), p. 13. 转引自《当代英国翻译理论》,第 303 页。
② 同上书。
③ 参见《当代英国翻译理论》,第 308—309 页。

原文就无法存在下去。由于文本本身没有确定不变的意义,因此每经一次翻译就改变了原文的意义。所以文本的意义不是由文本自身决定的,而是由译文决定的。译者和译文读者在阅读过程中,不断地对原文进行解释,这些解说又互相补充。只有对原文不断的翻译和对译文不断阅读,原文才得以存在下去。而且,文本能存在下去,不是依靠文本本身所包含的特性,而是依赖于译文所包含的特性。"①德曼在《关于沃尔特·本亚明〈译者的任务〉一文的结论》(*Conclusions*:*Walter Benjamin's The Task of the Translator*,1986)中说,翻译不是语言学的附庸,翻译是一个文本的"来世"(afterlife)。文本因经过翻译而被赋予了新的意义,并获得了新的生命。福柯也认为,原著在翻译处理过程中不断地被改写,译者每次阅读和翻译都改写了原作。

而一旦跳出了文本框框的局限,我们也就看到了译者,看到了译者的贡献,也看到了译者何以如此行为的各种原因。应该说,这时读者也就能更多地看到翻译的全貌。解构主义理论家因此宣称,译者是创造的主体,翻译文本是创造的新生语言,从而大大地提高了译者和译作的作用和地位。

这样的研究,显然能给我们的翻译研究以诸多启迪,并为我国的译学研究开拓一个广阔的研究空间。

然而长期以来,人们总认为原作者、原作是第一性的,而译者、译作是第二性的。所以对于解构主义译论大力张扬译者的主体性、强调译作相对的独立地位、进而发展到颠覆原作者、原作的神圣地位时,不少持传统翻译观的人感到不能接受了,他们责问:"没有原作,哪来译作?原作可以脱离译作而存在,而译作不可能脱离原作存在,译作当然没有原作重要了。"等等。

以上责问,振振有词,成为持传统翻译观的一些学者对当代翻译理论突显译者地位进行批驳的重要依据。其实这番貌似有理的说辞,实际上却是似是而非的,这是因为责问者改变了讨论问题的前提:既然我们讨论的是有关原作与译作的关系问题,那么这个问题必然是在

---

① 参见郭建中编著:《当代美国翻译理论》,第175页。

一个既存在着原作、也存在着译作的一个语境里,这个语境也就是译入语语境。而责问者在声称原作可以脱离译作存在的时候,实际上他(她)把讨论的对象放回到源语语境中去了。然而在源语语境里,原作固然是可以脱离译作存在的,但在源语语境里根本就不存在译作,这样,讨论原作与译作关系问题的前提也就被置换了。而在一个只有原作而没有译作的语境里,我们如何来讨论原作与译作的关系问题呢?因此,这个问题只能放在既有原作、也有译作的语境也即译入语语境里讨论才有意义。而在译入语语境里,读者就不难想象,原作怎么可能脱离译作而存在呢?它只能依靠译者、通过译作才能存在。如果没有译者,没有译作,广大只读中文的中国读者有谁会知道莎士比亚、巴尔扎克和托尔斯泰呢?译作和原作,两者孰轻孰重,不言而喻。所以当代译论指出,是译作赋予了原作以新的语言外壳,新的文学样式,它延长了原作的生命,使原作能与更多、更广泛的读者接触。

最后,不无必要一提的是,当代译论强调突显译作、译者的重要性及其价值和地位,并不就意味着要斩断译作与原作的关系。译作与原作的关系问题,打个比喻,好似一个硬币的两面,几千年来我们习惯于盯着硬币的一面看,而今天我们把这枚硬币翻了过来,让人们看到了硬币的另一面,一个被人们长期忽视了的一面,如此而已。

与此同时不无必要再次重申一下的是,通过读者接受理论和解构主义理论引申而来的关于原作者"死亡"的观点,并不意味着译者就可任意肢解原作,胡译乱译。此前曾有学者提出,认为解构主义理论关于意义的不定性及译文与原文关系无相似性等观点"对翻译实践来说,可能会产生负面影响"。甚至进而断言,"他们(指解构主义理论家——引者)宣判作者和原文的死亡,等于否定了他们自己,否定了一切文学创作。……抹煞译文与原文的区别,实际上也抹煞了翻译本身"[①]。

其实,这种担心是多余的。首先,后期的读者接受理论家的有关论述已经堵住了让读者随意肢解原文、任意阐释原文内容的可能性,

---

① 郭建中编著:《当代美国翻译理论》,第187页。

费什对"读者"就做了一个很严格的界定：

"那读者是谁？很明显，我的读者是一个构成物，一个理想化的读者；有些像华尔道的'成熟的读者'或弥尔顿的'合适的读者'，或者用我自己的话来说，那读者是有学识的读者。这有学识的读者

1. 是语言材料所用语言的有能力的说话者。

2. 完全拥有'一个成熟的……听者带到理解任务中的语义知识'，这包括措辞、造句、习惯用语、职业方言和其他方言等方面的知识（即，既作为生产者又作为理解者所应有的经验）。

3. 具有文学能力。"①

不难发现，我们绝大部分称职的翻译工作者都符合费什所说的"读者"的标准。费什在这里提出的语言能力的要求、文学能力的要求，尤其是关于"既作为生产者又作为理解者所应有的经验"的要求，已经从读者（包括我们所说的译者）的学养素质角度保证了读者对作品的理解和阐释的一定程度的正确性。

其次，读者接受理论家还提出了一个"解释群体"（interpretive community）的概念，注意到在一个已知的语境或读者群体里，作品意义的读解是群体的产物。他们指出，意义虽是"读者自己合成的"，但"读者反过来也受到他所在的释义群体规范的制约"。这就使读解有了某种共同性，不至于各言其是。实际上，在大多数情况下，我们的译者（用接受理论家的话来说，他也就是一个"理想化的读者"，一个"成熟的读者"，或是一个"合适的读者"）在理解原文时都会依照所有说话者共用的规则体系进行的。"这些规则约束着话语的生产——划定界限，在其范围内话语被贴上'正规'、'不合规范'、'不可能'等标签——就此范围来讲，它们也将约束反应的幅度、甚至反应的方向。"②因此，译者也好，读者也好，在对所译原文或所读作品做出的解释，必然会受其所处的社会时代、文化语境、道德观念、习俗以及审美标准等的制约

---

① 斯丹利·E.费士（即费什——引者）：《读者内心中的文学：情感文体学》，胡经之、张首映主编：《西方二十世纪文论选》（第三卷），北京：中国社会科学出版社，1989年，第543页。

② 同上书，第540页。

和引导。违反"共用规则体系"所做的理解和解释,就是"不合规范"的。用这样的方式去进行翻译,那种行为也不能算作翻译,而是胡译乱译。这种行为是对原作者的"谋杀",更是对译文读者的误导和对原文的亵渎。不过,这是翻译界众所周知的常识,无须我们在文化层面上讨论翻译时赘言,本章的目的正如一开头所说的,是想通过以上讨论,探索从另一个角度去观察翻译,去研究翻译。

第九章　多元系统论与翻译研究
——译介学研究理论前景之三

多元系统理论(The Polysystem Theory)是以色列学者埃文-佐哈尔早在 20 世纪 70 年代初就已经提出的一种理论。1978 年,埃文-佐哈尔把他在 1970 年至 1977 年间发表的一系列论文结成论文集,以《历史诗学论文集》(*Papers in Historical Poetics*)为名出版,首次提出了"多元系统"(polysystem)这一术语,意指某一特定文化里的各种文学系统的聚合,从诗这样"高级的"、或者说"经典的"形式(如具有革新意义的诗),到"低级的"、或者说"非经典的"形式(如儿童文学、通俗小说等)。

埃文-佐哈尔的多元系统理论虽然在西方学术界早就引起了相当热烈的反响,但由于 20 世纪 70 年代中国内地特殊的国情,所以直至 80 年代末国内学术界对它仍知之甚微。直至 90 年代初,随着我国改革开放政策的实施以及走出国门进行国际学术交流的学者越来越多,才开始有人接触到了多元系统理论。但是真正把它介绍到国内学术界来,那也已经是 90 年代末的事了。

比起国内学术界,我国香港台湾的学者与多元系统理论的接触显然要比大陆学者早,他们在 1994 年即已直接聆听了埃文-佐哈尔的报告,但是令人遗憾的是,埃氏的多元系统理论在港台也同样在很长一段时间内"没有引起很大的廻响"。[①] 在港台,埃氏的多元系统理论也要到 20 世纪 90 年代末、21 世纪初才真正引起人们的关注——2001 年第 3 期《中外文学》推出的"多元系统研究专辑"也许可视作这方面的一个标志。

---

① 1994 年 11 月 22—25 日埃文-佐哈尔应台湾大学国际学术交流中心之邀,在台大外文系做了两场学术演讲。参见 2001 年 8 月《中外文学》,第 4 页。

第九章　多元系统论与翻译研究

埃氏的多元系统理论之所以迟迟未能在华人文化圈内产生较为热烈的反响,一方面固然是因为埃氏的多元系统理论本身比较艰涩,牵涉的学科又过于庞杂,如语言、文学、经济、政治等,无不涉及;另一方面,更因为我国翻译界对翻译的研究和关注较多地仍旧停留在文本以内,而对翻译从文化层面上进行外部研究的意识尚未确立,这使得他们即使接触到了埃氏的多元系统理论,也一时会觉得它似乎与他们心目中的翻译研究相距甚远,甚至没有关系。另外,埃氏的多元系统理论文章一直没有完整的中文译文恐怕也是多元系统理论在中国内地传播不广的一个原因。最近,2002 年第 4 期《中国翻译》刊印了张南峰教授翻译的《多元系统论》译文,不知能否引发国内译界对多元系统理论的兴趣和热情?

埃氏多元系统理论的一个核心内容就是把各种社会符号现象,具体地说是各种由符号支配的人类交际形式,如语言、文学、经济、政治、意识形态等,视作一个系统而不是一个由各不相干的元素组成的混合体。而且,这个系统也不是一个单一的系统,而是一个由不同成分组成的、开放的结构,也即是一个由若干个不同的系统组成的多元系统。在这个多元系统里,各个系统"互相交叉,部分重叠,在同一时间内各有不同的项目可供选择,却又互相依存,并作为一个有组织的整体而运作。"[①]但是,在这个整体里各个系统的地位并不平等,它们有的处于中心,有的处于边缘。与此同时,它们的地位并不是一成不变的,它们之间存在着永无休止的斗争:处于中心的系统有可能被驱逐到边缘,而处于边缘的系统也有可能攻占中心位置。简言之,埃氏的多元系统理论为我们描绘了一幅大到世界文化、小到国别(民族)文化的活动图。

按理说,埃氏的多元系统理论主要着眼的是一个多元文化系统内各系统之间的关系、斗争和地位的演变(为此,我最初接触到埃氏的 The Polysystem Theory 一词时,曾把它翻译成"多元文化理论",以凸显其文化理论的性质),其中提到翻译之处也并不算多。但是,令人意

---

① 埃文-佐哈尔:《多元系统论》,张南峰译,《中国翻译》2002 年第 4 期,第 20 页。

外的是,恰恰是翻译界最先接过了多元系统论,并把它成功地应用到了翻译研究的实践中去,这很值得人们玩味和深思。

当然,埃氏的多元系统理论也确实对我们从事翻译研究有诸多的启迪和指导。首先,它"绝不以价值判断为准则来预先选择研究对象"的原则,以及对"批评"(criticism)与"研究"(research)之间的差别的强调,对我们国内的翻译研究就很有启发意义。我们翻译研究的历史,从有文字记载的算起,已经长达一两千年,但长期以来我们关注的焦点大多放在埃文-佐哈尔所说的"批评"(criticism)上,也即往往集中在价值判断上:不是说某某人译得好、译得出色,就是说某部译作,或某篇译文、段落、句子译得不确、有错误,等等,却忽视了翻译研究存在的另外一个天地,也即埃文-佐哈尔所说的"研究"(research)。

指出"批评"与"研究"的差异,强调不要把两者相混淆,并不意味着肯定后者和否定前者。事实上,两者各有其不可相互替代的功能。前者属于应用性研究,偏重于对翻译实践的指导;而后者则属于描述性研究,更着重对翻译实践活动的描述、揭示和认识,是一种比较超脱的纯学术研究。

应用性研究我们做得比较多,既有个人翻译经验的总结和交流,也有具体译作的分析和点评。譬如,翻译家赵萝蕤以她前后翻译过的长诗《荒原》两个不同译本中的一些片断为例,谈她如何从 30 年代版的"不彻底的直译法"转到 70 年代末的"比较彻底的直译法",以及如何在译文中体现原作中的各种不同的语体的体会,等等。① 再如翻译家叶君健批评我们在中译外的工作中,曾经为了所谓的"忠于原文",画蛇添足地把"老虎"译成 old tiger,把"肥猪"译成 fat pig,令懂外文的人啼笑皆非。更有甚者,有人还把我们哲学中的一个术语"两点论"依样画葫芦译成法文的 la thèse en deux points,结果"两点论"变成了"冒号论",使得法文读者不知所云,想求忠实反而不忠实。② 不难发

---

① 赵萝蕤:《我是怎么翻译文学作品的》,《当代文学翻译百家谈》,北京:北京大学出版社,1989 年,第 605—614 页。

② 叶君健:《关于文学作品翻译的一点体会》,《当代文学翻译百家谈》,北京:北京大学出版社,1989 年,第 113 页。

现,应用性研究多为文本内研究,或是把译文与原文对照,辨其信达与否,或是把两种或几种译文进行比较,判其孰优孰劣。

描述性研究近年也开始多了。譬如从20世纪80年代起国内出版的翻译史类的著作即是一种,从较早的《中国翻译简史》(马祖毅著)、《中国翻译文学史稿》(陈玉刚主编),到近几年出版的《1949—1966:我国英美文学翻译概论》(孙致礼编著)、《中国近代翻译文学概论》(郭延礼著)、《汉籍外译史》(马祖毅、任荣珍著)、《20世纪中国的日本文学翻译史》(王向远)、《东方各国文学在中国——译介与研究史述论》(王向远)等,对我国历史上的各种翻译活动和事件从史的角度进行了梳理。这类著作一般不会关心文本内的研究(个别著作也有涉及),但避免不了价值判断,如对某翻译家或某译作在历史上的作用、意义的评价等。

还有一类著作,就明显地属于纯学术的研究了,如蔡新乐的《文学翻译的艺术哲学》和王宏志的《重释"信达雅":20世纪中国翻译研究》等。前者借鉴当代西方的语言哲学、现象学、解释学等理论,对文学翻译进行了形而上的哲学思考,研究的是文学翻译的本质属性与特征;后者在全书的开篇即援引埃文-佐哈尔的一段话作为题头语,指出"尽管文化史家普遍承认翻译在国家文化的形成过程中扮演了重要的角色,但无论在理论还是在描述层面上,这方面的研究却很少,这实在令人感到惊讶"①。然后,在接下来的几篇文章中,分别对严复、鲁迅、瞿秋白的翻译理论和思想、梁启超和晚清政治小说的翻译、晚清翻译外国小说的行为和模式等,在大量的中外文史资料的基础上,运用当代西方的翻译理论,在文化层面上对20世纪中国的翻译理论、翻译思想和事件等,进行了新的阐发和研究。属这一类的著作最近还有王向远的《翻译文学导论》和《中国翻译文学十大论争》(与陈言合作),作者对翻译文学的概念、特征、功用、类型、标准等,进行了全面的思考和分析。另外,还有王宁的《文化翻译与经典阐释》,那更是在宏大的比较文化语境下对翻译做出的思考了。

---

① 王宏志:《重释"信达雅":二十世纪中国翻译研究》,第1页。

有人也许会感到担心,跳出文本之外的翻译研究与翻译有什么关系呢?这种研究会不会流于空谈呢?因为迄今为止,仍然有相当多的人,尤其是从事翻译实践的翻译家认为,既然是翻译研究,就应该结合具体的翻译实际。离开了翻译的实例谈翻译,有什么用呢?最近就有一位学者(兼翻译家)声称:"近些年来,翻译的文化研究越来越脱离文本,出现了外部化的倾向。研究者主要关注的是翻译的文化语境、翻译的文化动因和翻译的文化功能,而对文本内部的文化因素的理解与阐释则关心不多。由此而造成的结果是,翻译的文化研究越来越泛化,有时甚至显得空洞无物。我们承认,对翻译的外部因素的研究是重要的,它可以拓展翻译的研究范围,开阔我们的研究视野,有助于深化我们对翻译的认识。但是,我们也不能不看到,翻译研究,若从一个极端走向另一个极端,从'唯文本'到'无文本',则有可能使翻译研究丧失其本身的价值,而成为泛文化研究的一种牺牲品。"①这位学者反对从一个极端走向另一个极端的观点无疑是正确的,他对"翻译研究丧失其本身的价值"的担忧也是可以理解的,但是翻译的文化研究中的"无文本"现象是否一定会导致"翻译研究丧失其本身的价值"却是可以商榷的。这种担心和担忧背后的深层次原因恐怕还在于对翻译的纯理论、翻译的描述性研究了解不够,甚至有所误解。翻译的文化研究,包括"无文本"的研究(因为是纯理论探讨,有些研究完全有可能是"无文本"的),确实不以指导翻译实践为自己的主要目标。它的意义和价值,正如上述这位学者所指出的,在于有助我们"拓展翻译的研究范围,开阔我们的研究视野,深化我们对翻译的认识"。即以王宏志教授的研究为例,王教授的研究(如他的专著《重释"信达雅"》)虽然没有具体指出哪一个句子译错了,或哪一个句子译得很好,但是他的研究却能帮助我们更正确地把握严复的翻译思想:我们不少人以前总以为在严复的"信达雅"观点里,"信"是占第一位的。但王教授的研究揭示,原来在严复的翻译思想里"达"才是占据首位的。王教授的研究还让我们看清,原来鲁迅与梁实秋、赵景深的翻译之争,本质并不在于

---

① 许钧:"序",顾正阳:《古诗词曲英译文化探索》,上海:上海大学出版社,2007年。

第九章　多元系统论与翻译研究

对翻译标准理解的差异,而是背后有更深刻的政治因素在起作用,等等。

诚然,文本内的研究对翻译实践有直接的指导意义,从某种意义上而言,似乎更有用。但是,有些问题如果仅限于文本内进行研究,却并不能完全解决问题。有一个例子很能说明问题:《中华读书报》(2003年1月29日)曾刊登过一篇文章,题目是《谁来向国外译介中国作品》,正如该文的副标题——"为我国对外英语编译水平一辩"——所示,文章作者举出好几个令人信服的例子,从半个多世纪前英国前首相丘吉尔称赞已故国民政府的外交官顾维钧的英语水平了得,足可与之"平起平坐",到最近几十年来我国汉译英的翻译家许孟雄、英若诚等人比外国人翻译的质量"高出一筹"的译作,等等,说明我国翻译家完全有能力、有水平把中国作品译介给世界。作者还进一步指出,"要指望由西方人出钱来弘扬中华文化,那是一厢情愿,万不可能。"文章最后,作者满怀热情地说,"因此,只要我们编得好,译得好,市场肯定不成问题,前景一定无比灿烂。"

应该说,作者为中国对外英语编译水平的辩解是有说服力的,我们国家确实有一批翻译家,他们的汉译英水平绝不输给外国人。我这里甚至还可补充好几个例子,如方重翻译的陶渊明的诗,孙大雨翻译的屈原的《楚辞》,国外有关学者在进行过不同译本(包括英美翻译家的译本)的比较研究后,也心悦诚服地指出,它们比国外翻译家翻译得还要好。但是,文章最后的结论却未免失之偏颇,甚至有点盲目乐观。这是因为译介(向国外译介中国作品)的成功与否,并不完全取决于翻译质量的高低。译得好的译作(这里主要指译得正确),并不见得就一定会赢得读者,因此也就不一定能顺理成章地走向世界,弘扬中华文化。对此,我想我们可以从另一个角度来分析这个问题。我们就以法国文学在中国的译介情况为例,法国文学在中国得到比较广泛的传播与接受,依靠的是法国的汉学家或法汉翻译家呢,还是靠中国的法国文学家?就我个人而言,我是因了傅雷的译作,才喜欢上了法国文学,并且见一本傅雷的译作就买一本,毫不犹豫。但是,假设有某个精通中文的法国人(法国汉学家或翻译家),他把巴尔扎克的作品也译成了中文,而且他对巴尔扎克的作品的理解要比傅雷正确得多(这是完全可能的),我会不会买呢?我想不会。而且不光我不会买,许多和我一样喜爱傅译的读者也不会买。不要说这个虚构的法国人的译本我不会买,事实上,近年来已经有好几家出版社也推出了不少新的、相信在某些方面会比傅译译得更加正确的巴尔扎克作品的中译本,但是购买者和读者有多少呢?恐怕根本无法与傅译的购买者和读者相比吧?这其中的原因,也许与钱锺书情愿一本接一本地重读林纾的译本,而不愿读后来出版的、"无疑也是比较正确的译本"一样的道理。翻译家个人及其译作所独具的魅力,显然是译本能够广为流传并被读者接受的一个不容忽视的因素。不过,对于要把一国文学、文化译介到另一国、另一民族去,其中的决定性因素却远不止翻译家对读者的吸引力,另外还有政治因素、意识形态、占主流地位的文学观念(即西方学界所谓的诗学)、赞助人(出版社、有关主管部门或领导等),等等。这也就引出了埃氏多元系统理论对我们的第二个借鉴意义,即多元系统理论帮助我们更深刻地审视和理解文学翻译,并让我们看到了文化译介过程背后的诸多因素。

埃文-佐哈尔指出:"在某些运动中,一个项目(元素或功能)可能从一个系统的边缘转移到同一个多元系统中的相邻系统的边缘,然后可能走进(也可能走不进)后者的中心。"① 如所周知,在一个国家或民族的多元系统中,翻译文学往往处于边缘。如果翻译文学这个"项目"能从"边缘"走进"中心",那就意味着翻译文学在该国或该民族被广泛接受、认可了,译者的译介也就取得成功了。

然而,"项目"如何才能从"边缘"走进"中心"呢?埃文-佐哈尔先借用俄国形式主义批评家蒂尼亚诺夫的话对多元系统内部状况做了一番描绘:各系统"在多元系统中处于不同的阶层。""各个阶层之间无休止的斗争构成了系统的(动态)共时状态。一个阶层战胜另一个阶层,则构成历时轴上的转变。一些现象可能从中心被驱逐到边缘(称为离心运动)。另一些现象则可能攻占中心位置(称为向心运

---

① 埃文-佐哈尔:《多元系统论》,张南峰译,《中国翻译》2002年第4期,第21页。

动)。"然后指出,正是多元系统内存在的关系(如各阶层之间的张力),"决定多元系统内的过程,而且决定形式库(repertoire)层次上的程序,就是说,多元系统中的制约,其实同样有效于该多元系统的实际产品(包括文字与非文字产品)的程序,例如选择、操纵、扩展、取消等等。"①而这种制约,多元系统论的继承和发展者、当代英国翻译理论家西奥·赫曼斯把它归纳为"意识形态、诗学和赞助人"三要素。可见,一个民族或国家的文学、文化要译介到另一国、另一民族去,除了翻译家个人对读者的吸引力外,译入语国家或民族的"意识形态、诗学和赞助人"是三个至关重要的因素。

以美国为例。20世纪五六十年代曾接连翻译出版、发表了中国唐代诗人寒山的诗一百余首:1954年发表了阿瑟·韦利(Arthur Waley)的译诗27首,1958年又发表了史耐德(Gary Snyder)的24首译诗,而1962年更是推出收入了一百首寒山诗的译诗集。寒山诗的翻译之所以能在美国如此走红并广受欢迎(研究者在60年代初美国大学的校园里碰到的大学生竟然几乎都知道并读过寒山诗),根据有关学者的研究,译得"好不好"显然并不是最主要的原因(如果把译诗与中文原文对照一下的话,我们的翻译批评家很可能会发现一些甚至不少理解或表达不如我们自己的翻译家的地方),而是如同有关学者研究后所指出的,"因为寒山诗里恰巧有1938到1958年间,美国新起一代追求的一些价值:寒山诗中不乏回归自然的呼声、直觉的感性,及反抗社会成俗的精神。"②换句话说,也就是20世纪五六十年代美国社会流行的一种意识形态促成了寒山诗在美国的翻译和出版。

诗学(也即我所谓的文学观念)在外来文学、文化的译介中所起作用的例子也是比比皆是。仍以美国为例:20世纪头30年中国的古诗也曾经在美国得到许多翻译和传播。据有关专家统计,仅从1911年至1930年的短短20年间,中国古诗的英译本就多达数十种。其中较著名的有:庞德(Ezra Pound)翻译的《神州集》(1915,1919再版),改写和翻译了李白、王维的诗15首;洛威尔(Amy Lowell)和艾思柯夫人

---

① 埃文-佐哈尔:《多元系统论》,张南峰译,《中国翻译》2002年第4期,第21页。
② 钟玲:《寒山诗的流传》,《中国古典文学比较研究》,第168页。

合译的《松花笺》(1921)，收 160 余首中国古诗，其中大半为李白的诗；以及弗伦奇(J. L. French)翻译的《荷与菊》(1928)、宾纳(Witter Bynner)和江亢虎合译的《群玉山头：唐诗三百首》(1929)，等等。① 而之所以在这一时期的美国会形成这样一个翻译中国古诗的热潮，与美国新诗运动的倡导者、意象派诗歌的领袖人物庞德、洛威尔等人的热心译介有直接的关系。而庞德、洛威尔等人之所以会如此热心的译介中国古诗，则正如美国文学史家马库斯·坎利夫在《美国文学》一书中所指出的，"正当这些诗人(即意象派诗人——引者)处于关键时刻，他们发现了中国古典诗歌，因为从中找到了完美的含蓄和精练的字句而感到无比兴奋激动。"② 庞德自己也曾坦率地提到他翻译中国古诗的动机："正因为中国诗人从不直接谈出他的看法，而是通过意象表现一切，人们才不辞繁难去翻译中国诗歌。"③ 由此可见，正是因为中国古诗与意象派诗人正在寻觅和正在大力倡导的诗学原则的一致性，才形成了 20 世纪初在美国的中国古诗的翻译热潮。反之，当要译介的外来文学、文化与本国的主流诗学精神相抵触、相违背时，那么这种译介就很难取得成功。对此，我们只要想想我们自己国家 20 世纪五六十年代的情景即可明白：当时，我国的主流诗学原则是社会主义现实主义，于是西方现代派的作品就难以在当时的中国翻译出版，而一大批属于社会主义现实主义流派的作家作品，如苏联、东欧社会主义国家的作品，就得到大量的译介。

至于"赞助人"因素在译介中的作用，这只要举我们国家的一些例子就很容易说明白。当然，这里所说的"赞助人"并不指某一个给予具体"赞助"的个人，而包括政府或政党的有关行政部门或权力(如审查)机构，以及报纸、杂志、出版社等。如果我们的有关部门，如宣传部、文化部或教育部等，鼓励或倡导翻译出版某部或某些外国作品，那么这些作品自然会得到大力的译介。譬如 20 世纪五六十年代，俄罗斯古典文学作品和苏联的文艺作品曾得到极其广泛的译介，而这与当时政府和政党有关部门的大力引导、支持(甚至包括指令性的安排)显然是

---

① 朱徽：《中美诗缘》，成都：四川人民出版社，2001 年，第 179—181 页。
②③ 同上书，第 181、179 页。

分不开的。

顺便指出,权威的出版社、有良好品牌的丛书等,也是图书能赢得市场的一个重要因素(而能赢得市场,也就意味着译介有可能取得成功)。譬如,就翻译文学作品而言,我们(譬如我本人就是如此)会对人民文学出版社、上海译文出版社这样一些享有较高声誉的老牌出版社出版的图书比较信任,同时也会乐意购买。而如果是其他出版社,尤其是一些不太熟悉的出版社出版的,明明是同一部外国文学作品的译作,我们也许就会犹豫,除非那个译者是我们非常欣赏的、也非常信任的,否则多半就不会买。在国外,情况其实也一样。一部图书(包括译作),一旦由某权威出版社出版,或是列入某套著名的丛书,诸如英语的"企鹅丛书"、法语的"七星丛书"等,它就很容易取得读者认可。

现在,我们再回过头来看前面提到的"谁来向国外译介中国作品"的问题,答案就应该比较清楚了:只注意"文本"翻译得"好"与"不好",而忽视甚至无视意识形态、诗学、赞助人等这样一些"文本"以外的因素,显然是无法对"谁来向国外译介中国作品"这一问题做出一个比较全面的回答的。严格而言,上述文章只是解决了"中国人有没有能力或有没有足够的英语水平把中国作品译成合格的、优秀的英文作品"的问题,而并没有解决"谁来向国外译介中国作品"的问题。"译介外来文学和文化"这一问题,涉及人类文化交流的诸多方面的复杂因素。当我们讨论"谁来译介"这个问题时,当然可以强调中国翻译家的资格和能力,但千万不要从一个极端滑向另一个极端,即忘了国外汉学家的作用。20世纪80年代,上海曾经举行过一次中国作家与外国汉学家的聚会。通过聚会和面对面的交谈,让国外汉学家认识、了解并熟悉中国作家以及他们的作品,然后鼓励他们翻译中国作家的作品。我以为,这是一个可取的并值得继续去做的方式。国外汉学家在对原作的理解方面,也许不如我们自己的翻译家,但他们对译语(也即他们的母语)的驾驭和把握要比我们的翻译家娴熟,他们的翻译风格会令(他们的)译文读者更感到亲切,因而他们的翻译也比我们自己的翻译更容易在他们的国家赢得读者和市场,这也是一个无可否认的事实。因此,让国外汉学家与我们自己的翻译家站在不同的立场,内外呼应，共同努力，各自发挥自己的优势，这样也许才能有效地把中国文学和文化译介给国外读者，从而也能比较圆满地解决"谁来向国外译介中国文化"这一问题里面的"谁"的问题。

然而，解决了"谁"的问题之后，另外还有一个"译介"的问题。如果我们只管"输出"，而不考虑接受，更不考虑接受的效果，那么，我们至多只是完成了一篇（部）合格的或优秀的翻译作品而已，却不能说完成了"译介"。如果我们所说的"向国外译介中国作品"这句话，其意思是要让国外读者能阅读、能接受，甚至进一步能喜欢中国作品——这恐怕也是"译介"一词应有的比较完整的含意吧？——那么，我们的眼光就不能只停留在文本翻译的"好"与"不好"上，还应该注意到译入语国家、民族的文化语境等问题了。在这方面，我们应该能从多元系统理论中得到不少启迪。

事实上，结合译入语国家、民族的文化语境全面、深入研究翻译文学，正是多元系统理论为翻译研究拓展的一个极其广阔的、崭新的研究领域。在此之前，人们尽管都承认翻译在民族（国别）文学、文化形成过程中所发挥的重要的、甚至不可或缺的作用，但是并没有把翻译文学也看作一个系统，而往往仅仅是把它视作"翻译"或个别的"翻译作品"。是埃文-佐哈尔于20世纪70年代末首先提出，翻译文学也是一个文学系统，与原创的文学作品一样，它的背后也存在着同样的文化和语言关系的网络。[①] 埃文-佐哈尔在他的多元系统理论里，对翻译文学（translated literature）这样的"二度创作的文学"及模式，给予与原创文学及模式同样的重视，并肯定其在文学史上的地位。他指出："翻译文学不独是任何文学多元系统内自成一体的系统，而且是非常活跃的系统。"翻译文学在文学多元系统中并非永远处于边缘位置，它有时也会占据中心位置，即是说，"翻译文学在塑造多元系统的中心部分的过程中，扮演着举足轻重的角色"，并成为文学多元系统中"革新

---

① 埃文-佐哈尔：于1978年发表《翻译文学在文学多元系统中的位置》，后于1990年经修改后又重新发表在《当代诗学》杂志上（1990年第11卷第1期），在西方学术界产生较大影响。

第九章　多元系统论与翻译研究

力量不可或缺的一部分"。①

多元系统理论对翻译文学的阐述为我们研究翻译文学提供了多个切入点,并对翻译史上的一些现象做出了比较圆满的解释。

首先,多元系统论比较全面地分析了翻译文学在译入语文学的多元系统里可能占据中心位置的三种客观条件。第一种情形是,一种多元系统尚未定形,也即该文学的发展还处于"幼嫩"状态,还有待确立;第二种情形是,一种文学(在一组相关的文学的大体系中)处于"边缘"位置,或处于"弱势",或两者皆然;第三种情形是,一种文学出现了转折点、危机或文学真空。

参照这三种情形去观照20世纪中国的外国文学翻译史似乎的确可以发现不少契合之处。譬如中国清末民初时的文学翻译就与上述第一种情况极相仿佛:当时,中国现代文学还处于"幼嫩"状态,我国作家自己创作的现代意义上的小说还没有出现,白话诗有待探索,话剧则连影子都没有,于是翻译文学便成了满足当时新兴市民阶层的文化需求的最主要来源(翻译小说占当时出版发表的小说的五分之四)。至于在"文化大革命"时期,我们的文学尽管具有悠久的历史,但此时却由于"文化大革命"中极"左"思潮的影响,几乎一片空白,仅有屈指可数的几本反映极"左"路线的所谓小说尚能公开出版并供读者借阅。这正如上述第二种情形,由于特定历史、政治条件制约,原本资源非常丰富且在历史上一直是周边国家(东南亚国家日本、越南、朝鲜等)的文学资源的中国文学,此时却处于"弱势""边缘"地位。于是在"文化大革命"后期,具体地说,是进入70年代以后,翻译文学又一次扮演了填补空白的角色:当时公开重版、重印了"文化大革命"前就已经翻译出版过的苏联小说,如高尔基的《母亲》《在人间》、法捷耶夫的《青年近卫军》、奥斯特洛夫斯基的《钢铁是怎样炼成的》等。另外,还把越南、朝鲜、阿尔巴尼亚等社会主义国家的文学作品,连同日本无产阶级作家小林多喜二等人的作品,也一并重新公开出版发行。与此同时,当时还通过另一个所谓"内部发行"的渠道,翻译出版了一批具有较强文

---

① 埃文-佐哈尔:《翻译文学在文学多元系统中的位置》,庄柔玉译,《西方翻译理论精选》,香港:香港城市大学出版社,2000年,第117—118页。

学性和较高艺术性的当代苏联、日本以及当代西方的小说,如艾特玛托夫的《白轮船》、三岛由纪夫的《丰饶之海》四部曲、赫尔曼·沃克的《战争风云》、约瑟夫·赫勒的《第二十二条军规》等。这些作品尽管是在"供批判用"的名义下出版的,但对于具有较高文学鉴赏力的读者来说,不啻是文化荒芜的"文化大革命"年代里的一顿丰美的文化盛宴。及至"文化大革命"结束,中国当代文学创作一时出现了"真空",创作思想也发生重大转折,于是一边大批重印"文化大革命"前即已翻译出版过的外国古典名著,诸如托尔斯泰、巴尔扎克、狄更斯等人的作品,印数动辄数十万甚至上百万册。与此同时,还开始翻译出版新中国成立后一直被视作禁区的西方现代派作品,从而迎来了中国历史上的第四次翻译高潮。这第四次翻译高潮的出现正好印证了上述埃氏多元系统理论所说的第三种情形,即当一种文学处于转折点、危机或文学真空时,它会对其他国家文学中的形式有一种迫切的需求。"文化大革命"结束后,我们曾经大量译介了西方的意识流小说、荒诞派戏剧等,正是迎合了国内小说创作界欲摹仿、借鉴国外同行的意识流等写作手法的这一需求。

  其次,多元系统理论对翻译文学的阐述让我们从一个新的角度去看待文学翻译中的"充分性"(adequacy)问题。在中外翻译史上,都会有这样一个时期,此时译者的翻译往往很不"充分",即对原作偏离较多,包括对原作的随意肢解。譬如古罗马人对希腊典籍的翻译,又譬如我国清末民初严复、林纾等人对西方社科、文学作品的翻译,等等。以往我们对此现象的解释是:"随着时间的推移,罗马人意识到自己是胜利者,在军事上征服了希腊,于是以胜利者自居,一反以往的常态,不再把希腊作品视为至高无上的东西,而把它们当作一种可以由他们任意'宰割的''文学战利品'。他们对原作随意加以删改,丝毫也不顾及原作的完整性。"[①]或者,一方面是"翻译家自身能力所限,另一方面这个时代的大部分读者也没有要求高水平的译作,只要能把域外小说的大致情节译过来就行了。故一大批胆大心不细的'豪杰译作'

---

① 参见谭载喜:《西方翻译简史》(增订版),第18—19页。

风行一时"。①

埃文-佐哈尔则是从翻译文学在文学多元系统中的位置这一角度出发解释上述现象,并且进而引申出关于翻译文学的位置对翻译的规范、行为模式、翻译策略等的影响问题。在埃氏看来,当翻译文学处于文学多元系统的边缘位置时,"译者的主要工作,就是为外国的文本,找来最佳的现成二级模式。结果是译本的充分性不足"。② 在上述两例中,罗马译者已经"不再把希腊作品视为至高无上的东西",清末民初的中国译者则"实际上蕴藏着一种根深蒂固的偏见:对域外小说艺术价值的怀疑"③,因此,翻译文学在译入语文学的多元系统中占据的显然仅是边缘位置,于是译者对所译作品或是随意删改,或是"削足适履",把原作生硬地套入译入语文学中的现成模式,如把西洋小说"翻译"成中国章回体小说的模样,等等,从而极大地影响了翻译的"充分性"。反之,当翻译文学在译入语文学的多元系统中占据中心位置时,翻译活动在参与创造译入语文学中新的、一级模式的过程,这时,"译者的主要任务就不单是在本国的文学形式中寻找现成的模式,把原文套进来;相反的,译者即使要打破本国的传统规范,也在所不惜。在这种情况下,译文在'充分性'(adequacy)(即复制原文的主要文本关系)方面接近原文的可能性最大。"④20世纪五六十年代我国对苏联文学的翻译即属于这种情况,当时我们把苏联文学视作无产阶级革命文学的典范,也是我国文学的学习榜样,因此译者在翻译时也就小心翼翼,字斟句酌,唯恐翻译得不确,损害原文。至于20世纪二三十年代鲁迅提出要"硬译",甚至"宁信而不顺",在多元系统理论看来,其背后一个原因就是为了确立翻译文学在译入语中的中心位置。

不无必要补充指出的是,埃文-佐哈尔在讨论翻译文学时没有简

---

① 参见陈平原:《二十世纪中国小说史(第1卷)》,北京:北京大学出版社,1989年,第35页。
② 埃文-佐哈尔:《翻译文学在文学多元系统中的位置》,庄柔玉译,《西方翻译理论精选》,第122页。
③ 参见陈平原:《二十世纪中国小说史(第1卷)》,第39页。
④ 埃文-佐哈尔:《翻译文学在文学多元系统中的位置》,庄柔玉译,《西方翻译理论精选》,第122页。

单地、不加区分地把它视作一个整体,而是看到"翻译文学本身也有层次之分,而就多元系统的分析角度、关系的界定,往往是以中心层次为着眼点,来观察系统内的各种关系。这即是说,在某部分翻译文学占据中心位置的同时,另一些部分的翻译文学可能处于边缘位置"①。这样的分析,对于我们理解俄苏文学和西方现代派文学在我国不同时期的译介情况(数量的多寡及影响的起落等),显然是有参考价值的。

多元系统理论在当前国际译学界有很大的影响,当代西方译学界著名的"操纵"学派的产生就与埃氏的多元系统理论有直接的关系。除前面提到的英国翻译理论家西奥·赫曼斯外,已故著名美国译学专家勒菲弗尔的译学思想也明显体现出了多元系统理论的一些基本观点。勒菲弗尔在"赞助人"和"诗学"之外,还把翻译研究与权力和思想意识等结合了起来,并提出,翻译是改写文本的一种形式,是创造另一个文本形象的一种形式。他指出,文学批评、传记、文学史、电影、戏剧、拟作、编纂文集和读者指南,等等,都是对文本的改写,都是创造另一个文本形象的形式。这也就是说,翻译创造了原文、原作者、原文的文学和文化形象。而一切改写,不论其意图如何,都反映了某种思想意识和诗学,它根据的是原文问世之前早就存在于目的语中的价值观、信仰和表达方式,并据之对外国文本进行改写。从这个意义上而言,翻译实际上也是译者对原文文本的"操纵",使文学以一定的方式在特定的社会里产生作用。②

由此可见,多元系统理论把翻译研究引上了文化研究的道路,它把翻译与译作与所产生和被阅读的文化语境、社会条件、政治等许多因素结合了起来,为翻译研究开拓了一个相当广阔的研究领域。有鉴于此,国内已经有学者不无敏锐地指出:"这一对翻译性质的新认识(指多元系统理论——引者)导致了一系列新见解,其一是把翻译看作只不过是系统间传递的一种特殊形式,这就使人们能从更广泛的范围来看待翻译问题,以把握它的真正特色;其二可以使人们不再纠缠于

---

① 埃文-佐哈尔:《翻译文学在文学多元系统中的位置》,庄柔玉译,《西方翻译理论精选》,第121页。

② 详见郭建中编著:《当代美国翻译理论》,第159页。

原文和译文间的等值问题,而把译本看作是存在在目标系统中的一个实体,来研究它的各种性质。正是这一点后来发展成了图里的'目标侧重翻译理论'(Target-oriented approach)。其三,既然译文并不只是在几种现成的语言学模式里做出选择,而是受多种系统的制约,那么就可以从更广泛的系统间传递的角度来认识翻译现象。"①

最后,毋庸讳言,多元系统理论也存在着相当多的局限,对之已有学者撰文,在此就不再赘言。②

---

① 潘文国:《当代西方的翻译研究》,《译学新探》,青岛:青岛出版社,2002 年,第 269—270 页。
② 参见庄柔玉:《用多元系统理论研究翻译的意识形态的局限》《《翻译季刊》2000 年总第 16、17 期),查明建:《意识形态、翻译选择规范与翻译文学形式库》(《中外文学》2001 年第 3 期),谢世坚:《从中国近代翻译文学看多元系统理论的局限性》(《四川外语学院学报》,2002 年第 4 期)。

第十章　无比广阔的研究前景
——译介学研究举隅

译介学理论的提出,无论是给比较文学还是翻译学,都展现了一个无比广阔的研究前景。译介学研究的实践层面决不限于前面几章所说的三个层面,它的理论研究前景也不止上面所说的三个方面。从实践层面来说,除文化意象的传递外,两种语言文字转换过程中的各种文化现象和文化因素,都值得研究;而翻译文学史研究领域里更有数不尽的课题,诸如翻译家的个案研究,外国文学流派、思潮、具体作品译介的研究,等等。而从理论层面来说,则有两个较大的研究领域可以深入探究,其一是译介学本身的理论概念,譬如译介学里的一些基本理论命题,诸如创造性叛逆、误译、误读,非翻译方法意义上的归化、异化,以及翻译文学的性质及其归属、翻译文学史的性质及其定位等等;其二是与译介学研究相关的文化理论和译学理论,从前面几章提到的多元系统论、解构主义理论、解释学理论,到功能理论、目的理论、女性主义理论、后殖民理论,等等。由此可见,译介学研究的空间相当广阔。

事实上,借助译介学的一些基本理论观念和方法论,不少硕士、博士研究生以及中青年学者,在各自的领域里已经取得了一些颇有新意的科研成果。本章从曾经跟从本人攻读译介学专业的硕士生、博士生的学位论文及相关研究成果中引用其中一些有代表性的研究个案,附在下面,以进一步具体展示译介学的研究前景,同时也可让对译介学研究有兴趣的读者从中得到一些启迪。

个案一:"意识流小说在新时期的译介及其'影响源文本'意义"

(作者查明建)①

引者按:这是一则典型的属于翻译文学史研究性质的个案。作者引用了许多第一手的资料,非常具体地展示了某个外国文学流派(此处即意识流小说)在新时期我国的译介轨迹:开始时围绕译介意识流小说所展开的论争,如有的论者指责意识流文学"不遵循现实主义创作方法","不描写客观事物的真实","只是表现主观的幻觉、潜意识、下意识等等,这是违反一般艺术规律的";而意识流小说的译介者们则采取了一定的译介策略,如有意无意地突出现代派文学在对社会批判和认识价值方面的意义,将其与现实主义联系起来,寻找并强调它们的交合点,等等。作者还进一步分析了意识流文学译介择取的特点以及译者在"意识流东方化"过程中的作用。

由此个案我们可以联想到在翻译文学史研究领域类似的研究课题还有很多很多,诸如荒诞派戏剧、黑色幽默小说在新时期中国的译介,日本新感觉派小说在20世纪30年代中国的译介,等等。这些课题的研究将对中国翻译文学史的编写大有裨益,同时还会为中外文学关系史的研究打下颇有价值的基础。只是不无必要提醒一点的是,在进行类似课题研究时,一是不要写成流水账,像某年某月某人翻译了什么作品;一是不要照搬理论框架,如有的研究者掌握了埃文-佐哈尔的多元系统论,便把制约翻译文学的三要素(意识形态、文学观念、赞助人)机械照搬照套,结果本末倒置,其研究变成了去证明多元系统论的正确性和普适性,而不是借用该理论去发现问题,分析问题。

正文:意识流小说在新时期的译介及其"影响源文本"意义

一、意识流小说译介的文学语境与策略

从20年代开始,我国现代文坛对意识流就有过陆陆续续的介绍和评论。鲁迅、郭沫若、郁达夫、徐志摩、林徽因、林如稷等人都不同程度地尝试过意识流手法。30年代"新感觉派"作家刘呐鸥、穆时英、施蛰存更是比较集中地运用意识流手法。新中国成立后我国的文艺政

---

① 原载《中国比较文学》1999年第4期。

策受苏联的影响，尤其是日丹诺夫对现代派的彻底否定，极大地影响了我们对西方现代派文学的认识。新中国成立后 27 年间虽翻译出版过十几部现代派作品，但都是作为"内部发行"，"供批判用"。① 因此，新时期之前对西方现代主义文学的译介存在一个明显的缺漏，人们普遍缺乏现代派文学的阅读经验和感性认识。现代派虽然缺席，但对其政治判决已深入人心。这种先验的价值判断成为新时期现代派文学译介的巨大文化心理。

现代派文学自 1978 年译介开始一直伴随着争议和论争。虽然人们当时对西方现代派文学限隔膜、陌生，但他们认为现代派文学其哲学和思想基础是反动和没落的，认为"现代派作品就其总的倾向而言，是在把人们引向悲观厌世、神秘主义和不可知论的绝境。它模糊了人们的视线，瓦解群众的斗志，客观上起着维护资本主义制度的作用，对于无产阶级和广大群众按照客观世界的规律改造客观世界的历史活动是有害的。"② 对引进现代派文学，论者表示出极大的忧虑：如果"深中现代派流毒"，就会"脱离人民和民族的土壤，否定古典文学的艺术成就，摈弃无产阶级的创作经验"。③ 十年"文化大革命"中的极"左"思潮和文化专制主义致使"瞒"与"骗"的文学肆虐文坛，在新时期之初，人们急迫地要恢复现实主义的传统，拨乱反正。译介和引进现代派文学，在当时很多人看来，无疑阻碍了现实主义传统的恢复和发展。

因此作为最早译介的西方现代派文学之一的意识流小说在当时成为一个热点话题。

意识流作家的小说观念与传统现实主义作家大相径庭。意识流小说主要作家弗吉尼亚·伍尔芙对此有比较明确的阐述。她在其著名的论文《现代小说》中就指出传统小说对表现生活的缺陷和不足，认为过于追求故事情节，追求表象的逼真和外部环境的描摹，其结果是"让生活跑掉了"，"把我们寻求的东西真正抓住得少，放跑错过的时候

---

① 这些"内部发行"的翻译作品里没有一部意识流作品。袁可嘉 1964 年 6 月发表在《文艺研究集刊》上的《英美"意识流小说"述评》是新时期之前唯一一篇评述意识流文学的文章，但受当时文学语境的影响，也是采取批判的态度。
② 嵇山：《关于现代派和现实主义》，《华中师范大学学报》1981 年第 6 期。
③ 陈燊：《也谈现代派文学》，《文艺报》1983 年第 9 期。

多",所以她认为,小说应该表现另一种真实——心灵的真实。意识流小说"在那万千微尘纷坠心田的时候,按照落下的顺序把它们记录下来,描出每一事每一景给意识印上的(不管表面看来多么互无关系、互不连贯)痕迹"。① 伍尔芙推崇乔伊斯的创作手法,认为他代表着"唯灵论者",认为现实主义作家高尔斯华绥、韦尔斯、班奈特等作家是"唯物论者",已经过时了。她在题为《班奈特先生勃郎太太》的演说中,对传统的写实手法给予了嘲讽和抨击。

正因为意识流文学在创作方法上是以现实主义文学反叛者的姿态出现的,它进入中国这样一个经过半个多世纪现实主义创作原则高度强化的国度,注定它的旅途也不会平坦。意识流文学虽然与存在主义、荒诞派等文学相比,不会直接地与现行政治意识形态发生冲突,但意识流文学首先与传统的审美观念相悖逆。中国传统的审美观念中,情节因素是小说构成的核心要素。从中国小说发展演变来看,从最初魏晋南北朝时期有志人志怪小说,到唐传奇,宋元话本小说,明清长篇小说,一直到20世纪的各类小说,特别是新中国成立后战争题材的长篇小说,扣人心弦的动人情节一直是吸引读者的核心因素。虽然传统戏剧强调虚实相生,情节的演绎不如小说那样缜密,但很多都是取材于流传的小说故事,观众对故事情节烂熟于心。观众的戏剧审美视点主要集中在演员的唱念做打上,而不是故事情节的演绎上。对小说这种文学样式,人们的审美期待中,情节是第一位的。另外,小说评点派,如金圣叹等,都激赏通过人物行为来外化人物复杂心理活动的描写。这种心理外化手法在戏剧舞台上常常还是观众审美期待的"戏眼"。中国传统文学艺术的审美模式形成了中国读者的审美定势,对小说新的形态产生审美排斥心理。

意识流小说进入新的文学时空的另一个关卡就是当代文学观念。意识流所标举的与传统创作手法相悖的创作手法自然引起人们思想情感上的抵触和义愤,认为这是对现实主义文学的叛逆和反动,是同现实主义"对抗"。有论者义愤填膺地指出:"若就推举现代派——无论

---

① 伍尔芙:《现代小说》,《外国文艺》1981年第3期。

'抽象的、荒诞的方法'还是所谓的'意识流'——来反对现实主义而言,也早在二十年代就有了它的前奏。……当十年'文化大革命'的狂涛平定下来不久,简直可说是从血泊里方才又站立起来的文艺界,在激动的亢奋中'心有余悸',然而从中有一个清醒而庄严的呼声发出来了,那就是'恢复现实主义传统'。可是就在'恢复现实主义传统'呼声才刚得到最初的点滴响应,就有一阵嘻嘻嘻嘻伴奏的言辞从斜刺里传出来了,说是:人家都已经说的是卡夫卡、贝娄、乔伊斯、辛格了,你们还在讲什么巴尔扎克、和托尔斯泰。未必需要讲出这正就是推举现代派来反对现实主义的议论。"① 有论者认为,意识流文学不遵循现实主义创作方法,强调"非理性、直觉性,反对形象、追求抽象,不描写客观事物的真实,只是表现主观的幻觉、潜意识、下意识等等,这是违反一般艺术规律的。"② 有些论者的论争方式和论证逻辑更为简单、直接,他们诘问:"没有哪一个现代派作品,超过了现实主义大师们。在英国有超过狄更斯的吗?在法国有超过巴尔扎克、司汤达的吗?没有。"③

在当时的文化语境下,现代派文学的译介者对现代派文学的阐释都有意和无意地突出了现代派文学在对社会批判和认识价值方面的意义,将其与现实主义联系起来,寻找并强调它们的交合点。袁可嘉就指出:"现代派文学在观察事物角度上的主观性、内向性,当然有非理性主义的基础,但如果用得适当,也可以作为现实主义文学客观性、外向性的重要补充,是有其积极的、创造性的一面的。"④ 将现代派文学与现实主义相联系,既是在政治层面消解现代派文学的政治危险性,也是将现代派文学"熟悉化"的一种途径,减少现代派文学与传统"期待视野"的反差。如果说针对存在主义、荒诞派、黑色幽默等现代派文学作品,译介者可以在内容、认识价值层面将具有"进步意义"和"对资本主义认识批判意义"作品从作为整体意义上的现代派剥离,并

---

① 耿庸:《现代派怎样和现实主义"对抗"》,《社会科学》1982年第9期。
② 李基凯:《塑造艺术典型的原则不能动摇》,《人民日报》1982年10月13日。
③ 李正:《未来决不属于现代派》,《外国文学研究》1981年第1期。
④ 袁可嘉:《我所认识的西方现代派文学》,《光明日报》1982年12月30日。

将其与现实主义联系，在政治层面消解现代派文学译介的政治危险性，那么针对意识流译介来说，最好的译介策略就是运用内容与技巧剥离的阐释策略，突出意识流审美和艺术技巧层面对我们的借鉴意义。意识流小说在形式技巧层面给人印象最深，似乎最容易将其内容与形式剥离。内容与技巧是不是真的可以剥离？有学者对这种剥离说表示怀疑。夏仲翼就认为，把艺术形式技巧从思想观念上剥离很难做到。一是因为"有些现代派作品的'新颖'，与其说取决于它的形式技巧的独特，不如说更多的是决定于它的思想观念。"二是因为现代派文学主张中的艺术本体论倾向"使形式和思想的混合达到前所未有的境地。形式已经不只是艺术表现的手段，很大程度上成为艺术本体的构成部分。"①但不管怎么说，译介者比较成功地使对意识流小说心怀戒心或敌对情绪的人们逐渐认同，意识流小说技巧对现实主义可以直至借鉴和补充的作用。这也许就是意识流小说是现代派文学中最早也是最为成功地被译介和接受过来的原因之一。

二、意识流文学译介择取特点

在新时期最初的几年里，意识流一直是文学界文论的重要话题。1978年下半年外国文学研究界在讨论"外国现当代资产阶级评价问题"以及1978年底在广州召开的外国文学十年规划会议时，学者们在发言中对作为现代主义文学之一的意识流都间或有所涉及。

外国文学研究界对意识流研究最深、评介最多的是陈焜、袁可嘉两位专家。从1979年起，袁可嘉在报刊上发表了多篇谈论现代派文学的文章，如《意识流》(1979年)、《欧美现代派文学漫议》(1979年)、《象征派诗歌·意识流·荒诞派戏剧——欧美现代派文学述评》(1979年)、《意识流是什么？》(1980年)、《欧美现代派文学概述》(1980年)、《"意识流"的由来》等，对意识流进行了比较广泛而又深入的介绍。其中发表于1979年《象征派诗歌·意识流·荒诞派戏剧——欧美现代派文学述评》一文，阐述了意识流小说的基本特征，对伍尔芙、乔伊斯、

---

① 夏仲翼：《谈现代派艺术形式和技巧的借鉴》，《文艺报》1984年第6期。

福克纳、普鲁斯特意识流创作手法在作品中的表现也作了介绍和评析。他在为《外国现代派作品选》第二册意识流作品辑撰写的介绍中，对意识流的来源、特点以及意识流对西方现当代文学的影响作了简明扼要的概述。另一位外国现当代文学研究专家陈焜先生对意识流的绍介不遗余力，发表了多篇启人心智的学术论文。1980年11月25日，他在中国当代文学研究会第二次学术讨论会上作了《关于意识流》的专题发言。1981年又在《国外文学》创刊号上发表了长文《意识流问题》，对意识流心理学、哲学的文化背景、意识流的发展概貌作了比较全面的评述，并且选取乔伊斯、贝娄、辛格、贝克特等作家作品的片段，对作品中意识流手法的表现加以具体分析。这是新时期初期对意识流文学评述和鉴赏最为透彻的论文。他对现代派研究的重要论著《西方现代派文学研究》1981年8月出版时，又收入了一篇具体分析意识流作品的文章《谈谈〈墙上的斑点〉》，并在文末附录了《墙上的斑点》译文（文美惠译）。另外，李文俊、瞿世镜、施咸荣等人对意识流也发表了精当的评述文章。这些外国文学研究专家的介绍和评述文章为新时期作家和文学评论家以及广大读者对意识流的了解和认识产生了莫大的作用和影响。

意识流小说的翻译从1979年开始。较之其他外国文学刊物，《外国文艺》对意识流的译介比较早，也最为得力。《外国文艺》1979年第2期刊译了美国著名心理现实主义作家乔·卡·奥茨的《过关》，第4期刊译了海明威的《乞力马扎罗的雪》、约翰·巴思的《迷失在开心馆中》，第6期刊载了福克纳的短篇小说《纪念爱米莉的一朵玫瑰花》。1980年第4期译载了乔伊斯3篇短篇小说《死者》《阿拉比》和《小人物》。1981年第3期又译载了伍尔芙的《邱园记事》，第5期节译了普鲁斯特《追忆逝水年华》中的《司旺的爱情》。新时期初期对乔·卡·奥茨作品的译介引人注目。除《外国文艺》译载的3篇作品外，《美国文学丛刊》1981年第1期翻译了她的《人间乐园》，第2期又刊载了她的《神圣婚姻》。1982年2月，江苏人民出版社还翻译出版了她的代表作《他们》（李长兰、陈可森译）。1982年出版的几部小说选集，如《最新美国短篇小说选》（宋兆霖译，浙江人民出版社）、《欧美现代派作品选》

(骆嘉珊编,云南人民出版社)等都选有数篇意识流手法的作品。这一年对意识流最为集中、最有代表性的译介还是袁可嘉、董衡巽、郑克鲁3人选编的《外国现代派作品选》第2册。其中收有普鲁斯特的《小玛德兰点心》《斯万的爱情》,伍尔芙的《墙上的斑点》《达罗卫夫人》,乔伊斯的《尤利西斯》第二章,福克纳的《喧哗与骚动》第二章以及日本新感觉派代表作家横光利一的代表作《机械》。1982年以后,意识流作家作品的译介逐年增多。意识流小说的名篇巨著普鲁斯特的《追忆逝水年华》、乔伊斯的《尤利西斯》、福克纳的《喧嚣与骚动》在一些外国文学期刊上都有节译。乔伊斯、伍尔芙、福克纳的中短篇小说也大量译介过来。主要有:詹姆斯·乔伊斯的《一个青年艺术家的画像》(黄玉石译,外国文学出版社,1983年5月)、《都柏林人》(本书收有15个短篇,其中包括《阿拉比》《死者》、孙梁等译,上海译文出版社,1984年10月);《福克纳中短篇小说选》(本书收有他的中短篇小说18篇,陶洁等译,中国文联出版公司,1985年7月);弗吉尼亚·伍尔芙的《达洛卫夫人》《到灯塔去》(孙梁等译,上海译文出版社,1988年5月)以及瞿世镜译的《到灯塔去》(上海译文出版社,1988年)。此外,还译介了运用意识流方法创作的作品,如索尔·贝娄的《赫索格》(宋兆霖译,漓江出版社,1985年7月)、乔·卡·奥茨的《如愿以偿》(屠珍译,《美国文学丛刊》1982年第1期)、凯·安·波特的《斜塔》(鹿金译,《美国文学丛刊》1982年第3期);微拉·凯瑟的《雕塑家的丧事》(张禹九译,《世界文艺》1982年第2期)、托马斯·沃尔夫的《远与近》《幽暗的森林》(《当代外国文学》1983年第3期)、约翰·福尔斯《法国中尉的女人》(阿良、刘坤尊译,花城出版社,1984年5月)、《法国中尉的女人》(刘宪之、蔺延梓译,百花文艺出版社,1986年9月)、艾·卡内蒂的《迷惘》(望宁译,湖南人民出版社,1985年5月),等等。

在意识流文学杰出的四大家普鲁斯特、乔伊斯、伍尔芙、福克纳的意识流名篇中,最早翻译过来的是福克纳的《喧嚣与骚动》。伍尔芙的《到灯塔去》《达罗卫夫人》1988年翻译过来,普鲁斯特的《追忆逝水年华》1989年译林出版社出齐。而乔伊斯的《尤利西斯》的翻译要到90年代中期。1994年人民文学出版社出版了金隄译的《尤利西斯》上卷,下卷1996年3月出版。同一年,萧乾、文洁若译本也由译林出版社出版。两种汉译本同时出版,在读书界和学术界都引起了轰动。

虽然意识流在新时期之初就在文学界和外国文学研究界引起了极大的译介兴趣和学术兴奋,但意识流名著的翻译却比较滞后。新时期前期主要是理论评介,从1981年开始,作品的翻译逐渐增多,但大多还是与现实主义手法相交融的作品,如乔·卡·奥茨、索尔·贝娄等作家的作品。意识流经典作品的翻译却要到1984年之后。期刊上较早译介乔伊斯的作品是他早年创作的《都柏林人》。虽然这些作品也有象征、心理描写,但情节性较强,主要运用的是现实主义手法。福克纳主要运用意识流手法创作的作品,如《喧嚣与骚动》《我弥留之际》也晚于其主要以现实主义手法创作的短篇小说。意识流名著翻译的滞后有多方面的原因:一是翻译的难度较大。《追忆逝水年华》依靠多位翻译家的合作才得以完成。《尤利西斯》的翻译耗去了金隄、萧乾、文洁若多年的心血。二是意识流评介文章中认为是负面不可取的东西,如性意识心理的描写等都比较集中地出现在意识流经典作品中。这与当时的文学语境不谐和。三是意识流经典作品与当时文学观念之间的阐释空间原因。

几个意识流名家当中,对福克纳的评介最早最为全面。早在1980年,中国社会科学出版社就出版了《福克纳评论集》,发行27000册,后又印刷了2500册,可以看出当时学术界对福克纳的热情。而学术界对其他几位意识流名家的研究却难以与福克纳相比。作为"外国文学研究资料丛书"之一的《伍尔芙研究》迟至1988年才出版。专业研究如此,作品翻译亦然。福克纳作品的翻译也比其他几位意识流名家要快、要早。《喧嚣与骚动》的译者、著名翻译家李文俊,对福克纳素有研究。1984年,他翻译的《喧嚣与骚动》由上海文艺出版社出版。为减少读者的阅读困难,李文俊拟定了长篇前言,对《喧嚣与骚动》作了详细的评析,他为译本作了421个注释,用不同的印刷字体表明时空的转换,提示情节和时空转换的脚注达260多条。这固然说明福克纳难理解,但同时又产生另外一个问题:其他几位意识流作家的作品不是也可以按此翻译、解决读者阅读的困难吗?为什么对他们作品的翻译要迟好几年呢？问题可能不仅在于恰好有李文俊这样的福克纳研究专家和翻译家，而与当时对整个包括意识流在内的现代派文学的接受语境有关。与普鲁斯特、乔伊斯、伍尔芙相比，福克纳更主要地还是被视为现实主义作家，比其他几位要"进步"得多。李文俊在《喧嚣与骚动》译本"前言"中还突出了作品的社会认识价值："《喧嚣与骚动》不仅提供了一幅南方家庭（扩大来说又是种植园经济制度）解体的图景，在一定程度上，也包含对资本主义价值的批判。"关于福克纳意识流的创作手法，李文俊特别指出："福克纳之所以如此频繁地表现意识流，除了他认为这样直接向读者提供生活的片段能更加接近真实之外，还有一个更主要的原因，这就是：服从刻画特殊人物的需要。"①将福克纳的意识流创作手法解释成与以"创造典型环境中的典型人物"的现实主义相一致，这种将陌生"熟悉化"的解说话语无疑减少了对作品接受的心理难度。《喧嚣与骚动》的现实主义意蕴和独特的形式技巧，使得福克纳成为现代派文学争论中两方面都能接受的作家。外国文学研究才和青年作家欣赏其"内容的深邃，技巧的高超"，②从他的作品中"获得了一种形式的自觉"，③而老作家读福克纳《喧嚣与骚动》感受最深的则是其现实主义的主题，而不是技巧，认为"福克纳驳斥了淡化现实、逾越现实，驳斥了不要典型，驳斥了写性"。④可以看出，正是因为《喧嚣与骚动》作品本身蕴含了可供译介者作符合当时文化语境解说的内容，其充公有免去文学译介非文学性的干预，自然也就有了译介的"优先权"。而在乔伊斯、普鲁斯特和伍尔芙的意识流作品中就难以找到这样可供译者挖掘、解说的、与当时文学观念相吻合的内容，他们代表作的翻译也须等到更为宽松的文化语境出现的时候。

时代文化语境对意识流译介的制约形成的译介特点，对新时期文学借鉴意识流产生了意味深长的影响。

---

① 李文俊：《喧嚣与骚动》中译本序，上海：上海译文出版社，1984年，第11页。
② 周珏良：《外国文学断想》，《世界文学》1987年第4期。
③ 赵玫：《无形的渗透》，《世界文学》1987年第4期。
④ 刘白羽：《谈艺日记三则》，《文艺报》1988年5月14日。

三、译者在"意识流东方化"过程中的作用

在中国20世纪文学史上经常出现这样的现象,即某一时期的翻译文学对当时的文学创作产生了即刻效应。但论者大多从接受者、即创作者的角度探讨这种即刻效应产生的原因,而忽视了译者作为第一时间的接受者作用。外来文学之所以能发生影响效应,其关键原因就是文学影响在大多数情况下是翻译文学带来的。影响源文本通常是翻译文本,而不是原作。关于西方意识流小说对新时期小说的影响及形态或称"东方意识流小说",已有很多论者论述过,但论者主要探讨的是作家如何进行创造性的转化,而忽视了作为影响源文本的形态特征。西方要特别指出的是,在"意识流的东方化"进程中,意识流小说的译介者实际上也参与了其中。考察所谓"意识流的东方化"过程,译介的择取和意识流名篇翻译的阶段性和导向性应是一个不可忽视的参数,也许能更切合实际地解释接受与变异过程中的复杂性。与五四时期和三四十年代的作家不同,新时期作家对外国文学的认识和了解基本上是通过译介得以完成的。译介的倾向和择取范围决定了作家的外国文学视野。从以上对译介特点的分析可以看出,新时期初期对意识流译介、理论评述多于具体作品的翻译,所翻译的"意识流小说"大多是运用了意识流手法而非纯粹意识流作品。新时期的读者(包括作家)最初通过对意识流评析的文章对意识流有了初步认识,其开始创作意识流小说时所赖以借鉴的不是经典的意识流作品,而是意识流的种种变体,其创作自然与纯粹的意识流作品有区别。译介择取上的这些特点实际上为新时期作家的"创造性借鉴"提供了便利。另外译介意识流文学也产生了微妙的作用。从影响和接受角度来看,译者应看成是第一时间文学接受者。新时期在对意识流小说的接受时实际上就已经经过了作为文学接受者——译介者的选择。当论者比较我们意识流作品与西方意识流的不同时,其相比较的对象是完整形态的西方意识流文学,而不是翻译过来的意识流文学。论述我们的意识流没有西方意识流小说的性意识心理、晦涩、朦胧的意绪等等,实际上这些在新时期初期意识流作品的翻译时都做了剔除。从后来王蒙等人的创作来看,译介者和创作者在特定的时代语境中对意识流小说实际

第十章 无比广阔的研究前景

上做出了相似的选择。这种契合并不是偶然的。之所以能有效地产生影响是因为译者与创作者处于同一文化语境之中,对时代文学的氛围有着相同的感受。译介者的择取与整个新时代对文学观念变革的要求相契合。

1979年,《上海文学》第4期发表评论员文章《为文艺正名——驳"文艺是阶级斗争的工具"说》,自此在全国范围内引起了热烈的共鸣。"文学是人学"在新时期是在两个维度上展开的。一是对人的生存状态的关注,对人性的探索,对人道主义的呼唤。"伤痕文学""反思文学"的出现就是这种文学主体意识的表现。二是在反思文学的同时,也开始了对文学的反思。过去过分强调形式服务于内容,在实际的创作过程中,走向了极端化,只重内容而忽视了文学形式的意义,内容成了文学唯一的、绝对主导性的方面,从而也就在很大程度上扭曲了文学的本质,造成文学性的缺失。旧有的叙述模式已不能完成负载变革时代繁复的生活给予作家的启示,不能真实地再现人们复杂的心态和多变的内容,突破陈旧滞重的叙述模式就成为时代文学的要求。卢卡契曾说:"一旦文学发现自身出现危机,它就会有意识或下意识地寻求一条出路。"①新时期文学观念的反思促使人们更加注重"有意味的形式",把艺术形式作为艺术作品不可分割的有机构成。美国著名学者约瑟夫·T.肖将外来的文学影响比喻成种子,把接受影响的文学环境比喻成土地,非常生动明了地说明了影响和文学接受语境的关系:"文学影响的种子必须落在休耕的土地上。作家与传统必须准备接受、转化这种影响,并做出反应。各种影响的种子都可能降落,然而只有那些落在条件具备的土地上的种子才能发芽,每一粒种子又将受到它扎根在那里的土壤和气候的影响。"②意识流文学之所以能成为新时期对现代派文学最早的译介和接受对象,正是因为意识流文学关注人的心理层次,探索心灵的世界,切合了时代的反思主题,也是从文体

---

① 卢卡契:《卢卡契文学论文集》(二),北京:中国社会科学出版社,1981年,第453页。
② 约瑟夫·T.肖:《文学借鉴与比较文学研究》,《比较文学研究资料》,北京:北京师范大学出版社,1986年,第119页。

革新上回应"文学是人学"的命题。时代文学的内在要求成为译介和接受意识流文学的"休耕的土壤"。正是在这种语境之中,译介者在对外国文学翻译择取时确立了其价值取向——为时代文学提供直接的文学劫持和声援。译作是已经由译者转化了的影响源文本,它所产生的影响效应与原作所带来的文学效应有区别。作为转化了的影响源文本——译作的影响与原作相比更具有直接性针对性。

作为两种文学文化的中介者,外国文学研究者和译介者敏锐地捕捉到时代文学文化变革的要求和需求。接受美学创始人沃夫冈·伊塞尔认为,每一个作家的创作都有其隐含的读者。英国文艺理论家特雷·伊格尔顿(Terry Eagleton)解释说,"接受是作品自身的构成部分,每部文学作品的构成都出于对其潜在可能的读者的意识,都包含着它所写给的人的形象……,作品的每一种姿态里都含蓄地暗示着它所期待的那种接受者。"[①]作为另一种意义上的创作者,译介者也有他的隐含的读者。尤其是在文化转型时期,译介者就更加关注隐含读者的文化渴求和审美期待,从而充分实现译介的价值。在这一时期,隐含读者对译者的译介择取起主导性作用。从新时期译介的选择上明显可以看出译介者对新时期文学界逐渐变化的"期待视野"和文学接受能力的了解和把握。处于同一文化语境中的译介者与新时期作家有着共同的内在文化渴求和对文学观念和审美观念变革的时代意识。作为外国文学的译介者,其文学视野也促使他们急切地把他们认为优秀的外国现当代文学作品翻译介绍进来,为新时期文学提供发展的借鉴对象。意识流文学的译介与新时期作家意识流创作技巧的实践说明翻译文学从来都不是游离于自身文学语境之外,而是与时代文学的发展紧密相关,与创作文学相互映照。因此作为"影响文本"的意识流小说译作也积极参与进了"意识流东方化"进程中。

个案二:"时代文学语境与穆旦译介择取的特点"(作者张曼)[②]

引者按:本文也是一则典型的翻译文学史研究性质的个案。但

[①] 特雷·伊格尔顿:《二十世纪西方文学理论》,西安:陕西师大出版社,1986年,第105页。

[②] 原载《中国比较文学》2001年第4期。

第十章 无比广阔的研究前景

与"个案一"不同的是,本文研究的不是某个具体的外国文学流派的译介,而是对某个具体的翻译家(此处是著名翻译家穆旦)的译介活动的研究。众所周知,翻译家的译介活动一方面固然有其本人主观的选择,但另一方面,尤其是在20世纪50年代以后的新中国,更受制于当时社会特定的主流意识形态以及政治权力等因素。本文即具体探究了翻译家穆旦如何自20世纪50年代起从事文学翻译,结合穆旦当时所处的时代文化语境,分析穆旦在他的翻译活动中如何既体现了对当时主流意识形态的认同,同时又体现了他的个性化审美追求。

译介学视野中的译者研究,通常包括两类对象:一类是作家、诗人兼翻译家,如鲁迅、茅盾、郭沫若、徐志摩、卞之琳等,他们本人都是著名的作家、诗人,但创作的同时也从事文学翻译;另一类则是职业翻译家或主要以翻译为专职、但以翻译而闻名于世的翻译家,如林纾、严复、朱生豪、傅雷等。由于前一类译者的特殊身份,因此在对前一类译者进行研究时,较多关注他们的翻译活动与他们自身的创作活动之间的互动关系,或是他们的翻译活动与本国的文学运动之间的关系;对后一类译者的研究则更侧重于他们的翻译活动对翻译文学的贡献。

正文:时代文学语境与穆旦译介择取的特点

一、时代文学语境与穆旦的追求认同意识

新诗诗人中,师辈中的闻一多、冯至、卞之琳,同辈诗友中的杜运燮、袁可嘉、陈敬容等,在三四十年代都翻译过自己喜爱的外国诗人诗歌,但穆旦却是在50年代才开始诗歌翻译。也许40年代穆旦正处在创作的巅峰期,无暇顾及诗歌翻译。

1953年,穆旦从美国学成归国。归国后,穆旦深知,他在40年代开始的现代主义诗歌创作与新中国的文学观念存在巨大的距离。他自觉地暂时放弃了诗歌创作①,却出人意料地转而开始了文学翻译,且首先翻译的是苏联文学理论家季摩菲耶夫的《文学原理》和《别林斯基论文学》等。穆旦本是位现代主义诗人,且在美国学习英美文学,为

---

① 1957年穆旦偶尔发表《葬歌》和《九十九家争鸣》而受到报刊的点名批判。

何回国后,却翻译起苏联的文学理论著作?实际上,早在回国之前,穆旦就注意了解新中国的文化、文学政策。周与良等人在回忆文章中都认为穆旦转而从事翻译是爱国心的促使。①

"爱国心"实际上是个很抽象的字眼,在不同的人身上,其爱国的内涵和心理都是不同的。如果我们稍稍分析一下穆旦"爱国心"的形成过程,就不难看出穆旦在50年代的翻译选择理由。

穆旦出生在人口众多的大家庭,父亲由于柔弱无能,在大家庭中常遭到兄长们的冷眼和歧视。幼小的穆旦便早早地就感受到人情的冷暖与世态的炎凉。同时也养成了他敏感、敏锐、坚韧、顽强的个性。穆旦童年所遭受的歧视在心理上烙下深深的印记。美国贫富悬殊的残酷现实又一次在他心灵深处产生震撼。他不愿"去依附他人做二等公民"(又:当时美国正是麦卡锡清洗美国共产党的时代,每个内地去的留学生都被视为潜在敌人。),再次忍受被歧视的心理惨痛,所以他情不自禁对新中国产生一种归属感和认同欲求。② 这种谋求认同对穆旦来说并不是权宜之策或投机。早在40年代,在步行三千多里赴西南联大的路途,在抗日战争的硝烟炮火之中,他切身体会民族因积弱而遭受的欺侮,耳闻目睹了普通百姓生活的艰辛、贫困。这些都使穆旦很自然地将理想寄托在新中国的未来上。穆旦是真诚和率真的。既然对新中国心向往之,既然寄希望于新中国的宏伟理想,作为一个诗人、知识分子,他能奉献、能参与那个理想建构的只有自己的笔、自己的智慧。既然新中国采取一边倒的外交政策,政治意识形态和文学观念上依从苏联,穆旦的归属心理自然促使他采取认同态度。因此,他在美国学习俄文,学习《新民主主义论》,也自觉地使自己熟悉、跟随新的文学观念和艺术价值评判标准。所以,当穆旦决定回国时,朋友们劝他还是观望观望再说,但穆旦归意已坚,他认为他在国外写不出好诗。可以料想,穆旦此时所认为的好诗,已不是40年代他所追求的

---

① 据周与良女士回忆,在美国期间,"穆旦时刻关心新中国的情况,就在撰写学位论文的紧张阶段,还一次次地阅读毛泽东的《新民主主义论》等文章。""他选修俄国文学,目的显然是因为中国需要解放,要学习俄文,介绍俄国文学。"转引自李方编《穆旦年谱简编》,收入《穆旦诗全集》,中国文学出版社,1996年。

② 英、明、瑗、平:《忆父亲》,《一个民族已经起来》,南京:江苏人民出版社,1987年。

第十章 无比广阔的研究前景

现代主义诗歌。

翻译季摩菲耶夫《文学原理》《别林斯基论文学》,既是穆旦对新中国的献礼,更为重要的是,穆旦也是通过翻译苏联语言学理论著作以了解和把握苏联,同时也是新中国的文艺文学观念,这样他才能与新中国的主流语言学观念保持一致,从而获得认同。

穆旦的转变不是外在的压力所做的"知识分子改造",而是一种自觉的行为,是那个时代像他这样知识分子的真诚的自省。在"历史打开了巨大的一页,多少人在天安门写下誓言"的时代,穆旦自认是"旧知识分子",要同"我的阴影,我过去的朋友""永别",要"埋葬,埋葬,埋葬!"旧我。(《葬歌》)他在遭受不公正、历经身心磨难的晚年仍执着地认为:"那时的人只知道为祖国服务,总觉得自己要改造,总觉得自己缺点多,怕跟不上时代的步伐。"①

穆旦创作的是现代主义诗歌,而翻译则选择了浪漫主义诗歌,有论者对这种似乎矛盾的现象做出了这样的分析:"猜想起来,他是把几位优秀的浪漫主义诗人的作品作为人类的文学遗产来介绍的。……翻译介绍浪漫主义诗歌是他的职业,而创作现代派诗歌是他的生命体验。"②实际上,只要回顾一下当时的文化语境就不难看出当时穆旦诗歌选择空间的局限性。新中国成立后,苏联文学界,特别是日丹诺夫对西方现代主义文学的全面否定极大地影响了我国文学界对西方现代主义文学的客观评价。

日丹诺夫1934年在苏联第一次全苏作家代表大会上对现当代资产阶级做了激烈的抨击:

"由于资本主义制度的颓废与腐朽而产生的资产阶级文学的衰颓与腐朽,这就是现在资产阶级文化与资产阶级文学状况的特色和特点。资产阶级文学曾经反映资产阶级制度战胜封建主义,并创造出资本主义繁荣时期的伟大作品,但这样的时代是一去不

---

① 郭保卫:《书信今犹在,诗人何处寻》,《一个民族已经起来》,南京:江苏人民出版社,1987年。
② 蓝棣之:《论穆旦诗的演变轨迹及其特征》,《一个民族已经起来》,南京:江苏人民出版社,1987年。

复返了。现在,无论题材和才能,无论作者和主人公,都普遍地在堕落……沉湎于神秘主义和僧侣主义,迷醉于色情文学和春宫画片,这就是资产阶级文化颓废和腐朽的特征。资产阶级文学家把自己的笔出卖给资本家和资产阶级政府,他的著名人物,现在是盗贼、侦探、娼妓和流氓。"①

日丹诺夫这篇讲话以及他在1946年所做的《关于〈星〉和〈列宁格勒〉两杂志的报告》后收入《论文学、艺术与哲学诸问题》一书,1949年1月在上海由时代书报出版社翻译出版。这本书又在1959年重版。日丹诺夫对西方现代文学的论断,以及苏联的社会主义文艺方针,"实际上成了我们外国文学研究工作的一个指导思想,日丹诺夫的基本论点和基本语言,一直得到广泛的引用。"②而在50年代翻译过来并产生了广泛影响的阿尼克斯特的《英国文学史纲》中,也将艾略特(T. S. Eliot)等人的作品划归到"颓废派文学"之列。③ 因此,新中国成立后,中国对西方现代派文学的认识和评价也是认为,西方现代派文学政治上反动、思想上颓废、艺术上是形式主义,是反现实主义的反动文学。现代主义创作手法遭到彻底否定和摈弃。在这种文学观念占据统治地位的年代,不允许穆旦继续现代主义诗歌创作,也不允许现代主义诗歌的翻译。追求认同的穆旦不可能背离当时的意识形态和主流文学的要求,他的翻译选择只能局限在许可的范围内。

穆旦对普希金(Pushkin)、雪莱(Shelley)、拜伦(Byron)、济慈(Keats)、布莱克(Blake)等人诗歌翻译的选择是当时意识形态所允许并且是鼓励的。50年代初,普希金、雪莱、拜伦、济慈、布莱克这些诗人的作品仍属于被认可的世界文学遗产继承之列。新中国成立后,苏联文学在中国处于"榜样"位置,1954年,中国作家协会主席团第七次扩大会议通过的"文艺工作者政治理论和古典文学的参考书

---

① 转引自柳鸣九:《现当代资产阶级文学评价的几个问题》,《外国文学研究》1979年第1期。
② 徐迟:《日丹诺夫研究》,《外国文学研究》1981年第1期。
③ 参见阿尼克斯特:《英国文学史纲》,戴镏龄等译,北京:人民文学出版社,1957年。

目"①中,文学名著的"俄罗斯和苏联部分",共开列17位作家的著作34种,其中就包括普希金;"其他各国"部分共开列了67种,而得到文学充分肯定的"革命的、积极的浪漫主义代表"——拜伦和雪莱的作品自然也列入其中。

穆旦50年代的翻译选择体现了他与主流意识形态认同的追求。但并不意味着这是穆旦背离他审美原则的迎合之举。只要对穆旦具体的翻译选择细致分析一下就可以看出,穆旦在具体选择上还是体现了他的审美趣味。他是在意识形态许可的译介范围内找到了符合自己审美倾向的合适译介对象。

二、审美追求的个性化品格

虽然穆旦的翻译选择采取了对当时意识形态和文学观念认同的姿态,但穆旦没有违背自己对诗歌艺术的审美标准。如果我们在当时意识形态许可的翻译空间扫视一下,就会发现,还有其他的诗歌翻译对象比普希金、雪莱,至少比济慈、布莱克更受到意识形态的鼓励,如被认为具有"进步和革命意义"的英国宪章派诗歌(同是九叶派诗人的袁可嘉在50年代就翻译了70多首宪章派诗歌,1960年由上海文艺出版社结集出版)、更具有"人民性"的苏格兰农民诗人彭斯的诗(袁可嘉、王佐良在1959年都分别翻译出版了《彭斯诗选》)和揭露"美帝国主义残酷统治"、反映"黑人反抗精神"的美国黑人诗歌(美国黑人诗歌翻译在当时是热门的翻译选题,在50年代出版过两种《黑人诗选》。当时的外国文学杂志《译文》以及改刊后的《世界文学》也多有刊译)。即使是对拜伦、雪莱的诗歌,穆旦的选择也体现了他的审美个性。他没有选择更加符合意识形态的拜伦的《该隐》,而是选择了他的抒情诗《唐璜》;没有选择雪莱的抒情诗《伊斯兰的起义》《解放了的普罗密修斯》,而是选择了《云雀》等抒情诗。②可见,穆旦虽然追求与意识形态认同,但没有刻意迎合,在诗歌翻译选择上依然尽可能地贴近自己的

---

① 参见洪子诚:《中国当代文学史》,北京:北京大学出版社,1999年,第20页。
② 1977年,穆旦在修改完普希金的《欧根·奥涅金》遗稿后,对周与良说:"该译的都译完了。"以此可以看出他所译的诗歌是按自己的审美标准来选择的。

审美追求。

穆旦本身就是一个有着浓重气质的诗人。郑敏曾将中国 40 年代的现代主义诗歌大致划分为四种类型,即"古典—现代主义""浪漫—现代主义""象征—现代主义"和"现实—现代主义",将穆旦归入"浪漫—现代主义"一类,称这类诗人"将浪漫主义的崇高理想和现代主义揉在一起。"①他早年诗歌中的抒情气韵,使他在受到艾略特等人诗歌和诗学理论的影响并自己业已开始创作现代主义诗歌后,仍然创作了不少浪漫派的抒情诗,如他"三千里步行"的组诗《出发》和《原野》《赞美》《流吧,长江的水》等等,诗情澎湃,直抒心意。可见穆旦并不是一味反对抒情,而只是反对如他在《五月》中所戏谑式仿拟的陈腐的抒情模式以及 40 年代矫揉造作的感伤情调。普希金、拜伦、雪莱、济慈是他在这个时期所能够选择的最贴近自己审美倾向的浪漫主义诗人。

1958 年 12 月,穆旦被打成"历史反革命","接受机关管制",不仅被剥夺了教科书的资格,也被剥夺了著译的权利。1962 年,他被解除管制,在图书馆从事图书整理等勤杂工作,又开始了翻译《唐璜》和俄国早期象征主义诗人丘特切夫(Chutechev)的诗歌。这时他的翻译选择与文化语境就产生了冲突。

如果说在当时选择翻译《唐璜》还有可能为意识形态所允许,但翻译丘特切夫其获得公开出版的机会就非常小。也许穆旦当时抱了一种侥幸的心理,因为丘特切夫虽然是现代主义特征明显的象征主义等人,但丘特切夫的诗曾受到过俄国现实主义作家的称赞,这无疑为丘特切夫的诗歌翻译增添了案例系数。尽管如此,穆旦心里仍很不踏实。1963 年底,穆旦完成丘特切夫诗歌翻译后,为期待出版的这部诗选撰写了长长的"译后记",其目的就是企图使他的翻译选择合法化,证明丘特切夫的诗歌符合时代的翻译准则。其具体的策略就是将丘特切夫诗歌纳入主流文学观念提倡的现实主义框架:"诗人(丘特切夫)除了注目于自然和生活过程中'致命的'一刻外,除了寻求戏剧性的场景、冲突的顶点而外,还能着眼于平时毫无浪漫色彩的现实,而且

---

① 郑敏:《回顾中国现代主义新诗的发展,并谈当前先锋派新诗创作》,《诗歌与哲学是近邻:结构—解构诗论》,北京:北京大学出版社,1999 年,第 228—229 页。

能如实地写出他的美来,这里也体现着一种现实主义精神。"①针对丘特切夫诗歌中明显的现代主义特征的部分,穆旦也是将其与现实主义联系,为其辩解:"丘特切夫诗里常常使用'混沌'、'深渊'、'元素'、'夜灵'、'无极'这些名词,因此,过去唯心主义的批评家和诗人,就给他诗以神秘主义的解释,认为其中传达超现实的音讯。这种解释忽视了一个重要事实,即一个深刻的诗人的诗问题和现实相结合着的。"②然而,尽管穆旦运用了这种阐释策略(翻译策略),也未能使《丘特切夫诗选》译稿免遭束之高阁的命运。③

穆旦之所以喜爱丘特切夫主要有以下三个方面的原因。一是丘特切夫的人生经历与穆旦有相似之处。两人同是从幼年起就热爱读诗、写诗。穆旦6岁开始写诗,其中一首诗还被选登在刘扬清、邓颖超创办的天津《妇女日报》的《儿童花园》副刊上。丘特切夫14岁开始写诗,并被选为"俄国文学爱好者协会"会员。丘特切夫早年的诗创作还曾受到普希金、屠格涅夫、涅克拉索夫等人的褒奖。二是两人在诗思上的相似。穆旦的少年诗作就表现出与众不同的诗思。他很少有那种狂热的情感爆发或平铺直叙,常常用对比、象征、比喻等手法表现自己的情感。丘特切夫也是用自己的心和血去思考,在诗中用隐晦的方法表现他对生活和自然的热爱。但在他活着的时候,却很少发表作品,他的诗的价值也是在他死后20年才被重新发现,并被认为是象征主义鼻祖。第三是表现手法的相似。他们都善于用象征、暗示的手法表现"人的精神的精微而崇高的境界"。抽象的手法寓于具体物象之中,如丘特切夫笔下"大海的波浪"(《哦,我的大海的波浪呀》),就不只是自然现象,同时又指人的心灵。穆旦笔下"猪"的意象,"冬"的意象等也是如此。他们还同时表现出对"夜""昼""梦""混沌"等意象的偏爱。

---

① 穆旦:《丘特切夫诗选——译后记》,《丘特切夫诗选》,北京:外国文学出版社,1985年,第179页。

② 同上。

③ 穆旦在1963年底译完《丘特切夫诗选》,在不让家人知道的情况下,悄悄地将译稿寄往人民文学出版社。当时自然不可能获得出版。直到1985年,新成立的外国文学出版社(人民文学出版社分立出)才出版了该译诗选。

"文化大革命"开始后,穆旦遭多次批斗、抄家,后被关入"牛棚"劳改。1972年落实政策,萧珊曾赠送的《拜伦全集》以及《唐璜》译稿被找回,穆旦又开始了《唐璜》译稿的修改。《唐璜》译稿整理、修改完成后,穆旦再一次将目光转向青年时代所心仪的诗人:艾略特、奥登、叶芝(W. B. Yeats)等。如果说当时穆旦试探出版社能否出版《唐璜》译稿,人民文学出版社还有"寄来看看"的表示,那么像艾略特、奥登、叶芝这些现代派诗人的诗歌的翻译不仅不可能获得出版的可能,甚至被人知晓还可能招致险祸。穆旦很清楚,他的翻译的这些诗歌与主流意识形态和文学观念是格格不入的,根本不可能允许发表,他的翻译只能是个人行为。因此,既然他的诗歌翻译只能在个人审美空间内存在,他反而可以抛开任何非文学的顾虑,完全按照自己的审美情趣来做翻译择取。周珏良分析说:"(穆旦)晚年译现代诗,主要是艾略特和奥登,当时他根本不知道有发表的可能,是纯粹出于爱好。因之,下功夫很深很细,结果给我们留下了一份宝贵的遗产。"①但从另一角度看,穆旦尽管知道当时不可能有发表的机会,但也并非"纯粹出于爱好"。之所以"下功夫很深很细",还是心存公开出版的希望——虽然当时在穆旦看来可能要等待多年以后,所以他依然细心揣摩,遣词寻句,并对译诗作了大量的注释。穆旦作的注释不是一般的作品注解,而是将自己的理解、心得、评析全部融入其中。译诗和注释,确如周珏良先生所说,是"一位诗人跨越了文化和语言的障碍,与在不同文化传统下用另一种文字写作的另一些诗人的心灵上交流的产物。"②

"文化大革命"时期的文学翻译都沦为政治意识形态化服务的工具,决定翻译对象的目的与文学审美无关。穆旦清醒地意识到自己的审美倾向与时代意识形态和翻译准则的冲突,其译作不可能得到意识形态部门的许可,获得公开出版,因而将翻译的公众性降为私人性。在客观环境不允许的情况下,他就在私人的空间里完成自己的审美追求,表达自己对现代主义文学的审美亲和意向。穆旦的英国现代诗歌翻译虽然当时无法预见出版之日,但《英国现代诗选》1985年(其时穆

---

① 周珏良:《穆旦的诗和译诗》,《一个民族已经起来》,南京:江苏人民出版社,1987年。
② 同上书。

旦离开这个世界已经有8年了)出版后成为新时期诗人创作的重要参考文献。穆旦的"潜在翻译"成为80年代文学变革的参照对象和文学积淀。而穆旦在政治环境如此严峻、文学观念极"左"化的年代做出的翻译选择,其审美个性就更为突出地彰显了出来。

个案三:"释义学视角下的创造性叛逆"(作者刘小刚)①

引者按:本文属于译介学基本理论概念研究范畴。"创造性叛逆"是译介学最基本的一个理论命题,从某种程度上可以说译介学里的其他命题,诸如翻译文学、文学翻译、翻译文学的归属、翻译文学史等等,都是建立在这一概念之上的。只有在我们接受了"翻译总是一种创造性叛逆"的认识,我们才有可能讨论"翻译文学不等于外国文学""翻译文学是中国文学的一个组成部分"等命题。

尽管本人在此前的两本专著《译介学》和《翻译研究新视野》里对"创造性叛逆"这一命题已经进行了较为详细的论述,但从两书推出以来学界的反应来看,人们对"创造性叛逆"这一命题还是有些不尽一致的看法,譬如有的学者对"创造性叛逆"这一提法是否会给乱译、胡译提供借口表示担忧,有的学者对用"创造性叛逆"这样的词语去形容翻译中对原作的背离现象表示异议,有的学者对把接受环境视作创造性叛逆的主体之一感到不解,还有的学者把"创造性叛逆"当作一种翻译方法,询问应该如何把握"创造性叛逆"的"度",等等,不一而足。总之,种种反应表明,对"创造性叛逆"这一命题仍然存在着较大的可以进一步阐述的空间。

本文针对一些学者对创造性叛逆提出的批评性思考,以伽达默尔的释义学理论为观照,提出创造性叛逆是视域融合中的意义生发,并廓清了创造性叛逆的四个规定性特征:普遍性、原文规定性、双重性和描写性。本文指出创造性叛逆并非要鼓励在翻译实践中去背离原文,也不会造成原文意义的无限撒播。本文最后强调说,接受者是创造性叛逆无可非议的主体,而读者和接受环境的区分则是主体研究的深化。

---

① 原载《中国比较文学》2006年第1期。

正文：释义学视角下的创造性叛逆

创造性叛逆本是法国社会学家埃斯卡皮提出的概念，但谢天振教授敏锐地发现了这一术语在翻译研究中蕴藏的巨大理论价值，将创造性叛逆分为媒介者的创造性叛逆和接受者与接受环境的创造性叛逆，并从有意识与无意识、归化与异化等多个角度进行了阐发。① 创造性叛逆的研究引起了学界的广泛关注和好评②，但是也有一些学者提出了疑问③。本文结合一些学者对创造性叛逆的批评性思考，在伽达默尔哲学释义学的观照下，提出了创造性叛逆的释义学定义，并试图廓清创造性叛逆的四个规定性特征，指出创造性叛逆并不是如怀疑者所认为的那样提倡创造、鼓励叛逆，也不会造成原作意义的无限撒播。接受者是翻译话语/创造性叛逆无可非议的主体，而读者和接受环境的区分则是主体研究的深化。

一、对创造性叛逆的批评性思考

总体来说，对于创造性叛逆的怀疑主要在以下三个方面：首先，翻译中的变形在客观上是不可避免的，是跨语言交流与理解中的无奈，而对这种无奈的克服就应该是翻译亘古不变的追求。但是译介学研究对创造性叛逆加以肯定，就会导致"一味追求创作而有意偏离原作"，从而"违背了翻译的根本目标"④。比如对庞德的翻译在文学史上的意义的肯定，就是"给后人指出了一条通往'将军'的成功之

---

① 谢天振：《译介学》，第 130—173 页。
② 这方面的部分文章包括：方平：《翻译文学：争取承认的文学——喜读谢天振教授新著译介学》，《中国比较文学》；朱徽：《具有开拓意义的翻译研究新著——评谢天振著译介学》，《中国翻译》2000 年第 1 期；查明建：《比较学者的学术视野和学术个性——谢天振教授的比较文学学科意识及其译介学研究》，《中国比较文学》2000 年第 1 期；高明：《论译介学对翻译研究空间的拓展》，《中国比较文学》2002 年第 1 期；董明：《文学翻译中的创造性叛逆》，《外语与外语教学》2003 年第 8 期。
③ 对创造性叛逆提出质疑的主要有：林彰：《译学理论谈》，许均主编：《翻译思考录》，湖北教育出版社，1998 年；许钧：《"创造性叛逆"和译者主体性的确立》，《中国翻译》2003 年第 1 期。具体论证见谢天振：《译介学》，上海：上海外语教育出版社，1999 年，第 208—256 页。
④ 许钧：《"创造性叛逆"和译者主体性的确立》，《中国翻译》2003 年第 1 期，第 6—11 页。

道——不守规则。"①对创造性叛逆的阐发在某种层面上是鼓励译者去创造,去叛逆,结果必然是胡译乱译的盛行。

其次,创造性叛逆不仅包括媒介者在翻译中对原作的背离,而且延伸到了本文的"接受与传播"。所有接受者都从自身经验出发理解本文——如此"强调主体性",可能会"造成原作意义的无限'撒播'而导致理解与阐释两个方面的极端对立,构成对原作的实质性背离"②。这个问题触及到了人类的理解问题。一千个读者心中有一千个哈姆雷特,本文的意义还能否确定?如果落入相对主义的泥沼,不同文化如何通约?翻译文学由于其跨越性,是否更无标准可言?

再次,翻译/创造性叛逆的主体如何定位?许均教授认为,相对于作者和读者来说,译者处于翻译活动场中最中心的位置,"译者主体起着最积极的作用",并且对《译介学》将媒介者、接受者与接受环境都列为"创造性叛逆"的主体表示怀疑,认为接受环境"并不构成'主体',而是对'主体'构成制约作用的一个因素"③。

二、创造性叛逆——视域融合中的意义生发

伽达默尔在传统释义学的基础上,继承了海德格尔阐释学循环的思想,开创了哲学释义学。他认为,释义学不是人文科学的方法论,而是有关理解的理论。理解的过程是世界向人类展开的过程。"理解就是此在的存在方式,因为理解就是能存在和'可能性'。"④人只要活着就以"理解"的方式活着了,这便是释义学的存在论转向。

理解本文并不是完全返回到本文作者的心理状态中,而是带着自己的前结构与本文进行对话。我们总是归属于某种特定的传统,并承载着传统赋予我们的前理解。在理解本文之前,我们已经具有了自己的视域。"视域就是看视的区域,这个区域囊括和包容了从某个立足

---

① 林彰:《译学理论谈》,许钧主编:《翻译思考录》,第564页。
② 许钧:《"创造性叛逆"和译者主体性的确立》,《中国翻译》2003年第1期,第6—11页。
③ 同上。
④ 伽达默尔:《真理与方法》,第334页。

点出发所能看到的一切。"①理解本文就是和他者相遇。他者向我们倾诉,我们在倾听,倾听着他者的真理要求。我们之所以倾听,是因为他者具有不同于我们的视域,在于我们与他者之间的差距以及因之而来的紧张关系。理解既不是在自己的视域中观望对方,也不是脱开自身视域,跳入他者视域;既不是将自己同化为他者,也不是将他者同化为自己。理解就是视域融合。在融合之后,自我的特殊性与他者的特殊性都得到了克服,从而达到了更高意义上的普遍性。

创造性叛逆就是视域融合中的意义生发。视域融合使我们具有了一个既不同于原来的自我视域,也不同于他者视域的新的视域。在意义的交融中,两种原有视域你中有我,我中有你,彼此混杂,生成了新的意义。视域是一个动态的概念,它的不断变化就是理解中意义的生成运动,而意义生成则是创造性叛逆的结果。在理解中,我们不得不背叛他者视域,同时也无法坚守自身视域。如果没有叛逆,意义的运动就会停止下来,我们只能滞留在各自的视域中,文化传统也将失去活力,所以叛逆是理解中的必然。而赋予"叛逆"以意义的,则是"创造"。视域融合是一个创造的过程,意义的生成不可能自然产生,而是需要真正的思考,以及由之而来的创造。由此看来,创造性叛逆清晰、准确地勾勒出了视域融合中的意义运动。

由于负载着释义学的内涵,所以当创造性叛逆被引入译介学的时候,立即显示了它的巨大理论价值。其实,释义学与翻译有着天然的联系。解释(hermeneutic)在希腊语和拉丁语中大概有三种含意:1. 言表、表现;2. 说明、解释;3. 翻译、口译。西方古代语文学家都是用"翻译"和"解释"来定义释义学。② 而解释就是"把意思不清楚的语言或事情用可能理解的语言表达出来,向他人传达"③。翻译是解释的一种形式,创造性叛逆不可避免地在翻译的各个阶段发生了。

---

① 伽达默尔:《真理与方法》,第388页。
② 洪汉鼎:"编者引言",《理解与解释——诠释学经典文选》,北京:东方出版社,2001年。
③ 丸山高司:《伽达默尔·视野融合》,刘文柱、赵玉婷、孙彬、刁榴译,石家庄:河北教育出版社,2002年,第25页。

三、创造性叛逆的规定性特点

在释义学视角的观照下,创造性叛逆的一些规定性特征逐渐变得清晰起来。结合几位学者对创造性叛逆的反思,论者认为有必要勾勒出这个概念的特征,以澄清学界对它的不解和误解。任何范畴或者概念如果要对人们的理解有所裨益的话,就必然具有一些规定性特征,以控制意义的无限延散,避免消解自身的后果。创造性叛逆也不例外。

1. 普遍性

对于创造性叛逆的普遍性,许多学者仍持保留态度。人们并不怀疑早期翻译中存在的大量创造性叛逆,但是在忠实观成为翻译中统识性的规范之后,创造性叛逆还会普遍存在吗?答案是肯定的,创造性叛逆在翻译中普遍存在。

创造性叛逆的普遍性存在于翻译的各个阶段:理解、表达、译本的再理解。翻译首先要理解,而所有理解性的阅读始终是一种再创造和解释。我们带着自己的前结构与视域同异域本文的前结构与视域遭遇,并发生了关系。忘掉自己的视域,完全进入作者的体验,把理解当成原作品的复制不仅不可能,而且不可取。奈达的动态对等所追求的译文读者的体验与原文读者的体验对等①,更是虚无缥缈,无从把捉。伽达默尔指出,"在对某一本文进行翻译的时候,不管翻译者如何力图进入原作者的思想感情或是设身处地地把自己想象为原作者,翻译都不可能纯粹是作者原始心理过程的重新唤起,而是对本文的再创造。"②翻译就是"选择的过程"③,而选择必然突出了原文中的某些性质,压制了另外一些性质。翻译从本质上来说就是一种突出重点的活动,并且在活动中生发了新的意义。在这种情况下,创造性叛逆在理解中的普遍性就是不可避免的了。

翻译中的创造性叛逆的普遍性最终还是归因于语言、文化所具有

---

① Nida, Eugene A., *Toward a Science of Translation*, Leiden E. J. Brill, 1964, p. 159.
② 伽达默尔:《真理与方法》,第492页。
③ Levy, Jiri, *Translation as a Decision Process*, in Lawrence Venuti ed. *The Translation Studies Reader*, London and New York: Routledge, 2000, pp. 148—159.

的根本差异。陆机称"意不称物,文不逮意"①,道出了语言与所指称事物之间的差距。而不同语言的所指与能指积累了不同的文化负载,追求意义的同一更不可能。海德格尔认为语言是人存在的家,"欧洲人也许就栖居在与东亚人完全不同的一个家中",而且"一种从家到家的对话就几乎还是不可能的"②。刘禾指出,对等词自然而然存在于各种语言之间是"哲学家、语言学家和翻译理论家徒劳无功地试图驱散的一个共同的幻觉。"为了避免文化相对主义,必须考察语词在旅行过程中,发生了什么变化,新的意义是如何"在主方语言的本土环境中发明创造"出来的。③

不可否认,翻译中存在的创造性叛逆与其他形式的创造性叛逆,比如文学评论中的创造性叛逆是不同的。许多文学评论原则,比如读者接受理论、后殖民理论、女性主义理论等等从自身情境出发对原作进行阐释,所导致的创造性叛逆是显在的。而翻译中的创造性叛逆却大多是无意识型的,当译者在追求着忠实于原文的时候,规定着他的理解的前结构在不被察觉地发挥着作用,创造性叛逆已经在不知不觉中发生了。创造性叛逆把自己隐藏在忠实观之后,默默地展现着自己的力量。

翻译的吊诡是翻译过程中对忠实的追求和期待与创造性叛逆的普遍存在之间的紧张关系。背叛是翻译永远无法消除的焦虑,对创造性叛逆的怀疑就是这种焦虑的体现。翻译与本文的评论一起构成了对本文的理解。本文的评论之于本文的创造性价值通常被人们所认可,而翻译的创造性却被视为离经叛道。忠实掩盖了文化交流中的扭曲、碰撞、交融,而这些碰撞之后的创造性叛逆却会对本土文化的整合产生巨大影响。不揭示这些创造性叛逆,就无法解释文化形成中出现的一些问题,尤其是后殖民情境下的话语权力的操纵、意识形态的作用等。

2. 原文规定性

译者理解的创造性叛逆,再加上读者主体的创造性叛逆,是否会

---

① 陆机:《文赋集释》,张少康集释,北京:人民文学出版社,2002年,第1页。
② 海德格尔:《在通向语言途中》,孙周兴译,北京:商务印书馆,1997年,第76页。
③ 刘禾:《跨语际实践》,宋伟杰等译,三联书店,2002年,第5、37页。

第十章 无比广阔的研究前景

"构成对原作的实质性背离"①呢?这是对意义同一的追求与相互理解的可能的焦虑,而这种焦虑存在于创造性叛逆的普遍性被揭示之后。然而,理解与翻译的创造性并不等于无视原作的存在,肆意发挥,原文的规定性正是创造性叛逆的另一特征。

创造性叛逆是对原作的背离,但是,任何解释者都不能从自己的前结构出发随心所欲地理解原作。如果想要理解他人的见解,就不能盲目坚持自己的见解。"谁不听他人实际所说的东西,谁就最终不能正确地把他所误解的东西放入他自己对意义的众多期待之中。"②伽达默尔对原初的意义进行了守护。原本文的意义就是释义学的基础与标准,意义的规定性来自于本文与作者。真正的理解不是脱离原本文、让意义无限撒播。在翻译中,译者要走进原作的视域,体察作者在原本文中述说的意义,不这样做就不可能理解原作。

读者主体意识的加入使得原作意义的撒播更为复杂。译者的创造性叛逆再加上读者的接受,如何保障意义的确定性?这便是许均教授的担忧。其实这种担忧大可不必。按照福柯的话语理论,任何一个社会中都有一些程序在控制着话语的秩序。"这些程序的作用在于消除话语的力量和危险,控制其偶发事件,避开其沉重而可怕的物质性。"③其中,话语内部的程序划分了本文的等级:主要本文与次要本文。主要本文被评论、复制,而次要本文则表述着主要本文默默言说的东西。翻译话语中也存在着话语的等级。虽然翻译文学在译入语语境中,在原语本文缺席的情况下获得了独立的身份④,但是与原作相比,它还是属于次要本文。新的译本不断出现,它们都围绕在原作周围、以原作意义为旨归;它们都是从各自的语境出发进入原作的视域,从而形成了原作不同的变体存在;它们都是原作的创造性叛逆,但都以原作的意义规定为基础。它们的出现将原作意义有效的控制在一个可操纵的范围之内,避免了意义的无限衍散。正是创造性叛逆的

---

① 许钧:《"创造性叛逆"和译者主体性的确立》,《中国翻译》2003年第1期。
② 伽达默尔:《真理与方法》,第345页。
③ 福柯:《话语的秩序》,许宝强、袁伟主编:《语言与翻译的政治》,北京:中央编译局,2001年,第3页。
④ 具体论证参见谢天振:《译介学》等著作。

原文规定性使理解不会导致对原文的"实质性"背离。

3. 双重性

创造性叛逆以原文意义为其规定性,但还是不可避免地背离了原文。然而,创造性叛逆不仅是对原文的创造性叛逆,而且是对译入语自身文化、传统和语言的创造性叛逆。视域融合中的创造性叛逆发生在他者视域的陌生性和自我视域的熟悉性之间的地带。理解把原本文放入自身意义的关系之中进行,所产生的新的视域是对原有两种视域不足的修正。创造性叛逆的双重性特征使其具有了文化融合的重要使命和价值。有学者将不同的文化比作不同的基因库,这些基因库是构成"灵感和创造的宝库","为将来的杂交配种提供必要的物种"。新的文化形式"总是不同文明互动的产物。"①文化交流中的创造性叛逆正是不同基因之间的杂交产物,对两种文化的双重背离是它的价值所在,这一点可以从中外历史中文化融合产生的伟大文明所证实。美国汉学家伯纳尔在他引起西方知识界排斥的著作《黑色雅典娜》中甚至提出,"作为整个欧洲文明的缩影和纯洁的童年的希腊文明,竟然是本土的欧洲人和来自非洲、闪米特的殖民者相融合的结果。"象征着希腊文化的智慧女神雅典娜,其实具有古代埃及有色人种的血统。②可以这么说,不同文化之间的交流成功与否,取决于能否产生真正的融合,产生真正的双重性的创造性叛逆。

创造性叛逆的双重性同样体现在语言中。翻译语言"不仅仅是翻译者自己的语言,而且也是适合于原文的语言。"③翻译话语也是适合于原文的语言,所以必然与译入语保持着一定的距离,而体现出陌生化的效果。语言的创造性叛逆,或者说语言的杂交,同样可以使自身保持活力,语言的活力则昭示着文化的活力。鲁迅就持有这样的观点,他主张"宁信而不顺",认为这种译法"不但在输入新的内容,也在输入新的表现法"。中国人"脑筋有些糊涂",思路和语法都不精密,要

---

① 施舟人:《中国文化基因库》,北京:北京大学出版社,2002年,第9—28页。
② 伯纳尔:《黑色雅典娜·导言》,陈恒主编:《历史与当下》,上海三联书店,2005年,第96—112页。
③ 伽达默尔:《真理与方法》,第494页。

医好这病,"只好陆续吃一点苦,装进异样的句法去"。① 有学者认为,鲁迅的方向是"首先承认母语的失败,然后在失败中进行探索,而在探索中就只能容忍差异性"。② 鲁迅开出的药方就是语言的创造性叛逆,是在翻译话语中对母语的叛逆。

4. 描写性

创造性叛逆是一个描述性的概念。它并不是在技术层面上指导如何在翻译中去创造、去叛逆,而是对既成的、已有的翻译事件的阐释,是对"我们在世间的经验现象的描述"③,是对翻译话语在制作、流传与接受中被遮蔽的、潜藏在表象之下的本真的存在方式的揭示。人文历史科学是那些"以重现和理解在时间的长河中展开的社会生活的全部画卷为己任的学科"④,创造性叛逆的研究也正是以此为己任。所有的理解本质上是一种历史性的理解,创造性叛逆由具体的历史语境所决定,因此,对创造性叛逆的描述应该从当时的语境出发。

经验描述与理论阐发紧密联系在一起,描述总是在理论的基础上进行,而理论也在经验描述中不断修正自己。霍姆斯在他著名的翻译学科构建中就将翻译的描述与理论归为纯翻译研究⑤,显示了两者的亲密关系及其与应用研究的区别。创造性叛逆关注的是经验的理解和阐释,其理论研究必然要回落到历史语境中具体的创造性叛逆的发生、接受当中。

将描述性的创造性叛逆与方法论层面的翻译实践混淆,是导致创造性叛逆被人误解的主要原因。当谢天振教授指出创造性叛逆是对"译者所从事的文学翻译事业的认可,是对译作的文学价值的一种肯

---

① 鲁迅:《关于翻译——给瞿秋白的回信》,《翻译通讯》编辑部编《翻译研究论文集》,北京:外语教学与研究出版社,1984年,第225页。
② 郜元宝:《在失败自觉》自序,北京:中国人民大学出版社,2004年,第29页。
③ Gideon Toury, *Descriptive Translation Studies and Beyond*,上海:上海外语教育出版社,2001年,第9页。
④ 皮亚杰:《人文科学认识论》,郑文彬译,北京:中央编译出版社,2002年,第4页。
⑤ James Holmes, *The Name and Nature of Translation Studies*, Lawrence Venuti ed. *The Translation Studies Reader*, London & New York: Routledge, 2000, pp. 172—186.

定"①的时候,是在描述的层面上揭示了由于创造性叛逆的客观存在而使得译作的文学价值得到肯定,从而给予了翻译文学以独立的身份。但是,这种对于文学价值的肯定,在人们的理解中,往往被转化为在翻译实践层面对创造性叛逆的"肯定与鼓励"②。对翻译文学接受的描述,对庞德在文学史上的地位的论证在某些学者看来是"作为验收方的文学领域对产品质量都没有要求",所以追求译文质量的译者成了傻瓜,而胡译乱译则会大行其道。③ 翻译文学历史的描述者竟然成了"验收方",岂非怪事。这种思想完全忽视了作为接受者的读者,以及接受中的文化碰撞、具体社会—文化情境的影响等等问题。

这种误解还来自于对理论与实践关系的认识。理论指导实践,是近代"科学的方法论精神渗透到一切领域"④的表现。主宰着社会合理化的科学技术的合理化导致了科学方法的普遍性。近代的实践概念是"以自然科学中把原理用于实践或转化为生产技术为模式的"⑤。这种思维方式将理论与实践割裂开来,理论必须能够指导实践,反之便是无用。这种看法完全忽视了理论认识实践的功能。⑥ 而理论的认识功能根植于理论本身就是实践这一事实。福柯指出,"理论并没有表达、反映、应用于实践,它本身就是一种实践"⑦,在理论改变人们的认识的时候,就是在从事着实践活动。理论本质上就是一种特殊的高层次的实践。

四、创造性叛逆与翻译主体

创造性叛逆体现了强烈的主体意识,上文的理论探索最终必然关

---

① 谢天振:《译介学》,第17页。
② 许钧:《"创造性叛逆"和译者主体性的确立》,《中国翻译》2003年第1期,第6—11页。
③ 林彰:《译学理论谈》,许钧主编:《翻译思考录》,第564页。
④ 伽达默尔:《真理与方法·序言》,第5页。
⑤ 张汝伦:《德国哲学十论》,上海:复旦大学出版社,2004年,第304页。
⑥ 谢天振:《国内翻译界在翻译研究和翻译理论认识上的误区》,《中国翻译》2001年第4期,第2—5页。
⑦ 福柯:《福柯集》,杜小真编选,上海:上海远东出版社,2004年,第206页。

联到翻译的主体研究。袁莉认为译者是"唯一的主体性要素"①,这一观点颇值得怀疑。如前所述,伽达默尔在释义学上的主要贡献在于从施莱尔马赫等人的返回到本文制作者的阐释方式转移到接受者从自身情境出发对本文进行理解。袁莉显然受到释义学的影响,探讨了原作不同译本存在的理由和价值,但非常遗憾的是,她在原作被不同译者以不同方式接受并产生不同译本这里停止了本文在译入语语境中的理解和接受,译本如何被理解在"唯一的主体性因素"的阴影中被遮蔽了。对释义学并不彻底的坚守使袁莉又回到了原作中心论——译者本人就是本文制造者。

谢天振教授认为翻译主体包括媒介者和接受者,而且将接受者进一步分为读者和接受环境两个因素。在释义学的视角下,接受者必然是不可或缺的主体。译介学研究并不满足于仅仅停留于此,而是进一步考察译本如何在译入语语境中流传。"读者的创造性叛逆一方面来自他的主观因素——他的世界观、文学观念、个人阅历等等,另一方面,也来自他所处的客观环境——不同的历史环境往往会影响读者接受文学作品的方式。"②这一区分使译本接受中的创造性叛逆的形态更加清晰了。接受者作为不同的个体,固然会做出个性化的阐释,但是,一个译本在一个社会中的接受,却会受到该社会的传统文化、主流的思想、意识形态的影响,而呈现出与原作在源语文化背景下的接受完全不同的形态。此时,译语社会中的接受者作为一个集体做出了对原作的创造性叛逆。因此,接受环境的创造性叛逆重在考察不同的文化发生碰撞时产生的创造性叛逆、基于民族集体无意识而对译本做出的误读以及在主流的意识形态、诗学规范影响下本文意义在跨语际当中发生的变迁;接受者的创造性叛逆则体现了作为个体的接受者的个性化解读,或者在阐释中,背叛了主流规范,从而做出了最能够彰显主体性的创造性叛逆。

创造性叛逆是一个内涵极其丰富的概念,因为它涉及了翻译话语

---

① 袁莉:《关于翻译主体研究的构想》,张柏然、许钧主编:《面向21世纪的译学研究》,北京:商务印书馆,2002年,第406页。

② 谢天振:《译介学》,第168页。

的流传、意义的理解、文化的碰撞与交融等等复杂而又深刻关切现实的问题。这些问题都是在现代生存状态下无法回避的问题,而对这些问题的有效思考,一定会在译介学、文化研究等等领域发挥更大作用。

个案四:在女性的名义下"重写"——女性主义翻译理论对译者主体性研究的意义(作者徐来)①

引者按:如所周知,尽管著名美国比较文学家哈瑞·勒文(Harry Levin)对20世纪六七十年代国际比较文学界的理论热潮颇有微词,甚至持明确的反对态度,但事实上,自20世纪70年代以来,理论热显然已经成为国际比较文学界一股最主要的潮流。正如英国比较文学家苏珊·巴斯奈特(Susan Bassnett)所指出的,自20世纪70年代末起,西方新一代的比较文学研究生对理论、符号学、电影、传媒和文化研究,其中也包括女性研究,表现出浓厚的兴趣。时至今日,借助女性主义理论,重新评价传统文学中被歪曲的女性形象,批判隐藏在其中的父权意识,重新解读女性作家的经典作品,重构女性文学的传统,已经成为当今国际比较文学研究中一道别具特色的风景线。譬如用女性主义理论去重新解读英国女作家夏洛蒂·勃朗特的名作《简·爱》,让读者去关注"躲在阁楼里的那个疯女人",也即男主人公罗切斯特的前妻贝尔塔·梅森,并探究隐含在女性文本的显性形象背后的真正含义,这样的解读体现出的就是一个颠覆了传统思维定式的女性主义阅读立场,令人耳目一新。②

但对于女性主义理论与翻译研究,具体而言,是与译介学研究的关系,知之者恐怕并不是很多。而实际上,由于翻译与女性两者在几千年人类社会中一直都处于一个相似的次等、弱势地位,所以翻译与女性早就结上了缘分。如17世纪初英国的辞典编纂家、法国作家蒙田作品的英译者弗洛里欧(John Florio)就说过"译者是原作者的侍女,而女人则低于男人",一语道破了两者"同是天涯沦落人"的处境。甚至在20世纪90年代初还有人说:"我是一个译本,因为我是一个女

---

① 原载《中国翻译》2004年第4期。
② 详见陈惇、孙景尧、谢天振主编:《比较文学》内第三编第六章"女性主义与比较文学",高等教育出版社,1997年。

人。"①有鉴于此,所以加拿大女性主义翻译理论家谢莉·西蒙(Sherry Simon)指出:"翻译研究与女性主义的结合是在一个共同的智识和体制的环境中形成的。作为滥觞于70年代而在80年代不断得到学术体制承认的研究领域,翻译研究与女性主义思想甚相仿佛,它们的基础都是那个特别突出语言的富有生气的时代。翻译研究受到许多女性主义核心课题的推动:对传统等级制度和性别角色的不信任;对界定忠实的规则的极度怀疑;对意义与价值的普适性标准的质询。"②

由此可见,女性主义触发翻译研究的再思是必然的。谢莉·西蒙还指出:"妇女的解放首先是从语言中获得解放。在过去二三十年里,女性主义学者的论著中出现了这样一个观点,即她们清楚地意识到语言是意义争斗的场所,是主体在此证明自我的决斗场。因此,毫不奇怪翻译研究会受到女性主义思想的滋养。"③另一位著名的加拿大女性主义翻译理论家弗罗托(Luise Von Flotow)在《翻译与性别》一书中则这样说道:"女性主义思想家与'政治正确'的观念赋予语言浓厚的政治色彩。毫无疑问,性别必须成为翻译的一个议题。"④这些女性主义学者把翻译当作一种女性主义的实践,她们试图将女性主义学者在文学文本与语言中进行的"革命"移植到翻译中来。她们发现,作为语言如影随形的伴侣,翻译显然给了女性主义者们一个广阔的喻说空间,而女性主义则给了翻译研究的一个崭新的视角。

国内翻译理论家廖七一教授很精辟地归纳了女性主义与翻译研究两者之间的三个共同方面,即:

一、女性主义与翻译研究同属于文化研究的范畴,都具有跨学科研究的属性,并且都把权力关系看成是女性主义和翻译活动的动因。

---

① 均转引自 Sherry Simon: *Gender in Translation*: *Cultural Identity and the Politics of Transmission*, Routledge, 1996, p. 1.
② 同上书,第8页。中译文参见许宝强、袁伟选编的《语言与翻译的政治》,第318页,本文引用时对译文略有改动。
③ 同上书,第8页。
④ Flotow, *Translation and Gender*, 1997, p. 1.

二、女性主义和翻译研究都坚信,语言是自己文化身份的表现形式。……语言能够积极地干预意义的创造:译者不仅仅是沟通两种语言的读者,他同时也在进行"重写",在操纵文本,运用语言对文化进行干预。

三、女性主义关注的若干课题与翻译研究的诸多本质问题又十分类似:对传统等级制和性别角色提出疑问,对界定忠实(忠贞)的规则表示怀疑,对意义与价值的普遍合理性表示质疑。女性主义与翻译研究的结合拓展了翻译研究的领域,促进了女性翻译实践蓬勃兴起,并且引发了翻译观念和翻译思想上的一场革命。①

毫无疑问,女性主义理论的初衷当然并不在翻译,但是它的基本观念和方法论却在无意中为研究翻译提供了一个独特的视角,从而为翻译研究展示出一个新的研究空间。

本文通过对女性主义翻译理论的目标、研究起点、理论策略和实践手段等方面的阐述,分析女性主义翻译理论对于译者主体性研究的借鉴意义,属于译介学研究中借用各种文化理论对某些译介问题进行阐述的个案。

正文:在女性的名义下"重写"——女性主义翻译理论对译者主体性研究的意义②

引　言

女性主义翻译理论是在 80 年代始翻译研究的"文化转向"大潮中兴起的一派译论,它以其鲜明的女性主义的政治诉求在众多新兴的翻译理论中显得十分醒目。然而,有人认为女性主义翻译理论借用了不少女性主义社会运动的思想与理想,在翻译研究方面的理论创新似乎

---

① 廖七一:《"重写神话:女性主义与翻译研究"》,《四川外语学院学报》2002 年第 2 期,第 106—109 页。

② 本文对 Simon 的引用,pp.1—38,采用许宝强、袁伟选编《语言与翻译的政治》的翻译,对 Bassnett 的引用,采用陈德鸿、张南峰主编《西方翻译理论精选》的翻译。其余引用的内容由作者翻译。

并不十分突出。诚然,女性主义翻译理论在翻译研究中造成的影响,与女性主义运动最初在社会上产生的冲击力相比,确有大小巫之别,但是女性主义翻译理论对翻译研究也有非常重要的贡献:那就是,对于近年人们乐于谈论的译者主体性问题,它有着十分不同的视角,并在这一范围内提出了一个长期遭受忽视的事实——在译者主体性的各种因素的探讨中,性别从来没有得到应有的重视,而译者的性别,同译者的民族、阶级、政治观点等因素相比,绝不是无足轻重的。事实上,人们在谈论译者时,对于译者的性别,一直做了笼统的处理,并始终把男性译者作为默认值。女性主义翻译理论正是在这一点上,向人们提出了警告,并从多方面多角度进行了揭示并维护译者,尤其是女译者主体性的工作。本文拟从女性主义译论的理论目标、研究起点、理论策略、实践手段等方面来阐述女性主义译论在译者主体性方面的独特的发现、努力和成果。

一、女性主义翻译理论的首要目标

20世纪七八十年代以来,传统的翻译理论中对于原作与译作、作者与译者的二元定位遭到了怀疑与动摇。根据新的解构主义的理论和读者接受理论,文本并无确定的涵义,而作者对原文也没有绝对的解释权。相应地,译者作为一个特殊的读者,他用另一种语言来传达的,是他自己对原文的理解,而不完全是作者、权威或大众所认定的理解。因此,翻译并不是人们历来想当然地认为的那样,单纯是译者去"发现"原文的确切涵义并亦步亦趋地加以传达。由此,译者主体性问题开始得到普遍而热烈的关注。

另一方面,席卷欧美并波及世界其他各地的女性主义运动也使人们,尤其使女性,意识到这个世界的父权性质,发现了性别不平等的现实。要求性别平等和女性自立的女性主义运动,同翻译研究中争取对译者与译作地位的承认,性质何其相似乃尔!当女性主义与翻译研究的这一阶段发生联系时,就产生了女性主义翻译理论,"译者主体性"则是她们的理论基础。女性主义译者严正质疑长期以来把翻译置于性别化的低等位置的字眼①,努力拓宽对翻译行为与翻译过程的新理解,尤其主张重新认识译者作为翻译主体的身份和作为双重作者的责任,以期终结传统译论中将译本的地位等同于女性的从属地位的理解。正如西蒙(Sherry Simon)所说,女性主义翻译理论的目标是要识别和批判那些既将女性又将翻译逐入社会和文学底层的一团概念。为此,它必须探讨翻译被"女性化"的过程,并且试图动摇那些维持这种联系的权威结构。②

因此,女性主义翻译理论的首要目标与一般的译者主体性研究者不同,它不是为了强调译者的主观能动性的客观存在,也不是为了强调翻译中由于译者的个人修养和不同语言文化之差异所造成的不可避免的"创造性叛逆";它是以争取女性的尊严与平等为起点,不满于将译者、译本,以及女性不由分说地打入次一等级的观念,力求破除翻译研究和社会观念中带有严重的性别歧视的陈旧意识。因此,女性主义翻译理论一开始就是以一种鲜明的身份政治的姿态介入似乎"纯粹"的学术研究,这一点,使人们比较容易注目于它的政治理念而在一定程度上忽视了她对于翻译理论研究这一"学术"领域的贡献。

二、女性主义译者的研究起点

为了反抗翻译与女性因与生俱来的"缺陷"而联系在一起并一同遭到歧视的观念③,为了推翻描述翻译的种种含有性别歧视的隐喻,女性主义译者首先从女性从事翻译的历史开始,审视女性与翻译的事

---

① 在东、西方的传统译论中,翻译总是被一些否定性的喻称所指代。比如:被称作毛毯的背面、原作的奴隶、两种语言间的媒婆、嚼饭与人等等。言下之意,译文绝不可能超越原文,在美学价值上逊色于原文。而一旦译文是美文,则又有"不忠的美人"的著名比喻,不但在很大程度上瓦解了译文的成功,并且以美丽与忠实、优雅与规矩的对立规定了对女人与译作的歧视性理解。

② Sherry Simon:*Gender in Translation:Cultural Identity and the Politics of Transmission*,Routledge,1996,p.1.

③ 传统译论中,"忠实"被认为是译者的最高追求。事实上,翻译终不能达到"绝对忠实"。于是,16世纪中叶英国词典编纂家和翻译家约翰·弗洛里欧(John Florio)认为,翻译必然是"有缺陷的"(defective),因此所有的翻译都"被认为是女性的"(reputed females)。(参见 Simon,1996:1)

实性联系,这也是女性最初理解并从事写作活动的特定的社会环境和历史形式。在女性主义译者的努力下,一长段为父权意识蒙上尘土的女性翻译史和女性创作史得以重见天日,人们并凭借这些"全新"的历史事实来了解女性从被蒙昧无知地被隔绝在知识界和文学圈的外围,到谨小慎微地徘徊在其边缘,到忐忑不安地向其中心靠近,直至今日勇敢坚定地争取与男性同等的地位与权力这一漫长曲折的过程。

女性主义译者通过研究发现,在16世纪的欧洲,即使是与文学圈中心人物有着密切关系的博学的女性,也只被允许翻译而不被鼓励进行创作,并且通常有题材的限定:即宗教文本的翻译,在世俗的眼光看来,宗教文献对女性是既崇高又安全的文字材料。哈耐(Margaret Hannay)指出,妇女在她们的父亲、兄弟、丈夫的鼓动下翻译了大量的宗教文献,这些文献通常尤其有益于国家和政治集团。[1] 女性主义译者发掘这段往事的努力,使许多"失落的"女性译者得以重见天日[2]。更重要的是,在重新阅读女性早期的宗教文献译文时,人们惊讶地发现,这些译者并未完全遵守世俗和传统对于译者的要求——忠实。哈耐指出:女性翻译宗教题材,一方面当然对教会有利,另一方面,女性却通过翻译这一媒介暗中改变了宗教文献的某些原意,"加入了个人的政治宣言"[3],这是那时的女性除翻译这一途径以外别无办法做到的。换言之,即使在受到严厉限制而不能自由发表自己的见解和发挥自己才能的情况下,女性也未曾放弃自己的努力和尊严,她们通过自己在狭小空间的积极选择做着力所能及的反抗,表达了女性自己对生活、对社会、对爱情、对政治的看法。在欧洲,女性的翻译活动为她们从事文学创作打下了基础。一方面,通过翻译,女性获得了对自己全新的认识并产生了文学创作的兴趣和信心,为自己的文学创作提供了某种意义的实战经验;另一方面,女性在翻译事业中的优良成绩与巨大贡献为男性接受女性从事文学创作这一更大的革命性跨步做了心

---

[1] Simon, 1996, p.47.

[2] 弗罗托认为这方面极佳的例子是哈耐主持整理的由都铎王朝的妇女赞助、翻译和创作的宗教文本的作品集 Silent but for the Word。(参见 Flotow, 1997:66—67。)

[3] Flotow, 1997, p.67.

理上的铺垫,他们发现并承认:女性与笔墨之间并不必然是毫无联系的。

当代的女性主义者致力于对女性作品的重新"发现",翻译在其中起了重要的作用——人们通过翻译才读到这类作品。女性主义译者不仅译出了早期女性的许多创作,并且在翻译中附有译序或译后记,用以说明原作的历史背景,并探讨因翻译女性作品而引起的对翻译的历史、实质、原则等问题的全新的更深入的思考。这一努力,无疑使翻译与女性主义的联系更加紧密。

女性主义译者敏锐地看到了译者主体性中,除了时代因素、文化因素、语言因素、审美因素等诸多方面,还有一个重要因素被遗漏了,那就是译者的性别。女性主义译者着重研究译者中的女性这一特别需要关注的群体。他们从女性译者的从业历史开始,通过早期女性的在翻译和传播宗教教义,丰富本国文学的文体、内容、主题等等方面所做的努力,以及她们翻译中的某些"小动作"所体现出来的反抗、独立、富有同情心等精神,将长久以来遭受了有意无意的忽视与忘怀的女性与翻译的事实性联系呈现在人们眼前,引起人们对女性、女性译者,以及译本的足够的尊重与敬意。不可否认,如果没有鲜明的女性意识,这部分对于女性译者及其译作的历史性发掘和学术性研究将遥遥无期,而我们对于翻译的了解和理解也将长期处于不完善的地步。

三、女性主义翻译理论对译者主体性的阐发和利用

女性主义翻译理论在译者主体性的研究方面的独特性,一方面在于它将以往受到忽视的译者性别因素列入了译者主体性研究的项目表中,并对之进行阐发,揭示性别在翻译中的作用和影响;另一方面,女性主义译者更公开宣布利用译者主体性的这一因素,提倡将翻译作为重写的机会,以反抗文本的男性中心和女性歧视,凸显女性在文本中的地位,并以此影响女性在现实生活中的身份界定。

女性主义运动使女性意识到:语言不单单反映现实,它还促成现实。因此,语言不仅仅是话语表达的工具,更是意义争夺的场所,它可以用来检验主体和证明自我。女性主义翻译理论因此认为:翻译是

译者传达、重写、操纵一个文本，使该文本适用于第二语言的公众的语际转换过程。在这个过程中，译者可以——甚至应该——利用第二语言，作为文化干预的手段，在概念层面、句法层面和术语层面对原文的支配性表述进行改变，这就是"重写"。为了解决"重写"与传统的"忠实"之间的矛盾，女性主义译者重新表述了她们对"忠实"的定义："忠实既不是对作者也不是对读者，而是对写作方案（writing project）——一项作者与译者都参与的方案——而言的。"①因此，一种与"性别政治"息息相关的"写作方案"在这里替代"文本"成为最高指示。于是，女性主义译者对于文本的种种为传统翻译观念所不容许、至少是不鼓励的变动，就不但不是大逆不道的，而且是为了一种忠于身份认同之追求而必不可少的"正义"行动。这是任何其他译论流派都不曾达到的激进态度。

这一定义有几个值得注意的地方。首先，女性主义译者在重解"忠实"时使用的"写作方案"一词，从名称上就已经表现出对于传统观念对翻译的单向度理解的反抗：女性主义译者的翻译决不仅仅是翻译，在某种意义上更是一种拥有话语权的主体写作。其次，这一"写作方案"与女性争取身份认同的运动息息相关，毋宁说，女性主义译者的工作是女性运动的一个组成部分。因此，译者常常"越出了传统为她规定的隐形译者之限度"②，公然对文本进行女性主义的干涉。再次，所谓的"方案"绝非某种既定的"规范"，而是一个在翻译过程中译者根据自己和原作所处的具体情境不断做出调整的动态方案。

在女性主义译者的理解中，翻译绝不仅仅是文本之间的转译，也不仅仅是两种文化之间的交流，更乃是一种政治行为，目的是反抗原文的男性中心和女性歧视，使语言替女人说话。因此，女性主义译者对文本所做的改动，不在于内容、风格以及形式等，却注意改动或突出表达这些内容的"语言方式"，然而这些语言方式的变动使"故事的调

---

① Simon, 1996, p. 2.
② Flotow, 1997, p. 21.

子及意义"均产生了巨大的变动①。与以往已经得到揭示的种种对原文"默不作声"的"篡改"不同,女性主义译者坦率宣称翻译就是重写,并用种种手段凸显女性在文本中的地位,让女性在语言中"可见",从而使女性在真实世界中被"听见"和被"看见"。② 女性主义译者远不是不知道自己方案的政治和阐释的维度,相反,她们很愿意承认自己的干涉主张(interventionism)。这种承认给原作与译本之间的"差别"赋予了内容,使转换过程的特征得以界定,并解释了译文在新的环境中的流通方式。③

四、女性主义译者的实践范围和手段

与女性主义译者的理论相比,更让人感兴趣的是她们多样化的实践。除了上文谈到的对于"失落"的作品的发掘、翻译、注释、批评,以理清重要的女性译者,"提示出可能建立起女性译者谱系的种种关系"并"试图突出翻译成为女性一种强有力的表达方式的诸多时刻"④以外,女性主义译者很重要的一片天空就是翻译当代的女性主义写作。

女性主义译者也尝试翻译在意识形态上敌对的文本,即带有浓厚男权思想的文本。在翻译过程中,女性主义译者质疑原文的用词、语法、概念和思想等各个层面的表达,并尝试用创造性的译法来凸显原文或源语的性别歧视的性质,引起读者对性别问题的思考。但是不可否认的是,在翻译意识形态上友好的文本,即本身就有女性主义思想的文本时,"作者与译者都参与的方案"才能最完美地体现,女性主义

---

① 如牛津大学出版社1995年出版的《新约》和《圣咏集》的女性主义译者的"两性兼容"的重译本,译者在翻译中尤其突出译文的性别意识:在翻译指代"上帝"的代词时,谨慎地避免了明显的性别化用词,而在上帝呼告子民时,在"兄弟们"后面严肃地加上了"姐妹们"。这对圣经的说教主旨并无明显违背,但形成的译本所产生的社会意义显然跟所有的旧译本有巨大差异,它表明在上帝眼里,男女是平等的,由此,在世俗社会中男性也绝不能理所当然地凌驾于女性之上。这种"离经叛道"的新译本遭到了《圣经》翻译专家尤金·奈达的反对,来自异性的《圣经》翻译专家的否定意见显示出女性主义译本的意义所在。(参见Flotow, 1997: 52—55)
② Flotow, 1997, pp. 28—29.
③ Simon, 1996, p. 29.
④ Simon, 1996, p. 3.

翻译理论指导下的种种实践手段才能得到淋漓尽致的发挥。

女性主义作者认为父权制下的语言在很大程度上限定了女性的思考与写作,从而尝试使用新的词语、新的拼写、新的语法结构、新的意象和比喻,以及一些"文字游戏"(wordplay),旨在超越父权语言的成规,突出女性的身份特点和人们对女性的常规认识。她们认为"女性拥有自己能随意使用的语言会为她们的创造带来影响,对她们进行革命性思考以及创造新作品产生作用"。① 显然,女性主义作品的语言除了表达文本意义,同时也是一种身份政治的手段,本身就带有浓厚的实验性质。翻译时,译者必须在具有不同的语言表达方式的不同文化中创造一种与原文对应的行文方式,使译作同样能引起人们对性别问题的思考。女性主义译者的翻译实践与当代女性写作之间的合作可谓女性主义运动在语言和文本方面的双重出击,最大限度地发挥了女性自我表达的潜能。西蒙指出,"女性主义写作和翻译相通,都极想在意义生产中突出女性的主体性。"② 大多数女性主义翻译实践表明,在文本、作者与译者之间存在心领神会的共谋和合作,作者和译者在一种当代性的框架下共同操作,参与一种互为影响的对话。女性主义翻译不是要损害原文本的意志,而是要扩充和发展它。

弗罗托(Louise von Flotow)列举了女性主义译者常用的三种干涉文本的方式:增补(supplementing)、加写前言和脚注(prefacing and footnoting)以及"劫持"(hijacking)。增补即"补偿"手段,一般的翻译者也常使用,但女性主义译者只注目于补偿原文在表述性别意义上的方式。比如:在英语单词 one 中用粗体的 e 来突出法语中的词性;HuMan 中用大写的 M 来指示原文隐含的男性中心主义;造新词 auther 来译法语的 auteure,等等。

前言和脚注是一般翻译也可能采取的方式。但是女性主义译者却已经将之作为翻译的常规,用以解释原文的背景、意旨以及自己的

---

① Flotow, 1997, p. 15.
② Simon, 1996, p. 13.

翻译策略和翻译过程,有的译者还以日记形式记录翻译过程。① 西蒙认为这些说明和记录无疑"凸显了译者让人关注她们的女人身份——或者更明确地说,女性主义者身份——的方式,为的是解释她们在翻译工作中感到的亲和力或挫败,也是为了阐明那些为了想象的或政治的目的而利用语法性别资源的文本"。② 西蒙指出,女性主义译者对翻译主体重新阐述的力量在于明确认识到了翻译关系的种种具体情况,其中之一就是文本和主体的性别特征(gender nature)。女性主义译者坚持维护她在意义的创造中作为一个积极参与者的作用。在理论文章、前言、脚注中,她强调了意义的临时性,让人注意到她自己的工作过程。③

"劫持"无疑是最富争议的一种方式:女性主义译者往往对本身并不一定具有女性主义意图的文本进行挪用(appropriation)。比如在原文采用全称阳性词的地方,在译文中却变成了包含阳性和阴性一起的词,这就使原文的内容虽然不至于发生变动,但是却产生了全新的意义——一种原文作者未必包含甚至可能反对的性别含意。④ 女性主义译者对自身在翻译过程中的能动性有充分的认识,她们把翻译看作是发挥主观能动性、为女性这一群体争取话语权、争取来自社会的平等目光的一个机会,并为能够拥有并抓住这个机会而感到欣喜。戈达尔德(Barbara Godard)的话或许能够为这种超出了传统译者权限的翻译策略做出辩护:女性主义译者坚持维护她那根本性的差异、她那无穷尽的再阅读和改写的快乐,把自己对操纵文本的标记昭示天下。⑤

事实上,女性主义翻译中采用的种种"新奇"的或"出位"的手段,

---

① 比如戈达尔德就在她的日记里记录了她同文本的思想和形式间关系演变发展的各个阶段,她写道:记录翻译过程会是探讨意义的话语间(interdiscursive)生产——而那就是翻译——的一种方法吗?……现在写作和重写凑到了一起:一篇描述翻译过程的文章和翻译本身。(Simon,1996:23)
② Ibid, p.7.
③ Ibid, p.29.
④ 如女性主义的《圣经》翻译。
⑤ Simon, 1996, p.13.

比如：违反译文语言中的语法常规，把单词拼写中标记阴性名词的后缀字母变成黑体来表示强调，对现成的合成词中有性别倾向的部分进行改造等等，虽然并不能从根本上改变已经发展得相当成熟的语言的基本结构和表达法，但是需要明确的一点是：女性主义译者的做法，并非是要从根本上颠覆某种语言成规从而建立新的平等表达法，而是希望通过这些"陌生而新奇"的表达法，使女性在文本中的存在方式引起读者的注意，产生思考、理解、共鸣，或者是反对、愤怒等感情，这就是译作的成功。换言之，女性主义译者的目的并非在于从根本上解决语言和性别的平等问题（因为很显然，这不是仅仅靠文学创作和翻译能解决的问题），而在于提出问题并让人们对此发生兴趣，引起社会对女性及其存在的重新思考。

五、女性主义译者的署名宣言

"文化转向"后的翻译研究承认，在某种程度上，所有的翻译都是对原作的"操纵"与"重写"，但唯有女性主义译者公开宣称"翻译就是重写"并以实现"重写"为理想；不但如此，女性主义译者也是所有译者中唯一一群在实施"重写"的策略之后，为了让重写带上译者自身的标记，将自己的译者署名赋予重要涵义的译者。女性主义译者阿伍德（Susanne de Lotbinière Harwood）说：我在一个译本上署名意味着：这一译本使用了所有的翻译策略，要使女性在翻译中清晰可见。① 事实上，女性主义译者认为译者既是读者，也是作者。梅泽（Kathy Mezei）就说："我翻译时，先阅读语篇……然后重读、再重读，然后用我自己的语言、自己的话来写：我写下我所读到的，而我所读到的重写了我所写的。"② 可见，译作是一种体现女性意识的"二次写作"，因此译者更多地不是对原文负责，而是对自己的译文负责，更或者说是对"作者和译者共同参与的写作方案"的负责。戈达尔德认为，阿伍德对译者署名的重视与其说是对原文的一种解构行为，不如说是一次重

---

① Simon，1996，p. 15.
② Bassnett, Susan, *Comparative Literature, A Critical Introduction*, Oxford: Blackwell, 1993, p. 156.

建主导地位的尝试。她对署名作为"固定一个单独、具体的女性主体"的行为的强调,的确意味着她期望确立"个人"的位置而非"话语"(discursive)的位置。① 这不禁让人联想起女性刚开始被允许进行宗教翻译的时候,发表译文时必须采取匿名形式,否则译文就只能以手稿的形式在家族中传阅。② 即使在女译者可以公开身份甚至受到嘉奖之时,她们的态度也十分谦恭,称自己的工作是"暂时的"和"过渡的"③。而现在,女性主义译者公然表示对这种传统态度的反叛,提出要"womanhandle"文本。张南峰将这个词译作"粗暴地妇占",并且自我解释说这个译法恐怕是"manhandle"了原文。④ 其实,这个译法倒是颇为传神地译出了当代女性主义译者取代过去谦虚而自惭形秽的译者的抱负。"粗暴"二字虽然不很悦耳,但女性主义译者却未必会十分反感,因为她们正是要以"矫枉过正"的方式来引起人们对译者主体性,尤其是女译者的主体性的足够兴趣。

女性主义译者在翻译过程中,带着觉醒了的性别意识,面对一些意识形态上不友好的文本,不得不反思自己的译者身份,并在译作中以多种手段标志自己的女性主义干涉,最后以自己的译者署名来为自己翻译过程中的努力郑重地再加一个砝码。女性主义译者对于署名权的重视,意味着译者自我展示的意识愈发明显,重写者的性别身份日益得到重视。

结　　论

译者个人身份问题在最近的译者主体性问题的研究中逐渐得到了重视,并且已经有了很多成果,但是当代女性主义翻译理论指出:关于译者身份的研究目前仍然缺乏一个相当重要的视角——性别。由此,译者的身份问题,多了一个非常重要的研究向度。另外,女性主义翻译理论在对译者主体性有了清醒的认识和独特的理解之后,认为

---

① Simon,1996,p.15.
② See Simon,1996,p.47.
③ Flotow,1997,p.36.
④ 陈德鸿、张南峰编:《西方翻译理论精选》,第186页。

翻译中的"差异"是积极因素而不是消极因素,译者有权改造、操纵甚至占有原文。她们积极采取多种激进的翻译策略,公然将译者主体性充分地运用在翻译实践中。戈达尔德写道:"女性主义的翻译家公开申明,……她以永无休止的重读和重写为乐,公然打出操纵语篇的旗号。她要粗暴地妇占她所翻译的语篇,因此不会做一个谦恭的、隐形的译者。"①

因此,女性主义翻译,作为女性主义运动中一股充满活力的支流,不仅为翻译的主体性研究提供了一个全新的性别视角,并且尝试了这一视角下的女性译者主体实践的多种可能性。这也印证了巴斯内特(Susan Bassnett)的见解:作品并不是在真空里产生的,它必定有一个产生的环境;把作品从一个文化系统翻译到另一个文化系统,并不是一种中立的、单纯的、透明的活动,而是一种带有强烈使命感的侵越行为。②

个案五:霍米·巴巴的"间性"概念与翻译研究的后殖民视角(作者任一鸣)

引者按:20世纪70年代国际译学界的翻译研究开始出现"文化转向"的趋势,其中一个主要特点即是向一些"后现代"翻译理论发展,而造成这种变化的重要原因之一则是与兴起于60年代法国的解构主义理论被引入译学研究有关。虽然自90年代后解构主义大潮开始衰退,但解构的原则已经深深地渗透到翻译研究领域。解构主义译论不承认文本终极意义的存在,突出译者的中心地位,声称"作者死了",从而消解了传统意义上的翻译忠实观,这些都开拓了当代翻译研究的新视野,并引导当代翻译研究者从政治、权力等角度探究翻译的问题和策略,反抗社会中存在的各种霸权。在解构主义翻译思想的影响下,一些学者逐渐发展了后殖民翻译理论并指出,在现代与原始、西方与非西方、文明与野蛮、文化与自然等一系列对立关系之中,翻译扮演了极其重要的作用。他们认为,正是翻译把这一系列对立关系之中的前

---

① Bassnett, 1993, p. 159.
② Bassnett, 1993, pp. 160—161.

者"自然化""非历史化",从而构建了殖民主体,翻译也因此沦为了殖民化的工具。后殖民理论的主要代表人物如尼南贾纳,据此提出了翻译中的干涉主义策略,以解构的方法揭示殖民统治与传统翻译"忠实再现"观念之间的共谋关系。而巴西学者坎波斯(Haroldo de Campos)则将翻译视为一种"食人行为",一种解除殖民主义余孽的武器。他提倡食人隐喻意义上的翻译,其目的是要颠覆原作/宗主国的逻格斯中心主义,为殖民地国家文化进行输血,提供精神养料。

翻译的后殖民视角旨在揭示殖民语境中的翻译行为如何在建构殖民主体中发挥作用,翻译又是如何沦为了帝国主义征服与占领的一个途径的。与此同时,通过对语言、语域和自我的深入探究,翻译的后殖民视角还揭示了后殖民语境中的全球性的边界文化或流散文化,从而使翻译不再仅仅是传统意义上的翻译,而是进一步成为人们日常生活的一部分。因此,"这个语境中的翻译就不再是几个受过高度训练过的专业人士在书面文本层面上的语意转换的操作,而是非常普通的日常交流。"

本文引入了后殖民理论的另一位代表人物霍米·巴巴的"间性"概念,并通过对与"间性"概念有关的两个概念"混杂性"和"间性空间",以及对后殖民文学文本翻译的分析,使读者从一个新的目光去观察、看待翻译。作者指出,用霍米·巴巴的"间性"概念去审视翻译的话,就会发现翻译的过程就是具有"间性"的存在状态,它是介于两种语言、两种文化之间的一种"混杂体",而译者必须在两种不同的语言和文化之间进行"调解协商",双方之间既存在着张力也存在着亲和力,而"混杂"的结果是一种新生命的诞生,这个新生命就是译本。霍米·巴巴的"间性"概念在翻译研究中的运用,不仅使翻译中的异化和归化批评视角得到了进一步的拓展和深入,而且还扩大了翻译研究对象的范围,使得一些本身具备翻译性但被传统的翻译观所忽视的文本进入了翻译研究的视野。

正文:霍米·巴巴的"间性"概念与翻译研究的后殖民视角

苏珊·巴斯奈特(Susan Bassnett)和哈里希·特里维迪(Harish

Trivedi)合编的《后殖民翻译:理论与实践》(*Post-Colonial Translation: Theory and Practice*)①的出版被认为标志着翻译研究的后殖民转向,是继翻译研究的文化转向之后翻译研究领域出现的又一个新的研究视角或研究趋势。在《后殖民翻译:理论与实践》一书的前言中,苏珊·巴斯奈特和哈里希·特里维迪使用了霍米·巴巴提出的"间性"(inbetweenness)概念,以及作为"间性"概念支撑的其他相关概念如"第三空间"(Third Space)和"间质空间"(Liminal Space)等,用霍米·巴巴(Homi K. Bhabha)的后殖民文化批评理论来重新审视翻译的过程和特性,为翻译研究提供了新的研究视野。收在《后殖民翻译:理论与实践》中的其他文章也都从后殖民批评的角度对翻译进行了探讨和研究,如雪莉·西蒙(Sherry Simon)在她对加拿大魁北克作家的双语写作研究中也运用了霍米·巴巴的"间性"概念,玛丽娅·蒂莫志科(Maria Tymoczko)在她的文章中将霍米·巴巴的后殖民批评理论与韦努蒂有关翻译研究的论述对照起来,也试图在后殖民批评论理论和翻译研究之间寻求某种关联。她特别提到后殖民文学作品所具有的翻译性,也就是后殖民文学文本本身就是一种翻译的文本。凡此种种,都是试图在后殖民批评理论和翻译研究之间建立起联系,把翻译研究的文化视角聚焦到后殖民文化批评理论的镜头前,试图利用后殖民批评理论对翻译研究有所新的发现。

后殖民批评理论或后殖民研究视角在翻译研究中的运用,并不表明翻译研究游离了文化研究的视角,而是表明翻译研究在实现文化转向之后在后殖民文化批评领域的进一步拓展。后殖民理论作为一种文化批评观,为当代文学批评以及翻译文学的研究都提供了独特的视角。在后殖民文化批评理论家中,霍米·巴巴及其"间性"概念尤其为翻译研究所关注。

霍米·巴巴1949年生于印度孟买一个袄教徒家庭。在孟买大学获学士学位,后赴英国求学,在牛津大学获硕士和博士学位。曾在美国普林斯顿大学、宾夕法尼亚大学和芝加哥大学任教。霍米·巴巴是

---

① *Postcolonial Translation: Theory and Practice* eds. Susan Bassnett and Harish Trivedi, London and New York: Routledge, 1999.

后殖民文化批评理论家中较有影响的一位,他的"间性"概念的提出,是建立在他对另外几个相关概念的阐释的基础之上。第一个概念是"混杂性"(hybridity)。霍米·巴巴认为整个后殖民文化就是一个"混杂体"(hybrid),这个"混杂体"既是殖民统治力量造成的,也是殖民地人自己造成的。在《文化的位置》(*The Location of Culture*)①一书中,霍米·巴巴提出,我们应该结束以前那种根据所谓民族性对人群进行简单的划分。他指出,如今的社会是由不同民族背景和社会经历构成的混杂体,因此边缘生存就是当今的生存状态。霍米·巴巴在《文化的位置》的引言中说,作为文化批评家必须认识到文化是有差异性的,历史变革产生的文化混杂(hybridities)为这种差异性提供了基础。我们不应再根据有机体的或先天的特征来划分人类的族群,相反,我们应找到并确认生存在时空交叉中的构成不同文化的民族差异性。人的个性并不局限于他所属的种族的遗传,而更受制于生活经历对他的改变。在此文中,巴巴还提出了"间质空间"(Liminal Space)的概念,以此来表述间于不同文化、不同的公众氛围和不同的私人氛围之间的生存状态。"间质空间"是霍米·巴巴的第二个与"间性"概念有关的重要概念。霍米·巴巴从支配者与被支配者之间的关系来探讨民族发展史,在对支配者与被支配者之间关系做了充分的考察之后,巴巴提出了"间质空间"(liminal space)的概念,所谓"间质空间",霍米·巴巴指的是文化之间发生冲突、交融和相互趋同的交叉位置(有时也指不同学科的交叉位置)。霍米·巴巴运用解构主义来拆解对抗关系,注重于分析上层建筑与基础的关系,他提出的"间质"liminality的概念,表述的是理论与实践之间的缝隙空间……这种"间质空间"并不是将两者隔离,而是在两者之间起到调停斡旋(mediation)的作用,使两者有可能进行相互交换以及意义的连接。他认为欧洲的理论框架往往忽略了他们所霸占的第三世界的状况。理论,作为理念的工具,叙述着并在叙述过程中创造着受压迫的第三世界的环境。

霍米·巴巴在《文化的位置》一书引言中指出,不同种族、阶级、性

---

① Bhabha, Homi K., *The Location of Culture*, New York: Routledge, 1994.

别和文化传统之间就是在这种"间质空间"中进行跨差异的文化"协商"(negotiation):

> 在不断出现的缝隙之中……在存在着差异的各个领域的层层相叠与相互错位之中……民族的主体内部的集体经验、共同兴趣或文化价值被相互协商着。主体在"夹层"(in-between)中是如何形成的?……表现的策略是如何在竞争中的群体中形成的,当这些群体分享着被掠夺与被歧视的历史,他们互相之间价值观、意义和优先权的交换并不常常具有合作性(collaborative)和对话性(dialogical),反而常常是具有深刻的对抗性、冲突性和不可比性。

霍米·巴巴考察了后现代艺术,指出一些艺术家的作品在社会上创造了"间质空间"liminal space 的隐喻。这些艺术家移置了白人/黑人和自我/他人之间的界限。他举了非裔美籍艺术家瑞内·格林(Renee Green)的作品《家谱遗址》(Sites of Genealogy),瑞内·格林把博物馆大楼作为一个隐喻,楼梯井则是间质空间,这个空间连接着上层和下层,表现了不同的文化得以在这个空间自由穿越。任何族群都不是孤立存在的,它都处在与其他族群的关系中,因此,不应将它们固定在它们的原始起点上,并根据这个原始起点来进行简单的分类。瑞内·格林的这个比喻为霍米·巴巴进一步用"间质空间"的理念来阐释他的后殖民文化批评理论提供了灵感,为了进一步说明文化的"混杂性",霍米·巴巴提出文化特性不可能是"预先被给予的"(pre-given)、不可增减的、有原型可依的和非历史性的。"殖民统治者"(colonizer)与"被殖民统治者"(colonized)不能被分别开来看待,它们不是两个各自独立的概念,而是互相依存的,因此无法单独对任何一方做出界定。霍米·巴巴认为,文化特性之间的相互协商包括文化交往以及由此产生的对文化差异的相互"默认"(mutable recognition):

> 文化约定的术语,无论是相互对抗的还是相互联合的,都是在实际运用中产生的,因此不能草率地认为现象中的文化差异只不过是少数人种的文化中"预先被给予的"特性的反映,而这些

"预先被给予的"文化特性是存在于某个固定的文化传统中的。从少数人种的角度来说,差异的社会化表达是一个综合过程,在不断相互协商的过程中,在历史转换的时刻,为"混杂文化"(cultural hybridities)寻求产生的权利。

霍米·巴巴在力图解构各民族间的"间质空间"的同时,为了进一步阐释文化的"混杂性"(hybridity)如何在对抗的两者之间的张力中产生,他提出另一个相关的概念"第三空间"(Third Space):

  阐释的条约(the pact of interpretation)并不像在陈述句中的"我"与"你"之间建立起联系那么简单。意义的产生要求将两个处在不同地点的东西调动召集到一个"第三空间"(Third Space)中,这个空间将同时代表双方语言的一般状况及其表达方式的特殊暗示,这种表达方式的实际操作性和风俗习惯性作为一种策略是不被它自身所意识到的。①

"第三空间"是霍米·巴巴的第三个与"间性"概念有关的重要概念。按照霍米·巴巴的观点,"第三空间"——另一种构建间质空间的方式——是一个存在于书写之中的"充满矛盾的"(ambivalent)"混杂"(hybrid)空间,换言之,在对抗张力之间调停斡旋(mediate)的是写作或书写——并不仅仅是理论的演绎,而更是文化的实践,如小说,电影,音乐等。正如雅各·德里达在《写作与差异》(*Writing and Difference*)中所说的,写作并不是被动地记录社会现实,而事实上,它走在社会现实的前面,并在确认文本系统中各符号的差异过程中赋予它们意义。巴巴通过对德里达关于差异的论述进行再论证,提出了自己关于文化差异的论点,以及文化差异如何在写作的过程中进行再表现与相互协商(negotiation)。霍米·巴巴把写作定义为一种对不同文化之间的差异进行创造性定义的方式。在《文化的位置》中,霍米·巴巴利用符号学和心理分析的方法,进一步考察了殖民制度的"充满矛盾(ambivalence)"性,认为这种制度为英语文本中以演绎"模仿"为

---

① Bhabha, Homi K., *The Location of Culture*, New York: Routledge, 1994, p. 36.

特征的反抗提供了可能性。霍米·巴巴试图在托尼·莫里森(Toni Morrison)和纳丁·戈迪默(Nadine Gordimer)的文学创作中找到"文化的位置",这种文化处于占统治地位的社会形态的边缘,它既让人难以忘怀地思念,又让人产生无家可归之感。

霍米·巴巴的"间性"理论以及相关的"混杂性""间质空间"和"第三空间"等概念是建立在对后结构主义思想的引发基础上的。作为一位后殖民主义文化批评理论家,霍米·巴巴是受后结构主义理论和解构主义理论影响较深的一位。在对殖民体系中殖民者与被殖民者关系以及后殖民社会文化关系的考察中,他充分运用了后结构主义和解构主义的分析方法,以及心理分析和符号学等理论,从而使他的文化批评具备了更广阔的理论视野。雅格·德里达(Jacques Derrida)、雅格·拉康(Jacques Lacan)和麦克·福柯(Michel Foucault)等的思想理论对霍米·巴巴形成自己的后殖民文化批评观有着不容忽视的影响,尤其是福柯关于知识与权力的论述。在萨义德(Edward Said)对东方主义的文化批评中可以看到福柯关于知识与权力论述的影响,福柯的这一思想同样也影响到巴巴的文化批评理论。福柯认为任何时代都有一种秩序支配着散乱的习俗,这种秩序以一种强制态度来实行支配。萨义德因而指出了西方文化对东方的支配以及西方文学批评如何通过东方学学科的建立来维持西方对东方的支配。他在对东方主义的批判中对西方的文化霸权表示了反抗。与萨义德不同的是,霍米·巴巴把后结构主义和解构主义理论运用到后殖民文化批判中时,没有像萨义德那样为世界的不同地区划出界限,而是认为整个后殖民文化就是一个"混杂体"(hybrid)。在"混杂体"这个基本概念被提出的基础上,"间质空间"和"第三空间"作为对"混杂体"的进一步描述而被提出,而所谓的"间性"概念则是对这一系列概念的一个统称。

霍米·巴巴从"间质空间"和"第三空间"的角度来考察英国殖民主义,他拒绝接收殖民者关于殖民地文化的叙述,他指出,殖民地文化不是像殖民者表现的那样是缄默的,它参与了形成自身文化特性的过程,这个文化特性既不是纯粹殖民者的,也不是纯粹被殖民者的。它是一个相互交叉形成的"第三空间",并不是说殖民者与被殖民者双方的在形成这个第三空间时的力量对等,而是说殖民地文化在形成过程中并不仅仅是一方的文化作用于另一方,而是双方的文化相互作用的,这个第三空间因双方的对抗和斗争在不断变化。霍米·巴巴从而进一步指出文化的基本和原始特征就是"混杂体"。在霍米·巴巴看来,文化和民族的形成都不是由其自身决定的,而是在与其他文化交汇过程中形成的。因此文化的特性就是差异,其他民族的特性塑造了自己民族的特性,没有一种文化不是多元文化的产物。霍米·巴巴指出,越是文化冲突激烈的地方,文化越是繁荣。

把霍米·巴巴关于"混杂性""间质空间"和"第三空间"的阐释综合起来就形成了"间性"概念。后殖民文化批评和用这个概念表现民族、文化、阶级、性别等的存在状态,在翻译研究中"间性"的概念则很形象准确地表现出了翻译的存在状态和特性。用霍米·巴巴的"间性"概念来审视翻译,就会发现翻译的过程就是具有"间性"的存在状态,它是介于两种语言、两种文化之间的一种"混杂体",译者必须在两种不同的语言和文化之间进行"调解协商",双方之间既存在着张力也存在着亲和力,而"混杂"的结果是一种新生命的诞生,这个新生命就是译本。译本是一种介于两种语言文化之间的、在"间质空间"诞生的"混杂体"。在"混杂体"诞生过程中不同语言文化之间的张力表现为不同的力量对比,在强势语言文化与弱势语言文化的对抗中,霍米·巴巴的"间性"概念更进一步深化了韦努蒂有关翻译中"异化"和"归化"问题,使得翻译中"异化"和"归化"问题得以在一个动态的由不同文化不同语言文化构成的统一空间中被考察,而不是在两种或多种文化各自的空间中被考察。例如在中国一些文学评论术语的英译中,就能很明显地看出这种"混杂"语言的产生。The way in which the words depend upon bone is like the way in which the skeleton is set in the human form. And the quality of wind contained in the affections is like the way our shape holds qi within it. When words are put together straight through, then the bone of writing is complete therein; When the concept of and qi are swift and vigorous, then the wind of writing is born therein.(中文原文:故辞之待骨,如体之树骸,情之含风,犹形之包气。结言端直,则文骨成焉;意气峻爽,则文风生焉。)①在这段英译文中,wind 和 bone 是原来英文中就有的词,但在这段文字中发生了变异,首先它们被使用于陌生的语境,即被用来作为文学评论的特定术语,其次它们的内涵在原有的意义上有了进一步的延伸,它们被用来说明文学的某些特性。而"qi"这个词,则更是同时为中英两种语言所陌生的词,在中文表述中,"qi"只是作为某些词的"注音",而并不代表一个词,而在英文中,"qi"完全是一个被生造或被引进的"新词",无论从发音规则还是从拼写规则来说,都显得怪异的新词。对于这段文字的翻译仅仅用"异化"或者"归化"来进行评述是不够的,以"wind"和"bone"来说,它们在以英文词汇来"归化"中文的"风骨"的同时,其用法也被中国传统文论的特殊理念异化了。以"qi"来说,它以延用中文发音,把新词引进英文的方法将"气"成为英文中的"异化"成分的同时,也将中文的"气"总字体形态上"异化"了……它既不是中文也不是英文,它既不是归化也不是异化的结果,它是一个中英文的混合体,它本身就是异化和归化同时并存的统一体,它显示了翻译语言和翻译空间的混杂性。再以《尤利西斯》中译本中的一段文字为例:

  她吃力地跋涉,schlepps,trains,Drags,trascines 重荷。潮汐被月亮拖曳着,跟在她后面向西退去……在睡梦中,月潮向她报时,嘱她该起床了。新娘的床,分娩的床,点燃着辟邪烛的死亡之床。凡有血气者,均来归顺。他来了,苍白的吸血鬼。……②

在这段译文中,schlepps, trains, Drags, trascines 分别是德、法、英、意语,但又不完全是,其词尾的变化是按照英文的规则。这四个字都是"拖着"的意思。译者在这里保留了原文,没有将它们译成中文,却以加注的形式做了说明。从原文本身来说,使用与写作语言不同的

---

① 《中国文论——英译与评论》,〔美〕宇文所安著,王柏华、陶庆梅译,上海:上海社会科学院出版社,2003 年,第 225 页。
② 《尤利西斯》上卷,〔爱尔兰〕J. 乔伊斯著,萧乾、文洁若译,南京:译林出版社,1994 年,第 119 页。

语言并使之在词尾变化上适应于英文规则,这一现象已经表明作者在使用过程中进行了一番"异化"和"归化"的处理。作者的策略也许是为了加强这个词的表现力。译者在翻译过程中保留原文,也许也是为了突出这些词的表现力,因而似乎选择了"异化"的策略,但保留的却是原文异化归化并存的统一体。在这段译文的后面部分出现了"凡有血气者,均来归顺"的符合中文古汉语表述规则的句子,将原文彻底"归化"了。这段短短的译文很充分地体现出了翻译空间的"混杂性",它为了达到文学表现的最佳状态不断地在异化和归化之间做着调解和协商,异化和归化在翻译的过程中和翻译语言的空间里有进有退,此扬彼抑,共同构成了翻译过程和翻译文本。用霍米·巴巴的"间性"概念来重新审视翻译,不仅是对翻译研究传统方法和视角的突破,更是对翻译中的一些传统概念和认识的突破。无独有偶,詹姆斯·克利弗德(James Clifford)在他有关文化翻译的论述中①,也曾指出过文化翻译的结果是混合概念的产生。本雅明(Walter Benjamin)所提出的翻译是"原文"和"译文"的互动,译文兼容原文语言和译文语言的特征,是一种"更丰富的语言"(a greater language):"将若干语言汇合为一种真正的语言这一伟大的主题,在翻译中发挥着作用"。克利弗德提到的"混合概念",本雅明所说的"更丰富的语言",都从不同的角度印证了霍米·巴巴"间性"概念。

霍米·巴巴的"间性"概念在翻译研究中的运用,不仅使翻译中的异化和归化批评视角得到了进一步的拓展和深入,而且还扩大了翻译研究对象的范围,使得一些本身具备翻译性但被传统的翻译观所忽视的文本进入了翻译研究的视野。霍米·巴巴的"间性"概念在把后殖民文化批评观带入翻译研究领域的同时,也把后殖民文学文本引进了翻译研究的视角,使得后殖民文学文本所具有的"翻译性"被彰显了出来。用霍米·巴巴的"间质空间"来审视翻译,翻译研究所面对的文本就不再局限于原作和译作两部分,翻译可以是一个在同一个充满"混杂性"的空间里,也就是在一个文本中进行不同语言文化的"调解协

---

① Routes: Travel and Translation in the Late Twentieth Century *by James Clifford*, Harvard University Press 1997.

第十章 无比广阔的研究前景

商"的过程或存在状态。基于对翻译概念的这种认识,后殖民文学文本所具有的不同质文化混杂的特性便使它成为"翻译",或一种具有翻译性的文学。后殖民文学文本中是典型的充满"混杂性"的"间质空间",在这个空间中,不同的语言文化进行着"协商",读者看到的是一个动态的翻译的过程或翻译的状态,而不是固态的单纯的"译本"或"原作"。传统的翻译概念在这里被突破了,翻译被完全带进了一个充满文化冲突和交融的空间,原作立场和译作立场被混合在一起,"异化"和"归化"在失去了"译入语"和"源语"的两极对立后也只能被表述为"变化"或"创新"。翻译的创造性在后殖民文学文本中被充分地体现了出来。在《后殖民翻译:理论与实践》一书中,玛丽亚·迪莫佐运用霍米·巴巴的"间性"概念考察了非洲的后殖民文学,她指出在尼古基·西昂戈(Ngugi wa Thiong'o)和钦努阿·阿契贝(Chinua Achebe)的文学作品中引用了很多非洲语汇,作者并没有对这些语汇的意义作任何解释。这种写作手法使作品具备了翻译性,文学文本被看作是一个"间质空间",在这个空间里,不同质语言文化进行着"协商"。非洲语汇的使用对于英语作为母语的读者来说是语言的异化,但对来自于非洲文化的读者来说,是对英语的归化处理。事实上,不仅非洲的后殖民文学文本具有这样明显的翻译性,在加勒比以及印度后殖民作家的作品中也同样表现了这种具有"混杂性"的翻译性。

在印度裔加拿大作家罗辛顿·米斯垂(Rohinton Mistry)的《费洛查·拜格的故事》(Tales from Firozsha Baag)[①]中,读者经常会遭遇一些非英国英语,或英语化了的印度语。生活在印度的波斯后裔在文化的冲突与交融中,寻求着一条折中的道路,即将英语融进自己的民族语言,并将英语按照本民族语言的发音习惯改造成新的词汇,补充进原有的民族语言中。在"费洛查·拜格的幽灵"中有一段叙述:"……老女主人喜欢用波斯语的词汇来说英语,把 easy chair 说成 igeechur,freach beans 说成 ferach beech,而杰奎琳就成了杰凯莉了。后来我发现所有的老波斯人都是这样,他们似乎以这种方式来创造一

---

① Rohinton Mistry, *Tales From Firozsha Baag*, Markham, Ont.: Pengiun, 1987.

种属于他们自己的语言。"在罗辛顿·米斯垂的作品中,常常读到 masala, kusti, sudra 等一些被英语化的非英语词汇。Masala 一词是由印度一种著名咖喱的发音用英文字母拼写而生成,这个词在"费洛查·拜格的幽灵"中出现的频率很高,作者使用这个词显然不仅仅是因为英语里没有相应的词汇,其在文本中的用意也显然超出了词本身的意义,masala 几乎是一种文化的象征,这种文化就像这个词一样无可替代。Kusti 和 sudra 是波斯宗教祈祷时穿的服装,有时也指代波斯式的祈祷。在小说中还有很多既非英语也非印度语的文字,如下面这段文字:"..., remind him he is a Zoroastrian①: manashni, gavashni, kunashni, better write the translation also: good thoughts, good words, good deeds—he must have forgotten what it means, and tell him to say prayers and do kusti at least twice a day. Writing it all down sadly, Mother did not believe he wore his sudra and kusti anymore."②在这段文字中,manashni, gavashni, kunashni, kusti, sudra 都是一种带有文化翻译性质的表现形式,由于文化的不同,在英文中没有表述波斯文化的相应的词,因此,在把这种异质文化进行翻译的过程中,这些被英语化了的民族语言就产生了。这些词显然既不是英语,也不是印度语或波斯语,它们是在文化翻译过程中产生的"混合体"。作者罗辛顿·米斯垂生长于印度一个有波斯文化背景的家庭,后来又移民加拿大,用英语进行文学创作,从而不可避免地使他的写作处于一种由不同质语言文化构成的"间质空间"中,而他的写作也因而具备了翻译性,这是一种在翻译过程中的文学创作。在上面摘引的段落中,作者不仅使用了 manashni, gavashni, kunashni 等在英语中属于新造的词汇,而且紧接着在后面的文字中就将这些文字翻译成了所谓真正的英语 good thoughts, good words, good deeds。作者利用这种表现手法强调了 manashni, gavashni, kunashni 等被英语化了的词的非英语性。翻译的过程不再隐蔽在原作和译作的背后,而是走到前台,在同一个文本中完成从一种文化到另一种文化的翻译,从一种

---

① Zoroastrian,索罗亚斯德教徒。
② *Concert of Voices*, ed. by Victor Ramraj, Broadview Press Ltd. 1997, p.254.

语言到另一种语言的翻译。一种新的语言在不同语言文化交织出的"混杂体"中诞生,正是在霍米·巴巴的"间性"理念基础上所理解的翻译的存在状态和特性。

后殖民文化批评的研究视角在翻译研究中的运用是翻译研究在20世纪后半叶以来出现文化转向的必然结果。随着翻译研究的逐渐深入,语言背后的文化因素对翻译的制约越来越被重视,正如谢天振先生在《翻译研究新视野中》所说:"20世纪下半叶以后,越来越多的学者开始从文化层面上审视、考察翻译,从某种意义上而言,翻译研究正在演变为一种文化研究。"谢天振先生在他的《译介学》和《翻译研究新视野》中,对翻译的"间性"特征做了充分的关注,他提出的翻译的"创造性叛逆"就是从另一个角度论证了翻译的"间性"特征,所谓创造性,就是两种或多种语言文化混合的必然结果,它突出了"混杂体"的"新",而"叛逆",则进一步表明这种具有创造性的"新"是不同于混合前的任何一种语言或文化的,它是这些文化的混合,却不是它们中的任何一种,它具有独立性。美国翻译理论家尤金·奈达在他的《翻译中的语言与文化》中指出的"翻译是两种文化之间的交流"。

当翻译被看作是文化之间的交流,翻译的功能和最终目的是转达文化,那么,后殖民的批评理论在翻译研究领域就有了充分的施展空间。后殖民批评理论于是被用来解释翻译中强势文化与弱势文化的抗衡,而霍米·巴巴的间性理论则被用于表述翻译的特性,等等,使文化层面上的翻译研究得到进一步拓展,从而形成了后殖民翻译研究,而后殖民翻译研究的贡献,除了将上述"翻译中强势文化与弱势文化的抗衡"以及霍米·巴巴的间性理论等引入翻译研究中,另一个重要贡献就是使后殖民文学文本也进入了翻译研究的视野,使后殖民文学作品的翻译性得到关注,从而大大丰富了翻译研究的对象。后殖民文学文本进入翻译研究的视野,被看作是一种翻译,或许是霍米·巴巴的"间性"概念为翻译研究带来的最大突破。

附录　译介学研究推荐书目

一、中文部分

〔英〕贝克,2011,翻译与冲突——叙事性阐释,赵文静主译,北京大学出版社。
蔡新乐,2001,文学翻译的艺术哲学,河南大学出版社。
蔡新乐,2005,翻译的本体论研究,上海译文出版社。
蔡新乐,2007,相关的相关——德里达"相关的"翻译思想及其他,中国社会科学出版社。
蔡新乐,2007,翻译与自我——德里达"死结"的翻译学解读与批判,中国社会科学出版社。
蔡新乐,2010,译学新论——从翻译的间性到海德格尔的翻译思想,人民文学出版社。
蔡毅、段京华编著,2000,苏联翻译理论,湖北教育出版社。
陈德鸿、张南峰编,2000,西方翻译理论精选,香港城市大学出版社。
陈福康,2006,中国译学理论史稿(修订本),上海外语教育出版社。
陈玉刚主编,1989,中国翻译文学史稿,中国对外翻译出版公司。
杜慧敏,2007,晚清主要小说期刊译作研究(1901—1911),上海书店出版社。
范文美主编,2000,翻译再思——可译不可译之间,台北书林出版有限公司。
费小平,2005,翻译的政治——翻译研究与文化研究,中国社会科学出版社。
辜正坤、史忠义执行主编,2006,国际译学新探,百花文艺出版社。
顾钧,2009,鲁迅翻译研究,福建教育出版社。
郭建中编,2000,文化与翻译,中国对外翻译出版公司。
郭建中编著,2000,当代美国翻译理论,湖北教育出版社。
郭延礼,1998,中国近代翻译文学概论,湖北教育出版社。
郭延礼,2008,近代西学与中国文学(增订本),百花洲文艺出版社。
〔美〕韩南,2010,中国近代小说的兴起(增订本),徐侠译,上海教育出版社。
郝岚,2005,林译小说论稿,天津社会科学院出版社。
韩子满,2005,文学翻译杂合研究,上海译文出版社。
胡翠娥,2007,文学翻译与文化参与——晚清小说翻译的文化研究,上海外语教育出版社。

季羡林,2007,季羡林谈翻译,当代中国出版社。

〔苏〕加切奇拉泽,1987,文艺翻译与文学交流,蔡毅、虞杰编译,中国对外翻译出版公司。

蒋林,2009,梁启超"豪杰译"研究,上海译文出版社。

孔慧怡,1999,翻译·文学·文化,北京大学出版社。

李今,2006,三四十年代苏俄汉译文学论,人民文学出版社。

李今,2009,二十世纪中国翻译文学史(三四十年代·俄苏卷),百花文艺出版社。

李晶,2008,当代中国翻译考察(1966—1976)——"后现代"文化研究视域下的历史反思,南开大学出版社。

李磊荣,2010,文化可译性视角下的《红楼梦》翻译,上海译文出版社。

李奭学,2007,得意忘言——翻译、文学与文化评论,生活·读书·新知三联书店。

李伟,2005,中国近代翻译史,齐鲁书社。

李宪瑜,2009,二十世纪中国翻译文学史(三四十年代·英法卷),百花文艺出版社。

廖七一编著,2000,当代西方翻译理论探索,译林出版社。

廖七一等编著,2001,当代英国翻译理论,湖北教育出版社。

廖七一,2006,胡适诗歌翻译研究,清华大学出版社。

廖七一,2010,中国近代翻译思想的嬗变,南开大学出版社。

廖七一,2014,翻译研究:从文本、语境到文化建构,复旦大学出版社。

廖七一等著,2015,抗战时期重庆翻译研究,南开大学出版社。

连燕堂,2009,二十世纪中国翻译文学史(近代卷),百花文艺出版社。

刘禾,2002,跨语际实践——文学、民族文化与被译介的现代性,生活·读书·新知三联书店。

刘华文,2005,汉诗英译的主体审美论,上海译文出版社。

刘军平,2009,西方翻译理论通史,武汉大学出版社。

刘宓庆,2005,中西翻译思想比较研究,中国对外翻译出版公司。

罗新璋、陈应年编,2009,翻译论集(修订本),商务印书馆。

罗新璋,2012,译艺发端,湖南人民出版社。

罗选民主编,2003,外国文学翻译在中国,安徽文艺出版社。

罗选民主编,2005,文化批评与翻译研究,外文出版社。

马红军,2006,从文学翻译到翻译文学,上海译文出版社。

马祖毅,1998,中国翻译简史(五四以前部分)(增订版),中国对外翻译出版公司。

马祖毅,2006,中国翻译通史(共五卷),湖北教育出版社。

孟昭毅、李载道主编,2005,中国翻译文学史,北京大学出版社。

穆雷等,2008,翻译研究中的性别视角,武汉大学出版社。

彭建华,2008,现代中国的法国文学接受——革新的时代人期刊出版社,中国书籍出版社

平保兴,2005,五四翻译文学史,中国文史出版社。

秦弓,2009,二十世纪中国翻译文学史(五四时期卷),百花文艺出版社。

仇蓓玲,2006,美的变迁,上海译文出版社。

任东升,2007,圣经汉译文化研究,湖北教育出版社。

〔英〕斯坦纳,1987,《通天塔——文学翻译理论研究》,庄绎传译,中国对外翻译出版公司。

宋学智,2006,翻译文学经典的影响与接受,上海译文出版社。

孙会军,2005,普遍与差异——后殖民批评视阈下的翻译研究,上海译文出版社。

孙艺风,2004,视角阐释文化——文学翻译与翻译理论,清华大学出版社。

孙迎春编著,2004,张谷若翻译艺术研究,中国对外翻译出版公司。

孙致礼,1996,1949—1966：我国英美文学翻译概论,译林出版社。

谭载喜,2004,西方翻译简史(增订版),商务印书馆。

滕威,2011,"边境"之南——拉丁美洲文学汉译与中国当代文学(1949—1999),北京大学出版社

王秉钦,2009,20世纪中国翻译思想史(第二版),南开大学出版社。

王东风,2014,跨学科的翻译研究,复旦大学出版社。

王宏印,2003,中国传统译论经典诠释——从道安到傅雷,湖北教育出版社。

王宏志,1999,重释"信达雅"——二十世纪中国翻译研究,东方出版中心。

王宏志编,2000,翻译与创作——中国近代翻译小说论,北京大学出版社。

王宏志,2011,翻译与文学之间,南京大学出版社。

王宏志,2014,翻译与近代中国,复旦大学出版社。

王建开,2003,五四以来我国英美文学作品译介史(1919—1949),上海外语教育出版社。

王克非编著,1997,翻译文化史论,上海外语教育出版社。

王宁,2006,文化翻译与经典阐释,中华书局。

王宁,2009,翻译研究的文化转向,清华大学出版社。

王宁,2014,比较文学、世界文学与翻译研究,复旦大学出版社。

王寿兰编,1989,当代文学翻译百家谈,北京大学出版社。

王向远,2001,二十世纪中国的日本翻译文学史,北京师范大学出版社。

王向远,2001,东方各国文学在中国——译介与研究史述论,江西教育出版社。

王向远,2004,翻译文学导论,北京师范大学出版社。

王友贵,2001,翻译家周作人,四川人民出版社。

王友贵,2004,翻译西方与东方:中国六位翻译家,四川人民出版社。

王友贵,2005,翻译家鲁迅,南开大学出版社。

王佐良,1989,翻译:思考与试笔,外语教学与研究出版社。

卫茂平,2003,德语文学汉译史考辨——晚清和民国时期,上海外语教育出版社。

吴克礼主编,2006,俄苏翻译理论流派述评,上海外语教育出版社。

吴赟,2012,文学操纵与时代阐释——英美诗歌的译介研究(1949—1966),复旦大学出版社。

吴赟,2012,翻译·构建·影响——英国浪漫主义诗歌在中国,北京大学出版社。

熊辉,2010,五四译诗与早期中国新诗,人民出版社。

熊辉,2011,两支笔的恋语:中国现代诗人的译与作,西南师范大学出版社。

谢天振、查明建主编,2004,中国现代翻译文学史(1898—1949),上海外语教育出版社。

谢天振等著,2009,中西翻译简史,外语教学与研究出版社。

谢天振、何绍斌著,2013,简明中西翻译史,外语教学与研究出版社。

谢天振主编,2000,翻译的理论建构与文化透视,上海外语教育出版社。

谢天振主编,2008,当代国外翻译理论导读,南开大学出版社。

谢天振主编,2002,2001年中国最佳翻译文学,春风文艺出版社。

谢天振主编,2003,21世纪中国文学大系2002年翻译文学,春风文艺出版社。

谢天振主编,2004,21世纪中国文学大系2003年翻译文学,春风文艺出版社。

谢天振主编,2005,21世纪中国文学大系2004年翻译文学,春风文艺出版社。

谢天振主编,2006,21世纪中国文学大系2005年翻译文学,春风文艺出版社。

谢天振主编,2007,21世纪中国文学大系2006年翻译文学,春风文艺出版社。

谢天振主编,2008,21世纪中国文学大系2007年翻译文学,春风文艺出版社。

谢天振主编,2009,21世纪中国文学大系2008年翻译文学,春风文艺出版社。

谢天振主编,2010,21世纪中国文学大系2009年翻译文学,春风文艺出版社。

谢天振主编,2011,21世纪中国文学大系2010年翻译文学,春风文艺出版社。

谢天振主编,2012,2011年度翻译文学,漓江出版社。

谢天振,1994,比较文学与翻译研究,台湾业强出版社。

谢天振,1999,译介学,上海外语教育出版社。

谢天振,2007,译介学导论,北京大学出版社。
谢天振,2011,比较文学与翻译研究,复旦大学出版社。
谢天振,2013,译介学(增订本),译林出版社。
谢天振,2014,隐身与现身——从传统译论到现代译论,北京大学出版社。
谢天振,2014,超越文本 超越翻译,复旦大学出版社。
谢天振,2014,海上译谭,复旦大学出版社。
谢天振,2015,翻译研究新视野,福建教育出版社。
许宝强、袁伟选编,2001,语言与翻译的政治,中央编译出版社。
许钧等,2010,文学翻译的理论与实践——翻译对话录(增订本),译林出版社。
许钧、宋学智,2007,20世纪法国文学在中国的译介与接受,湖北教育出版社。
许钧主编,1996,文字·文学·文化——《红与黑》汉译研究,南京大学出版社。
许钧主编,1998,翻译思考录,湖北教育出版社。
许钧等编著,2001,当代法国翻译理论,湖北教育出版社。
许钧等,2001,文学翻译的理论与实践——翻译对话录,译林出版社。
许钧,2003,翻译论,湖北教育出版社。
许钧,2014,从翻译出发——翻译与翻译研究,复旦大学出版社。
严晓江,2008,梁实秋中庸翻译观研究,上海译文出版社。
杨柳,2005,林语堂翻译研究——审美现代性透视,湖南人民出版社。
杨武能,1991,歌德与中国,生活·读书·新知三联书店。
杨武能,1999,走近歌德,河北教育出版社。
杨宪益,1983,译余偶拾,生活·读书·新知三联书店。
于德英,2009,"隔"与"不隔"的循环:钱锺书"化境"论的再阐释,上海译文出版社。
查明建、谢天振,2007,中国20世纪外国文学翻译史,湖北教育出版社。
张南峰,2004,中西译学批评,清华大学出版社。
张南峰,2012,多元系统翻译研究——理论、实践与回应,湖南人民出版社。
张佩瑶,2012,传统与现代之间——中国译学新途径,湖南人民出版社。
张旭,2012,中国英诗汉译史论——1937年以前部分,湖南人民出版社。
赵稀方,2003,翻译与新时期话语实践,中国社会科学出版社。
赵稀方,2009,二十世纪中国翻译文学史(新时期卷),百花文艺出版社。
赵稀方,2012,翻译现代性——晚清到五四的翻译研究,南开大学出版社。
赵毅衡,2003,诗神远游——中国如何改变了美国现代诗,上海译文出版社。
钟玲,2003,美国诗人史耐德与亚洲文化,台湾联经出版社。

周发详等,2009,二十世纪中国翻译文学史(十七年及"文革"卷),百花文艺出版社。

邹振环,1996,影响中国近代社会的一百种书,中国对外翻译出版公司。

邹振环,2000,20世纪上海翻译出版与文化变迁,广西教育出版社。

郑海凌,2000,文学翻译学,文心出版社。

郑海凌,2005,译理浅说,文心出版社。

祝朝伟,2005,构建与反思,上海译文出版社。

朱纯深,2001,翻译探微——语言·文本·诗学,台北书林出版有限公司。

朱徽编著,1996,中英比较诗艺,四川大学出版社。

朱徽编著,2003,中美诗缘,四川人民出版社。

朱徽,2009,中国诗歌在英语世界——英美译学汉诗翻译研究,上海外语教育出版社。

朱志瑜、徐敏慧编,2015,当代翻译研究论集,四川人民出版社。

朱志瑜,2012,中国译名研究——1950年以前,湖南人民出版社。

《翻译通讯》编辑部编,1984,翻译研究论文集(1894—1949),外语教学与研究出版社。

《翻译通讯》编辑部编,1984,翻译研究论文集(1949—1983),外语教学与研究出版社。

二、英文部分

Alvarez, Roman and M. Carmen-áfrica Vidal, eds. *Translation, Power, Subversion*. Beijing: Foreign Language Teaching and Research Press, 2007.

Bowker, Lynne & others, eds. *Unity in Diversity? Current Trends in Translation Studies*, Beijing: Foreign Language Teaching and Research Press, 2007.

Bassnett, Susan. *Translation Studies*, revised edition. London & New York: Routledge, 1991.

—and AndréLefevere, eds. *Constructing Cultures: Essays on Literary Translation*, Cleveland & Philadelphia: Multilingual Matters, 1998.

—and Harish Trivedi, eds. *Post-colonial Translation: Theory and Practice*, London: Routledge, 1999.

Chesterman, Andrew and Emma Wagner. *Can Theory Help Translators?* Beijing: Foreign Language Teaching and Research Press, 2006.

Davis, Kathleen. *Deconstruction and Translation*. Shanghai: Shanghai Foreign Language Education Press, 2004.

Ellis, Roger and Oakley-Brown, Liz, eds. *Translation and Nation: Towards a Cultural Politics of Englishness*. Beijing: Foreign Language Teaching and Research Press, 2006.

Flotow, Luise von. *Translation and Gender*. Shanghai: Shanghai Foreign Language Education Press, 2004.

Gentzler, Edwin. *Contemporary Translation Theories*. Shanghai: Shanghai Foreign Language Education Press, 2004.

Hermans, Theo. *Translation in Systems: Descriptive and System-oriented Approaches Explained*. Manchester: St. Jerome, 2004.

——eds. *Crosscultural Transgressions: Research Models in Translation Studies* Ⅱ, *Historical and Ideological Issues*. Beijing: Foreign Language Teaching and Research Press, 2007.

Holmes, James S. *Translated! Papers on Literary Translation and Translation Studies*, 2nd Edition. Amsterdam: Rodopi, 1994.

Lefevere, André. *Translation, Rewriting and the Manipulation of Literary Fame*. Shanghai: Shanghai Foreign Language Education Press, 1994.

——eds. *Translation/History/Culture(A Sourcebook)*. Shanghai: Shanghai Foreign Language Education Press, 2004.

——*Translating Literature*. Beijing: Foreign Language Teaching and Research Press, 2006.

Nord, Christiane. *Translating as a Purposeful Activity*. Shanghai: Shanghai Foreign Language Education Press, 2006.

Reis, Katharina. *Translation Criticism—The Potentials & Limitations*. Shanghai: Shanghai Foreign Language Education Press, 2004.

Robinson, Douglas. *The Translator's Turn*. Beijing: Foreign Language Teaching and Research Press, 2006.

——*Western Translation Theory—From Herodotus to Nietzsche*. Beijing: Foreign Language Teaching and Research Press, 2006.

——*Translation and Empire: Postcolonial Theories Explained*. Beijing: Foreign Language Teaching and Research Press, 2007.

Rose, Marilyn Gaddis. *Translation and Literary Criticism: Translation as Analysis*. Beijing: Foreign Language Teaching and Research Press, 2007.

Snell-Hornby, Mary. *Translation Studies—An Integrated Approach*, Shanghai:

Shanghai Foreign Language Education Press, 2001.

Steiner, George. *After Babel—Aspects of Language and Translation*. Shanghai: Shanghai Foreign Language Education Press, 2001.

Tymoczko, Maria. *Translation in a Postcolonial Context-Early Irish Literature in English Translation*. Shanghai: Shanghai Foreign Language Education Press, 2004.

Venuti, Lawrence. *The Translation Studies Reader*. London and New York: Routledge, 2000.

Venuti, Lawrence. *The Translator's Invisibility—A History of Translation*. Shanghai: Shanghai Foreign Language Education Press, 2004.

Zhao, Wenjing. *Cultural Manipulation of Translation Activities: Hu Shi's Rewritings and the Construction of A New Culture*. Shanghai: Fudan Press, 2008.

后　　记

　　十多年前的旧著有机会推出新版，这对任何一位作者来说都不啻是一件喜事、幸事。如所周知，一部几十万字的著述，第一版出版时或由于过于匆忙，或由于校对时的疏忽，或由于其他原因，有时候难免会留下这样那样的错讹，从而让作者和读者都感到遗憾不已。一些小错小讹在重新印刷时尚可得到纠正，但较大的、实质性的修正，那就非得等有机会推出新版本时才能实现了。为此，我非常庆幸有机会推出拙著《译介学导论》的第二版。

　　我首先为本书第二版新写了一篇序言，以方便读者在进入正文的阅读之前就立即能对译介学的基本理论思想、发展由来有一个基本的了解。其次，我还为新版提供了一份新的阅读书目，以便把《译介学导论》初版后最近这十几年来国内外新出版的与译介学研究相关的主要学术著述推荐给读者。与此同时，我对全书内容做了一番比较仔细的梳理，对于原先一些学术观点表达得不是很确切的地方进行了一定的补充和调整。但考虑到本书还兼具教材性质，所以我在修订时基本保持了第一版的篇幅，在内容上没有作太大的增补。

　　说到具体的修订，我觉得我非常幸运，因为我得到了我的朋友们的极其给力的支持和帮助。尽管在2016年11月底的南宁会议期间我毫不犹豫地答应张冰博士会尽快把《译介学导论》的第二版修订稿寄给出版社，但其实我很清楚，凭我一己之力要在短时间内完成对《译介学导论》的修订是很困难的，一则是我的时间精力有限，手头总是杂事不断，难以有大块时间集中做此事；另一则，更重要的是，我对自己的著作过于熟悉，容易产生"审美疲劳"，这样反而不易发现需要修订的问题。于是我想到向我的朋友们求援，我首先想到的是宋炳辉教授。炳辉教授本人一直在从事译介学理论与实践的研究，并在上海外国语大学文学研究院为研究生，后又在上外高级翻译学院招收并指导

后　记

译介学方向的博士生,开设"译介学理论与实践"课程多年,使用的主要教材之一就是拙著《译介学导论》。我甚至觉得,他对拙著的熟悉程度恐怕都要超过我自己了,这大概也就是所谓的"旁观者清"吧。炳辉接到我的请求后极其爽快地答应了,并带着他目前正在指导的译介学方向的博士生梁新军同学一起非常仔细地把《译介学导论》一书从头到尾梳理了一遍,把其中的印刷错误、译名不一致的错误,以及对某些问题的表述不清晰、不到位,或可进一步斟酌的地方,都一一指出。

与此同时,我还向广西民族大学外语学院的刘雪芹教授发去了请求。我去年三月在广西民大发起组织了一个读书班,读书班读的第一批书即以我的《译介学》《译介学导论》等书为主要阅读对象。我还要求他们写读书报告,这样这个读书班的成员对我的这几本书读得非常仔细,而雪芹教授就是这个读书班的主要组织者和牵头人。她接到我的请求后,先是发动读书班的成员帮忙指出他们在阅读过程中发现的书中存在的问题,接着她带着我在广西民大招收的译介学方向的博士生夏维红一起对拙著《译介学导论》也彻头彻尾地、仔仔细细地梳理了一遍,挑出了几十处需要修订的地方。

意外的帮助还来自广西医科大学的蓝岚副教授。蓝岚也是我们广西民大外院读书班的成员,她获悉我要推出《译介学导论》的第二版一事后,主动对拙著进行了极其仔细的"勘读",她不仅指出了许多一般性的印刷、排版错误,还发现了不少我们通常极易疏忽的错误,诸如英语引文中的大小写问题、字距间隔问题、甚至一些排版格式上的问题,等等。她还专门制作了两张非常具体的正误对照的"勘误表",让我惊叹她似乎有一双职业编辑的眼睛。与此同时,她也帮助指出了不少观点表述上的一些问题。

我于是把三方面的意见进行汇总,发现属于需要修正的技术性问题竟然有一百五六十处之多。不过这也使我可以颇有把握地声称,初版中一些需要修订的技术性方面的问题基本"一网打尽"了。本来我还想利用这次推出新版的机会对这十几年来国内学术界围绕译介学的一些理论问题,包括如何正确理解"创造性叛逆"问题,包括译介学理论对文化外译的启迪意义等,展开一些讨论,但考虑到这样一来需要增加较多的篇幅,最后也就决定放弃了。好在这些问题在我的其他著述里已经作了阐释，有兴趣的读者可以找来参照阅读。炳辉教授曾建议我可否增加对文学翻译史的阐述，把译者的风格、翻译的策略等问题进行一些具体的分析。这当然是一个相当不错的建议，因为传统的文学翻译史往往也只是停留在对历史上的翻译事件的描述，甚少关注译者的风格、翻译策略等问题，而借助译介学的研究视角，这些问题就不再是译者的个人问题，而是与整个译入语语境密切相关的文学接受、影响与传播的问题了。我同时翻检了自《译介学》以来的几本拙著中的相关章节，发觉我之前的阐述重点的确都放在对翻译文学史性质的阐释上，这与当时国内学界、包括翻译界对翻译文学史的认识不足有关，所以有此需要。广西民大外院的雪芹教授他们也建议我可否增加对后殖民译论的介绍和阐述，并对书中涉及的重要概念都能给出一个个比较具体的描述性定义。说实话，这些建议对于一个有机会对自己十年前的旧著进行修订的作者来说是很有诱惑力的。然而我考虑到自己的时间和精力，最终也还是放弃了。我想就让这本书保持十年前的基本框架和模样吧，这些建议实际上正好揭示出了译介学研究领域中还有不少有待深入探讨的空间，这也正好可以让后来者们去进一步探索，而我就不要把所有的话都说尽了吧。在此我要向炳辉和他的博士生梁新军、向雪芹和夏维红、向蓝岚表示我深深的感谢，感谢他们为拙著的修订所做出的贡献！

我还要利用这个机会对十年前热情约我撰写《译介学导论》的严绍璗教授和张冰博士（她是那套"21世纪比较文学系列教材"的实际操作者）再次表示我的衷心感谢。没有他们当年的热情邀约，就不会有这本《译介学导论》，也就更不可能有今天这本《译介学导论》的"第二版"了。

最后，真诚希望有关专家学者和广大比较文学专业的师生能对本书中存在的问题不吝赐正。

谢天振 2017 年 9 月 5 日
写于上海外国语大学高翻学院
2017 年 9 月 19 日修改于
广西民族大学外语学院